QUOI QU'IL ARRIVE

Laura Barnett est écrivain et journaliste. Critique d'art et de cinéma, elle est régulièrement publiée dans *The Guardian*, *The Observer*, *The Daily Telegraph* et *Time Out London*. Avec son roman *Quoi qu'il arrive*, salué par la critique et sélectionné pour le prix Relay des Voyageurs-Lecteurs 2016, elle a été considérée par *The Observer* comme l'une des « nouvelles voix de la littérature » en 2015. Les droits de *Quoi qu'il arrive* ont été achetés dans plus de vingt pays.

LAURA BARNETT

# *Quoi qu'il arrive*

TRADUIT DE L'ANGLAIS PAR STÉPHANE ROQUES

LES ESCALES

*Titre original :*

THE VERSIONS OF US


ISBN : 978-2-253-07084-9 – 1re publication LGF

*Pour ma mère, Jan Bild, qui a vécu plusieurs vies ;*
*et pour mon parrain, Bob Williamson,*
*qui me manque beaucoup.*

« Parfois, il imaginait qu'à la fin de sa vie
on lui montrerait un film amateur
de toutes les routes qu'il n'avait pas prises,
et où elles l'auraient mené. »

Anne Tyler, *Un mariage amateur*

« You and me making history. This is us[1]. »

Mark Knopfler & Emmylou Harris

1. « Toi et moi entrant dans l'histoire. C'est nous. »

# 1938

Cela commence ainsi.

Une femme attend sur un quai de gare, tenant sa valise d'une main et de l'autre un mouchoir jaune avec lequel elle se tamponne le visage. La peau veinée de bleu autour de ses yeux est humide, et la fumée âcre de la locomotive prend à la gorge.

Personne n'est venu agiter son mouchoir pour lui dire adieu – elle l'a interdit, malgré les larmes de sa mère et malgré les siennes en ce moment – et pourtant, elle se met sur la pointe des pieds pour scruter la masse grouillante de chapeaux et de renards. Peut-être Anton, lassé de voir leur mère pleurer, radouci, l'a-t-il portée dans son fauteuil roulant en bas de la longue volée de marches, après lui avoir mis ses mitaines. Mais aucune trace d'Anton ou de Mama. Le hall fourmille d'inconnus.

Miriam monte à bord du train, cligne des yeux dans la pénombre du couloir. Un homme à moustache noire porte un étui à violon, son regard va du visage de Miriam au dôme protubérant qu'est son ventre.

— Où est votre mari ? demande-t-il.

— En Angleterre.

L'homme la regarde, tête inclinée, comme un oiseau. Puis il se penche en avant, prend la valise de Miriam de sa main libre. Elle ouvre la bouche pour protester, mais il avance déjà.

— Il y a une place dans mon compartiment.

Tout au long de l'interminable voyage vers l'ouest, ils discutent. Il lui propose du hareng et des cornichons dans un sac en papier couvert de taches de graisse, et Miriam accepte même si le hareng l'écœure, car elle n'a rien mangé depuis la veille. À aucun moment elle n'avoue qu'il n'y a pas de mari en Angleterre, mais il le sait bien. Quand le train s'arrête avec fracas à la frontière et que les soldats ordonnent à tous les passagers de descendre, Jakob la tient près de lui tandis qu'ils attendent en grelottant et que la neige fondue imprègne les semelles décollées des chaussures de Miriam.

— Votre femme ? demande le soldat à Jakob en tendant la main pour prendre ses papiers.

Jakob hoche la tête. Six mois plus tard, par une belle journée ensoleillée à Margate, l'enfant endormi dans les bras potelés et rembourrés de l'épouse du rabbin, c'est ce que Miriam devient.

*

Cela commence également ici.

Une femme dans un jardin, au milieu des roses, se frotte le creux des reins. Elle porte une longue blouse bleue de peintre, celle de son mari. Il peint en ce moment même, à l'intérieur, tandis qu'elle caresse de son autre main le dôme protubérant qu'est son ventre.

Elle a senti un mouvement, un frémissement, mais c'est passé. Un panier, à moitié rempli de fleurs coupées, est posé à ses pieds. Elle prend une grande inspiration, respire la fraîche odeur de pomme de l'herbe coupée – elle a taillé le gazon un peu plus tôt, dans la froideur du matin, au sécateur. Il faut toujours qu'elle s'occupe ; elle a horreur de rester inactive, de laisser la vacuité s'étendre sur elle comme un édredon. C'est si doux, si rassurant. Elle craint de s'endormir dessous, et l'enfant avec elle.

Vivian se baisse pour ramasser le panier. Au même moment elle sent quelque chose rompre et se déchirer. Elle titube, pousse un cri. Lewis ne l'entend pas : il travaille toujours en écoutant de la musique. Chopin le plus souvent, Wagner parfois, quand ses couleurs prennent une nuance plus sombre. Elle est à terre, le panier renversé à ses côtés, les roses éparpillées sur le dallage, rouges et roses, leurs pétales écrasés et brunis, exsudant leur parfum douceâtre. La douleur revient et Vivian suffoque ; puis elle pense à la voisine, Mme Dawes, et l'appelle en criant.

Quelques instants plus tard, Mme Dawes de ses mains agiles soulève Vivian par les épaules, l'emmène sur le banc près de la porte, à l'ombre. Elle envoie le commis d'épicerie, qui reste planté bouche bée à l'entrée, courir chez le médecin, pendant qu'elle file à l'étage chercher M. Taylor – curieux petit bonhomme à la grosse bedaine et au nez retroussé de nain de jardin : loin de l'image qu'elle se fait d'un artiste. Mais adorable. Charmant.

Vivian ne sent plus que les vagues de douleur, le froid soudain des draps de lit sur sa peau, l'élasticité des minutes et des heures, qui s'étirent au-delà des limites jusqu'aux mots du médecin : « Votre fils. Voici votre fils. » Puis elle baisse les yeux et le voit, le reconnaît, et il lui fait un clin d'œil avec le regard entendu d'un vieil homme.

# PREMIÈRE PARTIE

# Version 1

## *La crevaison*
## *Cambridge, octobre 1958*

Plus tard, Eva se dira : *Sans ce clou rouillé, Jim et moi ne nous serions jamais rencontrés.*

Cette pensée s'immiscera dans son esprit, pleinement formée, avec une force qui lui coupera le souffle. Elle sera au lit, immobile, observant la lumière glisser sur les rideaux, revoyant avec précision la position de sa roue sur l'ornière herbue ; le clou lui-même, vieux et tordu ; le petit chien, reniflant dans le bas-côté, que n'alertent ni le bruit de la chaîne ni celui du pneu. Elle avait fait une embardée pour l'éviter et avait roulé sur le clou rouillé. Qu'il eût été facile – et beaucoup plus probable – que rien de tout cela n'arrive !

Mais cela, elle se le dira plus tard, quand la vie qui était la sienne avant de rencontrer Jim lui paraîtra fade, privée de couleurs, comme si ce n'était pas une vie digne de ce nom. Là, au moment de l'impact, elle n'entend que le faible son de la crevaison et un souffle d'air étouffé.

« Saleté », dit Eva. Elle appuie sur les pédales, mais son pneu de devant s'emballe comme un cheval qui rue. Elle freine, descend de bicyclette, s'agenouille pour rendre son diagnostic. Le petit chien, à l'écart, tourne sur lui-même, repentant, aboie comme pour s'excuser et détale en direction de son maître – qui est déjà loin devant, sa silhouette s'estompant dans un trench beige.

Voilà le clou, logé dans une déchirure longue de cinq bons centimètres. Eva appuie sur le bord de l'entaille d'où l'air émerge en un sifflement rauque. Le pneu est presque à plat : il va falloir qu'elle rapporte la bicyclette au collège, et elle est déjà en retard à son cours. Le professeur Farley en déduira qu'elle n'a pas fait sa dissertation sur « Quatre quatuors », alors qu'elle a passé deux nuits blanches à travailler dessus – elle l'a dans son cartable, soigneusement recopiée, cinq pages, sans compter l'appareil de notes. Elle en est assez fière, avait hâte de la lire à haute voix, de regarder du coin de l'œil le vieux Farley se pencher en avant, sourcil contracté comme chaque fois qu'il se prend d'intérêt pour quelque chose.

— *Scheiße*, dit Eva – dans une situation de cette gravité, seul l'allemand semble indiqué.

— Tout va bien ?

Elle est toujours agenouillée, la bicyclette pesant de tout son poids contre son flanc. Elle examine le clou, se demande si ça ne ferait pas plus de mal que de bien de le retirer. Elle ne lève pas les yeux.

— Ça va, merci. J'ai crevé, c'est tout.

Le passant, quel qu'il soit, se tait. Elle en déduit qu'il est déjà parti, mais son ombre – une silhouette masculine, sans chapeau, qui met la main à la poche de sa veste – s'avance dans l'herbe.

— Attendez, je vais vous donner un coup de main. J'ai une trousse à outils avec moi.

Elle lève les yeux. Le soleil descend derrière une rangée d'arbres – le premier trimestre a commencé depuis quelques semaines à peine, mais déjà les jours raccourcissent –, et il l'a dans le dos, visage à contre-jour. Son ombre, désormais associée à des richelieus marron éraflés, apparaît nettement plus grande, bien que l'homme semble de taille moyenne. Des cheveux châtains, qui auraient besoin d'un passage chez le coiffeur ; un livre de poche Penguin à la main. Eva parvient à déchiffrer le titre au dos, *Le Meilleur des mondes*, et se souvient, en un éclair, d'un après-midi – un dimanche d'hiver ; sa mère préparant du *Vanillekipferl* à la cuisine, le son du violon de son père montant du salon de musique – où elle s'était complètement immergée dans l'étrange et effrayante vision futuriste de Huxley.

Elle pose soigneusement la bicyclette sur le flanc, se lève.

— C'est très gentil, mais je ne saurais pas quoi en faire, j'en ai peur. C'est le fils du concierge qui répare toujours le mien.

— Je n'en doute pas.

Il parle d'un ton léger, mais fronce les sourcils, fouillant son autre poche.

— J'ai bien peur de m'être avancé un peu vite. J'ignore totalement ce que j'en ai fait. Je suis vraiment navré. D'habitude, je ne m'en sépare jamais.

— Même quand vous ne faites pas de bicyclette ?

— Oui.

Il ressemble plus à un adolescent qu'à un adulte : il doit avoir le même âge qu'elle, sans doute un étudiant ; il porte une écharpe aux couleurs d'un collège – rayures noires et jaunes, comme une abeille –, négligemment nouée autour du cou. Les garçons du coin ne s'expriment pas aussi bien et ont encore moins sur eux un exemplaire du *Meilleur des mondes.*

— Au cas où, vous savez. En général, j'en fais. Du vélo, j'entends.

Il sourit, et Eva remarque que ses yeux sont d'un bleu profond, presque violet, encadrés de cils plus longs que les siens. Chez une femme, c'est un signe de beauté. Chez un homme, c'est un peu troublant ; elle a du mal à soutenir son regard.

— Alors, comme ça, vous êtes allemande ?

— Non.

Elle répond trop sèchement ; il détourne les yeux, gêné.

— Ah, pardon. Je vous ai entendue jurer. *Scheiße.*

— Vous parlez allemand ?

— Pas vraiment. Mais je sais dire « merde » en dix langues.

Eva rit, elle n'aurait pas dû se montrer si cassante.

— Mes parents sont autrichiens.

— *Ach so.*

— Mais alors vous parlez vraiment allemand !

— *Nein, mein Liebling.* Un tout petit peu.

Il croise le regard d'Eva, qui est saisie de l'étrange impression de l'avoir déjà vu quelque part, mais n'arrive pas à le remettre.

— Vous êtes étudiant en lettres ? Comment se fait-il que vous lisiez Huxley ? Je croyais qu'on ne nous donnait rien à lire de plus moderne que *Tom Jones.*

Il baisse les yeux sur son livre de poche, secoue la tête.

— Ah, non – Huxley, c'est pour le plaisir. Je suis étudiant en droit. Mais on a quand même le droit de lire des romans, vous savez.

Elle sourit.

— Bien sûr.

Ce n'est donc pas à la fac de lettres qu'elle l'a vu ; peut-être ont-ils été présentés dans une soirée. David connaît tant de monde – comment s'appelait cet ami avec qui Penelope avait dansé au Caius May Ball, avant de s'enticher de Gerald ? Il avait les yeux bleu ciel, mais certainement pas de ce bleu-là.

— J'ai l'impression de vous connaître. On s'est déjà rencontrés ?

L'homme la regarde une nouvelle fois, tête penchée. Il est pâle, a le type anglais, le nez couvert de taches de rousseur. Eva parie qu'elles s'étalent et se rejoignent aux premiers rayons de soleil, et qu'il déteste ça, qu'il maudit la fragilité de sa peau d'homme du Nord.

— Je ne sais pas, dit-il. J'ai l'impression, moi aussi, mais je suis sûr que je me souviendrais de votre nom.

— Je m'appelle Eva. Edelstein.

— Eh bien… (Il sourit de nouveau.) Je m'en souviendrais, c'est certain. Je m'appelle Jim Taylor. Je suis en deuxième année. À Clare College. Vous êtes à Newnham College ?

Elle hoche la tête.

— En deuxième année. Et je vais bientôt avoir de sérieux ennuis si je rate ce cours avec mon prof, simplement parce qu'un idiot a laissé traîner un clou par terre.

— Moi aussi, j'ai un cours. Mais pour être franc, je pensais sécher.

Eva lui lance un regard réprobateur ; elle n'a que faire de ce genre d'étudiants – des garçons, pour la plupart, passés par les écoles les plus sélectes – qui considèrent leurs études avec un mépris aussi paresseux que complaisant. Elle n'aurait pas cru qu'il était l'un d'entre eux.

— C'est une habitude, chez vous ?

Il hausse les épaules.

— Pas vraiment. Je ne me sentais pas bien. Mais là, je me sens tout de suite beaucoup mieux.

Ils se taisent un instant, chacun sentant que le moment est venu de partir, sans arriver à se décider. Sur le chemin, une fille en duffel-coat bleu marine passe devant eux à la hâte et leur jette un coup d'œil. Puis, reconnaissant Eva, les regarde une seconde fois. C'est cette fille de Girton, celle qui a joué Emilia quand David jouait Iago, à l'ADC Theatre. Elle avait jeté son dévolu sur David : n'importe qui s'en serait aperçu. Mais Eva ne veut pas penser à David maintenant.

— Bon, dit-elle. Je crois que je ferais mieux de rentrer. Pour voir si le fils du concierge peut réparer ma bicyclette.

— Je peux aussi vous la réparer. Nous sommes beaucoup plus près de Clare que de Newnham. Je mettrai la main sur ma trousse, réparerai votre pneu crevé, et après vous n'aurez qu'à venir boire un verre avec moi.

Eva le dévisage et comprend avec une certitude impossible à expliquer – il ne lui vient même pas à l'idée d'essayer – que c'est le déclic : l'instant après lequel plus rien n'est tout à fait pareil. Elle pourrait – *devrait* – dire non, faire demi-tour, emporter sa bicyclette à travers les rues en cette fin d'après-midi, jusqu'aux portes du collège, laisser le fils du concierge s'approcher d'elle en rougissant pour lui proposer un coup de main, lui donner quatre shillings de pourboire. Mais ce n'est pas ce qu'elle fait. Elle tourne sa bicyclette dans la direction opposée et marche aux côtés du jeune homme, Jim, leur ombre jumelle s'étirant sur leurs talons, se fondant l'une dans l'autre et se chevauchant dans l'herbe longue.

## Version 2

*Pierrot*
*Cambridge, octobre 1958*

Dans la loge, elle dit à David :

— J'ai failli renverser un chien à bicyclette.

David la regarde en plissant les yeux dans le miroir ; il applique une épaisse couche de fond de teint blanc sur son visage.

— Quand ça ?

— En allant voir Farley.

Bizarre que ça lui revienne maintenant. Elle s'était fait une belle frayeur : le petit chien blanc au bord du chemin ne s'était pas écarté en la voyant approcher et s'était jeté sous sa roue en remuant le moignon qui lui servait de queue. Elle s'apprêtait à faire un écart, mais au tout dernier moment – à quelques centimètres de sa roue avant –, le chien bondit de côté en poussant un jappement de peur.

Eva s'arrêta, secouée ; quelqu'un cria :

— Vous pouvez pas faire attention, non ?

Elle se retourna, vit un homme en trench-coat beige un peu plus loin, qui la fusillait du regard.

— Pardon, dit-elle, quand ce qu'elle voulait dire était : *Vous feriez mieux de le tenir en laisse, votre cabot.*

— Tout va bien ?

Un autre homme venait de la direction opposée : un tout jeune homme, qui avait à peu près le même âge qu'elle et portait une écharpe aux couleurs d'un collège, négligemment nouée par-dessus sa veste en tweed.

— Très bien, merci, répondit-elle sagement.

Leurs regards se croisèrent quand elle remonta en selle – les yeux du garçon étaient d'un bleu foncé peu commun, encadrés par de longs cils féminins –, et l'espace d'un instant elle fut certaine de le connaître, si certaine qu'elle ouvrit la bouche pour le saluer. Mais tout aussi vite, elle fut prise d'un doute, se retint et pédala. Dès qu'elle arriva dans le bureau du professeur Farley et se mit à lire à haute voix sa dissertation sur « Quatre quatuors », tout ça lui sortit de la tête.

— Ah, Eva, dit David. Tu as le don de te mettre dans des situations absurdes.

— Ah bon ?

Elle fronce les sourcils, consciente de l'écart entre l'idée qu'il se fait d'elle – désorganisée, gentiment tête en l'air – et l'idée qu'elle se fait d'elle-même.

— Je n'y étais pour rien. C'est cet idiot de chien qui s'est jeté sur moi.

Mais il ne l'écoute pas : il regarde son propre reflet, se maquille le cou. Le résultat est à la fois clownesque et mélancolique, comme un de ces pierrots lunaires.

— Attends, dit-elle, il en manque un peu.

Elle se penche, lui frotte le menton d'une main.

— Arrête, dit-il d'une voix cassante, et elle retire sa main.

— Katz.

Gerald Smith est à la porte, habillé, comme David, d'un long vêtement blanc, son maquillage mal étalé sur le visage.

— Échauffement. Ah, salut, Eva. Tu veux bien aller chercher Pen, s'il te plaît ? Elle attend dehors.

Elle fait oui de la tête. À David, elle dit :

— On se voit après, alors. Bonne chance.

Il lui prend le bras à l'instant où elle se tourne pour s'en aller, l'attire à lui.

— Pardon, murmure-t-il. C'est le trac.

— Je sais. Ne t'en fais pas. Tu vas être formidable.

Et il l'est, comme toujours, constate Eva avec soulagement une demi-heure plus tard. Elle est assise à une place réservée, tient son amie Penelope par la main. Au début, elles sont tendues, presque incapables de regarder la scène : elles observent le public, scrutent ses réactions, murmurent les répliques qu'elles ont tant de fois répétées.

David, dans le rôle d'Œdipe, a un long monologue, au bout d'un quart d'heure environ, qu'il a mis une éternité à apprendre. Hier soir, après la générale, Eva est restée avec lui jusqu'à minuit dans la loge vide, le faisant répéter encore et encore, alors qu'elle n'avait toujours pas écrit la moitié de sa dissert' et qu'il lui faudrait passer une nuit blanche pour la terminer. Ce soir, elle a du mal à l'écouter, mais la voix de David est claire, imperturbable. Elle voit deux hommes assis devant se pencher en avant, captivés.

Après la représentation, ils se retrouvent au bar, où ils boivent du vin blanc tiède. Eva et Penelope – grande, rouge à lèvres écarlate, bien faite ; la première fois qu'elle avait adressé la parole à Eva, lors du dîner de cérémonie en l'honneur des nouveaux étudiants, elle lui avait murmuré par-dessus la table vernissée : « Je sais pas toi, mais je meurs d'envie de fumer une clope » – sont aux côtés de Susan Fletcher, que le metteur en scène, Harry Janus, a récemment congédiée au profit d'une actrice plus âgée qu'il a rencontrée lors d'un spectacle, à Londres.

— Elle a *vingt-cinq* ans, dit Susan.

Elle est à fleur de peau et larmoyante, regarde Harry de ses yeux plissés.

— J'ai cherché sa photo dans *Spotlight* – ils en ont un exemplaire à la bibliothèque, vous savez. Elle est absolument superbe. Comment voulez-vous que je rivalise ?

Eva et Penelope échangent un regard discret ; elles se doivent, bien sûr, d'afficher leur loyauté envers Susan, mais ne peuvent s'empêcher de penser qu'elle est du genre à se délecter de cette tragicomédie.

— Ne cherche pas à rivaliser, dit Eva. Retire-toi de la partie. Trouve-toi quelqu'un d'autre.

Susan lui fait un clin d'œil.

— Facile à dire. David est fou de toi.

Eva suit le regard de Susan dans la salle, où David discute avec un homme plus âgé portant gilet et chapeau – ni étudiant ni prof d'université poussiéreux :

un agent londonien, peut-être. Il regarde David avec l'air de celui qui s'attendait à trouver un penny et tombe sur un billet d'une livre flambant neuf. Quoi d'étonnant ? David n'est plus en costume de scène, le col de sa veste de sport tombe à la perfection, son visage est démaquillé : grand, resplendissant, magnifique.

Tout au long de la première année d'Eva, le nom « David Katz » avait circulé dans les couloirs et les foyers de Newnham, généralement accompagné d'un murmure d'excitation. *Il est à King's College, tu sais. C'est le portrait craché de Rock Hudson. Il est allé boire des cocktails avec Helen Johnson.* Quand ils firent enfin connaissance, lui jouait Lysandre et elle Hermia, pour une première expérience scénique qui confirma à Eva qu'elle n'avait pas l'étoffe d'une actrice – elle remarqua qu'il l'épiait, s'attendant à ce qu'elle rougisse ou éclate d'un rire aguicheur, comme toutes les autres. Mais elle n'éclata pas de rire ; elle le trouva affecté, égocentrique. David n'eut même pas l'air de s'en apercevoir ; au pub Eagle, après la première lecture, il lui posa des questions sur sa famille, sa vie, avec un degré d'intérêt qu'elle commença à croire sincère. « Vous voulez être écrivain ? lui demanda-t-il. Comme c'est merveilleux. » Il lui cita des scènes entières de *Hancock's Half Hour* avec une troublante précision, jusqu'à ce qu'elle ne puisse se retenir de rire. Quelques jours plus tard, après la répétition, il lui proposa de sortir boire un verre, et Eva, prise d'une bouffée d'excitation, accepta.

C'était il y a six mois, au troisième trimestre. Elle ne savait pas si leur relation survivrait à l'été – au mois que passerait David dans sa famille à Los Angeles (son père était américain, avait partie liée avec le glamour de Hollywood), et aux deux semaines de fouilles qu'Eva effectuerait sur un site archéologique près de Harrogate (d'un ennui mortel, et qui lui avaient néanmoins laissé le temps d'écrire durant les longues heures crépusculaires entre le dîner et le coucher). Mais il lui envoya plusieurs lettres des États-Unis, lui passa même des coups de téléphone ; puis, à son retour, alla boire le thé à Highgate, séduisit ses parents en grignotant des *Lebkuchen* et l'emmena se baigner dans les étangs du parc.

Il y avait, comme Eva le découvrit, bien plus en David Katz qu'elle ne l'aurait cru de prime abord. Elle aimait son intelligence, sa culture : il l'emmena voir *Soupe de poulet à l'orge* au Royal Court, qu'elle trouva tout à fait extraordinaire ; David avait l'air de connaître au moins la moitié du bar. Leur parcours commun semblait faciliter les choses : la famille du père de David avait émigré de Pologne aux États-Unis, sa mère d'Allemagne à Londres, et ils habitaient désormais une coquette villa édouardienne de Hampstead, à quelque encablures de chez les parents d'Eva, de l'autre côté du parc.

Et puis, si elle voulait être tout à fait franche, il y avait le physique de David. Eva n'était pas du tout superficielle : elle avait hérité de sa mère un intérêt pour le style – une veste bien coupée, une pièce décorée avec goût – mais avait appris, dès son plus jeune âge, à priser l'accomplissement intellectuel avant la beauté physique. Et pourtant, Eva découvrit qu'elle prenait vraiment plaisir à voir la plupart des têtes se tourner quand il entrait dans une pièce ; à constater que sa présence à une fête provoquait un regain d'enthousiasme et d'excitation. Quand arriva le premier trimestre, ils étaient en couple – un couple réputé, jusqu'au sein du cercle d'acteurs, de dramaturges et de metteurs en scène en herbe que fréquentait David –, et Eva fut emportée par son charme et son assurance ; par le badinage de ses amis, leurs blagues pour initiés, et leur certitude absolue que le succès leur tendait les bras.

*Peut-être est-ce toujours ainsi que l'amour se présente,* écrivit-elle dans son journal, *dans cet imperceptible glissement du familier à l'intime.* Eva n'est pas, même en déployant des trésors d'imagination, expérimentée. Elle a rencontré son seul petit ami à ce jour, Benjamin Schwartz, au bal de l'école pour garçons de Highgate ; il était timide, avait des yeux ronds comme des soucoupes et la conviction inébranlable qu'il découvrirait un jour le moyen d'éradiquer le cancer. Il n'essaya jamais de faire plus que l'embrasser, ou lui prendre la main ; souvent, en sa compagnie, elle sentait poindre l'ennui comme un bâillement qu'on réprime. David, lui, n'était jamais ennuyeux. C'était un concentré d'action et d'énergie, en Technicolor. En ce moment même, à l'autre bout du bar de l'ADC, il croise le regard d'Eva, lui sourit, articule en silence : « Pardon. »

Susan le remarque et dit :

— Tu vois ?

Eva sirote son vin, jouissant du frisson illicite d'être l'élue, d'avoir une chose si douce, si désirée, à portée de main.

La première fois qu'elle est allée dans la chambre de David à King's (par une journée étouffante du mois de juin ; c'était le soir de la dernière du *Songe d'une nuit d'été*), il l'avait mise devant le miroir, au-dessus de son lavabo, comme un mannequin. Puis il s'était placé derrière elle, lui arrangeant les cheveux pour qu'ils tombent en torsades sur ses épaules, nues dans sa robe légère en coton.

— Est-ce que tu te rends compte que nous sommes beaux ? demanda-t-il.

Eva, observant leur reflet bicéphale par ses yeux à lui, s'en rendit compte, et répondit simplement :

— Oui.

## Version 3

*Automne*
*Cambridge, octobre 1958*

Il la voit tomber de loin : lentement, posément, en une série d'images arrêtées. Un petit chien blanc – un terrier – renifle dans le bas-côté, lève la tête et aboie comme pour adresser un reproche à son maître, un homme en trench-coat beige, qui est déjà loin devant. La fille approche à bicyclette – elle va trop vite, ses cheveux noirs volent au vent derrière elle comme un étendard. Il l'entend crier par-dessus le tintement du timbre de sa bicyclette : « Tu vas te pousser, oui ? » Mais le chien, attiré par quelque nouvelle source de fascination canine, loin de se pousser, se jette sous sa roue avant.

La fille fait une embardée ; sa bicyclette, qui se déporte dans l'herbe haute, tremble et cahote. Elle tombe sur le côté, atterrit de tout son poids, sa jambe gauche de travers. Jim, qui n'est plus qu'à quelques mètres, l'entend jurer. *« Scheiße. »*

Le terrier attend un moment, remuant la queue d'un air penaud, puis détale en direction de son maître.

— Tout va bien ?

La fille ne lève pas les yeux. De près, il voit qu'elle est petite, menue, a le même âge que lui. Son visage est caché derrière la cascade de cheveux.

— Je ne sais pas trop.

Elle a le souffle court, parle d'une voix étranglée ; sous le coup de l'émotion, évidemment. Jim quitte le chemin, s'approche d'elle.

— C'est votre cheville ? Essayez de la poser par terre.

Son visage en quelques mots : fin, comme le reste de sa personne ; un menton étroit ; des yeux marron vifs et perçants. Elle a la peau plus mate que lui, légèrement bronzée. Il l'aurait crue italienne ou espagnole ; allemande, jamais de la vie. Elle hoche la tête, grimace un peu en se relevant. Elle lui arrive à peine à hauteur d'épaules. Pas vraiment belle – mais comme l'impression de l'avoir déjà vue quelque part. Qu'elle lui est familière. Même s'il est sûr de ne pas la connaître. Du moins, pas encore.

— Il n'y a rien de cassé, alors.

Elle hoche la tête.

— Non, rien de cassé. Ça fait un peu mal. Mais je crois que je vais survivre.

Jim se hasarde à un sourire qu'elle ne lui retourne pas.

— C'était une sacrée chute. Vous avez buté sur quelque chose ?

— Je ne sais pas.

Elle a une traînée de boue sur la joue ; il lutte contre l'envie irrépressible de l'essuyer.

— C'est probable. Je suis très prudente, en général, vous savez. Le chien s'est jeté sous ma roue.

Il baisse les yeux sur sa bicyclette, couchée par terre ; à quelques centimètres de son pneu arrière, il y a une grosse pierre grise, visible dans l'herbe.

— La voilà, la coupable. Vous avez dû rouler dessus. Vous voulez que je jette un œil ? J'ai une trousse à outils avec moi.

Il change son livre de poche de main – *Mrs Dalloway*, qu'il avait trouvé sur la table de nuit de sa mère en faisant ses valises avant la rentrée ; il lui avait demandé s'il pouvait l'emprunter, se disant que cela lui donnerait peut-être une idée plus précise de l'état d'esprit dans lequel elle se trouvait – et met la main à la poche de sa veste.

— C'est très aimable à vous, mais vraiment, je suis sûre que je peux…

— C'est le moins que je puisse faire. Je n'arrive pas à croire que le propriétaire de ce chien n'ait même pas levé la tête. Pas très chevaleresque, non ?

Jim déglutit, gêné par le sous-entendu : que sa réaction à lui l'était bel et bien. Il n'a pourtant rien d'un héros : il ne trouve même pas sa trousse à outils. Il vérifie dans l'autre poche. Puis il se souvient : Veronica. En se déshabillant dans sa chambre ce matin-là – ils étaient encore dans le couloir qu'il retirait déjà sa veste –, il avait vidé le contenu de ses poches sur sa coiffeuse. Plus tard, il avait récupéré son portefeuille, ses clés, quelques pièces. La trousse a dû rester là-bas ; au milieu de ses flacons de parfum, de ses colliers en strass, de ses bagues.

— J'ai bien peur de m'être avancé un peu vite. J'ignore totalement ce que j'en ai fait. Je suis vraiment navré. D'habitude, je ne m'en sépare jamais.

— Même quand vous ne faites pas de bicyclette ?

— Oui. Au cas où, vous savez. En général, j'en fais. Du vélo, j'entends.

Ils se taisent un instant. Elle lève le pied gauche, fait lentement tourner sa cheville. Le mouvement est fluide, élégant : une danseuse à la barre.

— Ça vous fait mal ?

Il est surpris de constater qu'il tient vraiment à le savoir.

— Un peu.

— Vous devriez peut-être consulter un médecin.

Elle secoue la tête.

— Je suis sûre qu'une poche de glace et un gin sec feront l'affaire.

Il la regarde, sans savoir comment interpréter le ton de sa voix. Elle sourit.

— Alors comme ça, vous êtes allemande ? demande-t-il.

— Non.

Il ne s'attendait pas à ce ton cassant. Il détourne le regard.

— Ah. Pardon. Je vous ai entendue jurer. *Scheiße.*

— Vous parlez allemand ?

— Pas vraiment. Mais je sais dire « merde » en dix langues.

Elle éclate de rire, découvrant deux rangées de dents blanches. Trop saines, peut-être, pour qu'elle ait été élevée à la bière et à la choucroute.

— Mes parents sont autrichiens.

— *Ach so.*

— Mais alors vous parlez vraiment allemand !

— *Nein, mein Liebling.* Un tout petit peu.

En observant son visage, Jim est frappé de constater qu'il meurt d'envie de faire son portrait. Tous les deux apparaissent devant ses yeux, avec une clarté inhabituelle : elle, recroquevillée dans une alcôve au bord de la fenêtre, lisant un livre, la lumière tombant sur ses cheveux ; lui dessinant, la pièce blanche et silencieuse, hormis le grattement de la mine sur le papier.

— Vous êtes étudiant en lettres, vous aussi ?

La question qu'elle lui pose le fait revenir à la réalité. Le Dr Dawson dans son bureau d'Old Court, ses trois camarades, leur visage pâle et charnu et leurs cheveux impeccablement coiffés, griffonnant sans réfléchir sur les « buts et l'adéquation du droit criminel ». Il est déjà en retard, mais il s'en fiche.

Il baisse les yeux sur le livre qu'il tient à la main, secoue la tête.

— En droit, hélas.

— Ah. Je ne connais pas beaucoup d'hommes qui lisent Virginia Woolf pour le plaisir.

Il rit.

— Je l'emporte pour la forme. Je trouve que c'est une bonne façon de briser la glace avec les belles étudiantes en lettres. « Vous ne trouvez pas que *Mrs Dalloway* est un livre formidable ? » Ça marche à tous les coups.

Elle rit avec lui, et il la regarde de nouveau, plus longuement, cette fois. Elle n'a pas vraiment les yeux marron : leur iris est presque noir ; leur bord, plus proche du gris. Il se souvient d'une teinte semblable dans un des tableaux de son père : une femme se détachant sur l'arrière-plan d'un lavis de ciel anglais – Sonia, qu'il connaît bien maintenant ; voilà pourquoi sa mère ne l'avait jamais accroché au mur.

— Vous aussi ?

— Moi aussi quoi ?

— Vous aimez *Mrs Dalloway* ?

— Absolument.

Un court silence. Puis :

— Votre visage me dit quelque chose. Je me disais que je vous avais peut-être vu dans un cours.

— À condition que vous mettiez le nez dans la fascinante série de Watson sur le droit romain. Comment vous appelez-vous ?

— Eva Edelstein.

— Bon.

Le nom d'une cantatrice, d'une ballerine, pas de ce petit bout de femme, dont Jim sait qu'il finira par faire le portrait, en adoucissant le contour de son visage : l'arrondi de ses pommettes ; les cernes sous ses yeux.

— Je suis sûr que je m'en souviendrais. Je m'appelle Jim Taylor. Je suis en deuxième année, à Clare. Je dirais que vous êtes à… Newnham. Je me trompe ?

— Dans le mille. En deuxième année, moi aussi. Je vais avoir de sérieux ennuis si je rate mon cours sur Eliot. Et le pire, c'est que j'ai fait ma dissert'.

— La double peine, alors. Mais je suis sûr que vous serez tout excusée, vu les circonstances.

Elle le regarde, tête penchée ; il n'arrive pas à savoir si elle le trouve intéressant ou bizarre. Peut-être se demande-t-elle simplement ce qu'il fait encore là.

— Moi aussi, j'ai un cours, dit-il. Mais très franchement, je pensais sécher.

— C'est une habitude, chez vous ?

Revoilà cette pointe de sévérité ; il voudrait lui expliquer que ce n'est pas son genre, qu'il n'est pas de ceux qui négligent leurs études par paresse, lassitude, ou de ces privilégiés qui pensent que tout leur est dû. Il voudrait lui dire ce que ça fait de se retrouver engagé dans une voie qu'on n'a pas choisie. Mais c'est impossible, évidemment.

— Pas vraiment, se contente-t-il de dire. Je ne me sentais pas bien. Mais là, je me sens tout de suite beaucoup mieux.

L'espace d'un instant, on a l'impression qu'il n'y a rien d'autre à dire. Jim sait comment cela va se terminer : elle va ramasser sa bicyclette, faire demi-tour, rentrer sagement au collège. Il est paralysé, incapable de trouver quoi que ce soit pour l'empêcher de s'en aller. Mais elle ne s'en va toujours pas ; elle regarde derrière lui, en direction du chemin. Il suit son regard, voit une fille en manteau bleu marine les observer et presser le pas.

— Vous la connaissez ? demande-t-il.

— Vaguement.

Il se produit un changement en elle, il le sent. Elle se ferme.

— Je ferais mieux de rentrer. J'ai quelqu'un à voir.

Un homme : bien sûr, il fallait qu'il y ait un homme. Il est pris d'un accès de panique, il ne veut pas la laisser partir, ne doit pas la laisser partir. Il tend la main, lui touche le bras.

— Ne partez pas. Suivez-moi. Je connais un pub. C'est pas les glaçons et le gin qui manquent.

Il laisse la main posée sur le gros coton de sa manche. Elle ne la repousse pas, lève sur lui des yeux vigilants. Il est sûr qu'elle va dire non, s'en aller. Mais elle dit :

— D'accord. Pourquoi pas ?

Jim hoche la tête, singeant une nonchalance qu'il n'éprouve pas. Il pense à un pub dans Barton Road ; il est prêt à faire rouler cette foutue bicyclette jusque là-bas s'il le faut. Il s'agenouille, l'examine ; il n'y a aucun dégât visible, hormis une étroite éraflure effilée sur le garde-boue avant.

— Rien de bien méchant, dit-il. Je la prends, si vous voulez.

Eva secoue la tête.

— Merci, mais je peux m'en charger toute seule.

Et ils s'éloignent ensemble, quittent les sentiers battus de leur après-midi pour se plonger dans les ombres grandissantes de la soirée, dans cette contrée lointaine et liminaire où l'on délaisse une voie pour en prendre une autre.

## Version 1

### *Pluie*
### *Cambridge, novembre 1958*

La pluie se met brusquement à tomber, juste après quatre heures. Au-dessus de la verrière, les nuages s'accumulent sans qu'il s'en aperçoive, virent au gris ardoise, presque au violet par en dessous. De grosses gouttes s'abattent sur les vitres, et la pièce s'assombrit anormalement.

Jim, devant son chevalet, pose sa palette par terre, se hâte d'allumer des lampes. Mais ça ne va pas : dans la lumière artificielle, les couleurs semblent plates et insipides ; la couche de peinture est trop épaisse par endroits, les coups de pinceau trop prononcés. Son père ne peignait jamais le soir : il se levait tôt, montait dans son atelier sous les combles pour tirer le meilleur parti de la matinée. « La lumière du jour ne ment jamais, mon fils », disait-il. Parfois, sa mère répondait en marmonnant à voix basse, mais assez fort pour que Jim l'entende : « Contrairement à une certaine personne ici présente. »

Il pose la palette dans l'évier, essuie ses pinceaux sur un vieux chiffon, les fait tremper dans un pot de confiture rempli de térébenthine. Des gouttes de peinture mêlée d'eau éclaboussent l'émail : la femme de ménage se plaindra encore demain. « J'ai pas été engagée pour nettoyer ces saletés-là, il me semble, non ? » dira-t-elle, en roulant des yeux. Mais elle est plus tolérante que Mme Harold, la femme dont il avait hérité l'an dernier. Trois semaines après le début du premier trimestre, elle était allée se plaindre auprès du concierge, et il n'avait pas fallu longtemps pour qu'il se retrouve convoqué par son référent.

« Un peu de considération, voulez-vous, Taylor ? lui avait dit le Dr Dawson avec lassitude. Nous ne sommes pas aux Beaux-Arts. » Ils savaient tous deux qu'il s'en tirait bien. La femme de Dawson était peintre, et quand le tirage au sort réservé aux deuxième année avait attribué à Jim ces immenses pièces au dernier étage, avec leur mansarde et leur grande verrière sans rideaux, il n'avait pu s'empêcher de penser que le vieux professeur avait pris les dispositions nécessaires.

Mais pour ce qui est du travail universitaire de Jim, la tolérance de Dawson commence à s'amenuiser : il a rendu toutes ses dissertations en retard ce trimestre, et aucune ne lui a valu de note très supérieure à la moyenne. « Nous nous demandons, monsieur Taylor, lui avait dit le professeur la semaine précédente, après l'avoir convoqué dans son bureau, si vous tenez vraiment à rester parmi nous. » Puis, lançant à Jim un regard lourd de sens par-dessus ses lunettes à monture noire, il avait ajouté : « Vous aussi ? » *Bien sûr que je me le demande,* se dit désormais Jim. *Mais pas pour les mêmes raisons qu'il vous plairait. À vous et à ma mère.*

Il effleure la toile du doigt pour voir si la peinture fraîche a séché. Eva sera bientôt là, et il faut qu'il couvre le portrait avant son arrivée. Il dit qu'il n'est pas tout à fait terminé, mais en vérité il l'est presque. Aujourd'hui, alors qu'il était censé lire des textes sur la propriété foncière et la copropriété, il a travaillé sur les blocs d'ombre qui définissent les contours de son visage. Il l'a peinte assise sur sa chaise de bureau, lisant (une astuce pour rendre les longues séances de pose mutuellement bénéfiques), ses cheveux noirs cascadant en boucles sur ses épaules. Juste après en avoir ébauché les contours, il s'était aperçu qu'il donnait vie à la vision qu'il avait eue d'elle la première fois qu'ils s'étaient rencontrés sur les berges de la Cam.

La peinture est sèche ; Jim recouvre la toile d'un vieux drap. Il est quatre heures et quart. Elle a trois quarts d'heure de retard, et il pleut toujours à verse, dans un martèlement assourdissant. La peur le prend ; peut-être a-t-elle glissé sur la route mouillée ; ou un conducteur, aveuglé par l'averse, a-t-il percuté la roue de sa bicyclette, l'abandonnant trempée et blessée sur la chaussée. C'est irrationnel, il le sait, mais c'est ainsi désormais – et ça l'est depuis quatre semaines, depuis qu'ils sont entrés dans la vie l'un de l'autre avec l'aisance de vieux amis reprenant le cours d'une conversation familière. L'exaltation étayée par la peur : la peur de la perdre ; la peur de ne pas lui suffire.

Eva avait parlé à Jim de son petit ami, David Katz, le soir de leur rencontre, après qu'il eut réparé son pneu crevé, pris sa propre bicyclette pour aller avec elle dans un pub qu'il connaissait, sur Grantchester Road. Elle avait rencontré Katz six mois plus tôt, quand ils jouaient tous les deux dans *Le Songe d'une nuit d'été.* (Katz était acteur, jouissait déjà d'une réputation flatteuse, Jim le connaissait de nom.) Le cœur n'y était pas vraiment, lui avait-elle dit ; dès le lendemain, elle annoncerait à Katz que c'était fini. Elle l'aurait bien fait sur-le-champ, mais c'était la première de sa pièce, *Œdipe roi.* Elle venait de rater la représentation, et ça n'aurait pas été gentil de remuer le couteau dans la plaie en lui en expliquant les raisons.

Jim et Eva s'étaient assis dans une alcôve au fond du pub, quand le propriétaire annonça la fermeture à la cantonade, exhortant les clients à passer une dernière commande. Cela faisait précisément six heures qu'ils se connaissaient, et une heure dix qu'ils avaient échangé leur premier baiser. Quand elle se tut, Jim hocha la tête et l'embrassa de nouveau. Il ne lui dit pas qu'il venait de comprendre pourquoi le nom de Katz lui était familier : c'était l'ami d'un de ses vieux camarades de classe, Harry Janus, étudiant en lettres à St John's. Jim avait croisé Katz une fois, dans une soirée, et l'avait tout de suite pris en grippe pour des raisons qu'il avait du mal à formuler. Mais désormais – et même après que son succès professionnel fut tel qu'il devint inimaginable de le voir échouer dans quelque domaine que ce fût – Jim éprouvait une certaine compassion pour son rival : la magnanimité du vainqueur. Quelles que soient les réussites futures de Katz, après tout, Jim aurait toujours la récompense la plus précieuse.

Là, au pub, Jim admit que de son côté aussi il y avait quelqu'un à qui il allait devoir faire de la peine. Eva n'avait pas demandé comment elle s'appelait, mais il savait que si elle le faisait, il aurait du mal à s'en souvenir. Pauvre Veronica, se pouvait-il vraiment qu'elle ait si peu compté ? Et pourtant, tel était bien le cas : le lendemain, Jim lui avait proposé de boire un café dans un bar de Market Square, lui avait dit que c'était fini sans même attendre qu'elle termine sa tasse. Veronica avait versé quelques larmes, en silence – elles avaient fait couler son maquillage, une traînée noirâtre de khôl sur la joue. La profondeur de son émotion l'avait surpris – Jim était sûr de ne pas lui avoir donné de faux espoirs, et réciproquement – mais ne lui avait inspiré qu'une gêne distante et polie. En rentrant au collège, Jim s'était demandé comment il pouvait se conduire avec une telle froideur. Mais son malaise fut vite remplacé par d'autres pensées, plus heureuses – les yeux marron foncé d'Eva croisant son regard, la pression des lèvres d'Eva quand ils s'embrassaient. Jim ne repenserait presque jamais plus à Veronica.

Eva avait rompu avec Katz quelques jours après. Le vendredi suivant, elle était allée seule à Londres pour l'anniversaire de sa mère. Elle aurait aimé que Jim l'accompagne, mais elle avait présenté Katz à ses parents l'été précédent, et ne voulait pas les bousculer en leur apprenant cette nouvelle relation. Plus tard ce jour-là, un peu désœuvré, Jim était passé par hasard devant l'ADC, et avait acheté un billet pour la représentation d'*Œdipe roi* le soir même.

Malgré les couches de maquillage blanc, David Katz restait un redoutable rival : grand, charismatique, d'une décontraction dont même Jim reconnaissait le pouvoir de séduction. Et puis, comme Eva, Katz était juif. Même s'il ne l'aurait jamais admis de cette manière, Jim – protestant, baptisé uniquement suite aux demandes répétées de sa grand-mère et étranger à cette histoire commune, à ce sentiment de perte – n'était pas qu'un peu intimidé.

Après la représentation, il était sorti du théâtre en catimini, était rentré au collège et avait fait les cent pas dans sa chambre, obnubilé par ce qu'Eva pouvait lui trouver, ce qu'il aurait à lui offrir de plus que Katz. Et puis Sweeting était rentré, avait frappé à sa porte et lui avait annoncé qu'ils étaient quelques-uns à aller au bar du collège, « alors si tu arrêtais de te morfondre pour venir te saouler avec nous ? ».

À présent, un déluge ruisselle sur la verrière, et les pensées de Jim tournent en rond, se bousculent : Katz est allé voir Eva ; il l'a reconquise ; ils sont allongés dans la chambre d'Eva, peau contre peau. Il prend sa veste, descend les marches de l'escalier deux à deux, il vérifiera l'ouverture dans la haie – leur ouverture – au cas où elle ait décidé d'éviter la loge du concierge. (Le concierge de jour commence à tiquer devant la fréquence des passages d'Eva ; injustement, se dit Jim, dans la mesure où ce n'est assurément pas la seule fille de Newnham qui passe une bonne partie de son temps hors du collège.) Au rez-de-chaussée, il renverse presque Sweeting, qui rentre au moment où Jim sort.

— Gaffe, Taylor, dit Sweeting, mais Jim ne s'arrête pas, ne remarque même pas la pluie qui lui lisse les cheveux, se glisse sous le col déboutonné de sa chemise.

Devant la haie, il s'arrête, murmure son nom. Le répète, plus fort. Cette fois, il l'entend répondre.

— Je suis là.

Elle crapahute par l'ouverture, des branches mouillées s'accrochant à son visage, à son manteau. Il tente de les écarter pour lui faciliter le passage, mais les grosses branches ricochent, lui éraflent les mains. Quand elle se retrouve face à lui – trempée, maculée de terre, essoufflée, l'air navrée, expliquant qu'elle s'est retrouvée coincée, à parler à quelqu'un après le cours et n'a pas réussi à s'en échapper – il pleurerait presque de soulagement. Il réprime son envie, sait que ce n'est pas très viril. Mais il ne peut s'empêcher de dire, en la prenant dans ses bras :

— Oh, ma chérie, j'ai cru que tu ne viendrais pas.

Eva se libère de son étreinte, avec cette même expression sévère qu'il commence à adorer, la pluie dégoulinant de son nez.

— Que tu es bête. Ne sois pas ridicule. Comment pourrais-je avoir envie d'être ailleurs qu'ici ?

## Version 2

*Maman*
*Cambridge, novembre 1958*

— Tu es obligé d'y aller ? demande-t-elle.

Jim, qui s'habille dans la pénombre de la chambre de Veronica, se tourne et la regarde. Elle est allongée sur le côté ; les deux renflements jumeaux de ses seins sont comprimés l'un contre l'autre, solides, d'une blancheur de porcelaine sous sa combinaison violette.

— Je n'ai pas le choix. Elle arrive par le train de onze heures.

— Ta mère, dit-elle platement.

Elle le regarde enfiler ses chaussettes.

— Comment est-elle ? reprend-elle.

— Il vaut mieux que tu ne le saches pas, dit-il, sous-entendant : *Je n'ai pas envie de parler de ça.*

Et vraiment, toute association entre Veronica et la mère de Jim est à éviter : elles n'ont que dix ans de différence, un fait qui, chaque fois qu'il y pense, lui répugne, et répugne sans doute encore plus à Veronica.

Le sentant peut-être, elle n'insiste pas, mais descend avec lui dans son peignoir de soie, lui propose de préparer du café. La matinée est terne et couverte, la pluie menace. Dans la lumière grise et crue, les restes de la veille – les verres de vin, celui de Veronica encore marqué d'une trace de rouge à lèvres rose ; les assiettes sales entassées dans l'évier – lui semblent horriblement sordides. Il refuse le café, l'embrasse hâtivement sur la bouche, ne répond pas quand elle lui demande quand ils se reverront.

— Bill revient la semaine prochaine, n'oublie pas, ajoute-t-elle, à voix basse, quand il ouvre la porte. Il ne nous reste plus beaucoup de temps.

Après avoir vigoureusement fermé la porte, Jim récupère sa bicyclette dans l'allée latérale de la maison. Le rideau de dentelle du voisin bouge quand il s'engage sur la route, mais il ne prend pas la peine de jeter un œil. Tout cela a quelque chose d'irréel – comme si ce n'était pas vraiment lui qui mettait le pied aux pédales, s'éloignait sur le bitume de cette banale rue de banlieue, laissant derrière lui sa maîtresse (à défaut d'un meilleur qualificatif), une femme de douze ans son aînée, dont le mari travaille dans la marine marchande. *Après tout,* se dit-il en tournant dans Mill Road pour longer la dense file de véhicules qui vont du centre à la gare, *c'est elle qui a voulu tout ça, non ?* Veronica l'avait pourchassé dans un des coins les plus poussiéreux de la bibliothèque de l'université (elle donnait un cours du soir en cultures anciennes) ; Veronica lui avait demandé si ça lui disait d'aller boire un verre avec elle. Ce n'était pas la première fois qu'elle faisait ça, bien sûr, et elle recommencerait. Cela ne signifiait pas qu'il l'avait fait contre son gré – loin de là – mais il s'aperçoit de plus en plus qu'il la connaît à peine et se fiche pas mal de la connaître mieux ; que ce qui lui avait semblé excitant et illicite porte désormais le sceau insignifiant du cliché. *Il faut que ça cesse,* se dit-il. *Je lui parlerai demain.*

Une fois cette résolution prise, Jim se sent un peu mieux à son arrivée à la gare et pose sa bicyclette contre une partie de mur libre. Le train de onze heures en provenance de King's Cross est en retard. Il s'assoit à la cafétéria, boit du mauvais café et mange un petit pain brioché, puis entend le train arriver dans un grand crissement de freins. Il prend son temps avant de se lever, boit jusqu'aux dernières gouttes mêlées de marc ; dans la salle des guichets, il entend sa mère l'appeler. D'une voix brusque, trop forte. « James ! James ! Chéri ! Maman est là ! Où es-tu ? »

Vivian est d'humeur exubérante : il s'en est aperçu quand elle l'a appelé dans la loge du concierge deux jours plus tôt, disant qu'elle lui rendrait visite samedi, n'était-ce pas une belle surprise ? Inutile de lui faire remarquer que le trimestre touchait à sa fin, qu'il rentrait à la maison dans deux semaines et avait une tonne de travail à finir d'ici là, si tant est que le Dr Dawson envisage la possibilité de lui permettre de revenir l'année prochaine. Encore fallait-il que Jim eût envie de revenir.

« Oui, c'est une belle surprise, maman », lui a-t-il sagement répondu. C'est ce qu'il lui répète, en la retrouvant à côté de la station de taxis, d'où elle continue jusqu'au dernier moment de crier son nom. Elle porte un tailleur de coton bleu clair, une écharpe rose, un chapeau orné de roses rouges artificielles. Elle se sent minuscule dans ses bras : il craint qu'elle ne le devienne un peu plus chaque fois qu'il la voit, comme si, très lentement, elle s'évaporait sous ses yeux. C'est ainsi qu'elle lui avait décrit ses coups de déprime, un jour – il était encore petit, neuf ou dix ans ; c'était avant la mort de son père – quand il s'était assis à côté d'elle sur son lit, dans la chambre aux rideaux tirés. « J'ai l'impression, avait-elle dit, de disparaître peu à peu, et ça ne me fait ni chaud ni froid. »

Il laisse sa bicyclette à la gare, propose de prendre un taxi jusqu'en ville, mais elle ne veut rien entendre.

— Marchons, dit-elle. Il fait si beau.

Il ne fait pas beau – ils n'ont pas encore parcouru la moitié de Mill Road qu'ils sentent déjà les premières gouttes de pluie sur leurs épaules – mais elle parle vite. Un flot de paroles. Son voyage en train depuis Bristol, la veille – « J'ai rencontré une femme absolument charmante, Jim. Je lui ai donné notre numéro. Je crois vraiment que nous pourrions devenir très bonnes amies. » Sa tante Frances, avec qui elle a passé la soirée à Crouch End – « Elle a préparé un poulet rôti, James, un poulet entier. Tous les enfants étaient là – les adorables créatures – et il y avait du trifle, parce qu'elle sait que c'est mon dessert préféré. »

Jim a réservé une table à l'University Arms, à l'heure du déjeuner. Vivian préfère prendre ses repas au collège – « Pour que je sache vraiment ce que ça fait d'être à ta place, Jim » –, mais la dernière fois qu'il l'avait emmenée au réfectoire, elle s'était approchée de la table des professeurs et avait engagé la conversation avec un maître de conférences effrayé. Il avait fallu à ce dernier – général de brigade émérite – près d'une demi-heure pour s'en extirper. Jim avait eu l'impression de retourner à l'école primaire – quand il croisait le regard de Vivian qui lui faisait signe depuis le portail, coiffée d'un chapeau rouge et d'un manteau vert : saillies de couleurs éclatantes au milieu des parures feutrées des autres mères. Les garçons autour de lui la dévisageant, se donnant des petits coups de coude, murmurant.

Après déjeuner, ils traversent la ville en direction de Clare, franchissent le pont et ses gros blocs de pierre couleur miel et s'engagent dans les jardins. Il ne pleut plus, mais le ciel est toujours plombé. L'humeur de Vivian s'alourdit également. Près de l'étang ornemental, elle s'arrête, se tourne vers lui et dit :

— Tu vas bientôt rentrer, n'est-ce pas ? Je me sens tellement seule dans cet appartement, livrée à moi-même.

Il déglutit. La seule mention de ce lieu lui pèse sur les épaules.

— Je rentre dans deux semaines, maman. Le trimestre est presque fini. Tu te rappelles ?

— Ah, oui. Bien sûr.

Elle hoche la tête, pince les lèvres. Elle s'est remis du rouge après le déjeuner, mais mal, en le badigeonnant grossièrement – elle a sans doute choisi la couleur en fonction des roses sur son chapeau, même s'il jure terriblement avec son foulard.

— Mon fils l'avocat. Le brillant, très brillant avocat. Tu ne ressembles pas du tout à ton père. Tu n'imagines pas à quel point j'en suis soulagée, mon chéri.

Le poids s'alourdit. Jim éprouve le besoin soudain, débordant, de crier – de dire à sa mère qu'il n'en peut plus, qu'il ne compte pas rester. De lui demander pourquoi elle tenait tellement à ce qu'il s'inscrive à Cambridge au lieu de faire les Beaux-Arts : elle sait pourtant bien que la peinture est la seule chose qui l'ait jamais vraiment rendu heureux. Mais il ne crie pas. Il dit doucement :

— En fait, maman, je ne pense pas revenir l'année prochaine. Je ne crois vraiment pas que je sois…

Vivian a enfoui son visage dans ses mains, mais il sait qu'elle pleure.

— Arrête, Jim, dit-elle dans un murmure. S'il te plaît. C'est insupportable.

Il n'en dit pas plus. Il l'emmène dans sa chambre de Memorial Court pour qu'elle s'asperge le visage d'eau et se remaquille. Son exubérance initiale a disparu : elle redescend au creux de la vague, et il éprouve ce vieux et familier mélange de frustration et d'impuissance, l'envie de la protéger tempérée par la certitude qu'il n'a aucun moyen de l'atteindre.

Cette fois, Jim insiste pour qu'ils prennent un taxi. Il donne la main à Vivian pour l'aider à monter dans un compartiment du train de cinq heures, s'attarde devant la fenêtre, se demande s'il ne vaudrait mieux pas monter à bord, l'accompagner chez sa tante, s'assurer qu'elle arrive à bon port. L'année précédente, dans un état à peu près semblable à celui-là, elle s'était endormie dans un compartiment vide après Potters Bar et n'avait été retrouvée par un employé que bien après la descente des derniers passagers et l'arrêt du train dans une voie de garage à Finsbury Park.

Mais il ne monte pas. Il reste sur le quai, agite inutilement la main – sa mère a les yeux fermés, la tête appuyée contre le dossier de son siège – jusqu'à ce que le train disparaisse au loin et qu'il ne lui reste plus qu'à récupérer sa bicyclette, puis à rentrer en ville.

## Version 3

*La cathédrale*
*Cambridge et Ely, décembre 1958*

Le dernier samedi du trimestre, ils se réveillent tôt dans la chambre du collège de Jim, sortent discrètement par la brèche dans la haie et prennent le bus pour Ely.

Les marais sont baignés d'une douce lumière aqueuse, le soleil si bas dans le ciel qu'il semble presque toucher l'horizon. Un vent d'est souffle. Il soufflait déjà en ville – cela fait des semaines qu'ils serrent davantage leurs écharpes autour du cou et qu'au réveil leur souffle forme un nuage de vapeur dans l'air glacial – mais ici, il n'y a pas d'immeubles pour les abriter du vent, rien que des hectares de boue durcie, d'arbres couchés et tordus.

— Quand feras-tu tes valises ? demande-t-il.

Ils s'en vont demain : Jim par le train de midi – il s'arrêtera en route à Crouch End chez sa tante Frances pour y passer la nuit ; Eva après déjeuner, dans la Morris Minor de ses parents, son frère fatigué et grincheux assis à côté d'elle sur la banquette arrière.

— Dans la matinée, j'imagine. Ça ne devrait pas me prendre plus d'une heure ou deux. Et toi ?

— Pareil.

Il lui prend la main. Celle de Jim est froide, rêche, son index calleux d'avoir tenu trop longtemps le manche en bois de ses pinceaux, ses ongles encadrés par des demi-lunes de peinture séchée. La veille, il avait fini par lui montrer son portrait ; il avait soulevé le drap avec une mimique de magicien, mais elle avait vu qu'il était nerveux. Eva ne lui dit pas qu'elle l'avait déjà regardé quelques jours plus tôt, pendant qu'il était aux toilettes au fond du couloir ; qu'elle avait longuement scruté son portrait. Elle était là, rendue en couches de peinture, par petites touches vives en forme d'hirondelle, à la fois complètement elle-même et comme sublimée, autre. Cela faisait une semaine qu'elle avait consulté le médecin. Elle ne pouvait regarder le tableau, voir un tel hommage, sans rien dire. Et pourtant qu'y avait-il à dire ?

Maintenant aussi elle se tait, devant la vaste désolation des marais qui défilent. À l'avant de l'autocar, un bébé pleure, d'une voix sourde et gutturale, tandis que sa mère tente de le calmer.

« De plus de deux mois, avait dit le médecin, la dévisageant d'un regard lourd de sens. Trois, même. Il va falloir que vous preniez vos dispositions, mademoiselle Edelstein. Vous et votre... »

Il avait laissé sa phrase en suspens, et Eva ne l'avait pas complétée. Elle ne pensait qu'à Jim, au fait qu'elle le connaissait seulement depuis six semaines.

S'il remarque le silence d'Eva, Jim ne dit rien. Il se tait, lui aussi, pâle, les yeux abîmés de fatigue. Eva sait qu'il n'est guère impatient de partir, de rentrer à l'appartement de Bristol où il ne se sent pas chez lui – une simple location où sa mère, Vivian, habite. Chez moi, lui a-t-il dit, c'est la maison du Sussex où je suis né : du silex rustique et un jardin rempli de roses. Son père peignant au grenier ; sa mère posant pour lui, ou mélangeant les couleurs, rinçant les pots à la térébenthine dans le cellier du rez-de-chaussée. C'est là qu'était Vivian, a dit Jim, quand son père s'était tenu la poitrine en haut de l'escalier et s'était effondré ; elle était sortie du cellier en courant et l'avait vu brisé et désarticulé sur la marche d'en bas. Jim était à l'école. Sa tante Patsy était passée le prendre, l'avait ramené à la maison qui n'avait plus rien d'une maison : un endroit plein de policiers, de voisins préparant du thé, et sa mère hurlant, hurlant, jusqu'à ce que les médecins arrivent et que tout retombe dans le silence.

À Ely, l'autocar s'arrête à côté du bureau de poste. « Tout le monde descend », crie le chauffeur, et ils se mettent dans la file, sans se lâcher la main, derrière les autres passagers : la femme à l'enfant, qui dort maintenant ; un couple plus âgé, l'homme renfrogné et coiffé d'une casquette, la femme potelée, un air de bonté. Elle croise le regard d'Eva en descendant les marches.

— Jeunes tourtereaux, hein ? dit-elle. Bonne journée à vous.

Eva la remercie, se rapproche de Jim. Le froid leur mord la peau.

— Si on allait jeter un œil à la cathédrale ? dit-il. J'y ai assisté à un concert organisé par l'association des étudiants en droit l'an dernier et j'en ai profité pour visiter. C'est magnifique.

Elle hoche la tête : tout ce que veut Jim, tout pour rester près de lui, pour repousser le moment de lui dire ce qui lui arrive, et ce qu'elle est obligée de faire.

Ils se mettent en marche, emmitouflés dans leur écharpe, vers les flèches qui se dressent : deux d'entre elles, carrées comme le donjon d'un château, leurs murs balafrés, grêlés, accrochant la lumière de l'hiver. Soudain Jim s'arrête, se tourne vers elle, rougissant.

— Ça ne te dérange pas, au moins ? D'entrer. Je ne me suis même pas posé la question.

Elle sourit.

— Bien sûr que non. Tant que ça ne dérange pas Dieu.

C'est le volume qui frappe d'abord Eva : les grands piliers qui se dressent dans l'immensité des voûtes du plafond. Sous leurs pieds, une mosaïque de tesselles polies – « Un labyrinthe, dit Jim, et Dieu en son centre » – et face à eux, sous de grands vitraux, un retable doré, sous lequel se trouve l'autel, couvert d'un délicat linge blanc. Ils traversent lentement la nef, s'arrêtent pour lever la tête vers un autre plafond extraordinaire, ses panneaux à nervures peints en rouge, vert et or. En son centre, une étoile qui rappelle à Eva celle brodée sur la nappe du shabbat de sa mère – bien que cette dernière ait six branches alors que celle-là (elle les compte en silence) en a huit.

— L'octogone.

Jim murmure presque. Eva observe les rapides mouvements animés de son visage, elle l'aime ; éprouve pour lui un amour si débordant qu'il en est presque étouffant. *Comment puis-je le quitter ?* se dit-elle. Et pourtant il le faut ; comme elle n'arrivait pas à trouver le sommeil dans sa chambre du collège, au son des craquements et des murmures nocturnes du bâtiment, elle s'est prise à espérer : s'est imaginée le mettre au courant, regarder son expression changer, puis afficher sa détermination. *Ça n'a aucune importance,* dit-il – ce Jim imaginaire – en la serrant contre lui. *Ça n'a aucune importance, Eva, tant que nous sommes ensemble.* C'est un rêve éveillé, mais elle sait qu'il pourrait devenir réalité, que ce Jim qui lui fait face, qui lève la tête vers la lointaine surface du plafond (comme elle aimerait tendre le bras pour prendre son menton dans le creux de sa main, lui faire pencher la tête pour que leurs lèvres se rencontrent) pourrait vraiment prononcer ces mots-là. Voilà pourquoi – tandis que le matin s'immisçait dans la ville et que le collège s'éveillait à la vie – elle avait résolu, encore et encore, de ne pas lui en donner l'occasion, de ne pas permettre à l'homme qu'elle aime, avec le talent qu'il a, ses projets grandioses – l'homme qui portait déjà le poids de la maladie de sa mère – d'être piégé par une situation qu'il n'a pas choisie. Père de l'enfant d'un autre : Jim dirait qu'il s'en occuperait et s'en occuperait bien ; mais elle ne lui permettrait pas de faire ce sacrifice.

Quelques jours plus tôt, Eva était assise sur son lit à Newnham avec Penelope, tête posée sur l'épaule de cette dernière ; même son amie la plus chère n'avait pas tenté de l'en dissuader.

— Et si David refuse ? avait demandé Pen. Qu'est-ce qu'on fait ?

Comme Eva lui était reconnaissante d'avoir dit « on ».

— Il ne refusera pas, Pen. Et s'il refuse, bah... je me débrouillerai.

— *On* se débrouillera, l'avait corrigée Penelope, et Eva avait fait en sorte de tenir sa promesse, même si elle savait que le fardeau lui revenait – à elle, mais aussi à David – et que personne ne pourrait le porter à sa place.

Ni Penelope, ni ses parents. Elle pensait que Miriam et Jakob comprendraient – comment pourrait-il en être autrement, vu leur propre histoire ? – et pourtant elle ne supportait pas l'idée de retourner dans sa vieille chambre de Highgate, d'abandonner ses études, d'être enceinte et seule.

Dans son carnet, elle nota : *J'ai choisi Jim et je ne supporte pas de le quitter. Mais le choix n'est plus seulement de mon ressort.*

À présent, dans la cathédrale, Jim est intarissable.

— Les moines l'ont construite après que les piliers d'origine de la nef se furent écroulés une nuit. Ils croyaient qu'il y avait eu un tremblement de terre.

Cela a dû être leur façon de se prouver que la catastrophe ne les avait pas vaincus.

Eva hoche la tête. Elle ignore quoi lui répondre, comment exprimer le sentiment qui surgit en elle : l'amour, oui, mais teinté de tristesse, non seulement à cause de la douleur de la séparation, mais des êtres qu'ils ont perdus. Le père de Jim, étendu et brisé sur la marche du bas. Les Oma et Opa d'Eva, des deux côtés, et tous ses oncles, tantes et cousins, entassés comme du bétail dans des trains de marchandises, assoiffés et aveuglés, ignorant tout de leur destination – habités par la méfiance et la peur, mais encore porteurs d'espoir. Il devait y avoir de l'espoir, certainement, jusqu'au tout dernier moment, quand ils comprirent qu'il n'y avait plus rien à faire.

Comme s'il lisait dans ses pensées, Jim lui serre la main.

— Allumons un cierge.

Il y a un porte-cierges près de la porte ouest : une dizaine de flammes luisent dans l'obscurité. Les autres cierges sont empilés sous une fente pour les pièces. Eva prend une poignée de pennies dans son sac à main et les y glisse, prend un cierge pour chaque Oma, chaque Opa, et les allume, les enfonce fermement l'un après l'autre dans leur socle de métal. Jim n'en prend qu'un, pour son père, Lewis, puis ils regardent leur mèche illuminée, Jim prenant la main d'Eva dans sa main calleuse de peintre. Elle a envie de pleurer, mais les larmes ne suffisent pas à exprimer la signification de tout cela : être là avec lui, se souvenir, espérer, alors qu'elle sera partie demain.

Ils mangent un bouillon de légumes au réfectoire, puis retraversent lentement la ville. Le soleil pâlit, le vent fouette leurs cheveux ; la chaleur de l'autocar est un réconfort. À bord, Eva se déchausse, se réchauffe les pieds contre le radiateur sous son siège. Elle ne veut pas s'endormir, mais sa tête retombe vite contre le dossier de son siège, et Jim la sent glisser sur son épaule. À Cambridge, il la réveille doucement.

— On est arrivés, Eva. Tu as dormi tout du long.

C'est seulement là, à leur descente de l'autocar, qu'Eva dit à Jim qu'elle regrette mais ne peut passer la soirée avec lui ; elle a quelque chose à faire. Jim proteste : après demain, dit-il, ils ne se verront plus pendant quatre semaines. Eva dit qu'elle le sait. Elle regrette vraiment. Puis elle se penche, l'embrasse, se tourne et s'éloigne en toute hâte, malgré les appels de Jim, car c'est tout ce qu'elle trouve à faire pour soulever la lourdeur de ses pieds.

Elle ne s'arrête pas avant d'avoir atteint King's Parade. Les hautes tours de la porte de King's College jettent leurs longues ombres obliques sur les pavés. Eva s'appuie contre un lampadaire, ignorant les regards curieux des hommes qui passent à vive allure devant elle dans leur toge noire. C'est bientôt l'heure du Formal Hall[1]. Elle manquera celui de Newnham, mais elle s'en fiche. Elle n'imagine pas pouvoir retrouver l'appétit un jour.

---

1. Dîner cérémonial des plus anciennes universités anglaises, qui existe aussi dans certains autres pays du Commonwealth. *(Toutes les notes sont du traducteur.)*

À l'intérieur, le concierge ne fait rien pour cacher son agacement.

— C'est l'heure du dîner, mademoiselle. M. Katz doit s'y rendre d'un instant à l'autre.

— S'il vous plaît, répète-t-elle. Il est vraiment très important que je le voie tout de suite.

— Eva, que se passe-t-il ? lui demande David dans un murmure pressant quelques minutes plus tard. Le repas est sur le point d'être servi.

Puis, voyant la tête qu'elle fait, l'expression de David se radoucit. Elle se rappelle le moment de rompre avec lui, son air totalement démuni. « Mais c'est toi que j'ai choisie », avait-il dit, et elle n'avait rien trouvé d'autre à répondre que : « Je regrette. » Il se débarrasse de sa toge, la plie par-dessus son bras.

— Bon, viens. On va manger un morceau à l'Eagle.

Plus tard, après leur discussion, une fois leur décision arrêtée, Eva retourne dans sa chambre à Newnham, où elle écrit une lettre. Elle va chercher sa bicyclette sous l'abri, roule dans les rues sombres jusqu'à Clare et demande au concierge – plus vieux celui-là, plus aimable, souriant devant la télé quand elle entre, et gratifiant Eva du même sourire – de la déposer dans la boîte aux lettres de Jim Taylor.

Puis Eva s'enfuit, refusant de se retourner pour éviter de l'apercevoir. Refusant de se retourner sur tout ce qui aurait pu advenir.

## Version 1

*À la maison*
*Londres, août 1960*

Le soir du retour d'Eva et Jim de leur lune de miel, Jakob et Miriam Edelstein servent à boire au jardin.

C'est la plus douce des soirées d'été anglaises : les derniers rayons du soleil réchauffent encore la terrasse, l'air est placide, riche de l'odeur de chèvrefeuille et de terre humide. Jim, sirotant son whisky-soda, est encore fatigué, la tête cotonneuse et pesante – mais agréablement, sa main posée avec légèreté sur le bras d'Eva. Elle sourit, bronzée. La peau d'Eva, dans l'esprit de Jim, porte encore la chaleur de l'île ; la véranda blanchie à la chaux où ils prenaient leur petit déjeuner de melon et de yaourt ; le port où ils sirotaient un verre de retsina à la tombée du soir.

— Eh bien, dit Miriam, il faut que l'on vous renvoie en Grèce. Vous avez une mine superbe.

Elle est assise à la gauche d'Eva, jambes sveltes et nues sous sa robe d'été. Elles sont indéniablement mère et fille : petites et vives, comme un oiseau – même leur voix est similaire, basse et flûtée, bien que celle de Miriam ait conservé les aspérités anguleuses de son accent autrichien. Bizarrement, sa voix chantante – elle étudiait au conservatoire de Vienne quand elle tomba enceinte d'Eva – est une bonne octave plus haut : une voix claire de soprano, polie jusqu'à l'os.

Anton tient de son père : ils sont tous les deux grands, bien bâtis, leurs mouvements lents, réfléchis. Il a dix-neuf ans et s'est servi un whisky pour porter un toast à sa sœur et son beau-frère – ce qu'il fait maintenant, levant son verre devant Jim. « Bienvenue à la maison. »

*À la maison*, se dit Jim. *Nous habitons là, nous aussi.* Car c'est bien là qu'ils habitent, du moins pour le moment : les Edelstein ont aménagé l'appartement de trois pièces – une chambre, un séjour avec kitchenette et une minuscule salle d'eau – qui couvre le dernier étage de leur élégante et vaste demeure. Il avait été occupé par Herr Fischler, cousin viennois éloigné de Jakob, jusqu'à sa mort l'année précédente. Depuis, il servait de débarras pour des cartons de livres, pour le surplus de la maison qui, comme ses propriétaires, est dédiée à la musique et à la lecture avant tout autre plaisir. Chaque pièce est remplie de bibliothèques, et le salon d'étagères de partitions, présidées par un piano à queue sur lequel Anton fait ses gammes à contrecœur et par intermittence. (Eva aussi a passé du temps au piano quand elle était petite, mais s'était révélée si dénuée de talent que la famille l'avait considérée comme une cause perdue.) Au-dessus de la rampe en acajou sont accrochés les portraits sépia de membres non identifiés de la famille Edelstein, collet monté, austères. Ces photos sont moins précieuses pour leur qualité que pour le long périple qu'elles firent jusqu'à Londres, après la guerre, envoyées par l'ami catholique bienveillant à qui le père de Jakob avait confié, après la Nuit de cristal, ces trésors sauvegardés.

Eva – son *épouse* ; que ce mot était nouveau et merveilleux – prend la main de Jim. Au début, quand Jakob leur avait proposé d'emménager dans l'appartement libre – ils déjeunaient à l'University Arms, fêtant à la fois les vingt et un ans d'Eva et leurs fiançailles –, Jim s'était montré hésitant. Dans son esprit, il avait envisagé un endroit à eux, où ils pourraient se couper du monde. On lui avait proposé une place à la Slade à partir de septembre ; avec le soutien d'Eva, il avait finalement résolu d'abandonner le droit. Eva l'avait accompagné à Bristol pour annoncer la nouvelle à sa mère, qui pleura, un peu ; mais Eva servit le thé, détourna promptement, intelligemment, l'attention de Vivian en changeant de sujet, et Jim voulut croire que le poids de la déception de sa mère serait supportable, malgré tout. Plusieurs semaines d'incertitude avaient suivi, au cours desquelles Jim ignora si le ministère du Travail l'autoriserait une nouvelle fois à repousser son fichu service militaire ; la lettre confirmant qu'il était définitivement exempté finit par arriver, à son grand soulagement, la semaine de ses derniers examens.

Eva, pendant ce temps, alla à Londres pour un entretien d'embauche au *Daily Courier*.

« C'est vraiment un poste de factotum pour les pages féminines, dit-elle à son retour. Rien de très glamour. »

Mais Jim savait très bien ce que cet emploi représentait pour elle. Quand l'offre se présenta – à peine quelques jours après qu'il eut reçu sa propre lettre du ministère –, ils grimpèrent par la fenêtre de la chambre de Jim à Old Court pour monter sur la balustrade, regarder au-delà de l'impeccable étendue de gazon, les barques musardant sur la rivière, siroter du porto liquoreux (que Jim avait gagné lors d'un concours universitaire d'art le trimestre dernier) directement au goulot.

« À l'avenir », avait dit Jim, et Eva avait ri et l'avait embrassé.

Il semblait le voir se dérouler devant eux, cet avenir – leur mariage, ses tableaux, l'écriture pour Eva, le merveilleux fait de passer toutes ses nuits aux côtés d'Eva –, et il sentit une bouffée de bonheur si authentique, si débordante, qu'il dut s'agripper à la balustrade en pierre pour ne pas tomber. Puis l'un des concierges, qui traversait la pelouse coiffé de son chapeau melon, leva les yeux et les vit – « Vous, là-haut, descendez tout de suite » – et ils lui avaient fait signe, main dans la main : jeunes, intouchables, libres.

La vision de l'avenir de Jim n'englobait pas la cohabitation avec les Edelstein : il avait imaginé un appartement près de Hampstead Heath – ils y avaient fait des promenades lors des vacances d'été – avec un grand bow-window où installer son chevalet et un petit cabinet où Eva écrirait. Mais Eva était plus pragmatique. Avec pour seul revenu la modeste bourse de Jim à la Slade et le salaire de misère qu'elle gagnerait au *Daily Courier* – du moins au début –, ils seraient presque sans le sou.

— Mieux vaut être pauvres et au chaud avec papa et maman, lui avait-elle dit, que pauvres et transis de froid dans un sous-sol humide, non ?

Jim avait souri.

— C'est assez tentant, je dois dire. On serait obligés de se serrer l'un contre l'autre pour se réchauffer.

Eva lui avait rendu son sourire et caressé le visage, mais il comprit qu'elle avait déjà pris sa décision.

*De toute façon*, se dit Jim, en observant la famille de son épouse, *j'ai de la chance.* Les Edelstein l'ont accueilli avec une générosité naturelle, spontanée. Jakob, premier violon de l'Orchestre symphonique de Londres, est un homme bon et doux, presque timide. Pour leur première rencontre, Jim avait, à plusieurs reprises, surpris Jakob en train de l'observer avec une expression assez interrogatrice – il le jaugeait, s'était dit Jim, et comme il ne lui vit plus jamais cette expression, Jim suppose que Jakob le trouve à son goût. Anton fut ravi de découvrir, le jour du mariage, que Toby, le cousin de Jim, était dans la même année que lui à l'université – mais préfet des études et joueur admiré de l'équipe première. Et Miriam a été gentille avec Jim dès le début. Si elle ou Jakob éprouvent le moindre soupçon de déception parce qu'Eva n'a pas fait de mariage religieux, ils se sont bien gardés de le montrer. Ils semblèrent se réjouir sincèrement du projet de Jim et Eva d'un mariage civil (Eva en soie blanche, avec un bouquet d'anémones ; un groupe de skiffle jouant dans le hall du rez-de-chaussée) ; à aucun moment Jim n'eut l'impression qu'ils auraient préféré que leur fille se marie à la synagogue.

Peu après leurs fiançailles – encore tout ému par sa demande et la réponse positive d'Eva –, Jim avait, au cours d'une de leurs conversations matinales à voix basse, proposé de se convertir ; il l'avait dit avec le plus grand sérieux, mais Eva avait ri, gentiment, et lui avait répondu que ce n'était même pas la peine d'y penser.

— Maman et papa sont au-dessus de tout ça, avait-elle dit, son corps tout chaud serré au creux de son bras. Ce tribalisme, j'entends. Ils ont vu où cela menait.

À huit heures, il fait encore chaud ; le ciel au-dessus de Highgate est zébré de rose, la lune qui se lève est un disque flou à l'horizon. Ils décident de manger dehors – « Ce serait dommage, dit Miriam, de rester enfermés dans cette vieille salle à manger étouffante » – et Jim aide à sortir verres, couverts et bougies. Miriam apporte des plats de poulet froid, de hareng mariné à la sauce à l'aneth (le mets préféré de Jakob), une salade de pommes de terre et de grosses tomates baignées d'huile d'olive non raffinée qu'Eva a rapportée de Grèce. Jakob sert le vin, et tandis qu'ils mangent et boivent, Jim est submergé par un mélange pesant de fatigue et de chaleur, et la merveilleuse proximité d'Eva, son épouse, la femme qui l'a choisi entre tous, avec qui il a passé la majeure partie des deux dernières semaines allongé dans un enchevêtrement de membres, le goût chaud et salé d'Eva s'attardant sur sa langue.

— Vous avez reçu des lettres, dit Miriam. Je les ai mises dans l'appartement, sur la cheminée. Vous les avez vues ?

Eva secoue la tête.

— Pas encore, maman. On est allés directement se coucher. On les lira plus tard.

Miriam regarde Jim.

— L'une d'entre elles portait un tampon de Bristol. De ta mère ?

Jim hoche la tête et détourne le regard. Vivian avait de nouveau été hospitalisée quelques semaines avant leur mariage, et même Eva, alors, avait été incapable de le dissuader que cela n'était pas lié à sa décision d'abandonner le droit. Il avait vu sa mère pour la dernière fois juste après ses examens finaux. Il était allé directement de Cambridge chez les Edelstein, avait occupé l'appartement d'en haut, tandis qu'Eva dormait dans sa chambre d'enfant. Par un beau samedi, il avait emprunté la Morris Minor des Edelstein et pris la direction de l'ouest vers Bristol et l'hôpital. Vivian était assise seule devant une fenêtre avec vue sur un bosquet touffu. Il avait prononcé son nom, encore et encore, mais elle ne s'était pas retournée.

Jakob, sentant la gêne de Jim, répond à sa place.

— Ils auront le temps de les lire plus tard, Miriam. Qu'ils commencent par s'installer, non ?

Mari et femme échangent un regard, et Miriam hoche brièvement la tête, s'essuie la bouche avec sa serviette.

— Alors, quand commences-tu à la Slade, Jim ? Tu es impatient ?

Plus tard, allongés côte à côte dans l'appartement, Eva lui murmure à l'oreille.

— Allons voir ta mère, Jim, le week-end prochain. On emportera quelques photos du mariage. Pour lui donner l'impression qu'elle y était.

— Oui, on pourrait, dit-il, et il la serre plus près.

Il plonge dans un sommeil lourd, rêve qu'il est de retour dans le train de nuit, en Italie, les champs sombres à travers la fenêtre à moitié ouverte, et sa mère endormie dans le compartiment voisin. La tête de sa mère retombe en arrière sur son siège, et il l'observe à travers la cloison de verre, incapable de l'atteindre, refusant d'essayer.

## Version 2

*Gypsophile*
*Londres, août 1960*

Le mariage d'Eva Maria Edelstein et David Abraham Katz est célébré un dimanche à la Grande Synagogue de Hallam Street et suivi d'un banquet au Savoy.

La mariée porte une robe droite échancrée en cœur, achetée à grands frais chez Selfridges par sa belle-mère, Judith Katz, et un bouquet de roses thé et de gypsophiles. Plus tard, tous les invités se fendront d'un commentaire sur sa beauté – bien qu'en vérité ils n'aient d'yeux que pour le marié. Bel homme, son costume gris clair d'une belle coupe, sa coiffure impeccable.

« Je n'ai presque pas reconnu mon neveu, dira à qui voudra l'entendre l'une des tantes Katz au cours du banquet. J'ai cru voir Rock Hudson en personne. »

C'est une journée étouffante : cette même tante se trouve mal à l'intérieur de la synagogue, pendant le rituel des coupes de vin, entraînant une brève interruption angoissée de la cérémonie, mais reprend vite ses esprits grâce à un mouchoir imbibé de lavande que sa sœur cadette tire de son sac à main. Puis les invités attendent sur les marches dans la chaleur, les mains pleines de papier de riz rose et blanc. Les mariés émergent dans la lumière aveuglante, rient aux éclats quand les confettis atterrissent dans leurs cheveux, sur leurs paupières et leurs épaules, sous l'œil du photographe qui actionne l'obturateur de son appareil, encore et encore.

Au Savoy, il y a des boissons et de la danse, et de riches mets en abondance. Anton Edelstein et son camarade de classe Ian Liebnitz boivent trop de punch et vomissent discrètement dans une urne ornementale. Après les discours, Miriam Edelstein chante un lied de Schubert, accompagnée par Jakob au piano. En son for intérieur, Judith Katz trouve que c'est un peu *de trop** [1] ; mais elle sourit et applaudit poliment, prenant soin de dissimuler tout signe de réprobation quand les invités gagnent la piste de danse pour la hora, et qu'Eva et David sont portés sur leur chaise d'argent, chacun se cramponnant à une extrémité du mouchoir de soie blanche. Puis il est déjà temps pour les mariés de se retirer. Ils doivent passer leur nuit de noces à l'étage, dans l'une des suites les plus grandioses de l'hôtel (encore un cadeau de Judith et Abraham Katz, avec la lune de miel : dès demain matin, Eva et David embarqueront sur un vol BOAC pour New York, passeront quelques jours chez les grands-parents de David dans l'Upper

1. Tous les mots en italique suivis d'un astérisque sont en français dans le texte.

East Side, puis prendront le train à destination de Los Angeles). On s'embrasse, on s'étreint ; larmes des tantes et des deux demoiselles d'honneur : la meilleure amie de la mariée, Penelope (congestionnée et engoncée dans son corsage de satin cintré), et la cousine du marié, Deborah (sombre, d'une beauté hautaine, et dont les observateurs avisés ont remarqué qu'elle a bâillé deux fois à côté de la houppa). Puis il n'y a plus que le silence capitonné de l'ascenseur, deux mains entrelacées, l'alliance de la mariée, anneau uni et brillant sous les diamants de sa bague de fiançailles.

La suite aussi est silencieuse. Le couple attend un instant sur le seuil, le chasseur hésitant derrière eux.

— Y a-t-il quoi que ce soit que je puisse vous apporter, monsieur, madame ? Vous trouverez une bouteille de champagne dans vos appartements, avec nos compliments.

— Très aimable, dit David. Merci, vous pouvez disposer.

Le groom obtempère, après avoir renouvelé ses félicitations et esquissé un sourire en coin faussement pudique qu'Eva choisit d'ignorer.

Il y a un gramophone dans la suite, une pile de disques.

— Désirez-vous écouter un peu de musique, madame Katz ?

Eva hoche la tête, et David choisit un album des Everly Brothers qui rompt le silence. Il la prend dans ses bras, la fait danser sur la moelleuse moquette bleue. Il y a dans ses manières, comme souvent, quelque chose qui relève consciemment de la performance – Eva a eu plus d'une fois l'impression d'être son public et non sa fiancée – mais ce soir elle s'en fiche, parce qu'il est si beau, qu'ils sont mariés, et que David est le seul homme qu'elle ait jamais aimé.

Ou qu'elle croit aimer. Un matin, peu après qu'il l'eut demandée en mariage, Eva s'était réveillée prise de panique : avec le sentiment profond, tenace, qu'elle n'aimait pas David, pas comme elle aurait dû ; ou qu'elle ne savait tout simplement pas comment aimer. À la bibliothèque, alors qu'elle était censée terminer sa dissertation sur *Hamlet*, Eva avait sorti son carnet et écrit – penchée sur la table, pour qu'aucune des filles autour d'elle ne puisse lire : *David est si intelligent, si brillant, si charmant. Il me donne l'impression qu'avec lui je pourrais tout faire, aller au bout du monde. Je l'aime vraiment, je le sais. Et pourtant une infime partie de moi horriblement têtue insiste pour me faire croire que ce que nous avons n'est pas réel, si l'on veut – que ce n'est qu'une imitation creuse de l'amour. Je pense à la caverne de Platon, à cette terrible idée que la plupart d'entre nous passons notre vie le dos tourné à la lumière, à observer des ombres sur les murs. Et si ma vie avec David n'était que cela ? Supposons que ce ne soit pas la réalité ?*

Eva avait vite rejeté cette idée, la trouvant absurde – elle compliquait sans doute ce qui était d'une simplicité absolue. Mais plus tard, en allant en cours, elle avait demandé à Penelope :

— Comment sais-tu, Pen – je veux dire comment sais-tu vraiment –, que tu aimes Gerald ?

— Ma chérie, je le sais, voilà tout. C'est instinctif. (Elle avait pris le bras d'Eva sous le sien.) Mais si tu t'inquiètes à propos de David, tu as tort. C'est naturel d'avoir des doutes, tu sais. Souviens-toi de la tête que je faisais après avoir accepté la demande en mariage de Gerald : un lapin pris dans les phares d'une voiture, cherchant à tout prix à savoir si j'avais fait le bon choix. « Tout le monde sait que vous êtes faits l'un pour l'autre, Pen », voilà ce que tu m'as dit, tu t'en souviens ? À mon tour de te le dire. David Katz est brillant et il t'aime, et je sais que vous avez tout pour être heureux.

Eva s'était laissé rassurer. Elle croyait vraiment que David l'aimait. Il avait décidé, chaque vendredi, de lui offrir un bouquet de roses rouges, dont le parfum entêtant emplissait sa chambre. Quand il lui fit sa demande en mariage (il avait réservé une table à l'University Arms, s'était agenouillé – ce fut une performance, bien sûr, et le couple assis à la table voisine avait applaudi), il affirma qu'il avait su, dès le premier regard, qu'il ferait d'elle sa femme un jour.

— Tu n'es pas comme les autres filles, Eva – tu as tes propres ambitions, tes propres projets. Ça me plaît. Je respecte cela. Et ma famille aussi t'aime, tu sais.

Le restaurant entier semblait les observer quand il lui passa la bague au doigt.

— Même ta mère ? avait-elle demandé.

David avait éclaté de rire.

— Ah, ne t'inquiète pas pour elle, ma chérie. Dans quelques mois, tu seras la seule Mme Katz qui compte.

*Mme Eva Katz :* elle l'avait écrit dans son carnet, pour voir. Avec David, elle était belle, légère, libre. Était-ce cela, l'amour ? Eva n'avait vraiment aucune raison de croire que ce n'était pas cela – elle balaya donc ses doutes, les mit sur le compte de l'inexpérience et l'absence d'un indicateur lui permettant de mesurer ses sentiments.

Dans leur chambre d'hôtel, David remplit deux coupes de champagne. Ils s'approchent de l'immense lit couvert de coussins et d'édredons, et font l'amour un peu maladroitement –, tous les deux ont trop bu. Puis ils s'allongent côte à côte, luisants de sueur, silencieux ; David s'endort presque immédiatement, mais Eva, elle, est bien éveillée. Elle enfile sa nouvelle combinaison et son nouveau peignoir – l'une des rares choses que Miriam a été autorisée à lui acheter, parmi les tombereaux de cadeaux de Judith Katz –, prend ses cigarettes dans la poche de devant de sa valise, soigneusement rangées en prévision du voyage de demain, et sort sur le balcon.

La nuit vient de tomber, et l'air est encore chaud : des couples se promènent sur l'Embankment, bras dessus bras dessous, tandis que s'allument les éclairages publics ; des bateliers conduisent leur barge sur le fleuve qui s'obscurcit. Bizarre de se dire que dès demain ils seront dans les airs, s'éloigneront de Londres, survolant l'insondable étendue de l'Atlantique.

Eva allume une cigarette. Elle pense à Jakob, à la façon dont, hier soir, avant qu'elle monte dans son ancienne chambre pour la dernière fois, il l'avait prise à part pour lui dire, en allemand :

— Es-tu absolument certaine, *Liebling,* de vouloir épouser cet homme ?

Il l'avait emmenée dans le salon de musique, l'avait fait asseoir près du piano à queue, des partitions pour orchestre, des violons. Ce n'était pas une pièce pour les conversations anodines ; cela, et le fait que Jakob s'exprime en allemand, avait retourné l'estomac d'Eva.

— Pourquoi ? avait-elle répondu du tac au tac. Tu n'aimes pas David ? Tu ne crois pas que tu aurais dû m'en parler avant ?

Jakob l'avait regardée calmement de ses yeux marron foncé, infiniment bons. Miriam avait toujours dit que ces yeux étaient la première chose qui l'avait attirée dans le train de Vienne ; cela, et la façon dont Jakob avait pris sa valise sans lui demander son avis, l'avait emportée dans son compartiment comme s'il acceptait sans poser de question la soudaine convergence de leurs vies.

— Ce n'est pas qu'il ne me plaît pas, dit Jakob. Il est facile de l'aimer, et je vois qu'il tient à toi. Mais j'ai peur pour toi, Eva. J'ai peur qu'il ne t'aime jamais autant qu'il s'aime lui.

Eva était trop en colère pour parler, en colère que Jakob ait attendu si longtemps avant de lui dire le fond de sa pensée, et en colère qu'il donne voix, d'une certaine façon, aux peurs qu'elle avait tenté d'étouffer au prix de grands efforts. Au cours des derniers mois, à mesure que leurs projets d'avenir s'étaient précisés, elle avait eu l'impression troublante qu'ils étaient tous à l'avantage de David plutôt qu'au sien propre. Dans un mois, il ferait ses débuts à la Royal Academy of Dramatic Art, et ils s'installeraient dans la maison des parents de David à Hampstead. Eva avait proposé qu'ils prennent l'appartement vacant chez ses parents, mais la mère de David n'avait simplement pas tenu compte de son avis. « Il va travailler très dur, Eva, avait dit Judith. Il vaut sans doute mieux que nous soyons là toutes les deux pour nous occuper de lui ? »

Eva avait attendu un moment avant de répondre, puis avait calmement fait valoir qu'elle n'avait jamais eu l'intention de passer son temps à s'occuper de David. Elle avait postulé au *Daily Courier* (comme factotum pour les pages féminines, rien de très glamour), mais le poste était revenu à quelqu'un d'autre ; elle avait désormais l'intention de gagner sa vie comme lectrice de pièces de théâtre – David avait promis de tirer quelques ficelles au Royal Court – et de commencer l'écriture d'un roman. Mais à Hampstead, ils seraient confinés dans la chambre de David : un sanctuaire à ses exploits scolaires, plein de vieilles battes de cricket et de récompenses obtenues pour ses prouesses théâtrales. Oui, il y avait un bureau sur lequel Eva pourrait, en théorie, écrire, mais elle soupçonnait que le temps et l'espace pour y parvenir, si Judith s'en mêlait, seraient difficiles à trouver.

Mais là, dans le salon de musique de ses parents, Eva ne permettrait pas à Jakob de raviver ses vieilles angoisses ; c'était trop tard. Elle monta en courant dans sa chambre, y resta allongée sans fermer l'œil pendant des heures. L'aube allait poindre quand elle se laissa finalement gagner par un sommeil aussi léger qu'agité.

Ce soir, Eva fume, regarde le fleuve, les lumières, le ciel couleur d'ecchymose. Puis elle retourne dans la chambre et se glisse dans le lit auprès de son mari endormi.

## Version 3

*La marée*
*Londres, septembre 1960*

Au milieu de la matinée, un samedi : Eva est réveillée par la sonnerie de la porte. Dans un premier temps, elle ne reconnaît pas le bruit. Elle émerge des profondeurs de son sommeil, encore à moitié plongée dans un rêve troublant : elle et Rebecca, seules sur une île minuscule à marée montante ; l'écho d'une corne de brume en provenance d'un port désert, et l'enfant qui pleure, pleure, impossible à réconforter.

Quand elle ouvre les yeux, elle sent les vagues se retirer ; l'île est la vieille chaise longue de leur chambre, la corne, le tintement de la sonnette, qui retentit à intervalles réguliers.

— Anton ! crie Eva, tandis que Rebecca gigote et gazouille au creux de son bras.

Mais personne ne répond – trop tard, elle se rappelle que son frère est parti à l'entraînement de cricket. Sa mère donne son cours de chant du samedi matin au Guildhall ; son père est en déplacement avec l'orchestre. Et David – eh bien, David aussi est sorti. Elles sont toutes seules.

Elle redresse Rebecca, la pose bien droite sur ses genoux. Rebecca ouvre des yeux endormis, marron foncé, omniscients, et dévisage résolument sa mère. Elle semble considérer la possibilité d'en faire tout un plat – elle vient, après tout, d'être tirée sans ménagement de sa grasse matinée – mais se retient, sa minuscule bouche esquissant un sourire édenté. Eva lui rend son sourire, tient sa fille à bout de bras en se levant, la fait doucement descendre du lit.

— Attends que maman s'habille, et on va voir qui fait un tel raffut.

C'est Penelope. Elle attend sur la marche du haut, joues rouges et veste pied-de-poule, avec à la main un bouquet de roses jaunes enveloppé de papier kraft. Elle dévisage brièvement Eva, puis s'approche d'elle ; tandis qu'elles se font la bise, Eva note le familier parfum de rouge à lèvres et de muguet de son amie.

— Franchement, ma chérie. Tu as oublié que je venais ?

Eva s'apprête à répondre, mais Penelope se penche déjà sur Rebecca, qui pèse dans les bras d'Eva.

— Ça alors, Eva, je ne suis partie que trois semaines mais on dirait déjà une grande fille !

Elle pose la main sur la tête de Rebecca, ébouriffe ses cheveux d'enfant ; ils sont trop longs – cela fait plusieurs jours qu'Eva veut les lui couper – et pleins d'épis, lui donnant des faux airs de grand cacatoès.

— Pas vrai que tu es belle, Becca ? Tu fais un sourire à tante Penelope ?

Rebecca obtempère. Eva soupçonne sa fille d'avoir hérité de son père la volonté de satisfaire les attentes d'un public. Elle a aussi le même désir de capter l'attention : elle se réveille souvent la nuit, pleurant à cause de quelque nouvel affront invisible. Eva et sa mère ont creusé un sillon dans le tapis d'escalier à force de le monter et de le descendre avec Rebecca dans les bras, caressant son dos chaud et remuant, Miriam chantant doucement de vieilles berceuses en yiddish.

Dans la cuisine, Eva confie Rebecca à Penelope. Puis elle prépare du thé, se met en quête d'un vase pour les fleurs, une assiette pour les sablés que son amie a sortis des profondeurs de son sac à main en peau de crocodile.

— La nuit a été agitée, hein ?

— Je ne te le fais pas dire.

Elle remplit la bouilloire, fouille les profondeurs d'un placard à la recherche du vase en cristal de sa mère.

— David est rentré tard – il est allé au pub avec toute sa classe après le cours. Évidemment, après ça il a décidé qu'il voulait voir sa fille, alors il l'a réveillée. Rebecca s'est excitée, et devine qui a passé le reste de la nuit à tenter de la rendormir ?

— Ah.

Eva sent que Penelope voudrait en dire plus, mais qu'elle se retient. Elle s'approche de l'évier, s'écarte du chemin d'Eva ; Rebecca profite de l'occasion pour agripper une cuillère en bois sur l'égouttoir et la tapote expérimentalement sur le crâne de Penelope.

— Ne fais pas ça, ma chérie, dit doucement Penelope.

Eva grimace.

— Pardon. Donne-la-moi.

— Va t'asseoir avec elle. Je m'occupe du thé.

Eva est trop fatiguée pour discuter. Elle pose sa fille par terre dans le salon, devant les baies vitrées, avec sa poupée préférée et un bon point de vue sur le chat des voisins. Elle pense à David hier soir, titubant, puant la bière et la cigarette. Il l'avait réveillée en rentrant – avait réveillé toute la maisonnée, sans doute. Penché sur le lit, le souffle empestant l'âcreté du pub, il avait dit : « Où est ma petite chérie préférée ? »

Eva s'était réveillée, dans le brouillard – avait tendu les mains, croyant que David voulait la prendre dans ses bras ; mais il avait reculé. « Rebecca, je veux dire. Elle ne veut pas faire un câlin à son papa ? »

Au moins, se dit Eva, elle ne peut pas reprocher à David de ne pas s'intéresser à leur fille – du moins quand ça l'arrange. Et il reste gentil avec Eva ; trop, parfois. Ils avaient fait une excursion d'un jour à Brighton le mois dernier, tous les trois, pour échapper à la chaleur humide et confinée de la ville : fish & chips et crèmes glacées, Rebecca poussant des cris de ravissement quand David lui trempait les pieds dans les vaguelettes. Eva les avait regardés, son mari et sa fille, avait senti toute tension la quitter. Elle avait fermé les yeux un moment ; plus tard, elle avait senti la douce pression des lèvres de David sur sa joue. « Qu'avez-vous donc ma chère ? lui avait-il murmuré à l'oreille. Pourquoi cette pâleur sur vos joues ? quelle cause en a donc si vite flétri les roses ? » Et elle avait souri : ils étaient Hermia et Lysandre ; on voyait la poussière prise dans l'éclat des rayons du soleil de l'après-midi, dans la salle de répétition ; on voyait David glisser la main dans celle d'Eva dans le jardin intérieur de l'Eagle. À l'époque – avant Jim, avant tout le reste – ils étaient heureux ; et David lui avait promis, ce soir-là, il y a près de deux ans, quand ils prirent leurs engagements, d'essayer de la rendre à nouveau heureuse. Il est tout de même difficile de croire qu'il ait pu si vite arrêter d'essayer, non ?

Penelope apporte le nécessaire pour le thé, s'assoit à côté d'Eva.

— J'imagine que les débuts de David à la RADA se passent bien ?

— Oh, il a l'air de se régaler.

Eva fait tout pour garder une voix enjouée.

— Il a changé de nom, tu sais. Son nom de scène est désormais David Curtis. Le directeur dit qu'il aura plus de travail comme ça.

Penelope, qui vient de croquer la moitié d'un sablé, écarquille les yeux.

— Pourquoi Curtis ?

— David dit que sa tante en Amérique a épousé un certain Curtis, et que le nom fait déjà partie de la famille. Mais je crois que c'est à cause de Tony Curtis.

Tu sais, pour que les réalisateurs croient qu'ils sont de la même famille.

— Je vois. Eh bien, bonne chance à lui. Ce n'est pas nous qui allons contrecarrer les projets de domination du monde de David, pas vrai ?

Le ton de sa voix est gentiment moqueur ; leurs regards se croisent. Penelope est la première à éclater de rire, suivie d'Eva, et soudain la matinée semble de nouveau ensoleillée.

— Ça fait plaisir de te voir, dit Eva, prenant la main de son amie. Raconte-moi votre lune de miel. Je veux tout savoir.

Ils sont d'abord allés à Paris, dit Penelope ; sont descendus dans le plus charmant petit hôtel de Montmartre, avec vue sur le Sacré-Cœur. Pendant quelques jours, c'est à peine s'ils ont quitté leur chambre – dit-elle en rougissant – sinon pour aller au bistrot du coin de la rue, qu'on aurait dit tout droit sorti d'un film de Jean-Luc Godard : nappe vichy, bougies plantées au goulot de vieilles bouteilles de vin, moules marinière et steak-frites. (« Mais aucun beau couple marié qui traîne son mal-être, Dieu merci. ») Gerald lui a offert un bracelet ancien déniché aux puces, ils ont passé des heures au Louvre, ont atterri un soir dans un club de jazz en sous-sol, où ils ont dansé sous un nuage de fumée de Gauloises.

— Tout le monde se prenait très au sérieux, c'était horrible, raconte Penelope. Quand les musiciens ont fait une pause, un type s'est levé pour lire de la mauvaise poésie. Vraiment atroce. J'ai pouffé de rire. Si tu avais vu les regards qu'on nous a lancés.

De Paris, ils sont partis en voiture à la campagne et se sont trouvé une maison sur le terrain d'un vieux gîte délabré. Ils y ont passé deux semaines, se sont baignés dans la piscine des propriétaires et se sont engraissés à force d'engloutir du saucisson et du fromage – à ces mots, Penelope se tapote le ventre. Elle n'a jamais été mince et a de fait pris du poids depuis son mariage, mais Eva trouve que ça lui va plutôt bien.

— Et maintenant, retour sur terre. Gerald a commencé au Foreign Office la semaine dernière. Je crois qu'il est dans son élément, il pratique le russe, tout ça. La scène n'a pas l'air de lui manquer le moins du monde.

— Je suis ravie, Pen.

Eva surveille Rebecca ; lassée de sa poupée, elle s'est levée maladroitement, et se concentre désormais sur le chat des voisins qui s'étire sur la terrasse et se nettoie méthodiquement le visage. Elle pense à Gerald, à ses vestes de velours côtelé, à leurs pièces au coude et à la douceur de son visage juvénile ; à sa dévotion totale et sans complexe pour Penelope. Elle repense à sa propre lune de miel : une semaine à Édimbourg, au Scotsman Hotel, cadeau de M. et Mme Katz. *Tosca* au Royal Lyceum, les rues mouillées et obscures, et la préoccupation extravagante de David pour la grossesse d'Eva – encore peu visible sous un généreux manteau, Dieu merci – s'effaçant au profit d'une irritation qu'il avait eu plus de mal à dissimuler.

*Je ne serai pas jalouse de ma meilleure amie,* pense Eva.

— Et tu commences chez Penguin lundi, lui dit-elle.

Penelope hoche la tête.

— J'ai vraiment hâte. Même s'ils vont probablement me confier toutes sortes de corvées au début.

Il y a un silence pesant, pendant lequel Rebecca en profite pour faire un pas vers le chat, sans remarquer l'obstacle que constitue la baie vitrée. Elle se met à pleurer, et Eva court la consoler. Quand Rebecca se tait, heureuse de retourner par terre jouer à la poupée, Eva revient s'asseoir sur le canapé.

Penelope demande :

— Et toi ? Qu'est-ce que tu vas faire ?

Elle sait exactement ce que Penelope entend par là, et pourtant une étrange réserve s'empare d'Eva : qu'il est facile de poser une telle question et qu'il est difficile d'y répondre sincèrement.

— À quel sujet, Pen ?

— Bah, le travail. Tu as écrit quelque chose ?

— À ton avis ? Je suis loin de me tourner les pouces.

Eva est plus cassante qu'elle ne le voudrait ; Penelope regarde ailleurs et rougit de nouveau – ses émotions affleurent à la surface depuis toujours. Mais elle n'est pas du genre à se démonter facilement.

— Tu as un enfant, Eva. Ce n'est pas une peine de prison. Tu as ta mère, Jakob, Anton, David, quand il est là. Les parents de David. Tu pourrais facilement te trouver du travail. Ou prendre le temps d'écrire.

Après tout, je saurai bientôt très exactement à qui faire lire ton roman, non ?

Elles se taisent à nouveau. Eva, malgré la fatigue, sait que Penelope a raison. Elle devrait écrire. Elle a déjà la moitié d'un roman, là-haut, dans des cahiers, cachés sous leur lit, sans parler de ses tentatives hésitantes et paresseuses d'écrire des nouvelles. Mais le désir d'écriture d'Eva – le besoin de donner au monde une forme qu'elle soit capable de comprendre, pulsion qui lui avait toujours semblé aussi naturelle que le fait de respirer – semble l'avoir presque complètement quittée depuis cette terrible soirée où elle était rentrée d'Ely avec Jim sans lui donner d'autre explication que la lettre qu'elle avait lâchement déposée dans la loge du concierge.

Jim n'avait pas cherché à la revoir. Eva eut beau se dire qu'elle s'y attendait – elle l'avait mis devant le *fait accompli** parce qu'elle ne voulait pas donner à Jim la possibilité de la faire changer d'avis –, au fond d'elle-même, elle avait nourri une petite lueur d'espoir.

Eva avait quitté Newnham sur-le-champ. Elle était encore incapable d'effacer de sa mémoire l'expression affichée par sa directrice de recherche – de la compassion tempérée par la gêne et une petite pointe de dégoût – en lui remettant la décision officielle d'exclusion temporaire du collège. Le professeur Jean McMaster était une femme sèche et directe, qu'on aurait autrefois appelée un bas-bleu – et qui l'était peut-être encore dans certains cercles de l'université. « Je suis vraiment navrée pour vous,

Eva, lui avait-elle dit. Je ne peux qu'espérer voir un jour le règlement s'adapter aux réalités de la vie telle qu'elle est, et non telle que les hommes voudraient qu'elle soit pour les femmes – mais je sais que cela ne vous est pas d'un grand réconfort en ce moment. »

Le mariage eut lieu quelques semaines plus tard, dans une arrière-salle de la mairie de St Pancras. Ce fut une cérémonie petite et discrète, même si Jakob et Miriam firent de leur mieux pour égayer l'atmosphère, engageant vaillamment la conversation avec Abraham et Judith Katz : lui d'une jovialité réciproque, et elle, bouche pincée, donnant à sa belle-fille la plus brève des accolades.

Puis, en janvier, Eva et David étaient revenus à Cambridge, dans un logement réservé aux couples mariés, que King's avait mis à leur disposition : un appartement humide dans Mill Road qui sentait le renfermé et qu'Eva fit de son mieux pour rendre douillet – cousant des housses de coussin, remplissant les pièces de livres – mais qui demeura obstinément sombre, moisi et froid.

Tout au long de cet hiver boueux, Eva resta cloîtrée, tandis que grossissait son ventre, et David rentra chaque soir un peu plus tard –, il y avait toujours une pièce, une lecture, une soirée. Elle ne trouva pas de travail. Peu après leur retour à Londres, elle était entrée dans une librairie, un café, à la recherche d'un travail temporaire, mais chaque fois le gérant l'avait toisée de la tête aux pieds, avant de lui donner la même réponse : « Pas dans votre état. »

Elle s'essaya donc à l'écriture. Elle n'avait pas la force de reprendre le roman entamé l'été précédent – ses cahiers étaient restés là où elle les avait mis, sous le lit – mais elle commença une nouvelle, puis une autre, avant de s'apercevoir qu'elle n'arrivait pas à dépasser le troisième ou quatrième paragraphe. Les personnages qu'Eva avait tellement pris l'habitude d'observer dans sa tête – façonnant leurs pensées, leur apparence physique, leur façon de parler au point qu'il lui fallait parfois faire un effort pour se rappeler qu'ils n'étaient pas de chair et d'os – ne lui donnaient plus l'impression d'être réels ; ils étaient devenus fuyants, superficiels. Au bout de quelques semaines, Eva cessa de leur courir après ; il ne lui resta plus qu'à lire, écouter la radio, essayer les recettes du livre d'Elizabeth David que sa mère lui avait offert (la carbonade de mouton eut du succès ; le gratin dauphinois, moins), et attendre l'arrivée de leur enfant.

Non, elle n'avait pas cherché Jim et elle faisait tous les efforts nécessaires pour ne pas penser à lui ; et puis un jour, elle le vit. C'était au mois de mars, juste avant son vingtième anniversaire ; elle était enceinte de six mois. Le soleil brillait pour la première fois depuis des années, semblait-il. Eva avait eu envie de sortir, d'en sentir la chaleur sur son visage. Elle était allée en ville à pied, se forçant à passer par King's Parade, devant Senate House, où on ne lui remettrait jamais de diplôme, pour admirer les jeux de lumière sur la pierre. Devant la librairie Heffers de Petty Cury, Eva s'arrêta – il lui fallait absolument quelque chose de nouveau à lire –, et c'est là qu'elle le vit, ouvrant la porte, tenant des livres dans un sac en papier, vêtu de la même veste en tweed, portant la même écharpe aux couleurs de son collège. Eva n'osa même pas respirer. Elle se figea, espérant qu'il ne la remarquerait pas, mais espérant aussi qu'il ne s'en irait pas sans se retourner.

Il se retourna. Le cœur d'Eva bondit au bord de ses lèvres, elle avait eu le temps d'apercevoir une curieuse expression sur son visage : comme s'il était sur le point de sourire, avant de se rappeler et de se raviser. Puis il lui avait tourné le dos, et elle l'avait regardé parcourir la courte distance jusqu'à Sidney Street et disparaître.

Elle le revit quelquefois, après ça – passant devant leur appartement sur sa bicyclette, un jour ; sur la place du marché en juin de l'année suivante, le jour de la remise du diplôme de David, tandis qu'elle était à côté de sa belle-famille et tenait Rebecca dans ses bras. Puis David et Eva avaient fait leurs cartons et étaient rentrés à Londres en voiture, dans l'appartement vacant des parents d'Eva (elle avait refusé d'emménager chez les Katz, insistant sur le fait qu'elle aurait besoin de l'aide de sa mère pour s'occuper de l'enfant) et les choses en étaient restées là. Aucune chance de revoir Jim, plus aucune.

Le lendemain, en rangeant ses affaires, Eva avait remisé ses cahiers sous leur lit ; et ils y étaient restés depuis lors.

— J'ai réfléchi, dit Penelope.

Eva reconnaît le ton de sa voix : c'est celui qu'emploie Penelope avec Gerald quand elle soupçonne qu'il va refuser la proposition qu'elle s'apprête à lui faire.

Eva se penche en avant, verse le reste de thé.

— À quoi donc ?

— Voilà. Les éditeurs ont toujours besoin de lecteurs, non ? De gens qui leur disent quels manuscrits accepter et lesquels refuser.

Eva lui tend une tasse.

— Merci.

Penelope prend un autre biscuit dans l'assiette.

— Alors peut-être que je pourrais te recommander chez Penguin. Leur dire que tu es brillante, que personne ne connaît mieux les livres que toi.

Eva est touchée, malgré elle. Depuis bien longtemps, elle ne se voit plus comme quelqu'un de brillant, sinon pour calmer sa fille, deviner ses humeurs, réduire en purée les restes de la veille pour tenter de leur donner l'apparence d'un repas.

— Personne en dehors de toi, tu veux dire.

Penelope sourit, soulagée.

— Je le fais, alors ? Je te recommande ?

À la fenêtre, Rebecca murmure de petits sons à l'oreille de sa poupée. Eva pense à sa mère, à leurs propres confidences murmurées, échangées sur ce canapé quelques semaines plus tôt, après avoir enfin réussi à rendormir Rebecca en la berçant dans leurs bras.

— Il faut vraiment que tu trouves une occupation en dehors d'être sa mère, ma chérie, lui avait dit Miriam. La maternité est une chose merveilleuse – importante – mais si tu tires un trait sur ta vie créative, tu finiras par lui en vouloir.

Eva – dans un état second à cause du manque de sommeil – avait regardé sa fille, ses yeux clos, son expression d'une sérénité absolue.

— C'est ce que tu as ressenti quand tu es tombée enceinte ? Que tu as dû quitter le conservatoire ?

Miriam n'avait pas répondu tout de suite.

— Peut-être un peu, au début. Et puis, quand il m'a quittée – quand nous avons compris ce qui se passait vraiment à Vienne –, il ne fut plus question que de partir, s'enfuir. Et une fois que je t'ai eue – et que j'ai eu Anton, bien sûr –, vous êtes tous les deux devenus le centre de ma vie. Il n'empêche, dès que je pouvais, je retournais chanter.

Eva s'était adossée, avait fermé les yeux ; elle revit Judith Katz présider à la table du repas, le vendredi précédent (ils étaient arrivés en retard : Rebecca s'était agitée quand Eva l'avait couchée), et rappeler à son fils et sa belle-fille que c'était leur argent – le sien et celui d'Abraham – qui rendait leur vie très confortable, et que le moins qu'Eva et David puissent faire était de leur témoigner du respect en arrivant à l'heure au dîner du shabbat.

*Oui,* se dit Eva, *un peu d'argent à moi ferait toute la différence.*

Elle tend le bras vers Penelope, lui prend la main.

— Merci, Pen. Ce serait formidable si tu pouvais.

## Version 2

*Le pont*
*Bristol, septembre 1961*

Le vendredi, les avocats stagiaires ont pris l'habitude immuable de se retrouver au pub après le travail. Aujourd'hui, Jim quitte le cabinet un peu plus tard que les autres. Il est resté pour régler l'un des nombreux détails que parfois, dans ses moments de faiblesse, il imagine sous la forme de centaines de tiges épaisses et rugueuses, semblables à celles d'une plante grimpante, qui s'enroulent autour de lui.

Ces virées, se dit-il pendant le court trajet qui sépare le cabinet du pub, ne sont qu'un exemple supplémentaire de l'indéfectible dévotion de ses collègues à la routine. À neuf heures tapantes, les stagiaires arrivent. À neuf heures et demie, les stagiaires entrent en salle de réunion. À une heure, les stagiaires sortent manger leur croque-monsieur au café du coin. À deux heures, les stagiaires retournent au bureau. À cinq heures le vendredi, les stagiaires vont au White Lion pour s'émécher à coups de bière tiède et tenter leur chance avec la barmaid, Louise.

Les voilà agglutinés autour d'une table de la terrasse. La semaine a été anormalement chaude pour la saison, et le pont suspendu se dresse dans toute sa splendeur derrière eux, le soleil couchant dorant sa ferronnerie. *Les garçons*, comme les appellent leurs patrons, ce qui s'applique plutôt mal à ces hommes pour la plupart diplômés de l'université, aux mains blanches, et qui portent la raie au milieu : de jeunes hommes qui ont déjà tout de leur père. Au bureau, ils échangent des blagues tirées de *Beyond Our Ken*, ou des obscénités de dortoir – mais dehors, en présence de salariés plus démonstratifs, leur bonhomie décontractée semble s'étioler. Il n'y en a qu'un – Peter Hartford, non diplômé, mais fils de docker qui s'astreint, pendant son stage, à travailler le samedi comme facteur – que Jim va jusqu'à considérer comme son ami.

Il tombe sur Peter à l'intérieur, au bar. Louise est penchée sur lui, sa grosse poitrine déployée sur le zinc, ses lèvres souriantes maquillées de rouge à lèvres rose à paillettes. En voyant Jim, elle se ressaisit brusquement, retrouve son habituelle *froideur**. Peter se retourne, lui sourit.

— Qu'est-ce que je t'offre ?

Ils emportent leur pinte sur la terrasse, trouvent une table à bonne distance des autres stagiaires.

— Je bois à une semaine de plus à la mine.

Peter lève son verre pour trinquer avec Jim. Il est petit, râblé, a une chevelure qui tire sur le roux, un visage rond et franc, le premier depuis cinq générations à ne pas suivre le chemin de son père sur les docks. *Il est plus intelligent que n'importe lequel d'entre nous*, se dit Jim, qui éprouve une bouffée d'affection pour lui et décide une fois de plus de ne pas se confier trop ouvertement, de ne pas admettre la profondeur de son mépris pour la profession que Peter a fait tant d'efforts pour intégrer, alors que lui, Jim, y est entré en somnambule, poussé par… quoi ? La peur, suppose-t-il, la peur et la force centrifuge de la maladie de sa mère.

À la fin de l'année scolaire, il était parti en France en auto-stop avec Sweeting, avait passé une quinzaine de jours heureux à aller de village en vignoble, à peindre des aquarelles – des filles aux jambes nues buvant un *citron pressé** à la terrasse d'un café ; un champ de maïs, aux pointes jaunes chatoyantes – avec une énergie qu'il n'avait pas eue depuis des années. Il était rentré bien décidé à annoncer à sa mère qu'il allait tenter d'entrer aux Beaux-Arts – à la Slade – mais, à son retour à Bristol, il avait découvert qu'elle était de nouveau hospitalisée. Son médecin autoriserait sa sortie à condition que quelqu'un s'occupe d'elle à domicile quotidiennement.

— Il ne faut pas qu'elle reste seule, monsieur Taylor, lui avait dit le médecin. Pas avant d'être sûr que son état se stabilise, à aucun prix. Habiterez-vous avec elle ?

— J'imagine, avait répondu Jim, voyant ses projets disparaître au loin, tel un paysage inconnu qui s'éloigne par la fenêtre d'un train.

Se posa alors la question de savoir ce qu'il allait faire. Dans ses moments les plus lucides, Vivian insistait pour qu'il n'abandonne pas le droit, et Jim lui-même ne voyait pas quelle autre voie lui permettrait de rester à la maison ; mais il fallait encore qu'il passe ses derniers examens, et il n'y avait pas de fac de droit à Bristol. Finalement, sa tante Patsy était venue à la rescousse : elle avait emménagé avec Vivian, laissant son oncle John se débrouiller seul à Budleigh Salterton, pendant que Jim passait ses examens à Guildford ; puis elle rentra chez elle au retour de Jim pour les vacances. En quelques semaines, tout fut arrangé. Arndale & Thompson – le premier cabinet d'avocats de Bristol que Jim trouva dans l'annuaire – accepta de le prendre en stage. Après six mois à Guildford – il avait logé chez un veuf qui s'appelait Sid Stanley, personnalité assez triste et solitaire, avec qui Jim avait passé l'essentiel de ses soirées à regarder des feuilletons à la télé –, il rentra à Bristol, fort du statut d'avocat stagiaire, habiter chez sa mère.

Jim était loin de s'imaginer que les choses tourneraient ainsi – même quand il s'était laissé persuader par Vivian de déposer un dossier de candidature pour étudier le droit à Cambridge. (Il aurait voulu choisir histoire de l'art, mais il y avait une liste d'attente, et il avait opté pour le droit, par défaut, loin de penser être admis ; mais, bien malgré lui, il avait une aptitude pour la tranquille logique du droit, pour l'assignation pondérée du bien et du mal). Peut-être, se dit-il, sa vie serait-elle toute différente aujourd'hui s'il avait rencontré une femme à l'université – avec qui mener une vie indépendante. Et il y en avait eu, depuis Veronica – au dernier trimestre, il s'était brièvement épris d'une ravissante étudiante en première année d'histoire qui s'appelait Angela Smith, mais elle avait rompu, invoquant un ancien petit ami d'école –, mais aucune avec qui il ait eu la moindre relation sérieuse.

— C'est pas si mal ici, tout compte fait, non ? dit Jim d'une voix forte. Même le vieux Croggan a l'air de se réchauffer un peu.

Peter hoche la tête.

— Je pense qu'il vaut mieux l'éviter jusqu'au début de l'après-midi – en général il vient tout juste de déjeuner et de se saouler au porto.

Ils échangent un petit sourire, boivent leur pinte. Jim, face au pont, admire ses entretoises et ses voussures, sa façon de jaillir organiquement de l'épais feuillage vert sur chaque rive. Peter, comme la plupart des natifs de Bristol, n'y prête même pas attention, mais Jim ne cesse de s'émerveiller de la façon dont la grande construction de Brunel est suspendue au-dessus de l'Avon comme un immense oiseau immobile aux ailes grises déployées.

La première fois qu'ils sont venus au White Lion, Peter lui avait raconté une histoire : une ouvrière, plaquée par son amant, s'était jetée du parapet et avait atterri saine et sauve en vol plané, après que son ample jupe victorienne se fut gonflée comme un parachute. « Elle a vécu jusqu'à quatre-vingt-cinq ans, avait dit Peter. Une légende de son vivant. »

Jim avait frissonné, pensant aux nuits – combien y en avait-il eu depuis son retour à Bristol : trois, quatre ? – où il s'était précipité en courant dans les rues de Clifton pour retrouver sa mère. Vivian était généralement pieds nus, son imperméable à la ceinture bien serrée par-dessus sa chemise de nuit. Une fois, elle avait réussi à monter sur le parapet. Il l'avait attrapée par la peau du cou comme un chat, évitant de regarder en bas vers les profondeurs limoneuses et sombres.

Ce soir, pour chasser ce souvenir, Jim demande à Peter quels sont ses projets pour le week-end.

— Pas grand-chose. Demain je bosse, évidemment. Je vais peut-être sortir avec Sheila dimanche. Peut-être à Clevedon, si ça vaut toujours le coup. Glace, promenade sur la jetée. Tout le bataclan.

Jim a rencontré Sheila une fois, à la fête d'anniversaire de Peter. Elle est large de hanches, grande (plus grande que Peter, de fait, même si ni l'un ni l'autre ne semblent s'en émouvoir), a des cheveux blonds qui tombent en cascade et un rire grave et communicatif. Ils viennent de se marier, ont une petite maison à Bedminster, à quelques rues du quartier de leur enfance. « C'est vrai, avait fièrement dit Peter en la présentant à Jim, je suis vraiment tombé amoureux de la fille d'à côté. Quelle chance j'ai eue qu'elle aussi tombe amoureuse de moi ! »

— Et toi ? demande Peter, observant Jim d'un œil attentif par-dessus sa pinte. Qu'est-ce que tu as prévu ? Comment vont… comment ça va, quoi ?

Jim a esquissé les grandes lignes de sa situation à Peter : la maladie de sa mère ; sa décision – s'il pouvait l'appeler ainsi, puisqu'il n'avait pas vraiment eu le choix – de laisser tomber les Beaux-Arts, de laisser tomber Londres, et de rester avec elle.

— Bien, dit-il.

C'est vrai, d'une certaine façon : l'état de Vivian est en voie d'amélioration. La nuit dernière, elle l'a réveillé à trois heures en écoutant du Sinatra à fond dans le salon. « Danse avec moi, Lewis », lui a-t-elle dit, les yeux anormalement brillants. Et Jim avait dansé avec elle, sur une ou deux chansons, parce qu'il n'avait pas le cœur de lui dire pour la millionième fois qu'il n'était pas son mari, que son mari était mort depuis longtemps.

— Prends le temps de peindre ce week-end, d'accord ?

— Peut-être.

Jim a installé son chevalet dans un coin de sa chambre ; la lumière n'est pas bonne, et la térébenthine lui donne souvent des migraines qui le réveillent, mais au moins il peut fermer à clé en sortant. Il y a environ un mois, quand il avait oublié de fermer la porte de la chambre à clé, il avait découvert à son retour de grandes traînées de peinture étalées sur la toile vierge qu'il avait laissée là et des tubes à moitié vides d'où la pâte s'écoulait, épaisse, sur le tapis.

— J'espère.

Puis ils se taisent, savourent le silence des hommes heureux de mettre les détails les plus subtils de leurs sentiments entre parenthèses. Bientôt leurs verres sont vides ; un collègue, qui passe devant eux en direction du bar, leur demande s'ils prendront un autre verre. Ils répondent oui : Peter parce qu'il sent que Jim a besoin de compagnie, et Jim parce que c'est vendredi, une chaude soirée déjà porteuse des doux parfums résineux de l'automne, et qu'il veut rester là, dans la lumière faiblissante, le plus longtemps possible.

## Version 3

*Le visage*
*Bristol, juillet 1961*

Il aperçoit son visage un dimanche après-midi.

Il est dehors et marche, porte son calepin et ses pinceaux dans sa sacoche. Sa tante Patsy et son oncle John sont venus voir sa mère, et il a la journée entière pour lui tout seul. Il pense aller sur les quais, croquer la tête baissée des grues, la silhouette immobile du bateau à vapeur *William Sloan*, qui vient d'arriver de Glasgow. Après quoi il ira peut-être voir un film, ou dîner chez Richard et Hannah ; leur table à Long Ashton lui est toujours ouverte. Il y aura du poulet rôti, de la salade du potager, le chat enroulé sur les genoux de Hannah. Richard ouvrira une bonne bouteille de vin, et ils écouteront des disques, parleront d'art et, pendant un moment, il éprouvera ce qui se rapproche le plus du bonheur : il oubliera sa mère et l'ampleur insupportable de ses besoins ; le vide qui persiste au plus profond de son être. Jim pense à tout cela, négligemment, plaisamment – et c'est là qu'il la voit. Eva.

Elle grimpe la colline, de l'autre côté de la rue. Son visage est plongé dans l'ombre d'un immeuble, mais c'est bien le sien : le même menton étroit et pointu ; les mêmes yeux noirs, encadrés par ses sourcils fournis et arqués. Elle porte une veste d'été légère, sans ceinture, sur une robe verte. Ses cheveux sont tenus en épingle, découvrant la minceur de sa nuque, le teint exquis de sa peau.

Jim s'arrête net, percute une femme qui arrive dans l'autre sens. Elle fait les gros yeux, lui dit de regarder où il va, mais il ne lui répond pas. Sur le trottoir d'en face, Eva s'éloigne, d'un pas rapide, décidé. Elle lui tourne le dos, maintenant. Il traverse la chaussée en courant, évite de peu une voiture dont le conducteur crie en klaxonnant. Jim n'entend pas ; il voudrait l'appeler, mais il semble incapable de prononcer son nom. Il lui emboîte le pas, s'émerveillant de sa simple présence physique. Il entend le sang battre à ses tempes.

La dernière fois qu'il l'a vue, c'était place du marché. L'enfant était une petite créature qui gigotait dans ses bras – mignonne, comme sont les bébés, les mêmes yeux et cheveux noirs que sa mère. David Katz était à ses côtés, dans la toge à capuche fourrée que l'on porte à la cérémonie de remise des diplômes. Un couple plus âgé – l'homme sophistiqué, l'air étranger ; sa femme, visage fermé et sinistre – se tenait à distance, comme s'ils n'étaient pas sûrs de vouloir admettre qu'ils faisaient partie du groupe.

*Les parents de Katz*, s'était-il dit. *Elle ne leur plaît pas.* Et malgré le souvenir profondément ancré de sa propre douleur – celui qu'il porte en lui depuis le soir où il a trouvé la lettre dans la loge du concierge –, il en avait éprouvé une bouffée d'inquiétude pour elle. Pour la première fois, il en arrivait à se demander ce que ça lui avait vraiment fait à elle. Jusqu'alors, fort de l'égotisme rampant du rejeté, il avait cru être le seul à souffrir. De fait, il avait voulu qu'elle souffre, s'était détourné en la voyant devant la librairie Heffers, en voyant son ventre de femme enceinte sous son chemisier tendu. Il voulait qu'elle sache qu'il l'avait vue et lui avait tourné le dos.

Elle marche encore, quelques pas devant lui. Il n'y a pas d'enfant. Peut-être est-ce Katz qui s'en occupe, ou peut-être – et Jim en frissonnera plus tard, quand il se souviendra avec quelle facilité l'idée lui est venue, avec quel égoïsme il avait souhaité que ce fût le cas – ont-ils placé la petite quelque part.

Il réfléchit désespérément à ce qu'il pourrait lui dire, à tout ce qu'il voudrait lui dire. *Que fais-tu à Bristol, Eva ? Comment vas-tu ? Tu as appris que j'ai arrêté mes études de droit ? Je travaille comme assistant d'un sculpteur, Richard Salles. Peut-être as-tu déjà entendu parler de lui ? Il a beaucoup de talent. J'ai fait sa connaissance dans une exposition, et c'est devenu un ami, un mentor, même. Et je travaille, Eva, je travaille pour de bon – comme rarement ces dernières années. Je te manque ? Pourquoi as-tu rompu comme ça, avec cette lettre ? Pourquoi ne m'as-tu pas donné le choix, bon sang ? Tu ne comprends donc pas ce que j'aurais choisi ?*

Les mots résonnent si fort dans sa tête que Jim n'arrive pas à croire qu'il ne les a pas prononcés à haute voix. Il tend la main pour lui tapoter le bras, et elle se retourne, les yeux écarquillés, furieuse.

— Mais qu'est-ce que vous fabriquez à la fin, vous me suivez ? Fichez le camp tout de suite ou je hurle.

Ce n'est pas elle. Le visage d'Eva s'est confondu avec celui d'une autre, plus large, un peu plus rond, sans ses yeux intelligents et curieux. Il a suivi une inconnue dans la rue et lui a fichu une peur bleue.

— Pardon. Je vous ai prise pour quelqu'un d'autre.

La femme secoue la tête, lui tourne le dos, grimpe presque la côte au pas de course vers Clifton. Jim reste immobile, la regarde s'éloigner. Puis il repart dans l'autre sens, descend vers les quais, vers l'eau et le profond silence des bateaux amarrés.

## Version 1

*La maison rose*
*Londres, octobre 1962*

C'est une bonne maison – pas somptueuse, mais solide, carrée : deux fenêtres de chaque côté du porche blanc à colonnes jumelées ; un grand arbre, chargé de feuilles brun-roux, qui obscurcit presque une moitié de la façade.

C'est à cause de cela et aussi de la couleur du stuc – d'un rose saumon inhabituel – que l'agent avait rechigné à la leur montrer. L'homme – il s'appelait Nicholls, portait un élégant gilet à carreaux et une fine moustache – leur avait dit, avec scepticisme, que l'intérieur n'avait pas bougé depuis les années vingt. « Vous pouvez l'avoir pour une bouchée de pain. Vous allez voir pourquoi. C'était un peintre, vous ne le saviez pas ? Il ignorait totalement comment garder sa maison propre. »

Cela avait suffi à Jim pour être inflexible – ils tenaient absolument à visiter la maison, merci, oui, cet après-midi. Cela aurait presque suffi à leur faire débourser la somme sans même visiter la maison (et pour un prix très raisonnable, comparé à la plupart des maisons qu'on leur avait fait visiter). Ils avaient l'argent sur leur compte en banque, après tout ; légué à Eva, en un geste qu'aucun des Edelstein n'avait anticipé, par feu sa marraine, Sarah Joyce – une soprano, et la première véritable amie que Jakob et Miriam s'étaient faite à Londres.

Mais ce fut le jardin qui emporta le morceau. Moins le terrain à proprement parler, qui descendait en pente douce le long de Gipsy Hill – ce coin poussiéreux et oublié du sud de Londres dont Eva et Jim étaient, pour des raisons qu'ils avaient du mal à s'expliquer, tombés amoureux – que la maisonnette en bas du jardin : l'atelier du peintre décédé. Ce n'était vraiment rien de plus qu'un abri, mais l'artiste avait retiré son toit d'origine en feutre bitumineux pour le remplacer par une verrière qui s'ouvrait par beau temps, laissant le ciel entrer. Il y faisait sans aucun doute un froid glacial en hiver – et depuis la mort du vieil homme, il était tombé en décrépitude. Des herbes avaient poussé entre les lattes du plancher, et le toit de verre était badigeonné de fientes séchées. Mais Eva n'eut qu'à regarder Jim pour savoir que ça y était : sa maison à lui, sa maison à elle ; la maison dont ils feraient leur chez-soi. Ils avaient annoncé à Nicholls qu'ils la prenaient sur-le-champ.

Maintenant qu'Eva est à la fenêtre de la cuisine et épluche les pommes de terre pour préparer son hachis parmentier de poisson, elle discerne son mari dans l'atelier, par-dessus la pente herbeuse : le haut du crâne, l'inclinaison de son chevalet. Jim a passé la majeure partie de l'été à travailler sur la maison, à poncer planchers et placards, à peindre les murs ; Eva a passé la plupart de ses soirées à lui donner un coup de main, troquant ses vêtements de bureau contre de vieilles chemises et des pantalons maculés de peinture. C'est à peine si elle le voit depuis qu'il a terminé l'atelier. Il y va avant qu'elle parte au travail, s'arrête pour dîner avec elle quand elle rentre, puis y retourne jusqu'au milieu de la nuit, sa vieille règle consistant à ne peindre qu'à la lumière du jour étant déjà oubliée. (Son professeur de la Slade la trouvait absurde, et Jim avait fini par se ranger à sa façon de penser.)

La Slade a aussi influencé le travail de Jim : disparus, pour la plupart, ses tableaux figuratifs, leur traitement riche et texturé de la terre, de la mer et d'Eva elle-même. Ils sont remplacés par quelque chose de plus pressant, libre, presque fiévreux. « De l'énergie pure », voilà comment un critique enthousiaste l'avait formulé lors de l'exposition de maîtrise – même s'il n'avait pas, finalement, pris la peine de mentionner le nom de Jim dans son article. Eva avait senti que Jim était déçu, elle avait vu Jim féliciter en toute sincérité son ami Ewan – sujet principal de l'article. Elle aurait voulu pouvoir faire quelque chose, n'importe quoi, en plus de lui dire qu'elle croyait en lui et qu'il connaîtrait lui aussi le succès le moment venu.

Après avoir épluché les pommes de terre, Eva les coupe en rondelles, les dépose dans une casserole, les couvre d'eau. Le poisson est déjà poché, dans sa sauce épaisse et crémeuse ; le trifle est dans le garde-manger. Plus qu'une heure avant l'arrivée des invités. Elle remplit la bouilloire pour faire du thé, s'adosse au plan de travail en attendant que l'eau bouille, regarde avec plaisir la cuisine qu'ils ont – à peine – meublée d'une table en pin décapé dénichée à Greenwich Market, d'un tapis en patchwork aux couleurs vives dont sa mère avait oublié l'existence, retrouvé roulé dans un coin du grenier. « Aucun confort moderne, les avait avertis Nicholls. Vous seriez bien mieux dans cet immeuble neuf que je vous ai fait visiter. » Ils n'avaient pas pris la peine de le contredire. Comment expliquer les délices d'un plancher, des moulures de plâtre, du carrelage victorien ébréché, à ceux qui préfèrent les cuisinières à gaz, la moquette et les cuisines équipées ? Il les avait pris pour des dingues. C'est peut-être bien ce qu'ils étaient. Eux s'en fichaient.

Eva traverse le jardin avec une tasse de thé pour Jim. Avant d'entrer, elle frappe deux fois et attend qu'il réponde, comme à leur habitude. Il lève la tête, les yeux encore vitreux sous l'effet de la concentration. Elle essaie de ne pas regarder le tableau – il préfère encore lui montrer son travail achevé, bien qu'il ne recouvre plus le chevalet d'un drap. Elle comprend, elle fait pareil avec ce qu'elle écrit ; refuse de lui lire ne serait-ce qu'une phrase avant d'avoir terminé l'histoire – ou, ces derniers temps, l'article.

— Il est six heures, chéri. Ils arrivent à sept heures, tu t'en souviens ? Tu veux prendre un bain ?

Il secoue la tête.

— Pas le temps. Il faudra qu'ils me prennent comme je suis, j'en ai peur.

— Bon, je te laisse.

Elle s'approche de lui, lui tend la tasse, se penche pour l'embrasser. Elle sent la vague âcreté de la peinture.

— Mais tu viens à sept heures, d'accord ?

De retour à l'étage, Eva se fait couler un bain, étend des vêtements propres sur leur lit. Ils seront huit ce soir – Penelope et Gerald ; Frank, le rédacteur en chef d'Eva au *Daily Courier*, et sa femme, Sophia ; Ewan et sa petite amie, Caroline. *Un groupe hétéroclite*, pense Eva en se déshabillant, avant de se glisser dans l'eau chaude et parfumée, *mais le courant va passer, non ?* Elle ferme les yeux, pose la tête contre l'émail. À bien y penser, le premier dîner organisé dans leur nouvelle maison : elle se sent ridiculement adulte.

À sept heures et demie, tout le monde est là hormis Ewan et Caroline. (Ewan arrive toujours en retard.) Ils sirotent des gins martini redoutablement corsés au salon : Jim s'est mis récemment à la préparation des cocktails, et n'a pas encore tout à fait le sens de la mesure. À huit heures, quand Ewan et Caroline finissent par arriver et que l'on passe à table, tout le monde est passablement éméché. Penelope raconte l'histoire de la première fois qu'elle et Eva ont voulu préparer des spaghettis à Newnham, sur leur petite plaque électrique :

— Nous sommes allées boire des cocktails dans la chambre d'à côté – Linda Spencer avait une bouteille de gin – et avons complètement oublié le repas. À notre retour, toute l'eau s'était évaporée, et les pâtes étaient carbonisées. Ce qui a, évidemment, déclenché l'alarme à incendie…

Ewan, qui a déjà fini son martini, fait rougir Caroline en racontant qu'elle a récemment tenté de lui servir un œuf cru, après avoir oublié de mettre l'eau à bouillir. Du coup, Sophia –, une ancienne débutante assez délicate, aux traits fins et au sens de l'humour d'une crudité inattendue, raconte aux invités que la dernière fois que Frank a proposé de préparer le repas pour que Sophia « prenne sa soirée », il lui a servi un morceau de viande hachée crue, sur lequel il avait posé un œuf, et avait tenté de la persuader que c'était un steak tartare.

— Il aurait pu me convaincre, dit Sophia, une fourchette de parmentier de poisson suspendue entre son assiette et sa bouche maquillée de rouge, si je ne m'étais pas aperçue que la viande était celle que j'avais sortie le matin même pour la donner au chien. Elle était avariée – je veux dire, vraiment grise – et avait une de ces odeurs…

Le parmentier est vite fini, les assiettes de trifle récurées, et six bouteilles de vin vides trônent sur la table de la salle à manger. Après le café, Jim propose d'écouter quelques disques. Frank et lui se chamaillent gentiment pour savoir quoi mettre – avant de devenir rédacteur en chef des pages féminines du *Courier* (un poste que seul un homme aussi vif et masculin que lui pouvait occuper sans dommage), Frank travaillait aux pages culture, et continue d'éprouver une affection particulière pour le jazz. C'est lui qui l'emporte, et tout le monde danse maladroitement au son chaloupé du saxophone du Dave Brubeck Quartet.

Plus tard, Penelope et Eva, échauffées par la danse, sortent en douce au jardin fumer une cigarette. C'est une soirée fraîche et dégagée, les étoiles tapissent le ciel au-dessus de la lueur des lampes à sodium de la ville.

— Super soirée, Eva chérie, dit Penelope, qui tangue sur ses talons. Je crois que je suis un peu pompette.

— Un tout petit peu, Pen. Moi aussi.

Elles s'appuient contre les briques, regardent brûler le bout orange de leur cigarette.

— J'ai adoré ta chronique cette semaine. Vraiment drôle, Eva. Drôle et intelligent. J'imagine qu'ils comptent conserver ta rubrique ?

Eva sourit ; elle n'arrive toujours pas à croire que sa proposition de rubrique a été acceptée. Elle avait présenté l'idée à Frank à peine quelques semaines plus tôt :

— Le couple moderne de A à Z, lui avait-elle dit devant son panaché un vendredi soir au Cheshire Cheese, qui couvre tout de « Altercation » à « Zygote ». On pourrait appeler ça « L'ABC de la femme mariée ».

Frank en avait bafouillé dans sa bière.

— C'est sensas, Eva. Je vais en toucher un mot au grand patron, mais je crois que tu t'en tirerais à merveille. Mais promets-moi de ne pas utiliser « zygote ».

À Penelope, elle répond :

— Je ne sais pas. J'espère. Demande à Frank.

— Je lui poserai peut-être la question.

Penelope rayonne, ses dents sont d'une blancheur éclatante dans l'obscurité.

— Non, d'accord, peut-être pas ce soir.

Elle incline la tête, la pose sur l'épaule d'Eva.

— J'adore cette maison. Elle est parfaite. Vous êtes parfaits.

— Rien n'est parfait, dit Eva, mais elle pense : *Les choses ne s'approcheront peut-être jamais plus de la perfection que maintenant. Ici, maintenant, il n'y a absolument rien que je veuille changer.*

## Version 2

*L'hôtesse*
*Londres, décembre 1962*

— Évidemment, tout le monde adore David. Il est merveilleusement talentueux, n'est-ce pas ?

L'actrice – Eva fait un effort pour se souvenir de son nom, Julia, peut-être, mais elle ne veut pas courir le risque de se tromper à haute voix – dévisage audacieusement Eva, comme pour la mettre au défi de la contredire. Ses yeux sont d'un bleu pâle saisissant, comme ceux d'Elizabeth Taylor, et soulignés par un épais trait busqué de khôl noir.

— Oh, oui, dit Eva, la tête ailleurs.

Elle pense à la cuisine, où elle a oublié une plaque de feuilletés à la saucisse ; s'ils restent trop longtemps au four, ils seront bons pour la poubelle.

— Merveilleusement talentueux. Je reviens tout de suite.

Elle se fraye un chemin à travers le salon bondé, souriant à leurs invités – « Merci d'être venus » – au passage. Son ventre est impossible à dissimuler, désormais, même sous cette grande tente qui lui sert de robe ; ce n'est pas qu'elle souhaiterait le cacher, mais elle aimerait se sentir moins disgracieuse, aimerait ressembler à autre chose qu'un obstacle surdimensionné face auquel les groupes d'invités sont obligés de se séparer et se reformer. Cette actrice – pas Julia, se rappelle Eva trop tard, mais Juliet ; elle avait joué Jessica quand David jouait Lorenzo dans *Le Marchand de Venise*, à l'Old Vic – avait tout bonnement plissé le nez devant Eva, comme s'il émanait d'elle une odeur désagréable.

« Ça alors, regarde-toi, tu es énorme ! » avait dit Juliet, sans la moindre trace de chaleur. Eva avait eu envie d'arracher le verre à cocktail de cette délicate petite main et de lui en renverser le contenu sur la tête ; l'effort fourni pour se retenir de le faire avait épuisé ses réserves de sang-froid. À la cuisine, Harry Janus pose la main sur la cuisse d'une très jeune fille qu'Eva ne reconnaît pas. Il recule d'un bond quand elle entre, la gratifie d'un de ses plus charmants sourires.

— Notre gracieuse hôtesse, dit-il. Si épanouie.

Eva l'ignore. Elle s'approche du four, se penche pour en sortir la plaque. La femme hésite derrière elle, ne lui propose pas son aide.

— C'est pour quand ? demande-t-elle timidement. Vous avez souvent la nausée ? Ma sœur était tout le temps malade pour son premier. Mais ça ne l'a pas dissuadée d'en faire un second.

*Elle a l'air gentille,* se dit Eva, en dressant les feuilletés chauds dans un plat. *Elle ne sait pas quel genre de type est Harry. Pas encore, en tout cas.*

— Ça a été dur les trois premiers mois, dit-elle. Maintenant ça va. J'accouche dans un mois.

— Comme c'est merveilleux.

Quand Eva se retourne maladroitement, portant le plat lourd, la femme semble se rappeler les bonnes manières.

— Permettez que je m'en occupe ? Je m'appelle Rose, à propos.

— Merci, Rose, c'est gentil. Je m'appelle Eva.

— Je sais.

Rose prend le plat pendant que Harry s'attarde non sans hésitation près de la porte, peu habitué à ne pas être au centre de l'attention.

— J'adore votre appartement, à propos. Il est superbe. Si élégant.

— Merci.

Par le passe-plat, Eva observe le va-et-vient des invités. Certains d'entre eux dansent dans l'encadrement de la grande baie vitrée, désormais obscure mais qui, de jour, baignée par la lumière de l'hiver, offre au regard un paysage d'arbres effeuillés et d'herbe givrée. La proximité de l'appartement avec Regent's Park est ce qui l'avait convaincue. C'était une idée de David, en vérité – autrement dit de sa mère. Eva aurait préféré quelque chose de plus simple, de moins imparablement moderne ; elle pensait avoir son mot à dire, ne serait-ce que parce qu'une partie de l'argent qu'ils investissaient dans l'appartement était le sien, grâce à l'héritage de sa marraine. Mais on ne désobéissait pas facilement à Judith Katz. Elle était simplement entrée dans la chambre d'Eva et David sans frapper – c'était le milieu de la matinée ; David et Abraham étaient sortis, et Eva tentait de se concentrer sur la première pièce compliquée d'un jeune dramaturge de Manchester – et lui avait dit :

— Eva, dis-moi simplement ce que tu peux bien avoir contre cet adorable appartement. Il est parfait. Je n'arrive pas à comprendre pourquoi il faut toujours que tu te montes contre moi.

Eva – qui était enceinte de presque trois mois et souffrait encore de nausées qui, loin d'être seulement matinales, se prolongeaient bien avant dans l'après-midi – avait ouvert la bouche pour argumenter, avant de se rendre à l'évidence qu'elle n'en avait pas la force. Très bien, ils prendraient l'appartement. Et ce serait merveilleux, Eva devait le reconnaître (même si elle ne donna pas à Judith le plaisir de le formuler tout haut), de n'être qu'à quelques mètres du parc une fois que l'enfant serait né et que les arbres seraient en fleurs.

L'enfant. Même si Eva n'a pas dit un mot, il semble que l'enfant l'ait entendue : elle sent qu'il réagit d'un brusque coup de pied, comme si quelque chose au fond d'Eva luttait pour se libérer.

— Eva, pourquoi te caches-tu ici ? Viens avec nous, tu veux ?

David est à la porte de la cuisine ; elle se tourne vers lui, met un doigt sur ses lèvres, lui fait signe d'approcher.

— Qu'est-ce qu'il y a ?

Elle lui prend la main, la pose sur son ventre. Il le sent, tendu et palpitant sous sa main, et son visage se fend d'un sourire.

— Mince, Eva, parfois j'ai peine à croire qu'il soit vraiment là. Notre fils. Notre petit garçon.

Il se penche pour l'embrasser. Son geste est si inattendu – David ne l'a presque pas embrassée depuis des semaines et n'a certainement rien essayé de plus intime – qu'Eva se retient de lui faire remarquer qu'ils ignorent totalement si c'est un garçon. De fait, avec une certitude inexplicable qu'elle n'a partagée qu'avec sa mère et Penelope, elle sait que l'enfant est une fille.

Ils avaient attendu un certain temps avant de tenter de faire un enfant – « J'aimerais d'abord avoir une situation stable, Eva, avait dit David, et tu es occupée par tes lectures de scripts, non ? » Eva était occupée – trop occupée, certaines semaines – et David travaillait à flux tendu : les auditions, les lectures, les fêtes des soirs de première. Son monde à lui était peuplé de gens, de mondanités, d'aventures collectives, pendant que celui d'Eva rétrécissait pour tenir entre quatre murs. Elle récupérait une nouvelle pile de scripts au Royal Court une fois tous les quinze jours environ, les rendait quelques semaines plus tard et n'avait guère l'occasion de sortir de la maison en dehors de cela. Une fois, incapable de rester une minute de plus dans la maison avec Judith, elle avait décidé de passer voir David en répétition, sans prévenir ; le metteur en scène lui avait aboyé de sortir immédiatement, et David lui avait fait la tête pendant plusieurs jours. Le monde qui lui avait jadis semblé si glamour, si mystérieux – le splendide tour de passe-passe du théâtre ; le public et les acteurs coopérant dans une magnifique illusion sous les feux de la rampe – commençait déjà, quand on le fréquentait de près, à perdre de son attrait.

Pendant ce temps, ce qu'Eva écrivait ne donnait rien, comme elle le craignait : elle avait commencé un roman, mais il s'était délité à mi-parcours. Elle montra ce qu'elle avait écrit à Penelope, qui fut gentille – « Il y a du potentiel, Eva, mais ça n'a pas encore complètement pris forme, non ? » –, puis tourna et retourna les pages à la recherche du fil qui pourrait tisser les mots en un tout cohérent. Mais elle ne le trouva pas ; dans un coin de sa tête, une voix disait : *Tu ne seras jamais un vrai écrivain, Eva. Tu n'as pas assez de talent, tout simplement.*

Au fil des mois, elle se mit à ouvrir de moins en moins souvent ses cahiers et à se dire de plus en plus souvent qu'elle aimerait avoir un enfant ; c'était un des rares sujets sur lesquels sa belle-mère et elle tombaient d'accord.

— Je ne comprends pas ce que tu attends pour avoir un enfant, Eva, avait dit Judith Katz au repas de shabbat. Tu traînes à la maison dans un état de désœuvrement absolu.

— Pas vraiment, Judith, lui avait répondu Eva avec aigreur. Je travaille, vous savez.

— La maternité est le seul vrai travail d'une femme, avait dit Judith – la rengaine habituelle, exprimée avec tout le dédain d'une douairière victorienne.

La cousine Deborah avait roulé des yeux en regardant Eva, et Abraham avait posé la main sur le bras de sa femme.

— Judith, je suis sûr que David et Eva régleront cela à leur rythme. Il faut que David pense à sa carrière.

Quand cela finit par arriver – quand il fut confirmé, à la grande joie d'Eva, qu'une semaine de nausées constantes était un symptôme de grossesse –, David fut en tout point aussi ravi qu'elle. Au bout de quelques jours, Eva avait déjà secrètement choisi un prénom – Sarah, en hommage à sa marraine Sarah Joyce, qu'elle avait tant aimée, et dont le dernier geste avait été d'une générosité si inattendue. C'était un point sur lequel Eva n'accepterait aucune remarque de Judith Katz ni de qui que ce soit d'autre.

— Viens, ma chérie. Tu rates la fête.

David la prend par la main, la ramène au salon. Quelqu'un a changé de disque, pour mettre l'album qu'Eva a spécialement acheté pour ce soir : Ella Fitzgerald interprétant les traditionnels chants de Noël (malgré le fait que la moitié des invités fêtent Hanouka). Les premiers accords de piano glissent dans la pièce, syncopés, légers comme une plume ; Ella chante la neige, les champs et les traîneaux, et d'autres invités se joignent aux danseurs devant la baie vitrée. Quelqu'un – Penelope – prend Eva par son autre main, dans un mélange de petits pas et de twist, l'enfant donnant des coups de pied et se tournant sur un rythme qu'elle est la seule à sentir.

Au début, Eva ne fait pas attention à Juliet, de l'autre côté de la pièce, un peu à l'écart. Mais quand

elle s'arrête brusquement – la tête lui tourne, le roug
lui monte aux joues, elle a le souffle court, et Sarah
lui donne des coups de pied à intervalles de plus en plus rapprochés, tels les battements d'un deuxième cœur –, Eva s'aperçoit que Juliet l'observe : elle n'est ni souriante ni revêche, mais la dévisage, comme pour la mettre au défi d'être la première à détourner les yeux.

## Version 1

*La danseuse*
*New York, novembre 1963*

La première chose que Jim remarque chez elle, ce sont ses pieds : elle a de longs orteils, sinueux, légèrement simiesques ; ses chevilles sont d'une extrême pâleur qui contraste avec son justaucorps noir. Il regarde aussi son corps, bien sûr : la profonde cambrure de ses hanches ; sa taille fuselée ; ses seins écrasés. Mais ce sont ses pieds qui retiennent son attention quand elle danse, trace d'agiles arabesques sur la scène, son rythme incertain, imprévisible, obéissant à un métronome interne qu'elle est la seule à entendre.

D'autres danseurs traversent la scène – un homme au visage bouffi, lugubre ; une femme mince aux cheveux roux, le contour de chacune de ses côtes visible sous son costume – mais lui ne voit que ces deux pieds. Dans son état de légère ébriété – encore une journée gâchée : la matinée à l'appartement, sans parvenir à peindre ; un après-midi à boire du bourbon dans le bar au coin de Charles et Washington –, il se dit que c'est peut-être bien la plus belle chose qu'il ait jamais vue.

Après la représentation, le public semble rechigner à partir. Une petite foule se rassemble sur les marches de l'église, comme après la messe, même s'il souffle un vent glacial qui envoie les dernières feuilles mortes tournoyer dans Washington Square. Une fille en imperméable bleu, dont les yeux ont des reflets ondoyants et irréels – *totalement défoncée*, se dit Jim – se tourne vers lui. D'une petite voix aiguë, elle dit :

— C'est pas le meilleur truc que vous ayez jamais vu ? Ça change la vie, non ?

Jim hésite. Il a apprécié la performance, a trouvé quelque chose de libérateur, d'hypnotique, dans la façon dont les danseurs se mouvaient et virevoltaient sur scène. Ça lui rappelle les papiers découpés de Matisse, qui l'avaient brièvement obsédé à la Slade : leurs lignes cinétiques, leur énergie entêtante et contagieuse. Mais il ne sait pas vraiment comment expliquer ça à une inconnue.

— C'était sensas, oui.

L'inconnue rayonne.

— Vous êtes anglais !

Elle dit cela avec triomphalisme, comme s'il avait pu l'oublier.

Il sourit, sans chaleur, et enfonce ses mains plus profondément dans ses poches – il a laissé ses gants à l'appartement, négligé le froid piquant de New York en hiver.

— En effet.

La fille à l'imperméable bleu – elle s'appelle Deana – continue de parler quand les danseurs émergent : de grandes silhouettes sans forme, enveloppées sous d'épais manteaux et cache-nez. Les longs pieds pâles de la danseuse sont désormais pris dans des bottes en cuir, mais il reconnaît son visage ; il ne peut s'empêcher de lui sourire, bien qu'elle ne le connaisse évidemment pas. Elle ne lui rend pas son sourire ; pourquoi le ferait-elle ? Le danseur au visage allongé salue Deana d'un baiser, lui passe un bras autour des épaules. Deana lève un sourcil à l'attention de Jim, comme pour s'excuser, mais c'est à peine s'il le remarque. Il ne quitte pas des yeux la femme en bottes de cuir.

Ils vont tous dans un bar de Cornelia Street. Jim leur emboîte le pas ; il n'est que dix heures, et Eva ne sera pas rentrée du théâtre avant quelques heures – il y a une soirée prévue après la représentation à l'Algonquin. En imaginant Eva aux côtés de David Katz, son vieux rival – discutant, riant, partageant des souvenirs du bon vieux temps –, Jim sent sa poitrine se serrer. Peut-être aurait-il dû l'accompagner voir la pièce ; il s'aperçoit que ne pas y aller était une décision assez puérile de sa part. Et pourtant, quand Eva lui a dit que Katz avait repris contact avec elle, que la pièce de Harry était désormais jouée à Broadway, le refus de Jim d'y aller avait été instinctif, par souci de se protéger, il faut croire, ou par un vieux réflexe de jalousie. Cela fait cinq ans aujourd'hui que Katz n'a pas donné signe de vie à Eva – cinq ans au cours desquels elle est devenue la femme de Jim, bon sang, a acheté une maison avec lui, est devenue le socle de sa vie. Mais il entend toujours un chœur mauvais et rageur dans un coin de sa tête, qu'il n'arrive pas à ignorer tout à fait. *Katz est une star, maintenant – et toi, qu'est-ce que tu as fait ? Qui es-tu ? Tu n'es qu'un mari entretenu qui traîne dans les rues de New York pendant que ta femme va au boulot. Tu n'es pas un artiste. Tu n'as pas vendu une seule toile depuis que tu as quitté la Slade. Personne ne veut de tes toiles, même gratuitement. Tu n'es rien.* Il n'y a que dans le bar au coin de Charles et Washington qu'il arrive à faire taire le chœur. Là, il s'assoit devant un bourbon et laisse filer la matinée.

Le bar de Cornelia Street est un tripot en sous-sol, aux murs noirs et au sol poisseux ; une petite estrade avec une chaise, où un type avec sa guitare apparaît parfois, ou pas. Les danseurs du Judson occupent une alcôve. Jim se joint à eux en retard, à son retour des toilettes – il n'en croit pas sa chance de voir que la seule place libre soit à côté d'elle. Elle le regarde, maintenant.

— Moi, c'est Pamela, dit-elle, quand il se glisse sur la banquette.

Il ne se rappellera pas grand-chose de cette soirée : rien que la pénombre poisseuse de la salle ; le vin rouge servi dans des dames-jeannes habillées de raphia tressé ; la voix profonde et rauque du musicien qui monte sur scène à un moment donné pour chanter du Woody Guthrie. Pamela, dont il ne se souviendra que par instantanés : une boucle de cheveux noirs, ramenée derrière l'oreille ; un verre porté à ses lèvres ; la blancheur éclatante de son corps dénudé, zébré d'ombres. Et ses pieds, bien sûr – leur froide longueur –, qu'elle presse contre les jambes de Jim en jouissant.

Il ne se rappellera pas avoir quitté son appartement, ni être rentré chez lui, même s'il a bien fallu qu'il le fasse : le lendemain il se réveille tard, dans leur lit – celui d'Eva et lui –, la sonnerie du téléphone retentissant douloureusement à travers ce qui est sans doute la pire gueule de bois qu'il ait jamais eue. Il sort de la chambre en titubant jusqu'au palier, tâtonne pour décrocher. C'est Eva, qui appelle du travail – elle a un bureau dans les locaux du *New York Times ;* c'est là qu'elle rédige sa nouvelle rubrique, « Une Anglaise à New York », pour le *Courier*, avec des articles sur l'actualité, la mode, la culture – pour lui dire que le Président a été assassiné. Son cortège automobile traversait une place à Dallas. Trois coups de feu. Du sang sur l'impeccable tailleur rose de Mme Kennedy.

Au-delà du choc ressenti, il y a un sentiment entêtant, honteux, de soulagement : c'est le sujet du moment. Tout le monde ne parlera plus que de cela pendant des jours, des semaines, des mois. Eva sera occupée à envoyer des articles à Londres, trop occupée pour se demander où est passé son mari la nuit dernière ; pourquoi il est rentré peu avant l'aube, douché, et s'est glissé dans le lit à ses côtés, l'esprit encore plein d'images d'une autre femme. Plus tard, il se sentira coupable, évidemment – mais pas encore. Pas tout de suite.

## Version 2

*L'Algonquin*
*New York, novembre 1963*

Après la première, les producteurs organisent une fête à l'Algonquin.

C'est, d'après les standards britanniques, une soirée sélecte : serveurs en livrée, trio jazz et un flot apparemment infini de champagne. Les murs lambrissés de l'Oak Room confèrent à l'événement une atmosphère secrète d'inspiration médiévale ; une suite de lustres massifs en ferronnerie ponctue les riches moulures de plâtre du plafond, la faible lumière vacillante de leurs ampoules plongeant les invités dans une pénombre flatteuse.

Paul Newman et Joanne Woodward sont côte à côte dans un coin ; dans un autre, Rex Harrison penche la tête vers Burt Lancaster, la diction théâtrale de sa voix de baryton légèrement audible dans le brouhaha général. Au centre du groupe, Harry, David et Juliet, le jeune metteur en scène et ses vedettes. La main de David frôle le creux des reins nus de Juliet tandis qu'ils font lentement le tour de la pièce, rayonnants.

Eva se tient un peu à l'écart, une coupe de champagne à la main. Ses chaussures lui font mal – elle les a achetées hier chez Bloomingdale's, avec sa robe longue. Elle avait confié Sarah aux grands-parents de David dans l'Upper East Side. C'était la première fois qu'elle s'éloignait de sa fille plus d'une demi-heure, au point que l'inquiétude l'avait empêchée de se concentrer et lui avait fait prendre la première robe qu'elle avait essayée. Maintenant, en surprenant son reflet dans le miroir du bar, Eva se demande si elle n'a pas fait le mauvais choix : la soie verte forme des plis peu flatteurs sur son ventre, encore ballonné par la grossesse. Elle se tient un peu plus droite.

— Ça s'est vraiment bien passé, non ?

Rose est à côté d'Eva et a des faux airs de mariée dans une robe blanche drapée ; Eva se dit qu'elle essaie peut-être d'envoyer un signal à Harry. Mais c'est cruel : elle aime bien Rose, est ravie que sa relation avec Harry semble durer. Depuis un mois, abandonnée avec Sarah dans le minuscule appartement d'un immeuble sans ascenseur que les producteurs américains du spectacle leur ont loué – David a refusé de loger chez ses grands-parents, insistant sur le besoin d'avoir son propre espace, même si leur déception était palpable –, Rose est devenue une amie, peut-être sa seule amie dans cette ville infernale et magnifique, avec ses néons tape-à-l'œil, ses auvents et ses mendiants qui traînent dans les rues sans que personne les remarque. Lors des longues promenades qu'Eva s'est mise à faire, poussant Sarah dans ce que les Américains de la vieille génération appellent de façon si charmante une « voiturette d'enfant », les mendiants sont les seules personnes qui semblent prendre le temps de s'arrêter pour discuter. Il y a quelques semaines, tandis qu'elle regardait les pigeons avec Sarah à Washington Square, Eva s'était fait accoster par une petite vieille rabougrie qui portait des sacs en plastique bleu en guise de chaussures. « Attention à toi, ma petite, avait sifflé la femme à Eva qui avait écarté vivement Sarah. Je mords. » Eva n'a toujours pas réussi à chasser de son esprit le visage de cette femme.

— Oui, ça ne pouvait pas mieux se passer, dit-elle. Mais j'ai eu peur que John ait un blanc – tu sais, quand il demande du feu à David, juste avant le baisser de rideau ? Il a eu quelques secondes de retard.

Rose la dévisage, impressionnée.

— Je n'ai pas fait attention. Tu connais mieux le texte qu'eux.

Elle boit une gorgée de champagne.

— Mais en même temps, c'est ton boulot. Lire attentivement, je veux dire. Faire attention à tout.

— Oui, j'imagine. En tout cas, ça l'était.

Depuis qu'elle a accouché il y a un peu plus de dix mois, Eva a laissé tomber la lecture de scripts. Le Royal Court lui a annoncé, peu après la naissance de Sarah, qu'il engageait quelqu'un à plein temps, et elle n'a pas prospecté auprès d'autres théâtres. Elle a été heureuse de s'immerger dans la maternité, dans son train-train quotidien, à l'écoute des besoins de sa fille à chaque instant. Et pourtant une part d'elle-même se demande encore – en particulier la nuit quand elle ne dort pas, que David enfouit la tête sous l'oreiller et qu'elle fait les cent pas dans le minuscule salon de l'appartement pour calmer Sarah du mieux possible – si cela suffira. Ce n'est certainement pas ainsi qu'elle avait imaginé son avenir avec David : elle les avait vus s'élever en duo, le succès de David comme acteur complétant celui d'Eva comme écrivain. À présent ses moments libres sont rares, et quand elle s'assoit pour écrire, son esprit se relâche, épuisé, plein de trous, et elle a la conviction que rien de ce qu'elle a à dire ne vaut la peine d'être couché sur le papier. Quand elle tente d'aborder le sujet – pour rechercher la chaleur de la confiance à toute épreuve de David –, il répond généralement : « Ma chérie, il faut que tu t'occupes de Sarah, désormais, non ? Je suis sûr que tu trouveras le temps d'écrire quand elle sera plus grande. »

Eva a, dans un moment de faiblesse et d'épuisement, avoué sa frustration à Rose – qui lui dit maintenant, comme si elle lisait dans ses pensées :

— Tu pourrais confier de nouveau Sarah aux grands-parents de David, tu sais. Te donner le temps d'écrire un peu.

Eva observe David, qui serre la main de Lancaster. Juliet est encore collée à lui. Eva regarde les yeux de Lancaster glisser de l'ovale parfait du visage de la jeune femme au V de son décolleté plongeant.

— Et David, ne pourrait-il pas s'en occuper de temps en temps ? Il sera libre dans la journée, désormais, non ? Ils seront tous libres. Tu pourrais laisser Sarah à David et filer à la bibliothèque.

Eva y réfléchit : confier la garde de sa fille à David ; descendre la Cinquième Avenue jusqu'à la bibliothèque municipale, une journée entière devant elle ; rentrer à la maison dans un appartement propre, avec un enfant heureux et reposé, le dîner mijotant sur la cuisinière (ou du moins quelques barquettes de nourriture chinoise à emporter). C'est inimaginable ; David aime sa fille, cela ne fait aucun doute, mais il est aussi capable de changer ses langes que de partir en expédition sur la Lune.

Elles sont interrompues par Harry, qui s'approche avec un homme qu'Eva ne reconnaît pas. Ses cheveux sont soigneusement gominés, son costume est gris anthracite, ample, un peu démodé. Pas un acteur, donc – un homme d'argent. Mais quand ils arrivent à sa hauteur, Eva se ravise ; il y a quelque chose d'étrangement familier dans la forme de son visage.

— Mes chéries.

Harry est exubérant, son succès le fait planer. Il glisse un bras autour de la taille de Rose.

— Voici quelqu'un que je voudrais vous présenter. Jim Taylor. Jim, je te présente ma chérie anglaise Rose – et Eva, la femme de David.

Jim tend la main à Rose, un peu cérémonieusement ; réprimant un rire, elle se penche vers lui et lui fait la bise.

— C'est bien mieux qu'une de ces vieilles poignées de main ennuyeuses, non ?

Les joues de Jim se colorent, il se tourne vers Eva. Comme elle aussi se penche pour lui faire la bise, elle remarque qu'il a les yeux d'un bleu très profond, presque violet, encadrés de cils plus longs que les siens. Chez une femme, c'est un signe de beauté. Chez un homme, c'est un peu troublant.

L'attention de Harry vagabonde déjà ; son devoir accompli, il recule, cherche une compagnie plus utile.

— Prenez bien soin de Jim pour moi, voulez-vous, mes chéries ?

Il se retourne sans attendre de réponse.

Il y a un bref silence vaguement gêné. Puis Jim dit à Eva :

— David était formidable, ce soir. C'est une pièce merveilleuse.

L'homme, Jim, a un regard très direct, que la couleur peu commune de ses yeux rend encore plus intense.

— Oui, il est vraiment bon, n'est-ce pas ?

Encore un bref silence.

— Et vous ? D'où connaissez-vous Harry ? Vous êtes acteur ?

— Oh, non, rien d'aussi glamour, j'en ai peur. Je suis avocat. (Il ouvre les mains, comme pour s'excuser.) Harry et moi sommes allés dans la même école – et à Cambridge, même si je ne l'ai pas vu souvent, là-bas.

— Quel collège ? J'étais à Newnham.

— Clare.

Jim regarde Eva, plus attentivement, cette fois.

— Vous savez, j'ai l'impression étrange que nous nous connaissons.

Rose soupire exagérément.

— Pitié, ne vous lancez pas dans une de ces conversations d'anciens de Cambridge. C'est insupportable. J'ai ma dose avec Harry

Eva éclate de rire.

— Pardon. Tu as raison. C'est ennuyeux.

Pendant quelques minutes, ils parlent d'autre chose – de Rose qui fait du mannequinat ; de Sarah ; de ce que Jim fait à New York (un programme d'échange de deux mois, dit-il, organisé pour « développer les relations anglo-américaines »). Puis, Rose, voyant Harry s'approcher d'une jeune femme en robe de soirée noire et moulante, s'éclipse.

— Ravie d'avoir fait votre connaissance, Jim.

Un serveur qui passait s'arrête pour remplir leurs verres. Une fois celui-ci reparti, Jim dit :

— J'aimerais bien me rappeler où je vous ai déjà vue.

— Oui. C'est bizarre, hein ? Je n'arrive pas à m'en souvenir, moi non plus.

Maintenant qu'ils sont seuls, Eva est soudain un peu timide. Ils gardent le silence un instant, puis il dit :

— Vous voulez vous asseoir ?

— Oh, oui. Ces chaussures me tuent.

— Je m'en doutais. Vous remuez d'un pied sur l'autre depuis que je suis là.

— Vraiment ?

egarde, s'alarme de la possibilité du ridi-
l continue de sourire.
gênant.
lu tout.

Ils choisissent une alcôve dans un coin. Discrètement, Eva retire ses chaussures d'un coup de pied. Un nouveau silence – légèrement pesant, maintenant qu'ils ont décidé de se couper du reste de la pièce. Jim le rompt.

— Depuis combien de temps connaissez-vous David ? Vous vous êtes rencontrés à Cambridge ?

— Oui, on jouait dans la même pièce à l'ADC, *Le Songe d'une nuit d'été.* Je jouais Hermia et lui Lysandre.

— Alors vous vouliez être actrice, vous aussi ?

— Non, pas vraiment. Mon amie Penelope passait une audition, et je l'ai accompagnée. On s'est bien amusées.

L'odeur sèche et crayeuse de la vieille réserve de King's, où ils répétaient ; le panaché tiède qu'ils buvaient dans la cour de l'Eagle après la répétition ; David plus grand, plus brillant, plus *tout* d'une certaine façon, que tous les hommes qu'Eva avait jamais vus.

— Je le trouvais insupportablement arrogant, au début.

— Mais il vous a fait changer d'avis.

— Oui.

Eva hésite, soucieuse de ne pas se montrer déloyale.

— Et vous ? Vous êtes marié ? demande-t-elle prudemment.

— Non, je suis plutôt… Ce n'est pas facile. C'est ma mère, elle est…

Jim la regarde, de son regard déconcertant, inflexible, comme s'il évaluait jusqu'où il pouvait aller.

— Elle ne va pas bien. La dernière fois qu'elle a été autorisée à quitter l'hôpital, les médecins ont dit qu'il ne fallait pas qu'elle habite seule. Mon père est mort, vous voyez.

Il s'interrompt, et elle sent combien il lui coûte d'en dire plus.

— Ma tante est restée avec elle pendant que je finissais mes études de droit à Guildford, mais ensuite ce fut mon tour. Alors je suis rentré à Bristol pour m'occuper d'elle.

— Je vois.

À l'autre bout de la pièce, le trio jazz s'est remis à jouer, le saxophone s'élève plaintivement par-dessus le doux chatoiement de la charleston et de la contrebasse.

— Et comment va-t-elle, en ce moment ?

— Pas très bien.

L'expression de Jim change, et Eva regrette d'avoir posé la question.

— Vraiment pas très bien. Elle est retournée à l'hôpital. Je ne voulais pas venir ici, mais… En fait, son médecin m'a dit que je ferais mieux de venir. Il pensait que ce serait comme un remontant. Pour moi, en tout cas.

— Et c'est le cas ?

— Oui, je crois. Très franchement, il y a longtemps que je ne m'étais pas senti aussi bien.

Ils parlent de New York : la frénésie incessante de la ville ; la hauteur vertigineuse des gratte-ciel ; l'étrangeté des souffles de vapeur qui s'élèvent comme des fantômes de la chaussée. (« La première fois que j'en ai vu, dit Eva, j'ai cru qu'il y avait un incendie dans le métro. ») Jim est impressionné par le fait qu'Eva et David logent à Greenwich Village – lui a un appartement à Midtown, petite boîte quelconque, à quelques rues du cabinet d'avocats. Mais il a, dit-il, passé la plupart de son temps libre au Village, absorbant tout.

— Il y a des galeries incroyables – dans des sous-sols, des boutiques, des vieux garages. Toutes sortes d'œuvres, aussi – sculptures, installations, performances. Même de la danse, à l'église Judson dans Washington Square. Ça vibre vraiment.

— C'est peut-être là-bas que je vous ai vu, alors. Au Village.

Il hoche la tête.

— Oui. Peut-être.

De là, ils font un crochet par le père de Jim – Eva a vu sa dernière rétrospective à la Royal Academy – et Jim lui-même : son amour de la peinture, le fait qu'il ait toujours voulu faire les Beaux-Arts au lieu d'aller à Cambridge, mais que sa mère n'avait pas voulu en entendre parler.

— Mon père est mort quand j'avais dix ans – enfin, vous le savez peut-être si vous connaissez son œuvre. Depuis, l'état de santé de ma mère a empiré. Elle a vendu la maison du Sussex, presque tous les tableaux de mon père. Elle ne supportait pas l'idée que je puisse prendre la même voie que lui.

Un serveur passe devant leur table ; ils se taisent pendant qu'il remplit leurs verres. Puis Jim dit :

— Il y avait une autre femme, vous savez. Sonia. (Il passe le doigt sur le pied de son verre.) En fait, il y en a eu beaucoup.

Tandis qu'ils parlent, Eva a l'impression qu'elle dérive de plus en plus loin de la pièce, dans un lieu sans frontière où le temps se fracture, s'étire, où ne restent plus que cet homme, cette conversation, cette inexplicable impression de connexion profonde. Elle ne saurait le décrire autrement, même si elle n'essaie pas encore de s'en faire elle-même la description – elle est là, tout simplement, intensément consciente du moment présent (la proximité de cet homme, la douce ondulation de sa voix) alors que le reste du monde s'estompe.

Elle lui dit qu'elle écrit, n'arrive pas à finir un livre, elle décrit l'intrigue, les personnages, l'action.

— Le sujet, ce sont les femmes qui travaillent, je crois, dit-elle. Quatre femmes qui font connaissance à Cambridge, puis emménagent ensemble dans une maison à Londres. Carrière, amitié, grands rêves. (Elle s'interrompt, lui sourit.) Et l'amour, bien sûr.

Il sourit à son tour.

— Ça m'a l'air fascinant. Vous avez choisi le titre ?

Eva secoue la tête et lui dit être inquiète à l'idée de ne jamais arriver à le terminer, d'être trop prise par Sarah ; mais aussi, pour être tout à fait franche, qu'elle a peur de le finir et de s'apercevoir qu'il n'est pas assez bon.

Là-dessus, Jim se penche vers elle et pose sur elle le regard féroce de ses yeux bleus hors du commun. On entend le son étouffé de sa main qui tape sur le dessus de la table.

— Assez bon pour qui, Eva ? L'essentiel est que ce soit assez bon pour vous.

C'est probablement, dans toute sa simplicité, la chose la plus intéressante qu'on lui ait jamais dite. Eva s'adosse à la banquette de cuir, luttant contre le désir de tendre le bras pour le toucher, pour lui prendre la main.

— Et vous ? dit-elle avec une ardeur nouvelle. Vous peignez toujours ?

— Non.

Elle voit à quel point il lui est douloureux de lui dire la vérité.

— Pas vraiment. Je suis… (Il soupire.) Je n'ai aucune excuse, vraiment.

— Dans ce cas, Jim Taylor, fils de Lewis Taylor, dit Eva doucement, il me semble que vous feriez mieux de vous y remettre.

— Pourquoi te caches-tu comme ça, ma chérie ?

David, dont la haute silhouette surgit devant leur alcôve, tend la main à Jim.

— Je ne crois pas que nous ayons été présentés. David Curtis. Je vois que vous avez pris soin de ma femme.

Jim se lève, serre la main de David. Il est un peu plus petit, et son costume gris a l'air vraiment miteux à côté du costume cintré de David, très Savile Row, ce qui ne l'empêche pas de regarder ce dernier droit dans les yeux.

— Jim Taylor. Je dirais plutôt que c'est elle qui a pris soin de moi. Je ne connais personne d'autre que Harry, ici.

David dévisage Jim.

— Harry, vous dites ? Et d'où connaissez-vous mon vieil acolyte ?

— Nous étions à l'école ensemble. Et à Cambridge. En fait, nous nous sommes déjà croisés, vous et moi. À l'anniversaire de Graham Stevenson au Maypole. Vous étiez venu avec Harry.

— Ah bon ? Je ne me souviens pas du tout de vous.

Le regard de David va de Jim à Eva. Elle se sent rougir avec horreur, alors qu'elle n'a rien fait de mal, n'a fait que discuter avec un homme intéressant, pendant que David défilait avec Juliet à son bras. Eva est prise d'une colère justifiée (et de jalousie, même si elle refuse de lui donner ce nom-là ; Eva n'oublie pas qu'il y a quelques années, c'est elle qui aurait fait le tour de la pièce à son bras). Mais elle ne dit rien ; un serveur s'approche de nouveau de leur table. Cette fois-ci, néanmoins, ce n'est pas pour apporter du champagne.

— Madame Curtis ?

Eva hoche la tête : lors des soirées théâtrales, elle prend le nom de scène de David.

— Un appel urgent pour vous à la réception. Voulez-vous me suivre ?

Le hall de l'hôtel semble froid et silencieux après le tumulte de la fête. La réceptionniste – une femme svelte et énergique, ses cheveux blonds soigneusement coupés au carré – tend le téléphone à Eva avec une expression de sérieux détaché et professionnel.

Rachel, la grand-mère de David, est au bout du fil, sa voix est aiguë et tendue : Sarah a de la fièvre et n'arrête pas de pleurer. Elle s'en veut de déranger Eva, mais elle pense qu'elle ferait mieux de rentrer.

Eva part sur-le-champ, le cœur battant. Elle demande à la réceptionniste d'expliquer à David où elle est partie et de la rejoindre – ce qu'il fait, après un intervalle de plusieurs heures qu'elle aura du mal à lui pardonner.

Nous sommes alors déjà en pleine nuit – deux heures du matin, les fenêtres nues des urgences laissant filtrer le pâle éclairage des enseignes lumineuses de la ville. Ils sont assis côte à côte sur des sièges en fer, Eva et David encore en tenue de soirée, Rachel et Simeon emmitouflés dans leur manteau – les grands-parents de David ont insisté pour venir, même s'ils ont le teint gris d'inquiétude et de fatigue. Eva ne voit rien d'autre qu'une espèce de néant tourbillonnant. Elle ne parle pas, sinon pour refuser le troisième gobelet de jus de chaussette que lui propose une gentille bénévole qui passe avec son chariot. Elle tient la main de David et oublie qu'une heure plus tôt elle voulait tenir celle de Jim. Tout souvenir de leur conversation, ou de quoi que ce soit d'autre, lui est sorti de la tête – elle revoit seulement Sarah, couleur puce, braillant, agitant ses petits bras et jambes, disparaître dans la gueule des portes des urgences dans les bras d'un inconnu.

Juste après trois heures, les portes se rouvrent, et une infirmière s'approche. Sarah va bien, dit-elle – ce n'est qu'une otite, aiguë, mais rien d'inquiétant. Le médecin lui a donné un médicament pour la faire dormir. Ils peuvent rentrer à la maison avec elle.

Par consentement tacite, ils partagent un taxi jusque chez Rachel et Simeon. Au lit, Eva installe Sarah dans le creux de son bras. Sa fille respire lentement et régulièrement, ses cheveux mouillés collés à la fragile armature de son crâne.

David s'endort rapidement, Eva écoute le bruit de sa respiration, étouffé par celui de leur fille. Ce n'est qu'alors, à l'heure la plus obscure de la nuit, qu'elle s'autorise à penser à Jim Taylor : à cette vertigineuse impression de connexion, si étrange, si inattendue. C'est son visage que voit Eva en glissant gracieusement dans un profond sommeil, assez obscur pour éclipser les étoiles.

## Version 3

*L'Algonquin*
*New York, novembre 1963*

Jim n'avait pas eu l'intention d'aller voir la pièce. Il avait déjà pris ses dispositions pour la soirée – un spectacle des danseurs du Judson à l'église de Washington Square. Richard et Hannah y allaient avec un groupe du MoMA ; après, il y avait une fête chez un peintre du Village. Artistes, écrivains, filles aux yeux noirs en amande se déhanchant sur la musique, et quelqu'un dans la cuisine distribuant des amphétamines tirées d'un sac en papier.

Mais les affiches ont suivi Jim à la trace dans toute la ville depuis leur arrivée : dans le métro, sur les kiosques, collées aux murs de brique et aux lampadaires. « David Curtis » et « Harry Janus » imprimés en gros caractères noirs. « Le nouveau triomphe du théâtre londonien. » Il avait résolu d'ignorer les affiches autant que possible, de faire comme si aucun de ces noms ne lui était familier. Puis ce jour-là, après avoir quitté la galerie – il supervise l'installation de l'exposition de Richard –, il passe devant le théâtre et demande s'il reste des billets pour la représentation des *Bohémiens* prévue le soir même.

— Plus qu'un, monsieur, lui dit le guichetier. Voulez-vous que je vous le réserve ?

Jim est assis au dernier rang du balcon. Il ne voit pas l'orchestre en contrebas, est déçu – il est sûr qu'elle y est, aurait voulu pouvoir scruter les premiers rangs pour l'apercevoir. D'ici, la scène, avec son décor nu et réaliste – des toilettes, un grabat et un lavabo –, donne l'impression d'une miniature, d'un théâtre de papier.

Il s'est renseigné sur la pièce, une adaptation libre de *La Bohème*, dont l'action se passe dans le milieu des dealers et des prostituées du Soho d'après guerre : la critique londonienne était dithyrambique, et les représentations au Royal Court furent prolongées à deux reprises. Mais Jim ne s'attendait pas à un tel choc : il est captivé, même à cette distance. Katz – ou Curtis, comme Jim suppose qu'il faut l'appeler désormais – dans le rôle du poète Rodolfo (qui, là, s'appelle Ralph), est transformé : frissonnant, squelettique, étreignant sa Mimi (Mary, ici, interprétée par une actrice d'une beauté et d'une sensualité hors du commun : Juliet Franks) quand elle rend son dernier soupir. Jim doit reconnaître que Katz est bon – si bon qu'il en oublie de le haïr. Après le baisser de rideau, le public se déverse sur Broadway. Jim s'attarde, cherche Harry (et, bien sûr, la cherche, elle). Cela fait quelques années qu'il n'a pas vu Harry – depuis la remise des diplômes ; ils n'ont jamais été particulièrement proches, même à l'école, et Jim n'a pas son numéro à New York, n'avait aucun moyen de lui annoncer sa venue. Il attend jusqu'à ce que le hall soit vide et plein de réverbérations, un agent d'entretien en livrée rayée impeccable sortant un énorme aspirateur d'un débarras.

— Vous cherchez quelqu'un, monsieur ?

Un placeur vient de la porte menant à l'orchestre, les boutons d'or de son uniforme polis comme des sous neufs.

— Oui. Je suis un ami de Harry Janus, le metteur en scène. Savez-vous s'il est…

L'expression du placeur s'adoucit.

— Un ami de Londres ? Vous venez de loin, monsieur. Il y a une soirée à l'Algonquin. Voulez-vous que je vous arrête un taxi ?

— Ça ira – je m'occupe d'en trouver un. Merci quand même.

Sur Broadway, l'air est froid et piquant – le vent s'est levé, fouette les auvents, envoyant la feuille volante d'un journal tournoyer sur le trottoir. Jim resserre son écharpe autour du cou ; avec une certaine gêne – l'acte a toujours quelque chose de vaguement irréel, comme celui d'un personnage de film –, il descend sur la chaussée pour héler un taxi. Il a de la chance : une berline jaune qui passait ralentit et s'arrête. Il monte.

— L'Algonquin, s'il vous plaît, dit-il.

À la réception, il donne le nom de Harry. Un chasseur prend sa veste, le guide dans des couloirs moquettés où règne un silence d'église, ouvre une porte, le prie d'entrer. Il donne une pièce de vingt-cinq cents au garçon, entre. Soudain, tout n'est que lumière et bruit : des murs de lambris sombre éclairés par d'horribles lustres, un trio jazz qui maltraite un standard de Stan Getz. Les invités – flamboyants, branchés, joyeux – forment des groupes impénétrables, cramponnés à leurs coupes de champagne. Il en prend une sur le plateau d'un serveur, cherche Harry des yeux. Et la cherche, elle.

C'est elle qu'il voit d'abord. Elle est seule et porte une robe longue verte. Ses cheveux sont épinglés en torsade, découvrant la peau brune de son cou ; ses bras aussi sont nus. Elle porte son verre à ses lèvres. Confronté à sa présence réelle et indéniable, Jim se rend compte à quel point il s'est fourvoyé en la confondant avec cette fille dans la rue à Bristol : le visage d'Eva lui appartient et n'appartient qu'à elle. La finesse fuselée de son menton ; les arcs jumelés de ses sourcils ; ses yeux marron interrogateurs. Il voudrait qu'elle les lève, le remarque, mais il est aussi pris par le désir de faire demi-tour et de s'enfuir.

— Jim Taylor ! Qu'est-ce que tu fabriques là ?

Harry est jovial dans sa queue-de-pie, rayonnant, tout-puissant. Il a épaissi depuis l'université : son visage est doux, la large ceinture tendue sous sa veste de smoking. Il tape Jim dans le dos, en guise d'étreinte, et Jim lui retourne le geste.

— Je suis là pour le travail. J'ai vu que ta pièce défrayait la chronique, alors je me suis payé un billet.

— Tu es futé, vraiment futé.

Les yeux bleus et vifs de Harry observent Jim avec attention.

— Qu'est-ce que tu fais en ce moment, alors ? Tu peins toujours ?

Jim hoche la tête.

— Oui, enfin… quand je peux. Et je travaille pour un sculpteur, Richard Salles. Tu as peut-être entendu parler de lui ? Il expose au MoMA la semaine prochaine.

— Ah bon ? Magnifique, Jim.

Mais Harry n'écoute pas vraiment, il regarde déjà par-dessus l'épaule de Jim, salue d'un sourire un autre invité.

— Tu m'excuses, il y a tellement de monde à qui parler. Mais il faut qu'on se voie pendant ton séjour. Appelle le théâtre, demande mon numéro à New York. Et merci d'être passé.

Harry s'éloigne, et c'est alors – même s'il ne lui fait plus face – que Jim sent les yeux d'Eva sur lui. La panique monte en lui : découvrir l'expression de son visage, quelle qu'elle soit – amicale, ou le contraire – lui semble soudain plus qu'il n'en peut supporter. Il se force à se retourner. Elle est encore là et elle le regarde – il n'a pas oublié l'intensité de son regard – mais elle n'est pas seule : une fille à la silhouette élancée en robe blanche est à ses côtés. Eva ne sourit pas, mais elle hoche la tête, comme une invitation. C'est alors qu'il traverse l'espace qui les sépare jusqu'à ce qu'ils ne soient plus qu'à quelques centimètres l'un de l'autre et qu'il se penche pour lui faire la bise.

Eva lui présente la fille sous le nom de Rose Archer. La petite amie de Harry, ajoute-t-elle, et il fait aussi la bise à Rose, remarquant sa beauté au passage, comme on regarde la photo d'un magazine. Elle n'est pas vraiment là, à ses yeux – pas autant qu'Eva.

Jim dévisage Eva aussi longtemps que possible sans que cela paraisse déplacé. Elle a pris un peu de poids, mais cela lui va bien, a arrondi ses formes les plus anguleuses. Elle a l'air fatiguée, comme toute jeune mère – quel âge peut bien avoir l'enfant désormais ? Cinq ans ? La peau sous ses yeux est teintée d'ombre. Il se souvient de ce premier matin, après leur rencontre sur les berges, quand il s'était réveillé avant elle dans sa chambre ; ils n'avaient guère dormi, mais elle dormait, à ce moment-là, son visage impénétrable grisâtre dans la lueur de l'aube. Le besoin l'avait repris de la peindre, de la capturer exactement comme elle était et ne serait plus jamais. Mais il s'était rendormi, et ce moment avait irrémédiablement disparu avec tous les autres, dans le passé.

Ils discutent – Jim, Eva et Rose. Il est conscient que leurs lèvres bougent, même s'il prête à peine attention à ce qu'ils se disent : des banalités sans conséquence – à quel point la pièce lui a plu, depuis combien de temps ils sont à New York. Le regard de Rose va de Jim à Eva. Si elle se demande dans quelle mesure ils se connaissent vraiment – Eva l'a simplement présenté comme un « vieux camarade de classe de Harry », une description si inadéquate que Jim a résisté à la tentation de la corriger –, elle n'en dit rien. Au bout d'un moment, Rose les laisse, il faut qu'elle mette la main sur Harry ; elle est très heureuse de l'avoir rencontré. Jim lui répond du tac au tac les mêmes formules poussiéreuses, entend sa propre voix comme de très loin. Puis ils se retrouvent seuls.

— C'est bien de te voir, dit Eva.

Jim la dévisage. *Vraiment,* se dit-il, *elle aurait pu choisir un autre mot que « bien ».* Il tient de son père une haine de l'imprécision, dans la langue comme en art. Il se souvient encore d'un dimanche après-midi – Jim ne devait pas avoir plus de sept ans – où il avait eu le droit de monter au grenier et de regarder le tableau d'un paysage forestier sous la neige. « Regarde, lui avait dit son père, on dirait que la neige est blanche, mais ce n'est pas le cas – elle est argentée, violette, grise. Regarde de plus près. Chaque flocon est différent. Il faut toujours tenter de montrer les choses comme elles sont, mon fils. Tout le reste n'est que de la poudre aux yeux. » C'était des années avant que Jim comprenne ce que son père entendait par là, mais il le comprend parfaitement, désormais.

— Pardon, dit Eva.

Elle doit savoir ce qu'il se dit – elle arrivait toujours à lire les expressions de son visage.

— Je ne voulais pas dire « bien ». C'est un mot aussi malheureux que « agréable ». Il n'y a rien qui colle vraiment, hein ?

Lui écrire une lettre ; la déposer dans la loge. Jim se dit qu'il l'avait peut-être haïe, un temps, même quand il espérait trouver les mots qui auraient pu la convaincre de revenir. Mais il serait désormais inutile de faire comme s'il restait la moindre trace de haine.

— Non, dit-il. C'est vrai. Rien ne colle vraiment.

— Jim Taylor.

Katz (il n'arrive pas à se faire au nom de Curtis), mince comme un toréador dans son costume noir, cheveux gominés à l'avenant.

— Tu parles d'une surprise. Quel bon vent t'amène ?

Jim tend la main.

— Je suis là en tant qu'assistant d'un sculpteur. Richard Salles. Il y a une rétrospective de son œuvre au MoMA.

Katz lève un sourcil.

— Vraiment ? Je connais son œuvre. Très intéressant. Eva et moi essaierons d'y aller.

Sous l'expression soigneusement composée de Katz, Jim peut voir son cerveau s'activer. Katz ne lui a jamais plu, pour des raisons qu'il ne pouvait pas vraiment formuler devant Eva. Après, il avait eu le temps de trouver ces raisons : Jim avait tenté d'y arriver par le seul moyen qu'il connaissait, avec du fusain, du papier et des jets de peinture à l'huile. Il n'avait jamais peint Katz lui-même, mais des hommes qui lui ressemblaient, des hommes au beau visage cruel et au regard absent. Des hommes qui gagnaient toujours la partie, sans même prendre la peine d'apprendre les règles du jeu.

Cela frappe Jim, avec force, qu'Eva s'imagine sans doute qu'il n'a jamais cherché à la faire changer d'avis. Ce n'est pas vrai : après avoir lu sa lettre, Jim lui avait répondu en noircissant page après page. Il voulait qu'elle sache qu'elle n'était pas obligée de faire ça ; que ça n'avait aucune importance ; que cela ne changerait rien à son amour pour elle – et pour l'enfant. Mais il n'envoya aucune des lettres ; il n'en trouva tout simplement pas le courage. Noël passa – sa mère s'en sortait à peine ; Jim se consacra à la tâche quotidienne consistant à l'aider à se lever, s'habiller, manger. Au début du nouveau trimestre, il se sentit vidé, purgé, en proie à un sentiment de torpeur implacable et engourdissant. Eva avait fait son choix. Le plus bel acte d'amour était sans doute de la libérer, non ?

Aujourd'hui, en sa présence, il sent tout le poids de son erreur. Il aurait dû aller la voir. Il aurait dû s'accrocher jusqu'à ce qu'elle comprenne.

Mais il ne lui reste rien d'autre à faire désormais que s'en aller, lui dire qu'il faut vraiment qu'il rentre. À la porte, Jim se retourne vers l'endroit où se trouvait Eva, mais ne voit que du vide. Il s'éloigne seul dans le couloir. Puis, tout à coup, une main lui prend le bras, le tire en arrière. Eva. Elle lui glisse un morceau de papier dans la poche. Puis, tout aussi vite, elle disparaît.

Jim repart, attend d'être dans le hall et que le chasseur lui donne son manteau avant d'ouvrir le billet. Les lettres sont épaisses, noires comme du fusain, et l'encre a bavé.

*Demain. Bibliothèque municipale. Quatre heures.*

# DEUXIÈME PARTIE

## Version 1

*L'exposition*
*Londres, juin 1966*

— Gilbert a encore amené ce foutu perroquet, dit Frank.

Eva, perdue au milieu d'un paragraphe – vaut-il mieux écrire « toutefois » ou « néanmoins » ? – ne lève pas les yeux de la machine à écrire.

— Ah bon ?

Frank se lève de son bureau, va jusqu'à la porte ouverte.

— Tu ne l'entends pas crier ? (Il se penche vers le couloir.) Gilbert ! Dis à cette foutue créature de la fermer, tu veux ?

Dans le bureau d'en face, Gilbert Jones, rédacteur des nécrologies – un homme mince, sec, qui s'est mis récemment à venir au travail avec son ara Macao – répond d'une voix assourdie :

— Oui, oui, pas besoin de gueuler.

Puis résonne le bruit sourd d'une porte qui claque.

— C'est mieux.

Toujours debout, Frank met la main à la poche de son pantalon et prend une cigarette.

— Tu en veux une ?

Elle s'est décidée pour « néanmoins ».

— Oh, pourquoi pas.

Ils sont inconfortablement perchés sur le rebord de la fenêtre, comme à leur habitude : Bob Masters, le critique littéraire, avec qui ils partagent un bureau, voue une haine indescriptible à la fumée de cigarette. C'est la fin d'après-midi ; l'air est humide, lourd, chargé des odeurs familières d'oignon frit et de poubelles pleines. Leur bureau, au fond de l'immeuble du *Courier*, ne suscite aucune convoitise à cause de sa vue peu engageante sur les escaliers de secours et les conduits de ventilation ; mais il est opportunément situé à côté de la cage d'escalier principale – du moins, opportunément pour Frank qui adore les ragots et préfère en général laisser la porte ouverte.

Chaque fois que deux secrétaires passent, discutant à haute voix, il se rue vers la porte, tend l'oreille vers le flot de leur conversation. C'est ainsi que Frank a pu confirmer que Sheila Dewhirst, la secrétaire de direction, couche avec le rédacteur en chef, et que non seulement la femme de ce dernier est parfaitement au courant de la situation, mais qu'en plus elle leur a donné son feu vert.

— Toujours aucun signe de Bob ? dit Eva, en regardant son bureau vide, sa machine à écrire abandonnée au milieu d'une pile de livres, de divers papiers, enveloppes ou ficelles.

Frank étire les jambes, émet une série de ronds de fumée parfaits : un, deux, trois. Il est en bras de chemise, comme d'habitude après déjeuner ; ses épais cheveux hirsutes – jadis d'un noir de jais – sont à présent élégamment parsemés de mèches grises. C'est un bel homme – Eva a entendu les secrétaires glousser près de lui à la cantine – mais reste d'une dévotion touchante envers Sophia ; Eva ne croit pas que ce soit un coureur de jupons.

— Apparemment pas, répond-il. Il déjeune sans doute à l'Arts Club, avec un auteur. En général ils font durer jusqu'au dîner, non ? Tu sais comment ils sont, ces auteurs. (Il lui donne un gentil coup de coude dans les côtes, et elle sourit.) Comment ça avance, à propos ?

— Ma chronique ?

Eva écrit sur une communauté féminine de l'East Sussex ; elle y est allée en voiture plus tôt dans la semaine, y a passé la nuit. La chef *de facto* – il n'y avait, en théorie, aucune hiérarchie – était une femme corpulente à la voix caressante qui s'appelait Theodora Hart. Elle avait hérité de la grande maison de sa tante et décidé, avec un idéalisme touchant ou profondément naïf, de fonder « une nouvelle communauté matriarcale coopérative ». Eva était sceptique : comment, avait-elle demandé, une communauté vraiment coopérative pouvait-elle exclure la moitié de la population ? Les femmes furent patientes avec elle, répondirent à toutes ses questions devant un délicieux ragoût de légumes de leur potager. Après quoi elles s'étaient assises en cercle en toute décontraction, avaient écouté des disques, fait tourner des joints. « Je ne sais pas comment tu supportes d'être mariée, lui avait dit l'une des femmes. Un homme qui te dit quoi faire en permanence. » Et Eva – ramollie par la drogue – avait éclaté de rire et répondu : « Oh, ne t'inquiète pas. Je rends coup pour coup. »

— Non, lui dit Frank. Comment ton roman avance. L'écriture sérieuse.

— Oh.

Elle tire une longue taffe sur sa cigarette, appréciant la douce sensation de la fumée qui se déploie.

— Pas mal du tout, merci. J'ai presque fini.

— Quand est-ce que je pourrai le lire ?

— Bientôt. Après Jim, bien sûr.

— Bien sûr.

Leurs cigarettes sont réduites à l'état de mégot. Frank écrase la sienne dans le cendrier.

— Bon. Encore une heure à mettre au propre ce foutu papier d'Yvette, et je file au Cheese m'en jeter un derrière la cravate. Tu viens ?

— Non. C'est le vernissage de l'expo de Jim, ce soir.

— Bien sûr ! J'avais oublié. (Il lui lance un regard d'excuse.) Sophia et moi pouvons venir ?

— Non. Il n'a invité personne. C'est vraiment réservé à l'école. Même si je crois que c'est ouvert au public le samedi.

Eva déteste l'impression qu'elle donne, comme si elle s'excusait pour la modestie de l'exposition ; et, par conséquent, pour la modestie de l'ambition de Jim. Elle s'adosse à son fauteuil, les yeux sur la machine à écrire.

— Bon.

Frank aussi se rassoit, croisant les jambes sous son bureau.

— On verra si on nous laisse entrer samedi, alors.

Environ une heure après, sa chronique terminée, la copie soigneusement déposée sur le bureau de Frank pour qu'il la lise dès la première heure le lendemain, Eva sort à la nuit tombée. Fleet Street est animée – des femmes comme elle, impeccables dans leur robe à imprimé, marchant d'un bon pas vers leur arrêt de bus ou le métro ; des hommes élégants qui portent des exemplaires roulés de l'*Evening Standard ;* d'autres (journalistes, publicitaires, directeurs du marketing : les porte-drapeaux de cet âge nouveau des médias), plus jeunes, plus agiles, leurs cheveux tombant sur le col de leur veste de sport.

Le métro en provenance de Victoria a du retard, il est presque sept heures et demie quand elle arrive à l'école. L'exposition a lieu dans un couloir contigu au hall d'entrée – Jim lui a dit avoir eu le plus grand mal à accrocher ses tableaux pendant que les garçons couraient en tous sens, mus par une curiosité muette. Elle avait compati, imaginé un passage étroit, plongé dans la pénombre. Mais en vérité il s'agit d'un grand espace très lumineux, ses tableaux fixant des éclairs de couleurs sur les murs blancs ; et elle se demande une nouvelle fois pourquoi il éprouve le besoin de rabaisser chaque accomplissement, chaque petit pas qui pourrait le rapprocher un peu plus du succès.

Bien qu'elle ne sache plus très bien ce que ce mot signifie pour lui : l'homme qu'elle a connu à Cambridge – celui dont elle est tombée amoureuse – avec ses ambitions démesurées, son désir débordant de peindre, de faire tenir le monde dans le cadre de sa propre vision, s'efface sous ses yeux, elle le sent, comme une photo restée trop longtemps au soleil.

— Peut-être, lui avait-il dit quelques mois plus tôt (ils étaient allés au théâtre, étaient encore debout à une heure tardive, partageant une bouteille de vin), qu'il n'y a rien de plus pour moi, Eva : enseigner, peindre en dilettante. Peut-être suis-je arrivé au bout du chemin.

— Non.

Elle avait tendu le bras vers lui : tenté de transmettre, par la pression de sa main, l'étendue de sa foi en ce qu'il pouvait accomplir.

— Ne dis pas ça. C'est un combat – tu le sais bien – de créer quelque chose qui vaut vraiment la peine. Il faut que tu t'accroches, Jim. N'abandonne pas.

Il l'avait regardée – vraiment regardée –, et son expression avait donné la chair de poule à Eva : là, dans ce sombre regard bleu, il y avait la trace d'une chose qu'elle n'avait jamais vue avant. Du détachement ; de l'indifférence ; la froide acceptation de la disparité grandissante entre leurs accomplissements respectifs. Eva avait voulu lui crier : *Non, Jim ! Ne fais pas ça. Ne te sers pas de mon succès comme d'une arme contre moi. On fait équipe, non ?* Mais elle n'avait rien dit, et lui non plus ; après un silence, elle lui avait dit qu'elle allait se coucher, et il n'avait pas bougé d'un pouce pour la suivre.

Là, elle aperçoit Jim dans un petit groupe : des profs, certains qu'elle connaît ; des parents ; quelques administrateurs.

— Pardon, mon chéri, dit-elle à voix basse. Le métro, un vrai cauchemar.

Il fronce les sourcils, répond dans un murmure.

— J'aurais préféré que tu sois là.

Mais elle lui presse la main, et le visage de Jim, quand ils rejoignent le groupe, reprend contenance, retrouve l'habituelle décontraction de son charme. Le directeur, Alan Dunn – grand homme sec à la moustache impeccable et l'air blasé d'un colonel de réserve – dit à Jim, sans conviction, que l'exposition est un « triomphe ». Puis il se tourne vers Eva, l'informe que sa dernière chronique (à leur retour de New York, elle s'est vu attribuer un nouvel intitulé – journaliste – et plus de colonnes dans les pages féminines) avait fait sensation chez lui.

— Je ne suis pas sûr du tout que vous devriez dire aux femmes au foyer américaines de raccrocher leur tablier. Eleanor menace de faire grève.

Eva ouvre la bouche pour répondre quelque chose d'adéquat – elle n'imagine pas Eleanor Dunn, petite aristocrate dont les sujets de conversation préférés sont les courses hippiques et les arrangements matrimoniaux des familles royales européennes, avoir jamais levé le petit doigt dans son intérieur. Mais Alan continue :

— Bien sûr, je plaisante, ma chère. Nous vous trouvons tout à fait merveilleuse. Ce n'est pas notre journal de référence, comme vous l'imaginez, mais tout de même… merveilleuse.

Il lui fait un grand sourire, qu'elle lui rend, s'attendant presque à ce qu'il la gratifie d'un bon point.

Quand il n'y a plus de sherry (deux élèves de terminale ont fait à contrecœur le tour des invités, pour en proposer une goutte dans des gobelets de plastique), le couloir résonnant du silence pesant mais temporaire d'une école déserte, quelques profs vont au pub. Eva en connaît déjà la plupart – il y a Gavin, le prof de lettres ; Gerry, prof d'arts plastiques, comme Jim ; Ada, la prof de français qui est vêtue de noir et fume Gauloise sur Gauloise sans peur de la caricature. Jim – reconnaissant qu'ils soient tous restés jusqu'au bout – paie une tournée de bière et quelques paquets de chips.

Eva a la tête qui tourne d'avoir bu trop vite le ventre vide et à cause de la tension liée à l'importance que revêt cette soirée aux yeux de Jim, même s'il ne le montre pas. Quand il lui avait dit, en mai, que l'école allait organiser une exposition de son travail, il avait haussé les épaules. « C'est une espèce de prix de consolation, hein ? » lui avait-il dit. Elle n'était pas d'accord, avait insisté pour qu'ils aillent fêter ça dehors – ce qu'ils avaient fait, s'offrant un steak-frites dans leur restaurant français préféré à Soho. Il avait repris du poil de la bête – avait commandé une bouteille de chianti et ressemblé au Jim d'avant. Mais au dessert, il était redevenu geignard, ressassant l'idée qu'il n'avait rien à espérer de mieux.

— J'ai réfléchi, Eva, avait-il dit, soudain animé, lui prenant la main, et j'aimerais vraiment qu'on ait un enfant. Pas toi ? Le moment est venu, non ? On a attendu assez longtemps.

Eva avait vidé son verre ; attendu quelques secondes avant de répondre.

— Tu sais bien que je veux un enfant, Jim – évidemment que j'en veux un. Mais pas maintenant. Pas encore. Je suis si prise par mon travail et j'aimerais encore…

La réaction de Jim avait été brusque, dédaigneuse.

— Finir ton chef-d'œuvre, oui, je sais. Comment je pourrais l'oublier ?

L'enseignement l'avait tellement enthousiasmé, au début. L'idée lui était venue quand ils étaient encore à New York. C'était environ une semaine après l'assassinat de Kennedy – Eva était occupée à faire des interviews, à les mettre en forme, mais avait quand même remarqué qu'il prenait du recul. Pendant des semaines, il avait évité son chevalet, ses couleurs ; le soir, quand elle rentrait du *Times*, il était souvent dehors, sans avoir laissé de mot. L'inquiétude avait commencé à la ronger : l'inquiétude non seulement devant la perte de créativité de Jim – cela, elle le ressentait profondément ; elle ne supportait pas l'idée que son désir de peindre, toujours naturel, instinctif, ait pu soudain disparaître –, mais aussi parce que l'impensable touchait déjà peut-être leur couple : qu'il puisse avoir une aventure. Mais Eva ne parla jamais de ses angoisses, de peur de leur donner vie ; et puis, un soir, elle rentra et tomba sur lui à la maison, des barquettes du traiteur chinois étalées sur la table à manger, une bouteille de vin tout juste ouverte.

« J'ai pris une décision, Eva, a dit Jim. Quand nous rentrerons à Londres, je commencerai à enseigner. »

Elle savait ce que cela lui coûtait – ses rêves de gagner sa vie par son seul art, du moins pour l'instant. Ewan se faisait déjà un nom, il avait été pris dans une galerie majeure de Cork Street ; lui n'avait certainement pas besoin d'enseigner. Mais Jim était enivré par un enthousiasme inédit : l'enseignement, dit-il, serait un bien meilleur choix que, disons, reprendre le droit ; il serait encore immergé dans l'art et il aurait des vacances pour peindre. Du coup, Eva se laissa gagner par son projet. *Dieu merci, ce n'est que ça,* se dit-elle. *Dieu merci, il n'y a pas d'autre femme. Dieu merci, tout va bien entre nous.*

Là, dans le jardin du pub, il fait encore chaud, la soirée est douce, sent la bière et le gazon tondu. Les profs sont un peu éméchés, des éclats de rire ponctuent leurs histoires horrifiques sur des élèves qu'ils ont côtoyés et détestés. Ada, la plus vieille du groupe, raconte son souvenir du jour où un élève de seconde tristement célèbre envoya une série de messages obscènes à la secrétaire d'Alan, en les faisant passer pour des messages d'Alan. On apercevait fréquemment la pauvre femme pleurer à son bureau, dit-elle, jusqu'à ce que la supercherie finisse par être révélée.

— Je n'ai jamais vu Alan si furieux, conclut Ada avec un hochement de tête approbateur. On aurait dit une scène de… comment s'appelait ce film avec le gorille en colère ? *King Kong*.

Jim reste silencieux, tenant la main d'Eva sous la table. Elle pense à ses tableaux, soigneusement arrangés sur les murs blancs : leur netteté et leur précision, la vivacité du coup de pinceau, enchâssés dans de fins cadres noirs. À leur retour de New York, il avait semblé galvanisé, une fois de plus excité par les possibilités de la peinture. Dans son atelier au fond du jardin, il s'était furieusement mis au travail – le soir, le week-end, après avoir commencé à donner des cours à l'école ; l'école privée pour garçons de Dulwich, dont le directeur, Alan, avait l'air ravi d'avoir Jim dans son équipe. Aujourd'hui, deux ans plus tard, Jim peint avec moins d'intensité – le dimanche, le soir à l'occasion, quand il n'est pas trop fatigué – et l'œuvre qu'il produit s'enfonce de plus en plus profondément dans l'abstraction. Mais là où chez d'autres peintres l'abstraction devient un langage en soi, dans l'œuvre de Jim la signification reste obscure, floue. Eva pense vraiment qu'il devrait revenir à son ancien style figuratif, il a un talent merveilleux pour les portraits et les paysages ; nombre de ses premiers tableaux, y compris deux la représentant, sont accrochés aux murs de la maison.

Elle a tenté de le lui dire, un jour, avec le plus grand tact possible, mais il s'est tourné vers elle, rageur. « Plus personne ne veut voir de la *technique**, Eva. Bon Dieu – tu ne vois pas que ce truc est passé de mode ? Le monde a changé. » Eva savait parfaitement bien ce qu'il entendait par « ce truc » – les tableaux de son père. Elle avait rarement vu Jim si agacé et n'insista pas.

À l'heure de la fermeture, ils rentrent à pied à la maison. Leur voiture est garée devant l'école, mais ils sont trop saouls pour conduire et ne sont pas si loin, même si ça grimpe sur la majeure partie du trajet. À mi-chemin, ils s'arrêtent pour reprendre leur souffle. La rue de banlieue résidentielle est sombre, silencieuse, et domine les lumières de la ville en contrebas.

— Ça s'est bien passé, je crois, dit Jim. Je demanderai peut-être à Adam Browning de venir jeter un œil.

Adam Browning est le galeriste d'Ewan qui lui a gentiment parlé de Jim, et Browning lui a écrit un mot, proposant de passer voir la prochaine exposition de Jim.

— Bonne idée, dit Eva.

Elle se penche pour l'embrasser. Jim passe son bras autour de ses épaules, et ils reprennent leur marche, ardue, vers la maison.

## Version 2

*L'entrepôt*
*Bristol, septembre 1966*

L'exposition a lieu dans un ancien entrepôt, près des quais. L'immeuble ne porte pas de nom, et Jim se demande comment il va bien pouvoir le trouver. Le prospectus – rudimentaire, fait main, les lettres enroulées autour de l'image d'une femme, cheveux épais et cascadant comme ceux d'une muse préraphaélite – indique seulement « Entrepôt 59 ».

Mais à mesure qu'il approche du fleuve – tranquille, vitreux, reflétant la haute et imposante masse des navires et des entrepôts de céréales abandonnés – il voit qu'il n'avait aucune raison de s'inquiéter : il y a une chaîne de gens qui ouvrent la voie sur les pavés. Ils ont à peu près le même âge que lui, les femmes en jupe longue, cheveux détachés, rappelant fortement l'image du prospectus ; les hommes en jean, barbus, leur chemise négligemment déboutonnée. Des « hippies », les appelle-t-on à San Francisco – et même à Bristol, désormais. Ils s'invectivent, éclatent de rire : bruyants, aussi bigarrés que des paons. Jim leur emboîte le pas, regrettant de ne pas avoir eu le temps de retirer son costume.

— Eh, vieux, demande quelqu'un. Tu vas à l'expo ?

Le type hoche la tête, les yeux mi-clos, la bouche esquissant un lent sourire énigmatique. Défoncé, bien sûr – ou pas loin. Jim lui retourne son hochement de tête, et le type dit :

— Cool. On va prendre notre pied.

Tandis qu'ils longent le quai, passent devant des piles de caisses-palettes, des conteneurs et la coque rouillée de vieux ferries, Jim sent son humeur changer. Il se détache de la semaine de travail, de la poussière et de la crasse qui vont avec, des heures passées à examiner les statuts, à lire les titres de propriété, assis dans des pièces sans air aux côtés d'hommes d'affaires au cou potelé. Le droit ne trouve grâce à ses yeux ni plus ni moins que d'habitude, et pourtant lui semble trouver grâce aux yeux du droit : il est bon dans sa partie, plus qu'il ne s'attache à l'être ; et moins il s'y attache, plus il semble réussir.

Peut-être son travail lui plairait-il davantage s'il ne passait pas ses journées à se traîner chez Arndale & Thompson dans le brouillard somnambule de celui qui souffre d'un perpétuel manque de sommeil. Pendant des mois, ses nuits ont été perturbées par les errances imprévisibles de sa mère. Il y a quelques semaines, il s'est réveillé à quatre heures du matin. L'appartement était plongé dans un silence anormal. Il s'est levé, a vu que la chambre de Vivian était vide, s'est habillé, s'est précipité dans les rues sombres de Clifton, et l'a trouvée allant et venant dans

Whiteladies Road en chemise de nuit, sanglotant, frissonnant. Il l'a enveloppée de sa veste, l'a ramenée à la maison et l'a recouchée comme un enfant fatigué.

À ce moment-là, Jim a senti quelque chose changer en lui : il a résolu de prendre tout cela moins à cœur. Est-ce que sa mère a remarqué ce changement, il ne pourrait le dire – et pourtant la situation a commencé à s'améliorer. Son médecin lui a prescrit un nouveau médicament. Vivian est léthargique et a les yeux boursouflés à cause de la force des doses, mais cela semble atténuer ses moments de crise, et elle s'est mise à faire des nuits complètes. Et tout vaut mieux, à n'en pas douter, que l'hôpital, les électrochocs. (Jim se souvient très clairement de la première fois qu'il lui avait rendu visite, après la mort de son père. Des couloirs blancs et froids. De la gentille infirmière qui lui avait versé son orangeade dans un gobelet en plastique. De la terrible expression d'égarement sur le visage de sa mère.)

Son manque de sommeil est aggravé par le fait qu'il s'est remis à peindre, tard le soir, en général ; Bob Dylan ou Duke Ellington sur le tourne-disque, volume baissé. Le temps passé à New York semble l'avoir revigoré. Les avocats, là-bas, parlaient vite, étaient obsédés par le fric, les bagnoles et l'alcool. Jim n'avait aucun point commun avec eux ; il avait passé la plupart de son temps au MoMA qui organisait une rétrospective du sculpteur britannique Richard Salles, dont Jim avait déjà vu l'œuvre à Bristol ; il y était allé, intrigué, y retournant deux fois, dans une éruption et un jaillissement de bronze, de granit, de béton coulé. Il avait aussi traîné dans les rues du Village, jetant un œil à la devanture des galeries, entrant par une porte ouverte pour atterrir au beau milieu d'un « happening ». Un jour, dans une galerie en sous-sol de Christopher Street, il s'était retrouvé au cœur d'une vénérable petite assemblée quand une jeune femme s'était déshabillée et avait commencé, avec lenteur et révérence, à s'enduire le corps d'argile liquide.

Au début, quand il peignait dans sa chambre de l'appartement de Bristol (qu'il le déteste, cet endroit, qu'il est impatient de le quitter ; mais tant que les escapades nocturnes de Vivian continuent, Jim sait à quel point il serait dangereux qu'elle reste seule), il craignait la réaction de sa mère ; il ne se souvenait que trop bien des jours où, rentrant du bureau, il avait retrouvé ses toiles déchirées, ses tubes de peinture détruits. Mais elle n'a pas réagi avec la méchanceté à laquelle il s'attendait. Le week-end dernier, elle est même venue le voir dans sa chambre, s'est assise sur son lit et l'a regardé travailler, assise en tailleur comme une petite fille. Il l'a autorisée à rester, même s'il déteste qu'on le regarde. Au bout d'un moment, elle a dit : « Tu as du talent, tu sais, mon chéri. Tu n'en auras jamais autant que ton père. Mais c'est pas mal du tout. »

L'entrepôt 59 est facile à remarquer : on a peint des fleurs à même la façade de brique, où elles tombent de l'encadrement des fenêtres, recouvrent les frontons délabrés. À l'intérieur, un grand espace ouvert, partagé en deux par un escalier de fer. Les murs sont recouverts d'un alignement de tableaux, le sol de pierre est couvert de sculptures et d'installations : à la droite de Jim, un vieux caddie de supermarché, tordu et soudé sous la forme d'un squelette animal ; à sa gauche, un tas de gravats sur un socle.

Jim voit tout de suite que la plupart des œuvres sont de deuxième ordre – même si dès l'instant où cette pensée se forme, sa confiance le déserte : qui est-il pour les juger, après tout ? Un avocat, un peintre du dimanche. Le fils d'un grand artiste, mais un homme trop craintif, trop tenu par les aléas de la maladie de sa mère, pour se réclamer du mot « artiste ».

Il prend une bière sur une table à tréteaux dans un coin, en échange de quelques pièces, et fait lentement le tour de la salle, conscient de ne reconnaître personne : il avait vu le prospectus au White Lion, avait laissé Peter et les autres finir leur première tournée. Il avait proposé à Peter de l'accompagner, mais Sheila l'attendait pour dîner, et ce n'était pas trop son truc.

Jim ne peut nier qu'il est parfois jaloux du ménage de son ami, de leur complicité naturelle ; de l'instinct de protection, de l'amour, qu'il sent chez Peter chaque fois que le prénom de sa femme est mentionné. Jim a connu des femmes, bien sûr – à New York, une secrétaire qui s'appelait Chiara, Américaine d'origine italienne, au large corps généreux ; Diane, étudiante en art dramatique, cheveux blonds, mince ; beaucoup d'autres à Bristol, y compris, très récemment, une institutrice qui s'appelle Annie. Ils ont passé plusieurs mois à se tourner autour, ni l'un ni l'autre n'étant décidé à montrer son jeu, même si Jim sait, avec ce qui est sans doute une insupportable arrogance mais rien moins que la vérité, qu'Annie est en train de tomber amoureuse de lui, et qu'il ne ressent pas, et ne ressentira jamais, la même chose. Parfois, quand il la regarde, il a l'impression de regarder quelqu'un d'autre : une femme au visage menu et intelligent, aux yeux noirs, au teint légèrement mat, comme une terre cuite.

Eva. Eva Katz – ou doit-on dire Curtis, désormais ? Mariée à celui qu'on appelle le futur plus grand acteur anglais, héritier d'Olivier. Jim avait discuté avec elle à l'Algonquin pendant… quoi… une demi-heure, avant qu'elle s'en aille en toute hâte ? Il avait demandé à quelqu'un – cette jolie fille en robe blanche – où était allée Eva ; en le regardant curieusement, elle lui avait dit que la fille d'Eva n'allait pas bien. À la mention de l'enfant, Jim avait senti la honte l'envahir – quelle sorte d'homme était-il pour échanger des nouvelles intimes avec l'épouse d'un autre homme, la mère d'un pauvre enfant malade ? Et pourtant, c'est ce qu'il avait fait, et le visage d'Eva ne l'avait pas quitté ; ni ses paroles.

« Vous peignez toujours ?… Non… Dans ce cas, Jim Taylor, fils de Lewis Taylor, il me semble que vous feriez mieux de vous y remettre. »

Un tableau retient son attention plus que le reste. C'est une chose totalement démodée, une marine – la toile peinte dans des teintes de bleu et de gris ; un lavis de ciel et de mer qui se fondent l'un dans l'autre. Jim reste planté devant, tâchant d'identifier le lieu : il y a un tas de pierres en arrière-plan, parsemées de brins d'herbe épaisse et délavée. *Les Cornouailles*, se dit-il, et une voix derrière lui dit, comme en écho :

— St Ives.

Il se retourne. La femme est grande – ses yeux sont presque à la même hauteur que ceux de Jim – et sa peau claire et pâle. Ses longs cheveux bruns séparés au milieu par une raie bien nette. Elle porte un large haut qui lui rappelle les vieilles blouses de peinture de son père. Un jean et des bottes en daim à franges, comme les cow-boys.

— Helena, dit-elle, comme s'il lui avait demandé comment elle s'appelait. Celui-là, c'est moi qui l'ai peint.

— Vraiment ? C'est très bon.

Il se présente, tend la main. Elle ne la lui serre pas, se contente de lui sourire.

— Qu'est-ce que vous faites dans la vie ? Banquier ?

Il sent ses joues rosir.

— Avocat. Mais n'ayez pas peur. L'ennui n'est pas contagieux. Du moins, je ne crois pas.

— Non. Peut-être pas.

Elle l'observe un moment. Elle a les yeux bleus, une grande bouche sensuelle ; il semble émaner d'elle une sorte de fraîcheur. L'odeur du lin propre, de l'air marin.

— Vous avez faim ? Il y a à manger en haut.

Ils mangent assis par terre en tailleur, dans une salle à l'étage dont les murs sont décorés de tapisseries indiennes bon marché et de draps de coton teint. Un coin de la pièce est équipé d'une kitchenette ; dans un autre il y a un tourne-disque, posé en équilibre sur un tas de briques. Quelqu'un a mis de la musique, a monté le son. Jim n'entend presque pas ce que lui dit Helena, mais il observe avec plaisir le mouvement de ses lèvres et sa façon de manger, élégante et efficace, pas une seule bouchée gaspillée.

Plus tard, ils sortent, là où la musique leur parvient plus étouffée et où le quai est plongé dans l'obscurité, les bateaux vides jetant leurs ombres longues sur l'eau. Helena a un joint dans son sac, déjà roulé. Elle l'allume, le tend à Jim. Ils s'assoient sur les pavés, adossés aux briques de l'entrepôt, et fument. Elle habite dans les Cornouailles, dit-elle ; pas à St Ives même, mais juste en dehors – il y a une communauté là-bas, une colonie d'artistes. La plus vieille de St Ives se meurt, tuée par les querelles intestines et la vieillesse. La leur est une communauté nouvelle manière, libre de tout ego, rien d'autre que des artistes qui habitent ensemble et partagent leurs pensées, leurs idées, leurs techniques. Aucune connaissance du monde de l'art pour vous dire ce qu'il faut peindre, ce qu'il faut penser, ce qu'il faut faire pour vendre ses œuvres ; rien d'autre qu'une vieille maison délabrée, un potager à entretenir, la liberté sans limites de la mer et du ciel.

Jim dit que ça a l'air merveilleux, idyllique – rien à voir avec le fait de peindre à un chevalet dans la chambre d'amis de chez sa mère. Et Helena le regarde et confirme que c'est merveilleux – qu'il devrait venir, rester quelque temps, les visiteurs sont toujours les bienvenus.

Il dit qu'il viendra peut-être bien, même s'il n'est pas sûr d'être sincère. Pas encore.

Quand il l'embrasse, elle a le goût de l'ail, du tabac et d'un reste sucré et écœurant de marijuana – et aussi, oui, il en est sûr, même s'il finira plus tard par admettre que c'était son imagination, il y a aussi le goût suave et salé de la mer.

## Version 3

*Les vers marins*
*Suffolk, octobre 1966*

Pour l'anniversaire de Miriam, Eva lui offre un week-end dans le Suffolk.

Penelope et Gerald ont récemment fêté leur anniversaire de mariage à Southwold, dans un élégant hôtel de front de mer. Ils sont revenus avec le numéro de téléphone d'une femme du coin qui louait un vieux cottage de pêcheur sur la côte – « La plus charmante petite maison qu'on ait jamais vue, Eva, je t'assure – Rebecca l'adorerait. » Cela fait longtemps, se rend compte Eva, qu'elle et Rebecca n'ont pas pris de vacances – encore plus longtemps pour sa mère. Comme Jakob est souvent en tournée, les parents d'Eva voyagent rarement ; ils préfèrent passer leurs rares week-ends ensemble à s'affairer, jardiner, hocher la tête en silence dans des fauteuils jumeaux en écoutant leur collection de disques d'opéra.

Pour cette fête d'anniversaire, elles ne seront que trois – Eva, Miriam et Rebecca. Jakob est à Hambourg avec l'orchestre. Anton est en voyage d'affaires à Glasgow. (Il a, à la grande stupéfaction de sa famille, opté pour la carrière de courtier maritime.) Et David – eh bien, David aussi est absent, bien sûr, en tournage. Y a-t-il un jour, ces temps-ci, où David n'est pas absent ?

Elles y vont en voiture le vendredi, après l'école, dans la nouvelle Citroën d'Eva (un cadeau de David, payé grâce au cachet de son dernier film ; malgré toute la reconnaissance qu'elle éprouve, elle ne peut s'empêcher d'y voir le symptôme de la mauvaise conscience de David). Rebecca est hors d'haleine, tout excitée – elle insiste pour qu'Oma s'assoie à côté d'elle sur la banquette arrière et regarde le dessin qu'elle a fait cet après-midi. La maîtresse, explique Rebecca dans le détail, a demandé à chaque enfant d'imaginer son week-end idéal. Elle s'est dessinée avec sa mère et sa grand-mère sous forme de silhouettes bâtons sur la plage, derrière un ruban de ciel ; chaque vague est une petite arabesque au crayon, le soleil, une balle orange, ses rayons déployés comme ceux d'une roue de bicyclette.

— Tu vois, Oma, c'est exactement ce que je vais faire ce week-end. Mlle Ellis a dit que j'avais beaucoup de chance.

Miriam, qui éclate de rire, dit qu'elle voit ça. Elle demande qui est la quatrième silhouette, plus grande, à distance des autres.

— T'es bête ou quoi, c'est papa, ricane l'enfant d'un air narquois. Dans mon imagination, il sera là, lui aussi.

— Ne dis pas à Oma qu'elle est bête, Rebecca.

Eva, au volant, parle avec fermeté.

— Ce n'est pas gentil.

Rebecca se mord la lèvre inférieure, un geste toujours annonciateur de larmes. Dans le rétroviseur, Eva croise le regard de sa mère.

— Je connais une chanson qui raconte une aventure, dit Miriam. Tu veux que je te la chante ?

Il fait sombre quand elles arrivent au cottage. Eva conduit lentement la Citroën sur l'étroit chemin entre les maisons mitoyennes et dans la minuscule cour du cottage, à peine plus large que la voiture.

— Je n'ai aucune envie de recommencer, dit Eva une fois la voiture garée.

Miriam hoche la tête.

— Nous n'aurons plus besoin de la voiture. On réveille Rebecca, ou on la porte ?

Eva regarde sa fille, pelotonnée sur la banquette, le visage parfaitement calme. Elle est petite pour une enfant de sept ans – elle tient d'Eva et Miriam pour cela, même si elle ressemble surtout à David : elle a ses yeux noirs irrésistibles, et ses grandes lèvres expressives. Ce serait dommage de la réveiller.

— Je vais la porter. Tu peux t'occuper des valises ?

La façade du cottage est plate, trapue, et son jardin broussailleux descend jusqu'à la digue. À l'intérieur, il fait un froid glacial, atténué par la forte odeur végétale de l'humidité. L'espace d'un instant, épuisée sur le seuil avec Rebecca dans les bras – elle a deux manuscrits à finir pour Penguin avant le déjeuner et leurs valises à défaire –, la perspective de le rendre habitable semble insurmontable à Eva. Mais heureusement, Miriam entre avec les bagages et donne des instructions.

— Fais le lit de Rebecca, *Schatzi*. Ouvre toutes les fenêtres dix minutes – garde ton manteau – et moi je vais faire du feu. On va rendre l'endroit *gemütlich* en un rien de temps.

Avec rapidité et dextérité, Miriam balaie la grille de l'âtre et y dispose du papier journal roulé en boule et du petit bois, tandis que par les fenêtres ouvertes s'engouffre l'air froid revigorant de la mer. À l'étage, dans la petite chambre du fond – elle a insisté pour que Miriam prenne la grande chambre de devant –, Eva lisse les draps et les couvertures sur le matelas double, et couche sa fille endormie.

Puis elle s'assoit un instant avec sa mère près du feu, où elles partagent une bouteille de riesling. L'odeur de l'humidité a été remplacée par la senteur profonde et tourbeuse du feu de bois, et la pièce obscure n'est éclairée que par la lueur orange du feu et la lumière verdâtre de la lampe sur la table. Elles parlent d'affaires familiales – le dernier concert de Jakob ; la nouvelle petite amie d'Anton, une secrétaire blonde et irritable qui s'appelle Susan et qu'Eva et Miriam ont du mal à apprécier ; la santé de Miriam – elle souffre depuis des années, sans se plaindre, des séquelles persistantes d'une pneumonie attrapée quand elle avait la trentaine, au cours d'une interminable tournée de chant. Elles ne parlent pas de David, même s'il est là, tapi à la lisière de leur conversation. Eva l'a vu pour la dernière fois la veille de son départ en tournage. Il était tard – Rebecca dormait depuis des heures – et David venait de rentrer d'une soirée à laquelle Eva n'avait pas été invitée. Elle s'était assise au coin de leur lit, fumant une cigarette, et l'avait regardé faire ses valises.

David l'avait aimée autrefois – il le lui avait dit, ce soir-là à l'Eagle. (Comme cela semblait loin, désormais ; comme toute cette panique et tous ces projets décidés dans l'urgence étaient vieux et retombés.) Il n'avait jamais hésité, jamais tiré avantage de l'équilibre des pouvoirs qui penchait désormais nettement en sa faveur et qui aurait pu le pousser – beaucoup d'hommes l'avaient déjà fait – à refuser de la reconnaître, elle ou leur enfant.

Et Eva avait cru, alors, qu'elle pourrait l'aimer elle aussi, ce bel homme intelligent et charmant, lui et sa foi absolue dans son propre talent. Elle en est arrivée à aimer David, à sa façon, puisqu'elle est avec lui ; et pourtant Eva sent désormais – elle a réfléchi à la question, l'a examinée sous tous les angles comme un objet à la loupe – qu'il ne l'a jamais vraiment autorisée à le connaître, à se glisser sous les nombreux masques qu'il présente au monde.

Il y a six semaines, quand David était entré en silence dans leur chambre en pleine nuit, elle s'était demandé s'il ne se contentait pas de jouer un rôle : un personnage pour lequel il éprouvait jadis de l'attirance – le mari et père dévoué – et dont il s'était lassé. Ou alors, plus probablement, c'était sa faute à elle ; comment pouvait-elle être une véritable épouse pour lui, former une véritable famille, puisqu'il savait – il doit bien le savoir – qu'elle avait donné son cœur à un autre ? Et pourtant elle avait essayé – oh, oui, elle avait essayé – mais n'arrivait pas à pardonner facilement à David de s'éloigner, de s'absenter en se servant du travail comme d'une excuse facile. Car bien sûr, il ne s'absentait pas seulement à cause de son travail ; de cela, elle était pleinement consciente.

Le lendemain matin, jour de l'anniversaire de Miriam, Eva se réveille sous un soleil d'hiver, dans l'odeur du feu de bois, des voix étouffées montant du rez-de-chaussée. Le lit de Rebecca est vide. Eva se brosse les cheveux, s'habille. Elle tombe sur sa mère et sa fille dans la cuisine qui préparent le petit déjeuner, après avoir refait du feu dans l'âtre.

— Joyeux anniversaire, maman. Quelle heure est-il ? C'est moi qui devrais te préparer le petit déjeuner.

Miriam, à la cuisinière, agite la main.

— Ne t'en fais pas, ma chérie, je n'ai pas besoin qu'on soit aux petits soins avec moi. Il est dix heures. Je me suis dit que tu avais besoin de sommeil. Et puis Rebecca et moi, on s'amuse bien.

Rebecca tire sur la manche de chemise de sa mère.

— Viens t'asseoir, maman. Je t'ai préparé une place.

Leur petit déjeuner consiste en des œufs au plat et du café au lait soluble, laissés pour elles avec prévenance dans le garde-manger. De sa valise, Eva sort le cadeau de sa mère. Une écharpe de soie Liberty, de la part de David et elle. Une paire de gants de laine de la part de Rebecca, achetés avec le magot soigneusement accumulé dans sa tirelire. Un flacon de parfum *Fleurs de rocaille*, de la part de Jakob. L'enregistrement de Joan Sutherland de la *Norma* de Bellini en 1964 de la part d'Anton, sur les conseils de son père.

— Quelle abondance, dit Miriam, et elle s'enroule l'écharpe autour du cou, se pulvérise du parfum et enfile les gants, provoquant les cris de Rebecca, outragée par une telle entorse au protocole.

— Oma, on ne porte pas de gants à l'intérieur !

Plus tard, elles descendent à la plage. À marée basse, la mer scintille au loin ; le sable rugueux est mouillé, jonché de boîtes vides de vers marins. Rebecca s'éloigne en courant, vers la mer, bras écartés. Eva la rappelle, inquiète à l'idée de sables mouvants ou de dangers inconnus, mais Miriam la retient d'une main sur le bras.

— Ne t'inquiète pas comme ça, *Schatzi*. Qu'elle s'amuse.

Eva prend la main de sa mère, la glisse sous son bras. Une image lui traverse l'esprit : sa mère et Jakob, se promenant bras dessus bras dessous sur un autre littoral de l'Est, sur une autre plage. Le récit de leur arrivée en Angleterre – et celle d'Eva quelques mois plus tard – lui est aussi rebattu et familier qu'une vieille photo dans un portefeuille. L'arrivée en bateau à Douvres ; la montée dans le train pour Margate, l'adresse de la pension du cousin de Jakob écrite sur un bout de papier. Le cousin leur avait trouvé du travail – des ménages pour Miriam, la plonge pour Jakob. Deux jeunes musiciens et leur nouveau-né, passant derrière un assortiment d'excentriques dans un foyer délabré aux confins du monde.

Et pourtant, ils avaient été heureux, avait toujours dit Miriam ; même après, au camping de l'île de Man, où ils avaient organisé des concerts en soirée, et où Miriam avait enseigné des rudiments d'anglais à ceux qui ne parlaient qu'allemand, polonais, hongrois, tchèque. Puis, ils avaient encore cru, malgré l'accumulation de comptes rendus en provenance de l'autre côté de la Manche, que leurs familles pourraient finalement les rejoindre en Angleterre : le frère de Miriam, Anton, et leur vieille mère, Josefa, dont la santé fragile les avait empêchés de partir avec Miriam ; les parents de Jakob, Anna et Franz ; ses sœurs, Fanny et Marianne ; et tous leurs cousins, oncles et tantes.

Ils éprouvèrent du chagrin, après, bien sûr, un chagrin qui jamais ne les quitta, dont seul le temps émoussa le tranchant. Mais Eva a toujours envié la capacité de sa mère à être heureuse : une facilité à faire avec, à faire mieux, sans doute née de l'obligation de tout quitter.

— Ça ne te rappelle pas Margate ? dit Eva tout haut. La première image que tu as eue de l'Angleterre ?

— Un peu. (Miriam se tait un instant.) Le ciel, peut-être – son immensité, sa pâleur, comme une aquarelle. Un Turner. Il plairait à ton père, ce paysage.

— Oui, dit Eva, en sachant qu'elle parle de Jakob, pas de cet autre père, au visage indistinct, inconnu.

Rien de plus qu'une idée de père, à vrai dire.

Elles marchent en silence, leurs chaussures claquant doucement sur le sable. Eva pense à David, où qu'il soit : en Espagne, quelque part au sud de Madrid. Il doit rentrer dans une quinzaine de jours. C'est un long tournage compliqué – une version de *Don Quichotte*, réalisée par David Lean, avec Oliver Reed dans le rôle-titre. David a téléphoné deux fois, a passé presque tout le temps de leur brève conversation à discuter avec Rebecca ; a seulement dit à Eva que Lean les fait travailler dur, mais qu'il s'amuse – Reed et lui avaient veillé jusqu'à l'aube la veille, buvant quelque fruste alcool local. David n'a pas parlé de Juliet Franks, même si la menace de son ombre pèse sur eux : elle a un petit rôle dans le film, et devait arriver à la moitié du tournage. Ils savent tous deux qui l'a recommandée pour le rôle, et pourquoi.

Après sept ans de vie de couple, Eva ressent un malaise : cela n'aurait jamais dû arriver. Avec le recul, elle a du mal à croire à l'ardeur de sa croyance, partagée avec David, Abraham et Judith (avec quelle clarté elle se souvient de l'expression de martyre résignée de sa belle-mère), que sa grossesse signifiait qu'ils devaient se marier sur-le-champ. Ce n'était assurément pas ses parents qui l'avaient poussée. (« Réfléchis bien, *Schatzi*, lui avait dit Miriam. Surtout, réfléchis bien. ») Comment pouvaient-ils la pousser, alors que Jakob avait épousé Miriam en sachant qu'il serait le père de l'enfant d'un autre homme ; en croyant que, comme il l'aimait, c'était la bonne chose à faire, et même la seule ? Eva savait que Jim aurait pris la même décision, si seulement elle lui en avait donné la chance. Elle s'était dit que ne pas la lui donner – éviter que ses ambitieux projets ploient, se déforment sous le poids de la paternité – était un acte d'amour. Et pourtant, à New York, elle avait vu le visage de Jim et su tout de suite que leur séparation l'avait fait souffrir bien plus profondément qu'elle l'avait jamais imaginé.

En pensant à Jim, Eva éprouve un haut-le-cœur vertigineux, comme si elle se tenait tout au bord d'une falaise. Elle ressent aussi cette nausée la nuit, parfois, quand elle se réveille aux petites heures du matin. (Hier soir, au cottage, elle a bien dormi pour la première fois depuis des mois.) Lui courir après à l'Algonquin, lui glisser ce message, puis ne pas y aller – la cruauté de la chose l'horrifie ; elle ne se serait jamais crue capable d'une chose pareille. Et pourtant elle l'a fait. L'aube s'était levée sur New York, claire et inflexible, et la peur d'Eva avait été telle qu'elle n'avait pas eu le courage d'y aller. Elle ne pouvait concevoir, dans le scénario de cette journée, de laisser Rebecca à ses grands-parents pour aller à la bibliothèque sous le soleil d'automne et s'engager dans… qui sait quoi ? Une aventure, un nouveau départ. La dislocation de tout ce qui favorisait un avenir incertain.

Cette peur lui fait encore honte – ce qui ne l'empêche pas de se demander si Jim est allé à la bibliothèque. Elle n'a aucune nouvelle de lui. Il n'a pas leur adresse londonienne, mais elle serait facile à trouver. Il lui suffirait de la demander à Harry, voire à son cousin Toby, qui appartient toujours au cercle élargi des amis de son frère. Peut-être Jim n'y est-il pas allé, d'ailleurs – Eva ne sait pas trop si cette idée la rend moins malheureuse ou encore plus. Peut-être la présomption dont elle a fait preuve a-t-elle révulsé Jim. Peut-être a-t-il déchiré son message en mille morceaux, qu'il a jetés.

— Tu es malheureuse, *Schatzi*, dit soudain Miriam, comme si Eva avait parlé tout haut. Tu es malheureuse dans ta vie de couple.

Eva ouvre la bouche pour protester. Elle n'a jamais discuté de ses vrais sentiments envers David avec sa mère – mais bien sûr Miriam doit les connaître ; elle est trop intuitive pour s'y laisser tromper. Elle et Jakob ont toujours dit apprécier David – ils le trouvent dynamique, charmant. Mais Eva est consciente qu'ils sont de plus en plus frustrés par ses longues absences qui amènent, de fait, Eva à élever Rebecca seule, avec toutes les difficultés et frustrations que cela implique – ces constantes esquives des questions de Rebecca pour savoir quand David rentrera ; consoler Rebecca en larmes, au milieu de la nuit, quand elle entre en courant dans la chambre de ses parents, à la recherche de son père, et voit que sa mère est seule.

Elle fait des efforts pour protéger sa fille, dit à Rebecca que David a beaucoup de travail ; qu'il est très demandé. Chaque carte postale de lui est décortiquée ; chaque appel longue distance, une occasion de réjouissances. Et pendant ce temps, elle, Eva, n'est que la maman de tous les jours, une présence constante – aimée, oui, mais trop familière pour éveiller l'intérêt ; elle n'est certainement pas la mystérieuse et lointaine star qui réapparaît dans la vie de Rebecca chargée de cadeaux et de baisers, quand David en a envie. Quant à la carrière d'Eva – son activité d'écrivain, tellement plus importante à ses yeux que ses piges chez Penguin –, elle n'a simplement pas le temps de s'y consacrer. Elle pourrait, bien sûr, laisser tomber son travail – David gagne bien sa vie, maintenant –, mais elle refuse, par principe, d'être entièrement dépendante du soutien financier de son mari, tout comme sa mère ne l'a jamais été de celui de Jakob, même si elle fut dépendante de lui pour bien d'autres choses.

Là, sur cette plage, devant ce grand ciel vide, Eva ne voit plus de raison d'enfouir la vérité.

— C'est vrai, Mama. Je suis très malheureuse. Je crois que cela fait longtemps que ça dure.

Miriam lui presse le bras, serrant la main gantée d'Eva plus fort contre le coton épais de son manteau.

— Tu as construit une cage autour de toi, mon amour. Tu crois qu'il est impossible d'en sortir. Il suffit que tu ouvres la porte.

— Comme ce que tu as fait, tu veux dire ?

Miriam ne tourne pas la tête ; elle ne détache pas son regard de la mer, où Rebecca trace un grand cercle dans le sable du talon de sa chaussure. Le profil de sa mère est régulier, séduisant, seulement sillonné de fines pattes-d'oie autour des yeux et de rides au coin de sa bouche.

— Oui, comme ce que j'ai fait, dit-elle. Et comme font tous ceux qui ont la chance d'avoir le choix.

## Version 1

*Miracle*
*Londres, mai 1968*

Jennifer Miriam Taylor est née à neuf heures du matin par une fraîche matinée de printemps, les nuages roulant dans le ciel d'aquarelle, les arbres ployant sous la frondaison devant la maternité.

Des années plus tard, le moment choisi par sa fille frappera Jim par sa totale cohérence avec son caractère : elle sera une enfant méticuleuse et ordonnée, puis une femme méticuleuse et ordonnée – avocate, de fait, et bien meilleure qu'il eût jamais pu l'être. Mais là, tandis qu'il la tient dans ses bras, qu'il sent l'infime mouvement montant et descendant de sa respiration, c'est à peine s'il a conscience du temps. Les minutes, les heures semblent avoir perdu leurs repères habituels et volé en éclats.

Il avait voulu rester avec Eva – pour, d'une certaine façon, partager sa douleur, la rendre supportable – mais la sage-femme lui avait ri au nez et l'avait renvoyé chez eux. Il avait passé la soirée à la table de la cuisine avec le chat, à boire du café et à regarder la pendule avec angoisse, attendant l'appel lui annonçant qu'il était temps de revenir. C'est juste après neuf heures que le téléphone finit par sonner ; la lumière du matin commençait à éclore dans la rue quand Jim prit la voiture et retourna à l'hôpital. Quand il arriva, sa femme était endormie.

— Ne la réveillez pas, l'avertit l'infirmière, agitant un doigt vers lui.

Il se sent impuissant devant les infirmières, qui sont toutes une variation mineure de la même femme, chacune d'elles vive et compétente sous sa calotte blanche et empesée.

Mais la sœur l'autorisa à voir sa fille. Derrière la vitre du service de néonatalogie, il lui fallut un instant avant de la trouver, et Jim fut pris de panique, effrayé par la signification de cela, effrayé à l'idée qu'il échoue déjà. Puis il vit Jennifer et comprit qu'il l'aurait reconnue entre mille : ce crâne miniature et la peau translucide qui le recouvre ; cette houppe de cheveux noirs, d'une épaisseur étonnante ; ces yeux sages et lucides – bleus, comme les siens, vit-il, et cette découverte le ravit, bien que la sœur lui ait dit qu'ils fonceraient probablement quand elle grandirait.

Eva s'est réveillée, son teint est anormalement cireux, marqué par la fatigue. Mais elle sourit, et aux yeux de Jim, elle semble comme transformée : il éprouve pour elle une espèce d'admiration mêlée de crainte devant le tour de passe-passe qu'elle vient de faire. Ce petit miracle. Il est assis à côté du lit, sur l'inconfortable chaise en plastique, Jennifer le regardant de ses yeux bleus surprenants, ouvrant et serrant ses petits poings. Il a entendu parler de l'étrangeté des nourrissons, de leur ressemblance avec un vieil homme ou une vieille femme ratatinés, porteurs du savoir incomplet de ce qui précède ; Ewan en avait parlé à la naissance de son fils George, l'année précédente. Mais Jim ne sait pas encore ce que c'est, n'a pas expérimenté l'ingénuité qu'il y a à regarder un visage nouvellement formé, à comprendre que l'enfant sait tout ce qu'il y a à savoir des grands mystères de la vie, mais l'oubliera bientôt et devra tout reprendre de zéro.

Au cours de la longue nuit de veille à la table de la cuisine, l'excitation de Jim avait été tempérée par la brûlure de la honte : il s'était surpris à penser à cette femme à New York, la danseuse. Pamela. Il ne l'avait jamais revue : la culpabilité avait monté en lui aussi vite que la gueule de bois était retombée, et il avait mesuré la décontraction et la facilité avec lesquelles il avait trahi sa femme, et tout ce qu'elle représentait pour lui. *Une erreur,* s'était-il dit pour se réconforter. *Cela ne se reproduira plus.* Et pourtant, cela s'était reproduit, environ un an après, quand Eva était partie pour une de ses chroniques, et dans leur propre lit, avec Greta, la jeune assistante allemande de l'école. Elle avait dix-neuf ans, un corps doux et souple, des seins ronds ; elle s'était accrochée à lui, par la suite, avait un peu pleuré, et il avait compris l'étendue de son erreur. Heureusement pour lui – pour eux tous –, elle était rentrée à Munich une semaine après car un membre de sa famille était malade, et lui avait écrit deux lettres éplorées qu'il avait réussi à intercepter avant que quiconque ne remarque le tampon de la poste allemande et avant, par bonheur, qu'elle cesse de lui écrire. Pendant des semaines, Jim s'était dégoûté ; avait du mal à croiser son propre regard dans le miroir ; ne comprenait pas comment Eva arrivait à croire que tout fut comme avant. Mais finalement la culpabilité s'effaça, devint une espèce de bourdonnement d'oreille : un son mat et faible, toujours présent, mais supportable. Rien qui menace sa vie.

Il commença à se demander si son père avait aussi toujours vécu avec ce sentiment. Lewis Taylor, grande star du monde de l'art britannique d'après guerre, désormais passé de mode, même s'il marquait encore les esprits des tuteurs de Jim à la Slade. Certains avaient même fait leurs études avec lui ; ils s'en souvenaient comme d'un jeune maigrichon au sourire de traviole, la cigarette perpétuellement à la bouche. Jim avait toujours eu l'impression que ses tuteurs étaient particulièrement durs avec lui parce qu'il était le fils de Lewis Taylor. L'un d'entre eux, surtout, avait semblé prendre plaisir à accuser Jim de s'inspirer trop ouvertement de l'œuvre de son père ; cet affront avait rendu Jim aussi têtu que hargneux, rétif au désir de plaire. Il avait voulu se différencier – et pourtant il savait, en même temps, que le seul satisfecit qu'il mourrait jamais d'obtenir était celui de son père, et que c'était la seule chose qu'il n'aurait jamais.

Jim est assez vieux pour savoir que Lewis n'avait jamais été fidèle à Vivian : il avait couché avec la plupart de ses modèles et était tombé amoureux de plusieurs d'entre elles. Jim se rappelle, petit garçon, avoir vu son père faire sa valise pendant que Sonia, la fille des tableaux au halo de cheveux roux, l'attendait dehors dans une voiture, et que sa mère enrageait, montant et descendant l'escalier en courant, ses cris faisant sortir de chez eux leurs voisins M. et Mme Dawes. La voix timide de M. Dawes de l'autre côté de la clôture du jardin : « Allons, allons, madame Taylor, je suis sûr que tout ça va s'arranger. »

Mais sa mère fut inconsolable : elle avait pleuré pendant des jours après que son père eut chargé ses valises dans la voiture et qu'il eut doucement retiré la main avec laquelle elle lui agrippait le bras. Jim avait dû préparer les repas, les lui monter sur un plateau. Il n'avait que neuf ans ; il n'eut jamais l'idée de faire des reproches à son père, qui était revenu quelques semaines plus tard, sans explication. Vivian avait alors recommencé à se lever, à se maquiller. Jim l'entendait chanter faux dans la cuisine pendant qu'elle préparait à manger et percevait d'autres bruits, plus étouffés, qui lui parvenaient la nuit depuis leur chambre et qu'il ne comprenait pas. Tout revint à la normale, semblait-il – puis, un an après, son père mourut, et quelques jours plus tard, l'ambulance emporta sa mère pour la première fois.

Jim s'était consolé, quelque temps, à l'idée de n'avoir jamais soumis Eva à de telles indignités. Il n'avait pas aimé Pamela, après tout ; et il n'avait certainement pas aimé Greta. Son désir pour elles avait été purement physique – un réflexe ; c'était, du moins, ce qu'il se disait au début. Mais plus récemment, il s'est surpris à considérer le fait qu'il y avait autre chose derrière ses infidélités : le besoin, peut-être, de côtoyer un corps féminin neuf, libre de la strate de sédiments qui étaye un couple marié – les souvenirs, les désaccords, les hauts et les bas ; et l'amour, aussi. Bien sûr qu'il aime Eva. Après l'avoir trahie, il avait eu l'impression d'être dévoré d'amour, submergé. Et pourtant, il est conscient de la distance grandissante entre eux, et il se déteste à cause de cela. Il se déteste à cause du ressentiment qu'il n'arrive pas à digérer, malgré tous ses efforts. Ressentiment parce que la carrière d'Eva est sur une trajectoire ascendante, claire et directe, tandis que la sienne est entravée par les fastidieuses exigences de l'enseignement.

Le refus d'Eva d'avoir un enfant avait plané pendant des années au-dessus d'eux, telle une grenade ramassée et lancée, à intervalles réguliers, pour provoquer le plus de dégâts possible. Il avait trouvé cela égoïste, le lui avait même dit en face, puis, voyant combien il l'avait blessée, avait regretté les mots qu'il lui était impossible de retirer. Et puis, par une merveilleuse journée de l'été précédent, elle lui avait annoncé être enceinte (ils avaient pris leurs précautions, mais pas assez, apparemment) et avait semblé aussi ravie que lui de cette nouvelle. Et voilà qu'à présent Jennifer déboulait dans le monde : leur fille, leur amour – l'espoir et la promesse de leur vie de couple – devenus manifestes.

Vers quatre heures, le chat s'était étiré devant lui sur la table, se contorsionnant dans quelque rêve animal, et Jim était tombé dans un somme agité, droit sur sa chaise, tête posée sur la main. Il s'était vu dans son atelier au fond du jardin – « l'abri », comme il l'appelle désormais ; « atelier » est un mot trop grandiose pour l'œuvre modeste qu'il y produit le dimanche après-midi. Dans son rêve, il achevait un autoportrait. La toile était floue, impossible à distinguer, mais il savait que le tableau était bon, peut-être le meilleur qu'il eût jamais peint, l'œuvre qui allait enfin propulser sa carrière rabougrie. Il appelait Eva, désireux de le lui montrer, et elle venait de la maison en courant ; mais quand il levait la tête, c'était sa mère qui était là, pas sa femme. Le tableau s'était transformé tout seul : à la place de ses yeux il y avait deux trous béants, aux bords déchiquetés. « Pas assez bon, entendait-il sa mère murmurer d'une voix cassante derrière lui. Vraiment pas. »

À l'hôpital, il boit du jus de chaussette à la cafétéria, pendant qu'Eva dort, répétant à qui veut l'entendre – un médecin épuisé en costume-cravate ; une vieille femme au visage triste et pincé – qu'il est devenu père. À un moment, dans l'après-midi, Jakob et Miriam arrivent ; ils sont rayonnants, ravis, se relaient pour prendre Jennifer dans leurs bras. Quand les heures de visite sont terminées – tout va bien, leur dit la sœur, mais ils vont garder mère et fille quelques jours de plus « pour les remettre en forme » –, ils s'attardent tous trois, indécis, aux portes de l'hôpital.

Jakob s'éclaircit la gorge.

— C'est un peu dommage de rentrer tout de suite, Jim, non ? Peut-être pourrions-nous aller dîner quelque part ?

Ils trouvent un restaurant français à quelques rues de là, où les hommes commandent un steak-frites et du vin rouge, et Miriam une bouillabaisse. Ils lèvent leurs verres, portent un toast à l'avenir de Jennifer, et le regard de Jim va de Miriam, élégante dans un chemisier jaune pâle, un carré de soie noué autour du cou, à Jakob, décontracté, visage anguleux, l'ombre d'une barbe poussant déjà sur son menton rasé de frais. Il a été un bon père pour Eva, se dit Jim, et elle n'est même pas de sa chair et de son sang. Peut-être la paternité n'est-elle pas qu'une question de biologie ; peut-être ne s'agit-il que d'une décision.

— Et ta mère, demande Miriam. Est-ce qu'elle va venir ?

Furtivement, Jim voit sa mère telle qu'elle était apparue dans son rêve la nuit dernière : jeune, environ de l'âge qu'elle avait à la mort de son mari, la peau douce et ferme, ses bras nus. Son état s'est amélioré : un nouveau médicament, l'apaisement de ses crises. Il lui a téléphoné juste après qu'Eva fut entrée en travail et l'a trouvée un peu bizarre, sa voix semblait sourde, comme une réverbération. Mais même sourde et réverbérée, c'était préférable. Peut-être l'inviterait-il à venir les voir.

— Je l'appellerai demain, dit-il. Je ne voulais pas prévoir trop de choses en même temps – vous savez, au cas où Eva ne se sente pas bien.

Miriam hoche la tête. Jakob, à côté d'elle, lui sourit, sirote son vin.

— Tu as une fille, maintenant, Jim, dit-il. Plus rien ne sera tout à fait pareil.

— Je sais, dit Jim, et il sourit à Jakob, bouleversé par cette révolution que représente la naissance de sa petite fille, et le sentiment d'une vie qui s'étend devant elle comme une page blanche, attendant d'être remplie.

## Version 2

*Le départ*
*Londres, juillet 1968*

Eva rentre du *Daily Courier* et tombe sur David dans la chambre, valise ouverte posée sur le lit.

— Tu rentres plus tôt que prévu, dit-elle.

Il lève les yeux sur elle. Il porte une chemise à manches courtes qu'elle ne reconnaît pas. La blancheur du coton est saisissante sur sa peau bronzée – après un mois en Italie, on le prendrait aisément pour un Italien. En croisant son regard, elle se sent étrangement timide : cela fait des semaines qu'il n'est pas passé par la maison – il est allé directement en Italie depuis New York – et ils ne se sont presque pas parlé au téléphone ; chaque fois qu'il appelle, il discute surtout avec Sarah. Quand Eva parle avec lui, elle se creuse la cervelle pour trouver quelque chose à dire : le monde dans lequel vit David – fait de feuilles de service, d'équipes, de journées passées dans sa caravane, de beuveries tardives – est si éloigné du sien. Elle a de plus en plus l'impression qu'aucun des deux ne parle la langue de l'autre, et qu'ils n'ont aucune envie de l'apprendre.

— Le tournage s'est terminé il y a deux jours. J'ai changé mon billet d'avion.

— Ah.

Elle sent l'irritation monter en elle. Penelope vient dîner, et Eva est impatiente de passer la soirée avec elle sur la terrasse, pour échanger les nouvelles, chacune informant l'autre des ragots du travail. Cela fait deux ans maintenant qu'Eva travaille au *Courier*, pas sous les ordres du rédacteur en chef – Frank Jarvis – devant qui elle avait passé l'entretien d'embauche au dernier trimestre à Cambridge, mais en tant que rédactrice adjointe des pages littéraires. (Penelope était intervenue pour garantir un entretien à Eva.) Elle a embauché une fille pour s'occuper de Sarah – qui a désormais cinq ans – après l'école : une jeune Française assez nonchalante qui s'appelle Aurélie ; gentille fille, mais trop encline à mettre Sarah devant la télé pendant qu'elle appelle son petit ami à Reims, ou se fait les ongles. Mais Aurélie est rentrée en France pour les vacances, et Eva aurait aimé avoir un peu de temps pour préparer le retour de David – faire le ménage, ranger, expliquer à Sarah que son papa bien-aimé est en route.

— Tu aurais pu me le dire.

Il se tait, la regarde. Quelque chose passe entre eux – quelque chose de crypté, non formulé – et la conscience de cela frappe Eva avec une force qui lui coupe le souffle. David ne défait pas ses valises.

— Asseyons-nous un instant, dit-il d'une voix monotone. Je crois qu'un verre ne nous fera pas de mal.

Elle sort sur la terrasse. Le soleil tape encore, et elle lève la tête dans sa direction, ferme les yeux, écoute le son étouffé des cris d'enfants dans Regent's Park, les vibrations et le vrombissement des voitures qui passent. Elle est étrangement calme : c'est comme si, se dit-elle quand David émerge avec les gin tonics (trop forts, sans aucun doute, alors qu'Eva doit passer prendre Sarah chez Dora dans une heure – mais tant pis, la mère de Dora peut penser ce qu'elle veut), cela arrivait à d'autres, et qu'elle les observait de loin. Un jeune couple assis au soleil – l'homme aux cheveux noirs, élégant, chacun de ses mouvements aussi précis et mesurés que ceux d'un danseur ; la femme, menue, aux traits fins. L'homme tend un verre à la femme, et ils boivent, faisant tout pour éviter de se regarder.

— Où irez-vous ? demande-t-elle.

Et pour montrer qu'elle a bien compris, elle prononce le prénom de la femme pour en dissiper le pouvoir :

— Juliet et toi.

Là, il la regarde, mais elle ne veut pas croiser son regard. Eva se plaît à croire que même en ce moment, même ici, elle a encore la capacité de le surprendre. « Tu sais, tu n'es pas du tout comme je l'imaginais la première fois que nous nous sommes rencontrés », lui avait dit David, quelques années après leur mariage. Eva l'avait pris comme un compliment, mais récemment elle s'est demandé si l'image qu'il s'est faite d'elle n'a pas fini par le décevoir : un fac-similé ennuyeux et terne de la femme qui avait jadis attiré son attention.

Mais s'il est surpris, David ne le montre pas.

— Elle a un appartement à Bayswater. Mais nous pensons aller à Los Angeles.

— Et Sarah ?

— Elle peut nous rendre visite pendant les vacances.

Il marque un très bref temps d'hésitation, où Eva s'autorise à voir du regret, de l'angoisse – même si elle connaît suffisamment son mari pour bien savoir que les sentiments de ce genre lui sont inconnus. *S'il les éprouve maintenant,* se dit-elle méchamment, *c'est parce qu'il les a répétés par avance ; parce qu'il a préparé le scénario.*

— Si tu n'y vois pas d'inconvénient.

Eva ne dit rien, et David continue, plus pressant.

— Il faut que je le fasse, Eva – tu le comprends, non ? Je crois que oui. Je crois que tu sais que notre couple est mort depuis longtemps.

Une image se glisse dans l'esprit d'Eva : eux deux allongés sur des dalles de béton, dormant dans le silence, comme des effigies de pierre sur des tombes chrétiennes. Qu'avait dit Jakob, dans le salon de musique la veille du mariage, au son du tic-tac de l'horloge ancienne dans le couloir ? « J'ai peur qu'il ne t'aime jamais autant qu'il s'aime lui. » Elle le savait déjà, l'a toujours su, vraiment, et pourtant, là, c'est trop. Déménager à Los Angeles, avec *cette femme-là* ; laisser Eva annoncer à sa fille que David est parti et ne reviendra pas. La colère montera, Eva le sait – elle la sent déjà confusément, mais de loin, comme par le mauvais bout d'un télescope. Pour l'instant, il n'y a que cette impression de silence engourdissant.

— Eva.

Elle le regarde et reconnaît instantanément son expression : c'était celle sur laquelle David Lean s'était attardé en gros plan dans son dernier film. Lors de la projection, le visage de son mari faisait deux mètres de haut, ses joues baignées de larmes à la demande. Elle ne l'avait jamais vu pleurer.

— Je t'ai aimée, tu sais. Je regrette la tournure des événements. Je ferai tout mon possible pour… te faciliter la tâche.

Il pose une main sur l'épaule d'Eva.

— S'il te plaît, arrête. S'il te plaît, va-t'en.

Il reste immobile ; elle déglutit et ajoute, avec toute la dignité qu'elle peut rassembler :

— On discutera de tout ça plus tard.

Eva attend sur la terrasse et boit son verre, les yeux fermés face au soleil, pendant qu'il fait ses valises. Il a fini en un rien de temps.

— J'appellerai demain, dit-il depuis le salon. Essaie d'expliquer la situation à Sarah, s'il te plaît.

*Ça, c'est à toi de le faire*, se dit-elle, et pourtant, évidemment, c'est sur elle que cela tombera : qui d'autre reste-t-il ?

David s'attarde fébrilement un moment. Elle se demande s'il va revenir sur la terrasse, peut-être l'embrasser en guise d'adieu, comme il l'a fait chaque fois qu'il allait en répétition, au spectacle, à des auditions, sur des tournages ; comme si ses adieux n'étaient que temporaires. Mais il ne vient pas.

— Au revoir, Eva, dit-il. Prends soin de toi, d'accord ?

Elle ne répond pas – attend seulement le cliquetis de la porte d'entrée. Au bout de quelques instants, il apparaît dans la rue. Elle regarde le haut du crâne de son mari qui s'éloigne en traînant sa valise sur le trottoir.

Au milieu de la rue, David s'arrête à côté d'une voiture stationnée, ouvre le coffre, y met sa valise. Il y a une femme au volant. Eva discerne seulement une chevelure de boucles noires, une paire de lunettes noires à monture d'écaille, une pointe de rouge à lèvres rose. Juliet. Elle a sans doute attendu tout ce temps, les regardant. À l'idée que leur couple se sépare si froidement, sans cérémonie, pendant que cette femme était assise dehors et les regardait se livrer à une pantomime, les larmes menacent de couler, et Eva retourne vite à l'intérieur.

À la cuisine, elle s'autorise à pleurer, agrippée à l'évier pour se soutenir, jusqu'à ce que le moment soit venu d'aller chercher Sarah. Puis elle s'asperge le visage d'eau froide, se remaquille soigneusement et va jusqu'à leur voiture – sa voiture, désormais, suppose-t-elle, en se disant que l'accord est juste. Elle ne peut imaginer qu'il ne le soit pas : David a toujours été, sous son arrogance et sa forfanterie, raisonnable ; gentil, même, à la façon distraite, floue, d'un homme dévoué en priorité à son propre bonheur.

Eva se dit, dans un brusque accès de douleur, qu'il va lui manquer, malgré tout – malgré la distance entre eux ; malgré son infidélité ; malgré la certitude d'Eva que leur histoire n'aurait jamais vraiment dû durer plus de quelques mois et que la carence qu'elle avait décelée dans son amour pour David était, de fait, plus que le produit de son inexpérience. Son rire lui manquera, sa façon de taper un code en morse sur sa jambe quand il est agité. Les mains qu'il posait sur son corps lui manqueront (même s'ils n'avaient pas fait l'amour depuis plusieurs mois), la façon dont grâce à lui elle se sentait belle et toute-puissante, quand il lui disait qu'il l'aimait. Le voir préparer le petit déjeuner pour leur fille lui manquera : une occasion rare, et pourtant elle constate avec stupeur qu'il est peu probable de le revoir faire ça. La profonde sonorité de sa voix montante et descendante quand il endormait Sarah lui manquera. Tout cela, et plus encore, ils l'ont partagé ; et maintenant cela va disparaître dans un fondu au noir.

Eva attend un moment, assise immobile au volant, prenant de grandes respirations. Puis elle met le contact et s'engage sur la chaussée, passant devant la place que la voiture de Juliet vient de quitter.

## Version 3

### *Gel*
### *Cornouailles, octobre 1969*

Il a gelé, la nuit dernière. *Pour la première fois de l'année,* se dit Jim, debout à la fenêtre de la cuisine, une tasse de café lui réchauffant les mains.

Il est sept heures et quart. Il est le premier levé – il recommence à se lever tôt, comme avant, comme son père, pour profiter au maximum de la lumière du matin, tellement pâle, ici, sans filtre ; plus claire que n'importe tout ailleurs. Aujourd'hui, il s'est réveillé plus tard que d'habitude, s'est enfoui plus profondément sous les couvertures, a attiré le corps chaud de Helena contre lui, comme s'il sentait que dehors le gel s'installait, l'herbe haute du jardin raidie comme des piques, les rangées de laitues blotties sous leurs bâches de plastique. Quelqu'un – Howard, sans doute – a eu la présence d'esprit de déplier les tunnels en accordéon, il a dû regarder la météo, ou a plus probablement étudié le vent, la teinte précise du ciel qui s'assombrit, à la façon mystérieuse d'un homme de la campagne.

Avant de s'installer à Trelawney House, Jim aurait lui aussi pu se considérer comme un homme de la campagne. Enfant, il était habitué aux rythmes de la vie dans celle du Sussex, à ses couleurs et ses odeurs, ses bruits soudains et ses profonds silences. Mais il sait maintenant que le Sussex n'est pas vraiment la campagne, pas comme les Cornouailles – en tout cas, pas comme cette bande de terre balayée par les vents, à quelques kilomètres de St Ives : la mer face à eux, les champs derrière eux, et les falaises, paysage lunaire de roche noire, leurs broussailles, leurs fleurs dont Howard a tenté de lui apprendre le nom, même s'il n'en a retenu qu'une poignée : polygala, euphrasie, caille-lait jaune.

Cette dernière est une fleur à quatre pétales d'un jaune vif et cireux. Lors d'une promenade cet été, peu après l'arrivée de Jim, Helena s'allongea dans un carré de ces fleurs, qui brillaient magnifiquement contre ses cheveux roux. (C'était cette couleur – cette même teinte, se dit-il, celle de Lizzie Siddal, du moins celle saisie par Rossetti – qui avait d'abord attiré Jim ; il serait déçu, plus tard, d'apprendre qu'elle se les teignait.) Là, sur la falaise, il cueillit un bouquet de ces fleurs, les rapporta à la maison, les mit dans un pot à côté de son chevalet. Helena avait libéré un coin de l'atelier pour lui – une vieille grange ; glaciale en hiver, même quand ils glissaient des couvre-lits à motif indien sous les portes et sortaient un vieux radiateur à bain d'huile les jours les plus froids. Ce fut le premier tableau que Jim produisit dans les Cornouailles : un bouquet de caille-lait jaunes, un pot bleu et blanc, une table. Ce n'était pas grand-chose, mais il sut tout de suite que c'était ce qu'il avait fait de mieux depuis longtemps.

Il se verse une autre tasse de café, trouve le pain – dur, complet, cuit par Cath – et s'en coupe une tranche, sur laquelle il étale du beurre et de la confiture. Il entend du mouvement à l'étage : Howard, probablement. Il est généralement le deuxième à se lever, et ils se sont souvent retrouvés à l'aube dans l'atelier, tous les deux seuls, Jim préparant ses couleurs, séchant les pinceaux, Howard rapportant du bois de la cour – du bois flotté, pelé et blanchi par la mer ; de gros rondins de chêne poli de la scierie de Zennor ; des tas de brindilles qu'il a ramassées et ficelées, épaisses et en fuseau comme un balai de sorcière. Howard sculpte le bois, et son coin ressemble à un atelier de menuiserie, avec ses établis et ses tours, et la saine odeur médicinale de résine et de copeaux de bois.

Au début, Jim fut distrait par le bruit que faisait Howard en travaillant – la stridence et le grondement des scies, les coups de marteau. Il en avait parlé, discrètement, à Helena ; avait demandé s'il pouvait investir l'une des pièces vides du grenier. Mais elle avait secoué la tête : leur but était de partager tous ensemble le même espace de travail, de favoriser la circulation des idées. Elle le lui avait dit le soir de leur rencontre – c'était aux cinquante ans de Richard, chez lui à Long Ashton ; Jim avait remarqué Helena debout près de la cheminée en robe verte, ses cheveux roux éclatants détachés sur les épaules.

Il était allé droit sur elle et lui avait demandé son nom, avec une hardiesse qui les avait pris de court tous les deux. Il fallait crier pour se faire entendre – quelqu'un avait mis un disque de Led Zeppelin – mais quand elle avait décrit l'endroit où elle habitait, la « colonie » de St Ives, Jim y avait vu une sorte de paradis.

La semaine suivante, il prit sa vieille Renault délabrée pour aller la voir dans les Cornouailles ; quelques semaines après – exalté par l'amour, le désir, les conversations qu'il avait eues jusque tard dans la nuit avec tous les habitants de la colonie, à faire tourner les joints, à discuter d'art, de sexe, de tout –, il avait annoncé son départ à Richard Salles et à sa mère. « Va, travaille, avait dit Richard, et trouve le bonheur que tu mérites. » Même Vivian l'avait envoyé là-bas avec ce qu'il prit comme une sorte de bénédiction. « Tu es le fils de Lewis Taylor, Jim, et tu es aussi têtu que ton père. Fais simplement attention à garder une part de toi pour la femme qui t'aime, d'accord ? »

Elle s'était avancée, avait pris le menton de Jim dans le creux de sa main, et l'espace d'un instant, ce fut comme s'ils étaient de retour dans leur maison du Sussex ; au cours de ces après-midi où il rentrait de l'école et tombait souvent sur sa mère immobile dans son fauteuil, fumant cigarette sur cigarette, pendant que son père était plongé dans son travail, là-haut.

Une fois installé à Trelawney House, Jim ne fut pas certain qu'il soit vraiment pratique que tout le monde travaille dans le même atelier, mais il n'insista pas. C'était chez Howard, après tout ; la maison avait appartenu à sa défunte mère, membre du gotha et marraine de la colonie de St Ives. À présent, plus d'un an après, Jim voit la logique de cette règle : son travail a changé, est devenu plus musclé, d'une certaine façon, comme s'il tirait sa confiance des formes dures et inviolables de Howard.

On entend des bruits de pas dans l'escalier. La porte de la cuisine s'ouvre. Voilà Howard, aux faux airs d'ours dans sa robe de chambre en laine, les yeux encore embués de sommeil. C'est un homme d'allure extraordinaire : un mètre quatre-vingt-dix pieds nus, chauve, le visage anguleux, charnu et taillé à la serpe, comme assemblé à partir de trois visages différents. Et pourtant il a ce petit quelque chose – du charisme, dirait Jim, même si le mot semble inadéquat pour décrire le pouvoir brut et muet de Howard, en particulier sur les femmes. Jim soupçonne que Howard et Helena ont été amants autrefois, même s'il n'a jamais posé la question, conscient que la réponse pourrait ne pas lui faire plaisir. S'ils le furent, cela resta très discret : Howard et Cath sont ensemble depuis des années. En tout cas, ce n'était pas une communauté de ce *genre* – Howard avait été très clair là-dessus quand ils avaient discuté pour la première fois de son emménagement.

« Ce n'est pas le genre d'organisation dont les journaux parlent, avait-il dit à Jim, ses yeux creusant son visage d'un regard étincelant. On ne met pas notre argent en commun, et on ne met *pas* – ce dernier mot prononcé en tapant théâtralement du poing sur la table de la cuisine – nos amours en commun. On est ici en tant qu'artistes. On bosse, on jardine, on cuisine ensemble. Si tu as envie de vivre comme ça, alors tu es le bienvenu. »

— Verse-moi une tasse de café, tu veux ? dit Howard en se posant lourdement sur une chaise de la cuisine.

Jim s'exécute.

— C'est gentil.

— Il a gelé la nuit dernière, dit Jim. Pour la première fois de l'année.

Howard sirote son café, ferme les yeux.

— Oui. J'ai couvert les laitues. Mais il faut faire sécher le bois de chauffage. C'est toi qui es de corvée de bois, aujourd'hui ?

— Je crois.

La liste de répartition des tâches est punaisée sur le tableau de liège près de la porte, rédigée par la petite main méticuleuse de Cath.

— Helena prépare le repas ce soir. Elle a parlé d'un cassoulet.

Howard hoche lentement la tête, les yeux toujours fermés. Avec son crâne chauve et sa robe de chambre aux faux airs de bure, il ressemble à un moine en prière.

— Et Stephen arrive à midi, je crois.

— C'est ce qu'il a dit.

Jim a passé la semaine dernière en préparatifs : a fini la dernière toile, choisi parmi les autres, même si Stephen a dit qu'il ferait lui-même la sélection et que Jim n'avait pas à s'en faire pour leur emballage ;

il viendrait avec un type qui s'en occuperait. Au fond de lui, Jim craint que tout capote, qu'il ne soit pas réellement possible que Stephen Hargreaves vienne aujourd'hui charger certaines de ses toiles dans un camion et les rapporte à Bristol, les rapporte dans sa galerie. Mais il connaît ce genre de craintes : des terreurs nocturnes, irrationnelles. Car l'exposition est entièrement arrangée, les affiches sont imprimées, l'une d'elles fièrement punaisée par Helena sur le tableau de liège : *Jim Taylor – Peintures, 1966-1969.* Le vernissage est dans trois jours – ils monteront tous, tous les huit, Josie, Simon, Finn et Delia aussi, dans la vieille camionnette cahotante de Howard. Tante Patsy et oncle John viennent aussi, et même la mère de Jim, avec Sinclair. Jim n'arrive toujours pas à considérer Sinclair comme son « compagnon » ; il n'aurait pas pu être plus étonné quand Patsy lui a appris la nouvelle par téléphone, quelques mois après son départ pour les Cornouailles. « Ta mère a rencontré quelqu'un. Je ne l'avais pas vue si heureuse – si calme – depuis qu'elle a rencontré ton père. »

— Vous avez trouvé une solution avec Helena ?

Howard sirote son café.

— À propos du tableau, je veux dire.

La tasse de Jim est vide. Il soulève la cafetière, dans l'espoir de s'en verser un autre, mais elle aussi est vide.

— Oui. Enfin, je crois. Elle dit que ça ne la dérangeait plus, maintenant.

Ce fut leur première vraie dispute, douloureuse et interminable, qui avait commencé six mois plus tôt, quand il s'était mis à un nouveau tableau, le plus grand format qu'il ait jamais fait. Un portrait, peint de mémoire, bien qu'il ait demandé à Helena de poser pour les mains et les pieds (là fut peut-être son erreur) : une femme, lovée sur le rebord d'une fenêtre en alcôve, en pleine lecture, la lumière tombant en pâles rayons sur son visage. La femme était petite, ses cheveux noirs et brillants, un sourire en coin sur les lèvres : Eva, bien sûr, c'était Eva ; il savait que ce serait elle avant de commencer.

Il ne s'était pas douté que Helena serait jalouse – c'est une artiste, elle aussi ; elle comprenait sans doute que certaines idées émergent pleinement formées, au-delà du contrôle conscient. Mais elle fut vraiment jalouse. Pendant plusieurs jours, c'est à peine si Helena lui adressa la parole et l'autorisa à la réconforter – mais qu'est-ce que le réconfort, à vrai dire, aurait pu lui apporter ? Il avait été franc avec elle dès le début ; elle savait à quel point il avait aimé Eva et à quel point elle l'avait blessé.

Il n'aurait jamais dû, se dit-il pendant cette période difficile, commencer le tableau – même si c'était le meilleur portrait qu'il ait jamais fait ; il le savait et Helena aussi. Quand ils avaient monté leur exposition à St Ives, il avait dominé la salle, attiré à lui la plupart des visiteurs grâce à quelque force magnétique imperceptible. Un homme était resté devant pendant près d'un quart d'heure ; c'était Stephen Hargreaves, un vieil ami de Howard du Royal College. Il se trouva que sa galerie de Clifton était à quelques rues de chez Vivian ; Jim était passé devant plusieurs fois. « Il y a de très bons tableaux, Jim, avait dit Stephen, en lui serrant la main. Il faut vraiment qu'on réfléchisse à vous organiser une expo. »

Bien sûr, le portrait d'Eva (comme il l'appelait en secret ; son titre officiel était *Femme, lisant*) serait l'œuvre centrale de l'exposition de Jim, mais Helena ne voulut pas y penser ; hier, comme elle l'aidait à faire le tri parmi ses tableaux, elle l'a vu une nouvelle fois, posé contre le mur de l'atelier, et s'est aussitôt renfrognée. Plus tard, au lit, après avoir retrouvé son calme, elle lui a dit : « Pardon, Jim. Je sais que je suis ridicule. Mais je ne peux pas m'empêcher de croire qu'elle nous hante, d'une certaine façon. Je sais que tu penses encore à elle. Je le sens. »

Il a nié, bien sûr, l'a serrée contre lui, lui a murmuré des mots de réconfort à l'oreille. Et pourtant, il a su qu'elle avait raison, et il s'en est voulu, mais en a surtout voulu à Eva.

Il avait attendu deux heures, là-bas, devant la bibliothèque municipale de New York. Cent vingt minutes qui s'étaient écoulées avec une lenteur extravagante tandis que la circulation ralentissait et repartait, et que la déception pesait sur lui de tout son poids. En rentrant à l'appartement, il s'était promis d'oublier pour de bon Eva et tout ce qui aurait pu advenir. Il accepterait, une fois de plus, la décision qu'elle avait prise.

Il est resté fidèle à sa promesse – et pourtant, aujourd'hui, la voilà, sur le tableau, bientôt enveloppée, dorlotée et transportée à trois cents kilomètres de Bristol. Il pose sa tasse vide dans l'évier et regarde Howard, qui est adossé au mur, les yeux mi-clos.

— Je suis toujours pas remis, Jim, mon vieux. Cette herbe, c'était du costaud.

— On peut le dire.

Jim ne fume pas beaucoup, il les avait laissés pour monter rejoindre Helena, qui n'avait pas participé à la fête.

— J'y vais.

Howard hoche la tête.

— Je vais pas tarder. Allume le chauffage, tu veux ? Ça doit geler.

Il gèle vraiment, le froid agresse Jim quand il traverse la cour, et il s'imprègne de cette fraîcheur, des odeurs matinales de mer et de terre humide. Il ne se lassera jamais de la vue plongeante sur la mer : les roches étagées de la crique, la mosaïque de galets, et l'eau, agitée, changeante, ce matin d'un sombre bleu d'encre, sous le ciel qui s'éclaircit à l'horizon. Il attend un instant avant d'ouvrir la porte de l'atelier, les yeux baissés sur la plage, submergé par un bonheur déconcertant ; et il le savoure, l'absorbe, parce qu'il est assez vieux maintenant pour prendre le bonheur tel qu'il est : bref et volatil, non un état vers lequel tendre, qu'il faut rechercher pour s'y installer, mais qu'il faut saisir au vol et retenir le plus longtemps possible.

## Version 1

*Trente ans*
*Londres, juillet 1971*

Ils ont presque deux heures de retard à l'anniversaire d'Anton.

D'abord, la baby-sitter – Anna, la fille assez pétulante d'un voisin – arrive une demi-heure après ce qu'ils avaient prévu, sans explication. Puis Jim, qui avait déjà plus d'un coup dans le nez (il leur avait servi chacun un gin tonic pendant qu'ils s'habillaient et en avait avalé deux autres en attendant Anna), annonce soudain que la tenue d'Eva ne lui plaît pas.

— On dirait un bébé géant en barboteuse, lui dit-il, et elle, blessée, baisse les yeux sur la combinaison noire qui lui avait semblé si élégante la semaine précédente dans la boutique et ses chaussures en crin à semelle compensée.

Comment Jim peut-il ignorer à quel point il se montre cruel ? Il sourit en parlant ; a l'air étonné, voire offensé, quand elle remonte d'un pas furibond pour se changer :

— Je plaisante, Eva – tu as perdu ton sens de l'humour ?

Et pourtant, en se changeant – elle enfile la longue robe qu'elle a portée le week-end précédent au barbecue d'adieu organisé pour les élèves de dernière année de l'école ; il n'avait rien trouvé à redire –, elle se surprend à verser quelques larmes.

*Passe à autre chose*, se dit-elle devant le miroir de la salle de bains en se mettant une couche de fard sur les joues et en appliquant du khôl.

Et pourtant, elle ne peut nier qu'elle est meurtrie par cette dureté nouvelle chez Jim ; alors qu'à une époque il ne la complimentait jamais assez (combien de fois, au début, lui avait-il dit qu'elle était belle ?), il devient acerbe, critique ; surtout quand il a bu quelques verres. Et il semble incapable de s'en apercevoir : elle avait tenté de lui en parler quelques semaines auparavant, lui avait demandé pourquoi elle l'agaçait apparemment autant. Il l'avait dévisagée, les yeux écarquillés en toute innocence (elle avait mal choisi son moment, ils venaient de rentrer d'un cocktail au *Courier*, et ni elle ni lui n'étaient sobres), et lui avait dit qu'il ne voyait pas du tout de quoi elle parlait. « S'il y en a un qui irrite l'autre, c'est moi, avait-il dit. Ton mari, l'artiste raté. Y a pas de quoi pavoiser, non ? »

Pendant qu'Eva se remaquille dans la salle de bains, Jennifer arrive en se dandinant sur ses deux petites jambes robustes – « Maman va à la fête » – suivie d'une Anna boudeuse. Alors Eva se penche pour embrasser sa fille, puis redescend dire à Jim qu'ils feraient mieux d'y aller tout de suite, sans quoi ils risquent de ne plus y aller du tout.

— Tu t'es changée. (Il le dit sur un ton rancunier.) J'ai pas dit qu'il fallait que tu te changes.

Elle prend une grande inspiration.

— Allons-y vite.

Ils prennent un taxi jusque chez Anton, une étroite maison de ville sur une place arborée de Kennington. Lui et sa femme, Thea – une avocate norvégienne au physique anguleux, d'une blondeur spectaculaire – avaient acheté la maison juste après s'être mariés à Oslo. Thea avait immédiatement fait casser des murs, arracher le vieux linoléum, raboter les imperfections, pour que chaque coin de la maison soit bientôt moderne, luxueux et feutré – tout à fait, se dit Eva, comme Thea elle-même.

Eva tombe sur sa belle-sœur dans le jardin, où des guirlandes multicolores sont accrochées aux branches des arbres, et où une table à tréteaux est couverte des restes d'un festin : plateaux de viandes froides et de fromage ; hareng et sa sauce à l'aneth ; salade de pommes de terre et *Coronation chicken ;* une énorme *Sachertorte*, préparée par Miriam.

— On arrive trop tard pour le buffet ? dit Eva, en effleurant Thea sur les deux joues. Pardon pour le retard.

Thea balaie ces excuses d'un revers de sa main manucurée.

— Je t'en prie. Ne t'en fais pas. On vient de commencer.

Anton est dans la cuisine et sert du punch à tour de bras dans une soupière d'argent.

— *Meine Schwester !* Bois du punch. Ton mari a pris une longueur d'avance.

Il fait un signe de tête en direction du couloir, où Jim et Gerald discutent avec animation – où est donc Penelope ?

Eva accepte un verre des mains d'Anton, se penche pour l'embrasser.

— Bon anniversaire. Trente ? Qu'est-ce que ça fait ?

Il hausse les épaules, sert une autre louche de punch, la tend à un invité qui passe. Elle observe son visage – ses yeux noirs, qui ressemblent aux siens pour la couleur comme pour la forme, encadrés par d'épais sourcils bien fournis (ceux de Jakob), sa touffe de cheveux raides indomptables – et revoit son frère quand il n'était qu'un petit garçon, de deux ans plus jeune qu'elle et voulant toujours ce qu'elle avait, être à son image. Une fois, à l'âge de trois ans, Anton avait pris la poupée préférée d'Eva et l'avait traînée partout le reste de la journée, insistant sur le fait qu'elle était à lui, jusqu'à ce que Miriam intervienne. Il rit quand elle lui rappelle cette anecdote.

— Je sais pas trop, sœurette. Pas grand-chose. À quoi ça ressemble, vu de l'autre côté ?

Eva ne peut pas répondre à cause d'un soudain afflux de nouveaux invités : les collègues de travail d'Anton, des hommes qui parlent fort, au physique rougeaud de buveurs de bière. L'univers professionnel où évolue Anton – un univers de régates, d'amarrages, de coques étincelantes de yachts fraîchement mis à l'eau – est aussi étranger à Eva que sa vie à elle doit l'être pour lui. Elle sourit poliment à ces messieurs, les salue d'un « Bonjour » du bout des lèvres et s'éloigne tandis que la question d'Anton continue de lui résonner à l'oreille. *À quoi ça ressemble, vu de l'autre côté ?*

Elle a trente-deux ans ; est mariée à l'homme qu'elle aime ; a un enfant de lui ; vit de sa plume. Elle a écrit la moitié d'un roman et espère – veut croire – qu'il est bon. On lui demande, de plus en plus fréquemment, d'apparaître dans des émissions télé pour parler de tout, du désarmement nucléaire au droit des mères au travail. À mesure que ses apparitions à l'écran se font plus fréquentes, Eva s'habitue à être reconnue, à ce que des inconnus la suivent du regard, se demandant visiblement s'ils ne l'ont pas déjà vue quelque part. La première fois que c'est arrivé – elle allait au parc avec Jennifer qui pédalait sur son tricycle – elle a trouvé ça déconcertant, et affirme que c'est encore le cas ; mais en son for intérieur, Eva est consciente de trouver cela plutôt gratifiant.

Mais qu'en est-il, alors, de la chose la plus vitale, les fondations sur lesquelles tout le reste repose – son couple ? Les faits sont plus contrastés : elle a terriblement peur que Jim soit malheureux, et qu'elle soit incapable de l'atteindre. Elle a essayé, évidemment, mais il repousse chaque tentative. Dimanche dernier, par exemple, quand elle l'a laissé travailler à l'atelier et a emmené Jennifer déjeuner chez Penelope, elle l'a retrouvé avachi dans son fauteuil, une bouteille de whisky vide renversée à ses pieds.

— Papa dort, avait dit Jennifer.

Eva avait vite pris sa fille dans ses bras, était rentrée à la maison, l'avait installée avec ses jouets au salon, où Eva gardait un œil sur elle de l'autre côté des portes du patio. De retour à l'atelier, elle avait secoué Jim pour le réveiller. Tressaillant, il l'avait dévisagée, son expression si ouvertement maussade qu'Eva en fut soudain effrayée.

— Qu'est-ce qu'il y a, mon chéri ? dit-elle. Qu'est-ce que je peux faire ?

Il ferma les yeux.

— Rien. Rien du tout.

Elle s'était rapprochée de lui, lui avait posé la main sur la nuque, avait doucement caressé le duvet de ses cheveux.

— Mon amour. Ne fais pas ça. Pourquoi est-ce que tu te punis ? Tu as ton travail ; tu as le temps de peindre ; nous avons Jennifer ; nous nous avons l'un l'autre. Ça ne te suffit pas ?

— Facile à dire, Eva.

Il parlait doucement, sans venin, et pourtant elle sentit le poids de chaque mot.

— Tu as tout ce que tu as toujours voulu. Comment pourrais-tu savoir ce que je ressens ?

— Bonsoir, Eva.

Voilà Penelope, en robe à motif cachemire ; elle a pris du poids depuis la naissance d'Adam et Charlotte, et ça lui donne un ravissant port de reine.

— Où étais-tu passée ?

Eva sourit, reconnaissante d'être tirée de ses pensées. Elle est retournée dans le jardin ; la nuit est tombée, et Thea a allumé des bougies, les a disposées tout autour des plates-bandes du périmètre dans des pots de verre, une deuxième série de lumières sous les ampoules multicolores.

— La baby-sitter était en retard.

— Cette fille renfrognée qui habite au bout de la rue ?

Eva hoche la tête.

— Elle n'est pas si mal, au fond.

— Que tu crois. Tu sais, quand Gerald n'est pas allé travailler parce qu'il était malade la semaine dernière – une espèce de parasite intestinal ; le pauvre a été cloué au lit pendant deux jours –, Luisa est entrée dans notre chambre en short et haut de bikini pour lui demander si elle pouvait faire quoi que ce soit pour lui rendre service.

— Peut-être qu'elle s'inquiétait…

— Ça m'étonnerait.

Luisa, la jeune fille au pair espagnole de Penelope, est un fréquent sujet de conversation. Penelope la soupçonne de nymphomanie. Eva n'imagine pas que le fidèle Gerald – qui commence à s'empâter, lui aussi, tout en perdant ses cheveux – succombe à la tentation ni qu'une agile fille de vingt ans aux yeux comme deux taches de chocolat choisisse de le tenter. Mais elle se dit qu'on ne sait jamais. Eva n'aurait jamais cru cela possible de Jim.

— Cette femme est une menace, ajoute Penelope.

— Allons, allons, Pen. Ce n'est pas très solidaire.

— Elle ne me donne pas envie d'être solidaire.

Penelope sirote son verre ; elle a refusé le punch au profit du vin blanc. Eva, qui se sent déjà un peu saoule, commence à regretter de ne pas avoir fait pareil.

— Mais non, tu as raison. Il faut que j'arrête avec elle. C'est une bénédiction, vraiment. Tu as réfléchi à l'idée de prendre quelqu'un ?

— Une fille au pair ?

Eva y a souvent pensé. Comme elle et Jim travaillent, la garde de Jennifer s'organise au coup par coup, de façon chaotique, et elle sait qu'elle se repose un peu trop sur Miriam. C'est ce que Jakob a fait comprendre, avec tact, dimanche dernier : il lui a parlé de Juliane, la petite-fille de vieux amis de Vienne, qui prévoyait de venir faire ses études à Londres. « Elle a déjà travaillé avec des enfants. Ça pourrait bien marcher, *Liebling.* »

Eva a hoché la tête, dit oui, ça pourrait, même si elle reste rétive à l'idée de faire entrer une jeune inconnue chez eux. C'est une pensée méchante, secrète, qu'elle ne peut se résoudre à dire tout haut. Elle avait trouvé une lettre, un jour, avec un tampon allemand, en faisant le ménage dans l'atelier de Jim ; elle était de Greta, la professeur de langues assistante de son école qui était repartie récemment. Son anglais était guindé, germanique : *Je me demande quand mon corps tu toucheras encore. Mon cœur t'appelle.* Eva en avait eu la nausée ; de fait, elle était rentrée en courant, était allée dans la salle de bains et s'était penchée au-dessus de la cuvette des toilettes. Mais elle n'avait pas vomi ; elle était allée s'asseoir à la table de la cuisine, fumant méthodiquement un paquet de cigarettes. En écrasant le dernier mégot, elle était décidée à remettre la lettre là où elle l'avait trouvée et à ne rien dire : tout ce qu'elle dirait entraînerait une réponse qu'elle ne supporterait pas d'entendre. Imaginer que Jim avait aimé cette fille – que sa décision de rester avec Eva et Jennifer, au lieu de partir avec Greta, résultait du devoir plutôt que du désir – était assez insupportable comme ça ; mais que cela puisse être confirmé d'une façon ou d'une autre serait trop dur à supporter, Eva le sentit.

— Papa dit qu'il y a une fille qui arrive de Vienne en septembre, dit-elle maintenant. Juliane. La petite-fille d'amis – tu te souviens des Dührer ? Je pourrais peut-être la rencontrer. Voir comment elle est.

— Bonne idée. Buvons un autre verre.

C'est ce qu'elles font – Eva décide, en dépit du bon sens, de rester au punch. Pendant qu'elle vide son deuxième verre, elle est gagnée par une chaleur contagieuse qui lui tourne la tête. Anton lui en verse un autre, puis l'emmène danser dans le jardin. Tout le monde est là : les vieux copains d'école d'Anton (Il y a là, dansant l'un contre l'autre, Ian Liebnitz et sa nouvelle femme, Angela) ; ses collègues courtiers maritimes ; Thea et ses amis avocats ; Penelope et Gerald ; Toby, le cousin de Jim et ses amis de la BBC ; et Jim, qui arrive derrière elle, la prend dans ses bras pour danser avec elle sur les Rolling Stones – « Wild Horses » –, Eva adossée à la poitrine de Jim. Elle se retourne face à lui. Il est ivre, bien sûr, mais elle aussi, et ils sourient, bougent en rythme avec la musique.

Il approche le visage d'Eva du sien, donnant à ses traits un aspect déformé, comme sous l'effet d'une loupe : ses yeux bleus, si frappants la première fois qu'elle les a vus, sont des lambeaux de ciel, et elle sent la rugosité de sa barbe contre sa joue.

— Pardon, lui dit-il à l'oreille. Je t'aime. Je t'ai toujours aimée et je t'aimerai toujours.

— Je te crois, dit Eva, et elle est sincère, malgré ses doutes, malgré la ténacité de ses peurs.

Et parce que si elle ne croit pas à cela, alors en quoi pourrait-elle encore croire ?

## Version 2

*Trente ans*
*Londres, juillet 1971*

Il retrouve son cousin Toby, comme prévu, dans un pub près de Regent Street.

Toby est attablé avec des amis dans le petit jardin – manches courtes, décontracté et hilare devant une pinte de bière. Il se lève à l'approche de Jim, et les deux hommes se serrent la main, leur contact chaleureux mais un peu hésitant. Cela fait des années qu'ils ne se sont pas vus, et l'idée d'entrer en contact avec son cousin, de prendre rendez-vous, n'était venue à Jim que tard la veille.

Sa tante Frances avait téléphoné quelques semaines avant pour le féliciter, suite à sa première exposition londonienne, elle avait lu l'article dans le *Daily Courier.* « Nous viendrons tous, avait-elle dit. Appelle Toby quand tu peux, d'accord ? Je sais que ça lui ferait très plaisir de te revoir. » Du coup, la veille, juste avant que Helena ne le dépose à St Ives où il a pris le train de nuit, c'est ce que Jim a fait. Il n'avait pas prévu qu'on l'héberge – Stephen avait proposé de lui réserver une chambre à l'hôtel – mais Toby a insisté : il voulait que Jim rencontre ses amis ; ils seraient nombreux à se retrouver dans un pub, avant d'aller chez un ami qui fêtait ses trente ans. « Ça va te changer de tous ces moutons », avait dit Toby, pince-sans-rire.

Jim avait résisté à l'envie de le corriger, d'expliquer qu'il n'y avait pas de moutons à Trelawney House : que des champs, et des falaises, et un chat noir et blanc indolent, Marcel, qui était apparu un jour à la porte de la cuisine, maigre et pelé, et avait refusé de s'en aller. Mais Toby avait raison de dire que Londres allait le changer ; dans quelle mesure, Jim ne l'avait pas tout à fait imaginé. Le train arriva à Paddington à six heures du matin. En clignant des yeux pour chasser le sommeil, Jim ouvrit le rideau de la fenêtre de son compartiment sur la ville, sa crasse et son activité, sa foule surgissant et se dispersant aussitôt sous les hautes voûtes du plafond. Chez lui, dans les Cornouailles, tout le monde dormait encore ; Dylan devait être enroulé comme une virgule dans la parenthèse du corps chaud de sa mère.

Cela faisait des années qu'il n'était pas allé à Londres, et Jim s'aperçut qu'il n'était pas préparé à ça. Après être descendu du train, il attendit sur le quai un moment, s'imprégnant de tout. Une fois sur Bishop's Bridge Road, il trouva un bistrot, s'assit pour boire un café et manger un sandwich au bacon devant le flux et le reflux de la circulation, et ces inconnus qui arpentaient la rue d'un pas décidé en costume ou talons hauts. *Pourquoi,* se demanda-t-il, *tout le monde est si pressé ?*

Les amis de Toby, il s'en aperçoit, sont surtout des collègues de la BBC : un producteur, un responsable des fictions, un présentateur de journal télévisé qui s'appelle Martin Saunders. Ils sont ébahis d'apprendre que Jim n'a même pas la télé, ne l'a pas regardée depuis des années, mais ils écoutent avec un intérêt grandissant sa description de Trelawney House : l'atelier partagé, le jardin potager, la stricte division des tâches.

— Une communauté, dit l'un d'eux – Jim a oublié comment il s'appelle.

Jim remue sur sa chaise, mal à l'aise. Il sait ce que « communauté » signifie pour la plupart des gens.

— Nous préférons parler de « colonie ». Une colonie d'artistes.

Le type fait oui de la tête, mais Jim voit qu'il n'est pas très attentif.

— Une colonie. Je vois. Et comment tu as fait pour atterrir là-bas ?

Cet entrepôt de Bristol : les ombres immobiles des bateaux, l'eau noire, la merveilleuse fraîcheur des lèvres de Helena sur les siennes. Après cela, elle l'avait emmené dans son lit – elle était hébergée chez des amis à Redland ; une foule de gens leur avait fait signe depuis le salon, à travers un nuage de fumée. La peau de Helena était pâle et chaude au toucher ; la sensation du corps de Helena remuant en rythme avec le sien était une chose tout à fait nouvelle, une chose merveilleuse. Ils étaient ensuite restés allongés, et elle avait dit :

— Si tu venais dans les Cornouailles avec moi, Jim ? Aujourd'hui ?

Il avait entrouvert la bouche pour dire non, qu'il ne pouvait évidemment pas, et s'était entendu répondre :

— Oui, d'accord, pourquoi pas ? Pour le week-end, pas plus.

Le lundi, il avait appelé Arndale & Thompson depuis St Ives pour dire qu'il était malade et reviendrait le lendemain. Et c'est ce qu'il avait fait ; mais une semaine après, il avait donné son préavis, et un mois plus tard, il avait chargé ses affaires dans la voiture et était parti à Bristol pour de bon. Sa mère n'avait pas fait de comédie – tante Patsy s'en était assurée en venant chez elle – et même le médecin de Vivian lui avait souhaité bonne chance. « Vous avez fait bien plus pour elle, avait-il dit à Jim, que beaucoup d'autres fils. »

Là, à ce type dont le nom échappe complètement à Jim, il se contente de dire :

— Oh, j'ai rencontré une femme, bien sûr. Je l'ai suivie là-bas. Pour quelle autre raison ?

Le type fait un grand sourire, lève son verre.

— Eh bien, je bois à ça. Et tu as une exposition qui commence bientôt, dans Cork Street ?

— Oui. Le vernissage a lieu lundi.

— Super. Tu sais Jim, j'aimerais beaucoup parler de toi à mon rédac' chef. Voir si on peut envoyer une équipe là-bas. Ça pourrait être sensas pour notre rubrique culture.

— Je sais pas trop…

Jim imagine très bien la réaction de Howard et Cath : le visage charnu de Howard rougit, il tape du poing sur la table et sa topographie de vieilles entailles. *Hors de question. Comment peux-tu même aborder le sujet ?*

— Je ne crois pas que ce soit notre style.

— Bon, voyons ça, hein ? Et si je venais à l'expo lundi en tout cas, pour jeter un œil ?

Jim lève sa bière et dit avec hypocrisie :

— Tu es le bienvenu.

Une fois leurs pintes vides, Toby leur dit qu'il est temps d'y aller.

— C'est l'anniversaire de qui, déjà ? demande Martin.

— D'Anton Edelstein, dit Toby. Mon ancien copain d'école – tu te rappelles, tu l'as rencontré chez moi à Noël. Le courtier maritime.

— Ah, oui. (Martin hoche vigoureusement la tête.) Le frère d'Eva Katz. À moins qu'elle soit redevenue Eva Edelstein ?

Le cœur de Jim semble se loger dans sa bouche. Lentement, soigneusement, il s'aventure à prononcer son nom tout haut.

— Eva Katz ?

Martin se tourne et le regarde.

— Oui, Eva Katz, l'écrivain. La femme de David Katz – enfin, son ex-femme, je devrais dire. (Il regarde Jim, ses yeux gris malicieux.) Pourquoi, tu la connais ?

Il hausse les épaules.

— Pas vraiment. On s'est croisés une fois à New York. J'étais allé voir *Les Bohémiens* à Broadway.

Martin hoche lentement la tête.

— Une femme charmante. J'ai cru avoir ma chance avec elle, il y a longtemps. Mais j'ai entendu dire qu'elle est avec Ted Simpson du *Daily Courier*. Tant mieux pour lui. Il doit au moins avoir la cinquantaine.

Dans Regent Street, ils hèlent deux taxis à la suite. Pendant que son chauffeur esquive et se faufile dans Trafalgar Square, Whitehall, Millbank, Jim garde le silence et pense à Eva Katz. Depuis combien d'années se connaissent-ils ? Huit ans – et même alors, ça avait duré, quoi, une heure ? Et pourtant, s'il passe en revue tous les gens qu'il a connus entre-temps, toutes les conversations mondaines qu'il a eues dans des soirées – il y en a eu moins dans les Cornouailles, mais tout de même, ces brefs rassemblements futiles doivent se compter par centaines – c'est son visage à elle, sa conversation à elle qui lui est restée en mémoire avec plus de ténacité que toutes les autres.

Jim a même peint Eva, une fois, de mémoire. (Enfin, pas complètement, il avait vu une photo d'elle dans un journal, en robe combinaison, à l'avant-première de quelque film, à côté de Katz.) Helena était intriguée, voire un peu jalouse. Mais le tableau ne donna rien de bon, il n'arrivait pas tout à fait à saisir l'expression – intelligente et un peu austère – qui l'avait tant intrigué, et finalement, pris par la paternité, par les exigences quotidiennes de son travail, elle lui était sortie de la tête. Mais maintenant que le taxi s'arrête devant une étroite maison géorgienne, ses fenêtres étincelantes de lumière dans l'écho de la musique et des voix de la soirée, il éprouve une soudaine excitation à l'idée de la revoir.

À l'intérieur, la maison est d'une élégance mordante, les quelques meubles blancs et lisses. Jim est présenté à Anton Edelstein – amical, le sourcil épais ; ses yeux marron foncé rappellent à Jim ceux d'Eva – et sa femme, Thea, une blonde mince et impassible. Toby et ses amis se réunissent près du buffet, servi sur une table à tréteaux dans le jardin entouré de murs. Jim se tient parmi eux, se sert du fromage dans une assiette, des viandes froides, du *Coronation chicken*, mais il est distrait, regarde autour de lui, cherche un visage parmi tous ces inconnus. Et puis, en se retournant, il la voit : elle est dans la cuisine, discute avec Anton qui lui remplit son verre.

Elle est plus grande que dans son souvenir, porte une robe noire et des chaussures à talon compensé. Ses cheveux noirs sont relevés, lui découvrant le cou ; il avait oublié le teint de porcelaine de sa peau. Se sentant peut-être observée, elle regarde autour d'elle ; elle croise son regard et le soutient, mais ne sourit pas vraiment. Jim détourne le regard, il rougit. Il est clair qu'elle ne se souvient pas de lui.

— Bonsoir.

La voix d'Eva, qui vient de quelque part près de son épaule ; il se tourne, elle est là. Elle sourit à présent, mais avec hésitation, comme si elle n'était pas sûre de sa réaction.

— Vous êtes Jim Taylor, n'est-ce pas ? Nous nous sommes croisés à New York, à l'Algonquin. Vous ne vous en souvenez sans doute pas. Je suis Eva Katz.

Le plaisir d'être reconnu, connu, le traverse. Jim s'apprête à lui dire qu'il se souvient d'elle, bien sûr qu'il s'en souvient, mais il est interrompu.

— Eva.

Martin écarte son assiette pour s'avancer et l'embrasser.

— Tu es ravissante.

— Merci, Martin. Ça fait plaisir de te voir.

Pendant quelques minutes, Jim perd Eva : le groupe se déplace, se reforme autour d'elle, et elle parle avec les types de la BBC de leurs connaissances communes, noms qui passent au-dessus de la tête de Jim, diffus et dépourvus de signification. Mais en les écoutant, il apprend plusieurs choses intéressantes : qu'Eva vient de publier un roman (comment se fait-il qu'il ne soit pas au courant ? Il faut qu'il dise à Howard qu'il veut recevoir le journal) ; qu'avant cela elle travaillait au service littérature du *Daily Courier* ; et qu'elle est accompagnée à la soirée par Ted Simpson, une espèce de reporter vedette.

— Où est Ted ? demande Martin, en regardant autour de lui.

Eva sourit – Jim remarque qu'elle le fait chaque fois qu'on prononce son nom – et dit vaguement :

— Oh, quelque part. À l'intérieur, je crois.

Au bout d'un moment, elle se tourne vers Jim, remarquant son silence. Elle lui demande ce qu'il devient : il est avocat, c'est ça ? Quand il commence à lui expliquer qu'il a abandonné le droit, qu'il s'est installé à Trelawney House, il sent l'attention des amis de Toby se mettre à flotter. Ils s'éloignent un à un, jusqu'à ce qu'il ne reste plus que lui et Eva, qui hoche la tête quand il lui parle de l'exposition dans Cork Street.

— C'est merveilleux, dit-elle. Habiter là-bas doit vous donner beaucoup d'énergie positive.

— Oui.

Il soutient son regard. Il se souvient maintenant du regard très direct d'Eva : droit, pénétrant, comme s'il perçait au vif la vantardise et le mensonge. Il se demande ce que cet idiot de Katz a bien pu faire pour la perdre. *Si elle était mienne,* se dit-il, *je ne la laisserais jamais partir.* Et il s'étonne de penser cela, sa conscience le blesse. C'est pourquoi il dit :

— Ma compagne aussi habite là-bas. Notre fils, Dylan, adore l'endroit.

Elle le gratifie d'un sourire radieux de mère de famille.

— Vous avez un fils ! C'est merveilleux. J'ai une fille, Sarah. Quel âge a Dylan ?

Il le lui dit, sort la photo de son portefeuille. C'est un Polaroid, pris par Josie, obscurci par le soleil, un profond pli sillonnant le bas de la photo. Dylan a neuf mois, est joufflu et a les cheveux bouclés, se dandine sur la pelouse de l'arrière-cour vers les bras tendus de Helena.

— Il est adorable, dit Eva. Ils le sont tous les deux.

— Merci. Quel âge a la vôtre ?

— Huit ans. Attendez, je vous montre.

Elle tend la main vers le petit sac qui pend à son poignet. Quand elle l'ouvre, il admire la délicate courbe de son cou ; le pendentif tout simple en argent – un cœur – posé sur l'étendue séduisante de sa peau nue, du menton au décolleté de sa robe. Le pendentif est discret, sans doute hors de prix, et pourtant Jim sent instinctivement que ce n'est pas elle qui l'a choisi – un cadeau, se dit-il, de son homme. Ted.

— Ah.

Elle lève les yeux, et le regard de Jim va du pendentif à son visage.

— Évidemment, elle est dans mon autre sac. Quel dommage. J'aurais tellement aimé vous montrer Sarah.

— Je l'imagine très bien. Si elle vous ressemble un tant soit peu, elle doit être belle.

Il l'a dit sans réfléchir. Jim s'est habitué, dans les Cornouailles, à ne pas se censurer – c'est une des règles de la maisonnée, cette candeur ; Howard n'a pas de temps à perdre avec ce qu'il appelle le « raffinement petit-bourgeois ». Comme il sent qu'elle est gênée, Jim regrette le compliment. Eva baisse les yeux vers son verre vide. Jim a très peur qu'elle se tourne et s'en aille, et qu'il la perde une fois de plus.

Mais elle dit, à voix basse :

— Vous m'avez dit quelque chose, quand nous nous sommes croisés à New York – quelque chose qui est resté gravé dans ma mémoire.

Elle le regarde, et le sérieux, nouveau, dans son expression le retient instinctivement de faire une blague : *Oh, là, là, à ce point-là ?*

— Je vous parlais de ce que j'écrivais, vous disais que ça n'avançait pas du tout, que je n'arrivais pas à finir un livre, et vous m'avez dit : « L'essentiel est que ce soit assez bon pour vous. »

Il s'en souvient désormais, bien sûr qu'il s'en souvient – il s'était senti gêné après ça, s'était maudit d'avoir semblé aussi insupportablement pompeux.

— Je n'ai jamais fini ce livre, dit-elle. Ça ne fonctionnait pas, ni pour moi ni pour les autres. Mais quand je me suis lancée dans l'écriture de celui-là – le dernier –, j'ai écrit ces mots sur une carte, au feutre noir, que j'ai punaisée sur le mur au-dessus de mon bureau. Je l'y ai laissée de bout en bout.

— Je suis sûr que vous m'attribuez un trop grand mérite. Mais je me souviens aussi de ce que vous m'avez dit. Que je devais continuer à peindre, arrêter de me trouver de fausses excuses. Je m'en suis souvenu très longtemps.

Ils se regardent droit dans les yeux quelques secondes, puis Eva détourne le regard vers le patio, où les invités se rassemblent et dansent sur les Rolling Stones. Jim les a oubliés, a oublié tout le monde à part elle ; l'envie le prend de poser la main sur la peau douce de sa nuque, de l'attirer à lui. Mais elle a vu quelqu'un : un homme, qui lui fait signe depuis le patio, l'invitant à le rejoindre. Il est plus vieux (dire, comme Martin, qu'il a cinquante ans était une exagération : entre quarante-cinq et cinquante serait plus juste) et a les cheveux grisonnants, mais Jim voit qu'il est toujours bel homme, son visage est vif, expressif, éclairé par la confiance d'un homme qui a trouvé sa place dans le monde mais reste disposé à se laisser étonner.

— C'est Ted, dit Eva, bien que Jim sache déjà de qui il s'agit. Je ferais mieux d'y aller et… Nous discuterons plus tard, d'accord ? C'était un plaisir de vous revoir, Jim.

Elle lui presse brièvement la main puis disparaît. Il reste seul dans le jardin, dans la lumière vacillante – pendant qu'ils discutaient, on a allumé des bougies, déposées dans des photophores en verre tout le long de la clôture, sous les ampoules multicolores accrochées aux arbres. Jim prend son papier à rouler dans sa poche, son tabac, la boulette d'herbe qu'il a apportée pour le week-end. Il se roule un joint, essaie de ne pas la regarder, là-bas dans le patio, s'approcher de Ted qui lui passe les bras autour de la taille, leurs visages à quelques centimètres l'un de l'autre.

Il fait un gros effort pour ne pas regarder, et pourtant Eva est là chaque fois que Jim lève la tête, comme si les autres invités avaient tous pris une teinte sépia, passée. Même quand il ferme les yeux – ce qu'il fait en tirant sa première et enivrante bouffée, qui s'attarde sur sa langue –, il la voit, tourner et virevolter, des dizaines de petites flammes de bougie faisant miroiter l'éclat de ses cheveux.

## Version 3

*Trente ans*
*Londres, juillet 1971*

Eva le voit avant qu'il ne la voie.

Il vient à peine d'arriver, semble un peu hésiter dans l'entrée avec un groupe d'hommes, parmi lesquels son cousin Toby. Il porte les cheveux plus longs désormais, sur les épaules, et un jean à pattes d'éléphant. Il retire sa veste, découvrant un t-shirt marron moulant très décolleté.

Jim n'avait jamais ressemblé à un hippie, mais évidemment il s'était installé dans les Cornouailles voilà plusieurs années, était devenu membre d'une sorte de communauté. Eva tenait l'information de Harry : il avait abordé le sujet en passant, pendant le dîner à l'appartement, avant le départ de David pour Los Angeles ; pas de façon calculée, s'était-elle dit, mais avec son indifférence habituelle pour les sentiments d'autrui.

— Tu te souviens de Jim Taylor, lui avait-il demandé, ce type de Clare que tu fréquentais à une époque ?

Eva n'avait rien dit, l'avait dévisagé – comme s'il lui était possible d'oublier Jim !

— Il vient de s'installer avec une ravissante artiste dans une communauté hippie. L'amour libre, tout ça. Un sacré veinard, si tu veux mon avis.

Ce soir, avant même que Jim ait le temps de lever les yeux et de la voir, Eva fait demi-tour et remonte l'escalier en courant. Elle fait face au miroir des toilettes, s'agrippe au lavabo ; son cœur bat trop fort ; elle a la bouche sèche. Elle se regarde dans la glace ; son visage est livide, et ses paupières – elle a copié un effet charbonneux qu'elle a vu dans un magazine, des teintes d'ombre grise sur une couche de mascara et de khôl – sont tachetées et lugubres.

Il ne lui était pas venu à l'idée que Jim puisse venir à la soirée, mais elle s'aperçoit qu'elle aurait dû s'en douter. Bientôt s'ouvrira son exposition – solo, un événement important ; un article l'a mentionnée dans le *Daily Courier* –, et bien sûr, il se pouvait très bien qu'il fasse signe à son cousin Toby une fois à Londres. Pourtant, il aurait sans aucun doute dû refuser une invitation à la soirée d'anniversaire du frère d'Eva. *À moins* – elle se tient encore plus fort au lavabo à cette idée – *qu'il veuille me voir. À moins qu'il soit venu pour moi.*

Immédiatement, elle trouve cette idée d'un égocentrisme absurde et la chasse de son esprit : Jim a une compagne maintenant, et peut-être même des enfants. Elle est sûre qu'il ne pense jamais à elle. Elle-même n'est pas sans entraves : non qu'elle se permette de penser à Rebecca et Sam en ces termes, même les jours les plus sombres.

Eva s'asperge le visage d'eau froide, prend son poudrier dans son sac à main et se farde les joues. Elle pense à Sam au moment où elle partait : enfilant son pyjama, les cheveux encore mouillés après son bain.

« Reviens vite, maman », lui a-t-il dit avec force, accroché à son cou quand elle s'est penchée pour l'embrasser.

Elle a répondu oui, bien sûr ; lui a dit qu'Emma, la baby-sitter, allait monter dans une minute pour lui lire une histoire.

Rebecca était dans sa chambre, se vernissait les orteils d'un violet saisissant. Eva trouva que cela donnait à ses pieds un air gangréneux, mais elle lui dit : « Formidable, cette couleur, ma chérie. Bon, je file. »

Sa fille leva la tête, son expression s'adoucit – à douze ans déjà, elle s'inquiète de son apparence (*Tel père, telle fille,* se dit Eva), et passe des heures au téléphone avec ses copines après l'école, à murmurer des noms de garçons.

« Tu es jolie, maman. J'adore cette robe. »

Eva la remercia, s'approcha pour l'embrasser, respirer la douce odeur mêlée de shampooing Silvikrin et de Chanel N° 5. (David lui en avait acheté un flacon, détaxé, lors de son dernier voyage à Rome. C'est un parfum bien trop adulte pour une fille de douze ans, mais Rebecca tient à le porter chaque jour, même à l'école.)

De retour sur le palier, Eva regarde l'entrée en contrebas : les invités continuent d'affluer, joyeux et loquaces, une bouteille de vin à la main, mais Jim n'est plus là. Elle se prépare, lisse sa jupe pour éviter de tomber en descendant l'escalier. Elle sourit aux nouveaux venus, même si elle ne les connaît pas – des amis de Thea, sans doute ; ils ont la même élégance décontractée que sa belle-sœur. À la cuisine, elle se sert un autre verre de punch.

Son frère : trente ans. Elle a du mal à y croire – parfois, quand elle pense à Anton, elle voit encore le petit garçon déterminé qui voulait tout ce qu'elle avait. Mais bien sûr ce petit garçon n'existe plus, tout comme les versions précédentes d'elle-même. La fille qui se faisait des nattes et a nourri une brève passion acharnée pour les chevaux. L'adolescente qui écrivait fébrilement de longues tirades dans ses carnets et des vers de mirliton qui finiraient un jour par lui faire honte. La jeune étudiante qui tombait de sa bicyclette et sentait l'ombre d'un homme la recouvrir. Levait la tête, sans savoir de qui il s'agissait.

— Bonsoir, dit Jim, et l'espace d'un instant, Eva est perdue : elle est de retour sur les berges, regarde un garçon vêtu d'une veste de tweed et d'une écharpe universitaire à rayures jaunes et noires, se demande s'il faut accepter l'aide qu'il propose.

Mais ce garçon disparaît, prend l'apparence de l'homme qui lui fait face, dans l'encadrement de la porte ouverte sur le jardin, sous les loupiotes multicolores que Thea a accrochées dans les arbres.

— Bonsoir, dit-elle.

Un couple qu'Eva ne connaît pas passe devant Jim en se tenant la main.

— Pardon.

La fille est jeune, pieds nus, ses cheveux blond platine.

— On voudrait encore un peu de punch.

Jim recule dans le jardin.

— Je me pousse.

À l'attention d'Eva, il ajoute :

— Tu sors ?

Elle hoche la tête sans un mot, le suit. Ce n'est pas un grand jardin mais la plupart des invités sont rassemblés dans le patio. Quelqu'un a monté le son et les gens dansent ; Penelope et Gerald crient et se déhanchent. Mais il n'est guère difficile de trouver un coin plus tranquille, plus sombre, à côté d'une paire de lauriers dans des pots blancs. Ils ont presque l'impression d'être seuls, et elle se souvient de la dernière fois qu'ils le furent, à l'Algonquin, à cette maudite fête. *Rien ne colle vraiment*, avait-il dit, et elle avait tout à fait compris ce qu'il entendait par là, mais n'était pas arrivée à trouver les mots pour le lui dire.

— Je ne voulais pas venir.

Eva regarde Jim réellement pour la première fois : sa peau, pâle comme toujours, parsemée de taches de rousseur ; les légères rides qui apparaissent sur le front. Son expression n'est pas amicale, et elle entend sa propre voix devenir plus cassante.

— Qu'est-ce que tu fais là, alors ?

— Je suis venu avec Toby. Il m'a dit qu'on allait à un anniversaire. Il n'a pas dit que c'était celui d'Anton. Quand il me l'a dit, on était déjà en route.

*Mais tu aurais pu faire demi-tour,* pense-t-elle. Elle lui dit :

— Tu n'as jamais rencontré Anton, n'est-ce pas ?

— Non. Jamais.

Ils gardent le silence pendant ce qui semble un temps infini. Eva entend les pulsations de son sang dans ses oreilles.

— Pardon de ne pas être venue.

Jim sirote son vin rouge, son expression est insondable.

— Qu'est-ce qui te dit que j'y suis allé ?

Elle déglutit. En pensant à leurs retrouvailles – et il serait inutile de faire comme si elle n'y avait pas pensé –, elle n'avait jamais vraiment imaginé une telle froideur. Elle savait que Jim serait en colère, oui – mais elle croyait que sa colère se changerait vite en pardon, en joie, même.

— Je n'étais pas sûre.

Plus gentiment, il dit :

— Bien sûr que j'y suis allé, Eva. Je t'ai attendue. J'ai attendu devant la bibliothèque pendant des heures.

Elle soutient son regard jusqu'au moment où elle n'y arrive plus.

— J'ai eu peur, tout à coup… Pardon, Jim. J'ai été horrible.

Du coin de l'œil, elle le voit hocher la tête. *Ce n'était peut-être pas pire que la première fois où j'ai été horrible – mais je l'ai fait pour de bonnes raisons, Jim*, se dit-elle. *J'ai vraiment cru que je te libérais.* Elle hésite à le dire tout haut, mais c'est sûrement trop tard, trop peu. Elle cligne fort des yeux, avale une gorgée de punch pour se distraire de l'incessant tambourinage de son cœur. Elle ne l'avait jamais imaginé ainsi : non seulement ses manières, mais son apparence. Dans son esprit, il est tel qu'à New York – où il menait une vie de bohème décontractée dans ses jeans et ses chemises larges, ses cheveux hirsutes, décoiffés – ou tel qu'à Cambridge, sous des couches de chemises et de pulls pour se protéger du froid marécageux. Certains matins, quand elle se réveillait avant lui dans son petit lit de Clare, sa peau était si pâle et froide qu'elle devenait presque bleue ; et elle adorait, aussi, le sombre réseau de veines sur ses avant-bras, dont les sillons allaient du coude jusqu'au poignet.

— J'ai appris pour ton exposition, dit-elle maintenant, avec quelque effort. Je suis ravie que tu aies trouvé ta voie.

— Merci.

Jim pose son verre de vin. De sa poche, il sort une feuille de papier à rouler, une blague à tabac, une petite boule d'herbe.

— C'était facile, finalement. Plus facile que je ne le croyais, en tout cas.

Eva respire un peu mieux, consciente de cette légère détente.

— Tu as rencontré quelqu'un…

Il laisse l'ellipse en suspens ; elle observe le mouvement agile de ses doigts qui tapotent le tabac, effritent un morceau d'herbe et le dispersent en miettes, les étalant à intervalle régulier sur toute la longueur du joint.

— Oui.

Tenant la feuille ouverte d'une main, pendant que l'autre referme la blague, la remet dans sa poche.

— Elle s'appelle Helena. Nous avons une fille. Sophie.

— Sophie. (Elle réfléchit un instant.) Comme ta grand-mère.

Il la regarde en roulant la feuille, pinçant le joint entre ses pouces de façon experte.

— C'est ça. Maman était aux anges.

Vivian. Eva l'avait rencontrée une fois, à Cambridge. Elle était montée de Bristol pour la journée, et Jim les avait emmenées déjeuner à l'University Arms. Vivian était nerveuse, excitée, portait des vêtements aux couleurs dissonantes : un tailleur bleu, un foulard rose, des roses rouges artificielles entortillées dans la bordure de son chapeau. Après le café, pendant que Jim était aux toilettes, elle s'était tournée vers Eva et lui avait dit : « Vous me plaisez vraiment, ma chère : vous êtes si jolie et très intelligente, aussi, je le vois bien. Mais j'ai l'horrible impression que vous allez briser le cœur de mon fils. »

Eva n'en avait jamais parlé à Jim, craignant que cela ne constitue une petite trahison. Mais elle y pense, maintenant, et la prescience de sa mère la frappe avec une certaine force.

— Comment va Vivian ?

— Pas si mal, en fait.

Il allume le joint, prend deux ou trois grosses bouffées. Il le lui tend et elle le prend, même si l'herbe n'est pas son truc – et que dirait Emma si Eva rentrait à la maison défoncée ? Enfin, un tout petit peu ne lui fera pas de mal. Elle tire dessus, et Jim dit :

— On lui a prescrit un nouveau médicament qui semble agir. Elle aussi a rencontré quelqu'un, ils se sont mariés. Il est sympa. Un banquier à la retraite, figure-toi. Fiable.

— C'est bien. Je suis vraiment ravie.

Sous son goût de légumes, l'herbe n'est pas dénuée d'une agréable saveur sucrée. Eva prend une autre taffe et rend le joint à Jim.

— T'en veux plus ?

Elle secoue la tête, et il hausse les épaules, fume son joint.

— Et toi, alors ? J'ai appris que tu avais un autre enfant. Un garçon, c'est ça ?

— Oui. Sam. Il va avoir quatre ans le mois prochain.

Sam, son superbe garçon, sa surprise. C'était arrivé peu après le week-end de l'anniversaire de sa mère dans le Suffolk. Elle avait décidé d'avoir une discussion avec David à son retour d'Espagne – pour lui dire qu'elle le quittait. Mais le soir de son retour, il était d'une humeur radieuse, expansive : il l'avait emmenée dîner à l'Arts Club, avait commandé du champagne, lui avait raconté d'amusantes anecdotes sur Oliver Reed. Ce soir-là, Eva avait vu son mari tel qu'il était lors de leur première rencontre ; son éclatant brio, la façon dont toutes les femmes tournaient la tête vers lui dès qu'il entrait dans une pièce. Elle l'avait profondément blessé, toutes ces années auparavant, en le quittant pour Jim ; et il avait fait preuve d'une telle détermination, par la suite. Là, sous les grands lustres en verre du club, Eva se souvint de ses yeux brillants quand il reconnut avec emphase que la seule option qui s'offrait à eux était de se marier. *Je prendrai soin de toi,* lui avait dit David. *Je m'occuperai de vous deux.* Et il était sincère, à sa façon ; peut-être l'était-il encore. Plus tard ce soir-là, après être rentrés à la maison peu après minuit en titubant, ils avaient fait l'amour pour la première fois depuis des mois. Sam s'annonça.

Eva sut alors qu'elle ne demanderait pas le divorce d'avec David. Elle ne voulait pas que son fils grandisse en ne connaissant que l'idée d'un père ; pas plus qu'elle ne voulait devoir expliquer toute cette sordide affaire à Rebecca, qui continuait d'idolâtrer David. Et David lui-même semblait trouver son compte dans cet arrangement, cela lui convenait de rester marié, pour garder les troupeaux d'admiratrices à distance (ou pour fournir une couverture à une admiratrice en particulier). Mais depuis qu'il a emménagé dans la maison de Los Angeles l'an dernier – il avait plusieurs films prévus et s'était lassé de la vie à l'hôtel –, il est père en théorie plus qu'en pratique. Il est censé prendre l'avion pour Londres chaque fois qu'il le peut mais ces neuf derniers mois, il n'y a passé que deux week-ends.

Eva aurait pu déménager en Amérique avec lui, bien sûr, mais l'idée ne fut jamais évoquée, et on ne peut pas dire qu'elle ait insisté. Lors de son premier voyage là-bas, elle avait intensément détesté Los Angeles : les centres commerciaux, la monotonie des autoroutes, l'impression épuisante qu'on y trimait, qu'on y magouillait, qu'on tâchait d'y gratter tout ce qu'on pouvait. David, bien sûr, a une raison particulière de garder la maison de L.A. pour lui tout seul : Juliet Franks. Eva sait qu'ils sont amants. Elle le sait depuis longtemps.

— La totale, dit Jim, et Eva lève brusquement les yeux, se demandant s'il se moque d'elle.

Elle ne lui en voudrait pas si c'était le cas.

— Et toi ? Qu'est-ce que tu fais en ce moment ?

— Je continue de lire des manuscrits pour des éditeurs. À l'occasion, j'écris des critiques littéraires.

Il doit savoir, mieux que n'importe qui, que cela ne lui suffit pas.

— Et ton livre ?

— C'est pas vraiment… C'est dur, tu sais, avec les enfants…

— Pas d'excuses. S'il faut que tu le fasses, fais-le. C'est aussi simple que ça.

Elle sent le rouge lui monter aux joues.

— C'est toujours plus simple pour un homme.

— Ah, je vois. C'est comme ça, alors ?

Ils se fusillent du regard. Eva sent de nouveau son sang affluer, mais de colère cette fois, tellement plus bouillonnant, tellement plus pur que le mélange de culpabilité, de peur et de perte.

— Je ne te savais pas macho.

Son joint est presque fini. Jim tire une dernière taffe, lâche le mégot, l'écrase sous la semelle de sa chaussure.

— Et moi, je ne te savais pas froussarde.

Eva se retourne et s'en va, traverse le jardin, jouant des coudes parmi la foule dans le patio – passe devant Penelope qui lui demande à voix basse : « Ça va ? Qu'est-ce qu'il t'a dit ? » car elle a dû les voir –, ils avaient cru qu'ils pouvaient agir comme s'ils étaient seuls au milieu de la fête. Mais Eva n'en a cure, elle monte l'escalier en courant, ne pense qu'à récupérer sa veste dans la chambre d'amis et à sortir dans l'ombre froide de la place, à héler un taxi, à jeter un œil à ses enfants endormis avant de s'écrouler avec gratitude dans son lit, à s'enfouir sous les couvertures et à oublier tout ça.

*Je m'excuserai auprès d'Anton*, se dit-elle en cherchant dans le tas de vestes et de gilets, *même s'il est probablement si saoul à l'heure qu'il est qu'il ne remarquera même pas mon départ*. Puis elle sent une main sur son épaule, qui la retourne. Un bras autour de sa taille, des lèvres chaudes sur les siennes, et l'herbe, le tabac et le vin rouge, et cet autre goût indéfinissable et familier qui lui appartient, et n'appartient qu'à lui.

## Version 2

### *L'invitation*
### *Londres, juillet 1971*

— Tu es sûr que ça ne te dérange pas ?

Ted, installé sur la terrasse avec un gin tonic et le journal du soir, lève les yeux, sourit.

— Bien sûr que non, chérie. Vas-y. Amuse-toi. Ça va aller, Sarah et moi.

Eva se penche en avant, dépose un baiser sur sa joue tiède. Il est six heures passées et il fait encore chaud, même si le soleil plonge derrière les arbres, et la terrasse sera bientôt dans l'ombre.

— Il y a des tomates farcies au frigo. Il suffit de les mettre au four quelques minutes et de faire une salade.

— Eva.

Il prend son visage dans le creux de ses mains.

— Tout ira bien. File.

— Merci. À ce soir.

Sarah est dans sa chambre, elle lit ; c'est une enfant pensive, assez solitaire, Eva s'inquiète un peu pour elle, oublie qu'elle-même était exactement pareille, préférant le monde des livres à celui, dur et tumultueux, des autres enfants. Elle regrette qu'ils n'aient pas de jardin où elle puisse jouer. *À Paris,* se dit-elle, *pourrions-nous avoir un jardin ?*

— J'y vais, ma chérie. Je rentrerai tôt. Ted te fera à manger.

— D'accord.

Sarah, arrachant ses yeux à la page – elle est sur le point de terminer *Les Quatre Filles du docteur March*, est captivée par la détresse de Beth –, la dévisage avec une expression qui semble, dans sa résignation silencieuse, terriblement adulte.

— Amuse-toi bien, maman.

Dans l'entrée, Eva enfile ses sandales, vérifie dans son sac qu'il y a bien l'invitation que Jim Taylor lui a fourrée dans la main à l'anniversaire d'Anton, juste avant qu'il parte. Elle a décidé d'y aller à pied : Cork Street n'est pas loin, et elle est restée enfermée presque toute la journée, à réécrire un passage complexe de son deuxième roman. Son personnage principal, Fiona, est une actrice qui accède à la célébrité et est forcée de s'éloigner de plus en plus de son mari, un avocat – au dévouement flatteur, mais à la personnalité assez terne : un espiègle renversement de la propre situation d'Eva et David. Mais Eva, à sa grande frustration, se démène pour faire sortir son mari de la page. *Pourquoi tolère-t-il si longtemps l'égoïsme de Fiona ?* lui avait écrit Daphne, son éditrice, dans sa dernière liasse de notes.

Eva a du mal à répondre à la question de Daphne et elle s'autorise aujourd'hui à se laisser distraire :

une poignée de lettres, livrées par le facteur juste après le déjeuner ; un appel de Daphne qui demande comment ça avance. Eva n'a quasiment rien accompli de substantiel, et la journée a pris un tour déplaisant, désormais renforcé par son intuition qu'elle ne devrait pas confier sa fille à Ted pendant qu'elle va retrouver un autre homme – quelle que soit l'innocence de leur rencontre. De la rue, elle lève les yeux vers la terrasse, dans l'espoir de croiser le regard de Ted. Mais il est absorbé par la lecture du journal et ne lui rend pas son regard.

Il y a presque un an qu'Eva a accepté la première invitation à dîner de Ted. Cela faisait des semaines qu'il le lui proposait, griffonnant de petits mots qu'elle trouvait dans sa boîte aux lettres au journal, ou glissés dans un livre sur son bureau ; qu'il envoyait des bouquets inondant le bureau qu'elle partageait avec Bob Masters, le chef du service littérature, et Frank Jarvis, rédacteur des pages féminines, de leur parfum douceâtre. Ils lui rappelaient – sans que cela soit désagréable – les roses que David avait coutume de lui apporter le vendredi soir. Frank la suppliait de soulager les affres du pauvre homme, ne serait-ce que pour éviter de transformer le bureau en magasin de fleurs. (Les lys le faisaient éternuer.) Bob était plus circonspect, mais semblait avoir une bonne opinion de Ted, ils avaient été collègues plus de vingt ans. Il n'y avait pas, avait-il dit à Eva comme si c'était une raison suffisante de céder aux avances de Ted, meilleur reporter dans Fleet Street.

Mais Eva avait des doutes. La procédure de divorce avait duré près d'un an ; toute l'affaire s'était révélée plus difficile, plus contrariante – surtout pour Sarah – qu'elle ne l'avait imaginé, et Eva n'avait aucune intention de se précipiter dans une nouvelle relation. D'ailleurs, elle n'était même pas sûre que Ted Simpson lui plaisait – il semblait manquer d'humour, être arrogant. C'était un homme devant qui même le rédacteur en chef se taisait et dont les opinions, exprimées avec la rhétorique persuasive d'un politicien, comptaient. Et puis, même si Eva ne savait pas exactement quel était son âge, elle le soupçonnait d'avoir au moins quinze ans de plus qu'elle.

Mais bien sûr, il y avait Sarah. Eva se demandait encore si sa fille avait réellement pris la mesure du divorce et craignait de la plonger un peu plus dans la confusion. Elle se réveillait encore la nuit, parfois, en réclamant David ; Eva allait la voir, lui caressait les cheveux jusqu'à ce qu'elle se rendorme – la portait parfois dans son propre lit, lui faisait la lecture comme au temps où Sarah était une petite fille. Comment Sarah réagirait-elle à la présence d'un autre homme chez elles, dérangeant la fragile vie de famille qu'Eva a fait tant d'efforts pour protéger ?

Et pourtant, au fil des semaines, Eva s'aperçut qu'elle commençait à réviser la première opinion qu'elle s'était faite de Ted ; voire à se montrer impatiente de recevoir ses fleurs, ses messages. Elle commença à remarquer qu'il était plutôt bel homme ; à le chercher dans les couloirs, à lui rendre son salut, ses sourires. Un jour, elle découvrit une carte particulièrement amusante insérée dans sa critique de *Lives of Girls and Women* d'Alice Munro. *Une lecture très décevante,* avait écrit Ted, *étant donné qu'aucune de ces vies n'est celle d'Eva Edelstein et que la sienne est la seule vie de femme que ce lecteur aimerait découvrir.* Elle se surprit à éclater de rire, puis à rédiger une courte et prudente réponse. *Je regrette d'apprendre que le livre ne vous a pas plu – mais votre critique m'a fait sourire. Je me dis que ce serait peut-être une très bonne idée d'aller dîner ensemble, après tout.*

Pendant plusieurs jours, elle ne reçut pas de réponse. Elle chercha Ted dans les couloirs du *Courier*, mais ne le vit pas, et l'étendue de sa déception l'étonna. Et puis, un matin, il se présenta à la porte du bureau d'Eva. (Bob et Frank étaient absents.) Il avait réservé une table pour vendredi soir, si cela lui convenait. Oui, lui dit-elle. Une fois Ted parti – disparaissant aussi vite qu'il était apparu –, Eva avait appelé sa mère, pour lui demander si Sarah pouvait rester chez eux vendredi soir. Miriam ne posa pas de questions, bien qu'elle ait dû soupçonner quelque chose – surtout quand Eva lui demanda le même service plusieurs fois au cours des semaines suivantes. Tout ce qu'elle lui dit, quelques mois après le début de leur relation, fut : « Tu as l'air heureuse, *Schatzi.* Cet homme te rend vraiment heureuse. »

C'était vrai, Eva s'en rendit compte, elle n'avait pas été aussi heureuse depuis des années. Ses réserves à propos de Ted étaient totalement infondées : il prenait son travail au sérieux et avait une connaissance impitoyable du monde des affaires – mais il était également drôle, attentionné et joueur. La seule chose qu'elle avait du mal à comprendre était les raisons pour lesquelles il ne s'était jamais marié.

— J'ai failli plusieurs fois, lui dit-il un soir dans son appartement de St John's Wood – spacieux, haut de plafond, rempli de souvenirs de ses voyages (il avait habité à Berlin-Est, Jérusalem et Beyrouth), mais qui en même temps paraissait vide, délaissé, d'une certaine façon. Mais voyager à travers le monde n'est pas le meilleur moyen pour qu'une relation fonctionne.

Elle leva les yeux vers lui – ils étaient dans son lit, buvaient du vin rouge – et dit :

— Mais tu habites à Londres, maintenant, non ? Pour de bon ?

Ted se pencha pour l'embrasser.

— Oui, Eva, oui.

*Il a parlé trop vite,* se dit maintenant Eva, en route pour la galerie, en tournant dans Marylebone High Street. La semaine dernière, on a demandé à Ted de partir pour Paris : le correspondant attitré du *Courier*, un francophile vieillissant qui a une faiblesse notoire pour le bourgogne, prend sa retraite dans son château de Dordogne.

— C'est un travail en or, Evie, lui dit Ted quand il lui apprit la nouvelle ; son excitation était palpable, même s'il s'empressa d'ajouter : Mais je ne suis pas sûr d'y aller si vous ne venez pas avec moi. Toutes les deux.

Elle eut besoin de quelques instants pour mesurer tout ce que cela impliquait.

— Tu aimerais qu'on emménage ensemble, tu veux dire ? À Paris ?

Ted la prit par la main.

— Ne sois pas bête, je ne veux pas seulement emménager avec toi. Je veux t'épouser. Être un véritable beau-père pour Sarah.

Le premier instinct d'Eva fut de dire oui – qu'elle était amoureuse de lui ; que ce serait une merveilleuse aventure – mais elle se retint car la décision, après tout, ne tenait pas qu'à elle. Il y avait Sarah, bien sûr ; et ses parents, ses amis. Toutes les racines entrelacées de leur vie à Londres. Et David, même s'il était peu probable qu'il soulève la moindre objection – rien ne l'empêchait de prendre l'avion aussi peu souvent pour Paris qu'il l'avait pris pour Londres.

Elle avait donc embrassé Ted et lui avait dit :

— Merci, vraiment. C'est une proposition merveilleuse. Mais je vais y réfléchir, chéri. Il faut d'abord que j'en parle avec Sarah.

— Bien sûr, dit-il. Je ne veux pas te presser.

Le lendemain soir, après l'école, Eva avait emmené Sarah au cinéma – on projetait *Charlie et la chocolaterie* au Curzon Mayfair – puis manger des hamburgers chez Wimpy.

— Qu'est-ce que tu penses de Ted, Sarah ? avait demandé Eva, de la façon la plus anodine possible.

Sarah aspirait fort dans la paille de son milk-shake. Puis elle dit :

— Il me plaît. Il est marrant. Et j'aime bien la façon dont il te rend heureuse, maman. Tu es plus souriante quand il est là.

De l'autre côté de la table en formica, Eva retint ses larmes.

— Comment fais-tu pour être si mature ?

— En t'observant, j'imagine.

Sarah prit son hamburger, le regarda un instant par anticipation, puis mordit dedans. Tout en mâchant, elle dit :

— Pourquoi tu me poses cette question, maman ?

— Eh bien… (Eva posa son hamburger.) Ted et moi envisageons de nous marier.

De l'autre côté de la table, Sarah baissa les yeux sur son assiette.

— Qu'est-ce que tu en penses, ma chérie ?

Sarah ne dit rien, les yeux rivés sur son hamburger à moitié fini. Eva regarda sa fille – la soie filée de sa chevelure noire, le délicat renflement de sa joue – et tendit les bras pour couvrir de ses mains celles, plus petites, de sa fille.

— Chérie, répéta-t-elle, plus doucement. Si Ted et moi nous marions, il aimerait que nous allions vivre ensemble à Paris.

— Paris ?

Sarah leva les yeux vers sa mère.

Son ancienne jeune fille au pair, Aurélie – une provinciale qui avait pour Paris une admiration mêlée de crainte –, lui avait souvent parlé de la ville, et Sarah était un temps devenue obsédée par cet endroit, demandant encore et encore pourquoi elle n'irait pas vivre à Paris comme Madeline dans son livre pour enfants préféré.

— Il faudra que j'apprenne le français ?

Eva choisit ses mots avec soin.

— Rien ne t'y oblige – on peut essayer de te trouver une école anglaise. Mais je crois que tu en aurais probablement envie, non ?

Sarah sembla y réfléchir.

— Peut-être. Comme ça, je pourrais écrire à Aurélie en français.

Elle garda le silence un instant, finit son hamburger, puis reporta son attention sur son milk-shake. Eva fit durer le silence. *C'est trop pour elle,* se dit-elle. *Je dirai à Ted que c'est trop tôt.* Mais au moment précis où elle s'apprêtait à dire quelque chose, Sarah leva de nouveau les yeux, son regard était clair et direct, et dit :

— D'accord, maman. Ça ne me dérange pas, tant que papa peut continuer à venir nous voir.

— Bien sûr qu'il pourra, dit Eva, et lâchant les mains de sa fille, elle lui caressa la joue.

Du coup, quand Ted était passé la prendre avant la soirée d'Anton, Eva l'avait accueilli par un long baiser. *Ce soir,* se dit-elle, *je lui donnerai une réponse.* Et puis il y eut la soirée – il y eut Jim Taylor – et tout devint confus. En parlant avec Jim – attentive à lui, même à distance – Eva éprouva la même chose qu'à New York : l'intensité de leur connexion, qui semblait au-delà de toute logique, enracinée dans quelque instinct dénué de mots. C'était absurde. Elle connaissait à peine Jim Taylor, mais elle était inexplicablement attirée par lui. Quand il lui tendit l'invitation à son exposition, elle éprouva une décharge d'excitation si pure, si physique, que le rouge lui monta aux joues.

Après la fête, de retour à l'appartement, Ted lui demanda, l'air de rien, avec qui elle avait pris tant de plaisir à discuter pendant la soirée. « Oh, un vieil ami », dit-elle, sur le même ton de légèreté. Ted ne sembla pas y accorder plus d'importance, et Eva prit soin de ne pas lui donner de raison de le faire. Et pourtant, quand elle tourne au coin de Cork Street, où les gens se rassemblent déjà devant la galerie – une rousse en pantalon à pattes d'éléphant, bijoux en or scintillant à son cou ; l'homme à ses côtés sans veste, retroussant ses manches de chemise –, elle a peur, tout à coup. Elle regrette que Ted ait insisté pour qu'elle y aille seule, regrette qu'il ait proposé, avec cette évidente et candide générosité, de lui donner le temps de prendre des nouvelles de son « vieil ami ». Qu'est-ce qu'elle fabrique là ? Elle ferait mieux de faire demi-tour, tout de suite, et de retourner voir sa fille, voir l'homme qu'elle pense épouser.

Mais Eva ne s'en va pas ; elle entre. Elle voit Jim presque immédiatement, prisonnier d'un cercle d'invités. Sa peur se change en timidité ; elle prend le verre que lui propose un serveur, porte son attention sur les tableaux. Elle se retrouve devant un portrait de femme au large visage symétrique, debout devant une fenêtre ouverte ; derrière elle, une bande de falaise, une mer bleu-vert ; à côté d'elle, une multitude de fleurs sauvages jaunes dans un vase. La compagne de Jim : Eva se souvient d'elle grâce au Polaroid qu'il avait sorti de son portefeuille. Elle ne se rappelle pas qu'il lui ait dit comment elle s'appelait.

— Eva, dit-il. Tu es venue.

— Oui.

Elle se penche pour lui faire la bise, et voilà que ça recommence : cet horrible rougissement.

— Félicitations. Il y a un monde fou.

— Merci.

Il la regarde un instant, puis regarde le tableau.

— Helena, avec des caille-lait jaunes. C'est une fleur sauvage qui pousse sur les falaises de Cornouailles, par touffes. Une couleur incroyable.

Eva hoche la tête, affectant l'intérêt. Elle est pleinement consciente de la présence physique de Jim, du col pelle à tarte de sa chemise, ouvert sur plusieurs centimètres de peau pâle et couverte de taches de rousseur. Une image lui passe par la tête, spontanément : ses doigts traçant le diamètre de la clavicule de Jim. Elle frissonne, détourne le regard.

— Je ne veux pas te retenir. Tu as sans doute beaucoup d'invités à saluer.

— Viens que je t'en présente quelques-uns.

Avant qu'Eva puisse répondre, Jim la prend par le poignet, la guide parmi des visages inconnus, des visages à qui elle sourit, dit bonjour, et avec qui elle se glisse dans le schéma réconfortant d'une conversation polie.

À neuf heures, la galerie est presque déserte ; les serveurs ramassent les verres de vin, empilent des plateaux vides de bouchées à la reine, et Eva, inexplicablement, reste à côté de Jim. Il se tourne vers elle. Ils vont souper, dit-il, dans un restaurant au coin de la rue – lui, son galeriste, Stephen Hargreaves, la femme de Stephen, Prue, et quelques autres. Eva veut-elle les accompagner ?

Eva hésite, pense à Ted, à Sarah. Elle n'a pas dit à quelle heure elle rentrait, mais Sarah va s'inquiéter si elle ne rentre pas à temps pour lui souhaiter bonne nuit. Et, plus important, sa fille a sauté un tel pas en acceptant Ted, en acceptant ce déménagement à Paris : comment réagirait-elle si tout cela s'écroulait ? Et comment réagirait Ted, l'homme qu'Eva elle-même a autorisé si prudemment, si progressivement, à la connaître, à l'aimer ?

*Vraiment,* se dit-elle, *la question ne se pose pas.*

— Merci, mais il faut vraiment que j'y aille. J'ai passé une très bonne soirée, Jim. Prends soin de toi, d'accord ?

Puis Eva lui dépose un baiser sur chaque joue et sort vite de la galerie à la recherche d'un taxi qui la ramènera à la maison.

## Version 3

*L'invitation*
*Londres, juillet 1971*

— Viens dîner, dit Jim.

Ils sont debout dans un coin silencieux de la galerie ; la foule est plus clairsemée. (Il a du mal à croire au nombre de visiteurs : la soirée a déjà pris l'allure irréelle, hors du temps, d'un rêve à demi oublié.) Discrètement, les serveurs commencent à ramasser les verres sales, à empiler les plateaux.

Le nom des invités dont Jim a fait connaissance circule follement dans sa tête – artistes, galeristes, collectionneurs. (Stephen a déjà collé des pastilles rouges à côté de plusieurs grands formats.) Jim a bu leurs louanges ; leur intérêt ; leurs souvenirs, dans certains cas, de son père. Un vieux gentleman – peintre, au nez fin et crochu et à l'épaisse crinière blanche – lui a dit avoir été le professeur de Lewis Taylor au Royal College. Il avait tenu la main de Jim plus longtemps que ne le veut la bienséance. « Je me souviens de toi, enfant, quand tu étais littéralement haut comme trois pommes. Ton père pouvait se conduire comme une merde – je n'ai pas besoin de te le dire – mais c'était un vrai artiste. Une vraie tragédie, ce qui s'est passé. »

Tante Frances arriva à l'ouverture des portes et resta une heure environ, avec ses trois cousins : Toby venait de sortir de la BBC, était encore en costume, et dénoua sa cravate. Jim embrassa sa tante, remercia ses cousins d'être venus, reconnut qu'il était dommage que sa mère et Sinclair n'aient pu faire le déplacement. Mais en disant cela, il ne voyait qu'elle, une petite silhouette en robe bleue, circulant seule parmi la foule, les bras nus hormis une série de bracelets d'argent, ses longs cheveux noirs tombant sur les épaules.

— Je ne peux pas, dit Eva à présent, à voix basse. On va se demander ce que je fais là, non ?

— Ils savent que tu es une vieille amie de l'université, que je t'ai invitée à voir ton portrait. Ils ne se douteront de rien.

Elle regarde Stephen donner des instructions à un serveur qui rapporte une pile instable de plateaux dans l'arrière-salle.

— Je ne sais pas.

— S'il te plaît.

Jim pose la main sur son bras, légèrement, mais le contact suffit pour qu'elle jette un œil autour d'eux.

— Très bien. Mais il ne faut pas que je sois en retard. Maman est avec les enfants.

Stephen a réservé une table dans un restaurant français chic de Shepherds Market. Ils sont six à dîner : Stephen et sa femme, Prue ; Jim et Eva ; Max Feinstein, un collectionneur américain de San Francisco de passage en ville pour quelques jours avec sa petite amie japonaise, Hiroko. Malgré ses protestations, Jim est un peu tendu quand ils s'assoient. Il voit le regard de Stephen passer de lui à Eva et inversement, et sait qu'il n'est pas convaincu ; mais il espère pouvoir lui faire confiance, ce n'est sans doute rien que Stephen n'ait déjà vu. Et Feinstein se révèle avoir une présence si écrasante que c'est à peine si l'on remarque l'apparition d'Eva à table. C'est un type immense et menaçant à la voix profonde et monotone qui fait s'entrechoquer les verres. À côté de lui, Hiroko ressemble à une souris mutique, avec un énigmatique sourire en coin.

— Stephen me dit que vous habitez dans une espèce de communauté, Jim, dit Feinstein quand ils entament les entrées.

Ses yeux brillent comme des boutons dans les bourrelets de chair de son visage.

— L'amour libre, c'est ça ?

Jim pose sa fourchette à côté de son assiette. Il ne regarde pas Eva.

— Non, pas du tout. Ce n'est pas une communauté – c'est une colonie d'artistes. Un lieu où les artistes vivent et travaillent ensemble, partagent des idées, des façons de travailler.

Feinstein ne se laisse pas démonter.

— Je parie que ce n'est pas la seule chose que vous partagez, hein ?

Il pique un champignon à l'ail, le porte à la bouche. Jim regarde la sauce au beurre lui couler sur le menton.

— Je vous connais, vous, les hippies. On a déjà vu tout ça au pays, pas vrai, Hiroko ?

Hiroko ne dit rien, se contente de garder le sourire. De l'autre côté de la table, Prue – diplomate-née – intervient.

— Vous connaissez la colonie de St Ives, bien sûr, Max ? Hepworth et compagnie ? Eh bien, Trelawney House est au bout de la rue et n'est pas très différente.

— Hepworth, dit Feinstein, comme s'il tentait de se souvenir de la tête d'un vieux copain. Oui.

Il se lance dans une longue histoire sur l'époque où il avait repéré un Hepworth dans une vente aux enchères et fut cruellement volé par un enchérisseur panaméen au téléphone. Jim laisse la cadence rauque de la voix de Feinstein glisser sur lui, n'écoutant presque pas les mots. De temps à autre, il se permet de regarder Eva de l'autre côté de la table, qui incline poliment la tête en direction de Feinstein et tient son verre par le pied.

Il savait que son portrait l'avait abasourdie. Quand elle l'avait vu, elle était restée pétrifiée et ne l'avait plus quitté des yeux. Il aurait dû la prévenir. Il avait pensé lui en toucher un mot à la soirée d'Anton, quand ils s'étaient levés du lit (c'était un miracle que personne ne soit entré dans la chambre), et qu'il lui avait fourré une invitation dans la main. Mais il n'avait rien dit. Peut-être avait-il voulu qu'elle soit abasourdie : lui montrer, dans cet immense portrait – *Femme, lisant* était de loin le plus grand format de la salle – l'importance qu'elle avait eue pour lui, qu'elle avait toujours. Dès qu'il le put, il s'était échappé du groupe et l'avait rejointe devant le tableau.

— Tu te souviens du jour où je t'ai dessinée dans cette position ? avait demandé Jim.

Eva garda le silence un moment. Puis :

— Oui. Bien sûr que je m'en souviens.

À présent, au restaurant, Max Feinstein la regarde de l'autre côté de la table, un lent sourire de reconnaissance se dessinant sur son visage.

— Eh… vous ne seriez pas la femme de cet acteur ? David Curtis ? Aux dernières nouvelles, il s'installait à Los Angeles. Qu'est-ce qui lui prend de laisser une fille comme vous toute seule ici ?

Un silence, pendant lequel Prue semble démunie. Mais Eva répond, d'un ton impassible :

— Oh, je ne suis pas vraiment seule, monsieur Feinstein. Nos enfants sont ici, et David vient dès que possible. Mais c'est très aimable à vous de vous inquiéter pour moi. Je vous remercie.

Feinstein – qui ne connaît pas l'ironie – minaude, et Prue change rapidement de sujet ; mais Jim sent le malaise d'Eva et commence à regretter de lui avoir demandé de les accompagner. Sa propre conscience se rappelle à lui, aussi, il l'a sentie le tirailler la veille, quand il a appelé Trelawney House (ils ont fini par faire installer une ligne téléphonique) pour écouter Helena lui raconter sa journée ; lui parler des saletés que Sophie a faites pendant le repas, et lui dire comment ils ont tous ri en la voyant, maculée de nourriture et rayonnante. « Rentre vite, Jim », a-t-elle dit. Quand il pense à Sophie, maintenant – à son petit corps plein de vie ; au visage limpide et simple de sa mère –, Jim craint vaguement ce qui pourrait se passer si Stephen lui disait qu'Eva était venue à l'exposition, puis au dîner. Et pourtant, cela ne suffit pas à atténuer sa gratitude pour le fait qu'Eva soit là, ni à le faire dévier du chemin qu'il est déterminé à prendre.

Après le dessert, Stephen demande si quelqu'un veut un digestif, et Eva se lève de sa chaise, les salue poliment.

— Merci beaucoup pour cette merveilleuse soirée, mais il faut vraiment que je rentre.

Jim la raccompagne dehors. Ils marchent en silence dans White Horse Street. Là, il s'arrête et la prend dans ses bras.

— Pardon si c'était pénible. Mais je ne voulais pas que tu partes.

Elle a enfoui le visage contre sa poitrine ; sa voix est étouffée quand elle dit :

— Je sais. Moi non plus, je ne voulais pas partir. Mais c'est dur, non ? De faire semblant.

Il lui soulève la tête de la main. Il l'a aimée dès qu'il l'a vue avec sa bicyclette, il y a toutes ces années à Cambridge, et il l'aime encore.

— Pars avec moi.

Il se penche pour l'embrasser.

— Je nous trouverai un cottage quelque part. Tu laisserais les enfants chez tes parents.

Eva regarde ailleurs, vers Piccadilly, vers le flot incessant de taxis, la carcasse cahotante des bus et au-delà l'étendue de Green Park, la silhouette feuillue des arbres qui ondulent dans l'obscurité.

— Je ne sais pas, Jim. Vraiment, je ne sais pas.

Il ne dit rien, bien que la peur le traverse, la peur de la perdre une seconde fois. La perte serait pire encore, il le sait, maintenant qu'il l'a retrouvée. Il ne voit pas comment il pourrait le supporter, mais il le faudrait, bien sûr. Certains endurent la solitude chaque jour. Ils croient qu'ils en seront incapables, qu'ils n'y survivront pas, et puis une seconde succède à une autre, devient une heure, un jour, une semaine, et ils sont encore vivants. Ils sont encore seuls, même parmi la foule. Même avec une compagne et un enfant.

Mais lui n'est plus seul. Eva le regarde.

— Oui, d'accord. Je vais me débrouiller. Appelle-moi quand tu as trouvé quelque chose. Dis-moi où aller.

Il l'embrasse une nouvelle fois.

— Je te tiendrai au courant, dit-il. Dès que je peux. Tu sais que je te tiendrai au courant.

Elle se tourne pour s'en aller, et il la regarde s'engager au coin de la rue et disparaître. Puis il retourne au restaurant, où Stephen a commandé une bouteille de vin de dessert, et Feinstein parle à tout le monde de sa maison de bord de mer à Miami :

— Si vous voyiez les femmes, là-bas – elles sont à nulle autre pareilles.

Et si Stephen l'observe avec curiosité et que Prue évite soigneusement de croiser son regard, Jim s'en fiche : il ne pense qu'au moment de revoir Eva. Car toutes ces années sans elle s'effacent, maintenant, perdent leur forme et leur couleur – comme s'il les avait traversées en somnambule et venait à peine de se rappeler ce que cela fait d'être pleinement réveillé.

## Version 1

*L'attente*
*Bristol, septembre 1972*

Eva se réveille tôt ce samedi matin.

Elle n'a pas bien dormi, et l'enfant non plus, apparemment. Elle a senti les coups de pied, allongée pendant des heures les mains posées sur son ventre tandis que l'aube pointait, et que la lumière grise commençait à percer à travers les lamelles du store vénitien. Une fois qu'il est raisonnablement tôt – le réveil sur la table de nuit indique qu'il est bientôt sept heures –, elle descend du lit inélégamment. (Elle est trop grosse, maintenant, pour faire quoi que ce soit élégamment.) Jim ne bouge pas. Sur la patère de la porte, elle trouve la robe de chambre de nylon rembourrée que Sinclair a eu la prévenance de laisser là et l'enfile par-dessus sa chemise de nuit. Dans la pièce d'à côté – le bureau de Sinclair : impeccable, ses dossiers sont en rangs obéissants sur les étagères qu'il a construites lui-même –, Jennifer dort encore, allongée sur le dos dans le lit de camp, le visage animé de rêves impossibles à connaître.

En bas, dans la cuisine, Eva remplit la bouilloire, trouve le pot de café soluble, verse des cuillerées de granules sombres dans une tasse. Comme le reste de la maison, la pièce exhale une légère odeur stérile de détergent et est équipée pour prévenir toute éventualité. Elle avait été étonnée, la première fois qu'ils étaient venus ici rendre visite à Vivian et Sinclair, de tomber sur cette boîte toute simple – de construction récente, l'une des sept propriétés identiques disposées dans un grand cul-de-sac, l'excavation continue des champs alentour seulement obscurcie par une rangée de minuscules jeunes arbres chétifs. C'était comme si Vivian avait volontairement choisi l'environnement le plus conventionnel, avait décidé de balayer ses années passées dans ce charmant cottage du Sussex, avec ses dalles, ses rosiers et son atelier dans le grenier, tout comme ses années dans le sombre appartement de Clifton, avec ses coins moisis et couverts de toiles d'araignées, sa majesté géorgienne décatie. Mais cette maison avait été en réalité le choix de Sinclair.

— On aime le fait que le lieu soit neuf, leur avait-il dit. Cela ressemble à un nouveau départ.

Eva comprenait les raisons de Sinclair – il avait déjà été marié, lui aussi. Comme la maison qu'il avait choisie, c'était un homme aux vues épurées, conventionnelles : un ancien banquier. (Vivian était allée à la banque pour discuter de son compte, et Sinclair avait proposé, avec une audace inhabituelle, qu'ils le fassent en déjeunant.) Il a des cheveux gris coupés court, comme une fourrure de lapin ; ses traits pâles et insipides sont de ceux dont la forme, quand on essaie de s'en souvenir, vous échappe toujours un peu.

Après avoir rencontré Jim pour la première fois, Sinclair l'avait appelé pour déclarer le sérieux de ses intentions envers sa mère. Il avait expliqué avoir fait d'importantes recherches sur son état de santé et prévoyait de pousser le médecin à prescrire à Vivian un nouveau médicament qui venait d'être validé après de premiers essais concluants. « Je suis sûr que vous serez d'accord, avait dit Sinclair de ce ton raisonnable et mesuré qu'il prenait jadis pour discuter facilités de découvert, pour dire que cela vaudrait beaucoup mieux pour elle, à long terme, que les électrochocs. »

Eva vit que Jim ne savait pas trop comment s'y prendre avec Sinclair – elle soupçonnait qu'il éprouvait un certain ressentiment filial devant le fait que cet homme, cet inconnu, était entré dans la vie de sa mère et s'occupait de tout. Mais elle sut qu'il se sentait aussi soulagé. Sinclair avait pris une retraite anticipée, pour pouvoir mieux s'occuper de Vivian, et qu'elle ne se repose plus exclusivement sur Jim et ses tantes. Et quand le médecin de Vivian finit par accepter de lui prescrire le nouveau médicament, le changement en elle fut presque immédiat, miraculeux. Personne, et surtout pas Eva, ne trouva à redire à l'accalmie de ses imprévisibles hauts et bas, de l'insupportable cycle de ses humeurs – même si Eva s'aperçut qu'elle n'arrivait pas à séparer complètement la nouvelle docilité de sa belle-mère de la banalité beige et soignée de cette maison.

Après avoir mis la bouilloire sur le feu, Eva verse de l'eau dans la tasse, observe les granules de café pétiller et tournoyer. Ils sont arrivés plus tard que prévu, hier soir : elle avait voulu terminer les dernières corrections de son livre, pour qu'il soit prêt à être renvoyé à son éditeur lundi. Vivian, en ouvrant la porte, s'était immédiatement lancée dans un long monologue décousu. Pendant qu'elle aidait Jennifer à retirer son manteau, et que Sinclair et Jim prenaient les bagages dans la voiture, Eva avait eu le plus grand mal à suivre le fil de ce que disait Vivian. Et celle-ci avait été incapable de rester assise immobile plus de quelques instants à la table de la salle à manger, où Sinclair avait servi le souper. Même Jennifer l'avait remarqué ; lovée avec difficulté sur les genoux d'Eva – l'heure du coucher était passée mais Eva était trop fatiguée pour les caprices –, elle avait dit dans un murmure audible, quand Vivian avait quitté la pièce :

— Pourquoi grand-mère est bizzare, comme ça ?

Eva et Jim n'avaient pas eu l'occasion de discuter avec Sinclair de ce nouveau changement d'humeur chez Vivian car elle était encore debout quand ils étaient montés se coucher. Même en glissant dans un sommeil léger et troublé, Eva voyait encore ce pauvre Sinclair, blême et tendu par un récent épisode grippal, tenter de persuader Vivian d'aller se coucher.

— Déjà debout ? dit Sinclair.

Eva se tourne – elle est toujours devant le plan de travail, touillant son café d'un air absent. Il lui sourit depuis le seuil, déjà habillé.

— Je croyais que tu ferais la grasse matinée.

— Malheureusement je ne dors pas beaucoup en ce moment.

Il baisse les yeux sur le gros ventre d'Eva.

— Ah. Que je suis bête. C'est bientôt le terme, non ?

— Oui. Un mois, si tout va bien.

— Évidemment, que tout ira bien.

Il s'approche d'elle, lui prend doucement la cuillère de la main.

— Eva, assieds-toi, ma chérie, que je te porte ça. Tu veux manger quelque chose ?

Elle le laisse l'installer sur une des chaises de la cuisine, s'agiter autour d'elle, proposer jus d'orange, œufs, toast. Il y a un personnage dans son roman – dont l'action se déroule dans les locaux d'un journal qui offre plus qu'une simple ressemblance avec le *Daily Courier ;* elle vient d'en choisir le titre, *Pressées* – qu'elle est consciente d'avoir en partie créé en prenant Sinclair pour modèle : John, responsable du courrier des lecteurs, un homme doux, facile à sous-estimer. C'est l'un des personnages préférés de son éditrice Jilly, bien qu'elle ait suggéré à Eva de le réécrire un peu, pour lui ajouter un soupçon de consistance. Mais le sujet du livre, ce sont vraiment les femmes : quatre d'entre elles, de la jeune secrétaire intelligente qui rêve de devenir reporter à la critique de théâtre qui fume comme un pompier et accumule les amants nuisibles.

— C'est merveilleux, Eva, lui a dit Jim quand elle lui a montré le premier jet. Tout est là. Tout est réel.

Et elle – exaltée par l'éloge de son mari, par ce revirement en lui, qui se rapproche d'elle, diminuant la distance qu'elle avait sentie entre eux – l'avait embrassé, plus heureuse qu'elle ne l'avait été depuis des mois.

— Merci, chéri, avait dit Eva. Cela compte beaucoup pour moi.

Il lui avait rendu son baiser, et soudain ils furent de retour dans ce vieux pub miteux de Granchester Road, à faire des projets – toute trace de David lui sortant de la tête tandis que Jim l'embrassait, et l'embrassait encore, jusqu'à ce que le patron prenne les dernières commandes, avant de les mettre à la porte.

— Je me demande, dit Sinclair en posant une assiette de toasts devant elle et en s'asseyant en face avec sa tasse de café, ce qui t'enthousiasme le plus, Eva – l'enfant ou le livre ?

— Oh, le livre, bien sûr.

Elle tartine son toast de beurre ; lève les yeux sur lui, sourit, pour s'assurer qu'il sache qu'elle plaisante. À moitié, bien sûr. Car l'enfant, aussi bienvenu qu'il ou elle soit, est une surprise, de celles qui suscitent une impatience particulière chez Jim, dont l'ennui – si total, il y a encore un an – semble s'être évaporé. Il a mis toute son énergie à transformer le vieux débarras au dernier étage de la maison en chambre d'enfant, pour permettre à Jennifer de rester seule dans sa chambre. Il ne fait plus semblant d'aller dans son abri (même Eva a arrêté de l'appeler « l'atelier »), mais cela n'a pas l'air de le déranger ; il dit, de fait, être plus heureux depuis qu'il ne se force plus à y passer des heures en rentrant de l'école. Eva, au contraire – même si elle n'en a presque parlé à personne hormis Penelope –, a eu un peu de mal avec sa grossesse ; a résisté au lent ramollissement de son cerveau qui a contrarié l'avancée de ses relectures de *Pressées.* Mais il est enfin fini, espère-t-elle. Elle enverra la version finale lundi, puis portera toute son attention sur l'enfant qui s'annonce.

Pendant quelques minutes, la cuisine est plongée dans le silence, Eva mange son toast, Sinclair boit son café. Eva croit entendre Jennifer remuer à l'étage. Elle attend un moment, tend l'oreille vers d'éventuels pleurs de sa fille, mais elle n'entend plus rien.

Dans le silence, Sinclair dit :

— Je m'inquiète un peu pour Vivian. Tu as sans doute vu comment elle est…

Eva hoche la tête, mais ne dit rien ; il n'a pas l'habitude de faire des confidences inattendues.

— C'est cette fichue grippe, je crois. Ça la met sur les rotules, tu sais.

— Oui. Je vois ça.

— Je pense en parler à son médecin. En toute confidentialité. Seulement pour voir s'il peut éclaircir tout ça.

Sinclair baisse les yeux sur la table. Eva éprouve la soudaine envie de tendre le bras, et c'est ce qu'elle fait, elle prend la main de Sinclair dans les siennes. Il la regarde, étonné.

— Ça doit être terriblement dur pour vous, tout ça.

Il déglutit, presse sa main légèrement, puis se libère.

— Pas si dur, en fait. C'est ça la vie de couple, non ? Prendre les roses avec les épines. Du moins, c'est comme ça que ça devrait être.

C'est alors qu'elle entend la plainte : un « maman » étouffé qui descend à travers la moquette.

— Je monte la voir, dit Eva.

Elle garde les mots de Sinclair à l'esprit en montant l'escalier. *Prendre les roses avec les épines.* Il y en a eu des épines, ces dernières années ; il y a eu des moments où elle s'est forcée à envisager qu'ils puissent ne pas y arriver. Ce n'est pas qu'Eva eut douté de leur amour, mais elle s'était mise à craindre que cela ne suffise pas à leur faire traverser cette épreuve. Pourtant, ses craintes étaient infondées : les jours de tempête et de dérive sont derrière eux, et Eva les regarde avec soulagement, depuis son havre d'eaux plus calmes.

Dans le bureau de Sinclair, elle s'aperçoit que Jennifer – elle a quatre ans mais se comporte comme si elle était plus petite ; déconcertée, soupçonne Eva, par l'arrivée imminente de son petit frère ou sa petite sœur – a retiré son pyjama et s'est postée, le visage rougi et dégoulinant de larmes, derrière la porte.

— Maman, crie Jennifer, et le ton de sa voix – sanglotant, inconsolable – rappelle soudain à Eva celui de Vivian. Tu n'es pas venue.

— Je suis là, maintenant, ma chérie. (Elle parle d'une voix basse, apaisante.) J'étais en bas.

Jennifer, qui n'est toujours pas rassurée, regarde sa mère en plissant les yeux.

— J'aime pas ici. Je veux rentrer à la maison.

Eva s'approche d'elle, lui dépose un baiser sur le crâne.

— Non, ce n'est pas ce que tu veux, Jennifer. Ce que tu veux, c'est prendre ton petit déjeuner. Alors, si tu descendais et que grand-père Sinclair te le préparait ?

Elle aide sa fille à enfiler sa robe de chambre et ses chaussons – ces derniers, avec Minnie Mouse brodée à chaque bout, sont un beau cadeau de Penelope et Gerald, et l'assurance de mettre fin à tous les caprices.

— Est-ce que grand-père Sinclair a des Frosties ? demande Jennifer avec optimisme.

— Je crois que oui, dit Eva.

Elle fait sortir sa fille sur le palier, où Jim émerge de leur chambre, ébouriffé, bâillant.

— Bonjour, dit-il, en leur faisant un sourire endormi. Et mon bisou ?

— Papa !

Jennifer se jette sur son père, lui entoure les jambes de ses bras ; quand il la soulève et colle son nez sur celui de Jennifer – leur façon personnelle et exclusive de se dire bonjour –, Eva les regarde ensemble, père et fille, et remercie quiconque doit l'être pour le fait qu'elle et Jim aient réussi à aplanir les obstacles de leur vie de couple pour la rendre – elle l'espère ; non, elle le sait – plus douce, plus fructueuse et plus forte qu'elle n'était jusque-là.

## Version 2

*Montmartre*
*Paris, novembre 1972*

Eva a pris l'habitude de passer ses matinées à écrire dans un café de la place du Tertre.

Elle était complexée, au début : cela semblait prétentieux, d'une certaine façon, de s'asseoir avec son cahier et son stylo dans un café où tant de grands écrivains s'étaient certainement assis pour boire un pastis il y a un demi-siècle. Elle voyait presque Ernest Hemingway lui taper sur l'épaule, secouer la tête et lui dire : « Vous croyez pouvoir écrire une phrase vraie, n'est-ce pas, *madame** ? Sauriez-vous seulement en reconnaître une si elle vous mordait la jambe ? » Mais quand elle avait fait cet aveu à Ted, il avait éclaté de rire. « Eva, chérie, pourquoi n'arrives-tu pas à accepter le fait que tu as tous les droits de porter le titre d'écrivain, toi aussi ? »

Eva avait ri avec lui, sachant qu'il avait raison : l'écriture est son seul travail, désormais, même si les revenus de son premier livre n'ont pas été à la hauteur de ce qu'elle espérait, et qu'elle a quitté son travail pour écrire le deuxième. Quelques mois plus tard, elle en a commencé un troisième, à propos d'une quadragénaire qui décide, sur un coup de tête, d'abandonner la sécurité et le conformisme de sa vie de couple et de déménager à Paris pour entamer une nouvelle vie seule.

— Trop autobiographique ? avait-elle demandé à Ted un soir pendant le dîner, en lui décrivant l'intrigue.

Il fut légèrement blessé.

— Sûrement pas, dit-il. Tu ne déménages pas toute seule à Paris, après tout – à moins que tu aies quelque chose à me dire ?

Elle commença le nouveau livre à Londres, écrivant avec fluidité, dans un accès d'enthousiasme ; mais son travail s'arrêta vite. Ses premières excuses étaient justifiées : le mariage (un événement intime et élégant, la famille et les proches, à Chelsea Town Hall, suivi d'un excellent déjeuner au Reform Club) ; le déménagement à Paris, avec tous les cartons à faire et à défaire. L'inscription de Sarah dans sa nouvelle école ; se donner le temps, à elle et Ted, de se faire à la vie dans une ville inconnue. Mais les explications les plus récentes – le rafraîchissement du bureau du *Daily Courier ;* les efforts de Sarah pour se faire des amis – sonnent creux, même pour Eva. La vérité est qu'elle est bloquée, et le café, avec ses perpétuelles distractions – le vrombissement et le bruit strident de la machine à café ; les aigus de la sonnette au-dessus de la porte ; les vagues de conversations, à moitié comprises – est un bon endroit pour se cacher.

Ce matin – un vendredi – elle s'assoit à sa table attitrée, près de la fenêtre. Elle boit deux bols de *café au lait** et mange lentement un croissant, le découpant en morceaux, qu'elle tartine de beurre et de confiture. Sur la place, les peintres habituels sont assis devant leur chevalet en manteau et mitaines, bâclant des imitations de Picasso, Dalí et Matisse pour les touristes. À onze heures, Eva regarde une vieille femme passer devant la vitre comme chaque matin à la même heure, enveloppée d'un manteau en fourrure de lapin. À midi, Eva se lève, range son cahier dans sa sacoche, enfile son manteau, laisse la monnaie dans la coupelle métallique à côté de l'addition et sort dans l'air frais de Paris.

Trois heures ont passé depuis son arrivée au café, et elle a écrit précisément deux paragraphes. *Je transforme l'inaction en une forme d'art*, se dit-elle en se hâtant vers la supérette au coin de leur rue. Et elle donne à ses pensées un tour différent, plus heureux – cet après-midi, Penelope et Gerald arrivent à la gare du Nord avec les enfants. Ils vont passer un week-end formidable, et elle se rendra compte de la chance qu'elle a d'être entourée de Sarah et Ted, d'être à Paris, d'être en compagnie de bons amis.

À la supérette, Eva remplit le panier de fromage, jambon, yaourts, d'un pot d'olives, de deux bouteilles de vin rouge et de ces longues baguettes encombrantes qu'elle n'a pas encore appris à préférer à un solide pain anglais, ou au pain de seigle autrichien qui a les faveurs de ses parents. À côté du rayon des légumes, elle manque bousculer Joséphine St John, dont le mari, Mitch, est le correspondant du *Herald Tribune :* lui et Ted travaillent ensemble au bureau des correspondants étrangers, et Joséphine – une Bostonienne aussi vive que chaleureuse qui a épousé Mitch juste après être sortie de Harvard, et n'a jamais cessé depuis de voyager avec lui – est devenue une amie. Elles discutent ensemble, échangent des nouvelles, jusqu'à ce qu'il soit bientôt treize heures, et qu'Eva dise devoir rentrer : elle retrouve Ted à la maison pour déjeuner.

Joséphine lève un sourcil, puis se penche pour lui faire la bise.

— Vous venez *vraiment* de vous marier. Je n'arrive pas à convaincre Mitch de rentrer déjeuner à la maison, même contre un peu d'amour ou d'argent.

En fait, Ted ne peut pas rentrer. Le téléphone sonne quand Eva arrive à l'appartement : il a un papier à rédiger pour l'édition du lendemain – pourrait-elle passer prendre Sarah seule, aller voir Penelope et les autres, et les ramener à la maison en taxi ? Bien sûr qu'elle peut – mais Ted se répand en excuses, promet de tous les inviter à dîner chez Maxim's.

En raccrochant, Eva est une nouvelle fois frappée par le contraste entre cette vie de couple – sa facilité ; l'évidente prise en compte des besoins d'Eva par Ted, même quand il doit faire passer son travail en premier – et la façon dont les choses s'étaient passées avec David : son narcissisme ; la présence suffocante de sa mère, toujours là, avec ses instructions sur la façon de faire les choses. Même si Judith Katz avait vraiment étonné Eva en apparaissant à la porte de l'appartement de Regent's Park quelques jours après le départ de David, quand tout était encore à vif et sombre, et que Sarah n'arrêtait pas de demander quand papa rentrerait à la maison. Judith portait une pile de Tupperware : soupe de poulet, salade russe, hachis parmentier.

— Je me suis dit que cela pouvait servir, avait dit Judith.

Puis elle avait serré Eva contre elle, et l'étreinte – totalement inattendue – avait failli faire couler les larmes.

— Je veux que tu saches, ma chère Eva, qu'il me fait absolument honte. Quant à cette femme – eh bien, Abraham et moi ne voulons rien avoir à faire avec elle.

Eva avait rappelé à Judith que si David et Juliet devaient se marier, comme cela semblait être le cas, alors aucun d'eux n'aurait vraiment le choix. Judith, qui fila à la cuisine avec les Tupperware, hocha la tête.

— Oui, j'imagine que tu as raison, dit-elle, et son expression était si ouvertement triste qu'Eva avait compris, immédiatement, que Judith aussi avait besoin d'être rassurée.

— Il ne faut pas vous inquiéter à l'idée de ne plus voir Sarah, Judith. Elle vous adore, vous adore tous les deux. Vous et Abraham pourrez la voir aussi souvent que vous le souhaitez.

*Ce n'est plus si facile, maintenant, bien sûr,* se dit Eva en s'affairant dans sa cuisine parisienne, rangeant les courses, remplissant une assiette de pain, de jambon et de tomates. Mais Judith et Abraham n'avaient, à sa grande surprise, émis aucune objection quand elle leur avait parlé de Ted et du déménagement à Paris. « Ah, Paris – nous irons vous voir si souvent que vous ne nous supporterez plus », lui avait dit Abraham un jour, du ton débonnaire qui le caractérisait ; et ils ont, de fait, déjà pris l'avion deux fois pour y passer le week-end – descendant, d'un commun accord, dans un bon hôtel de l'île de la Cité ; ils ont été cordiaux, amicaux même, avec Ted. Tout s'était mieux passé qu'Eva n'aurait pu l'imaginer ; et elle en éprouve un reste de reconnaissance envers Judith, sa vieille adversaire.

L'appartement est glacial, même quand le chauffage au gaz est allumé et que les portes sont closes. Elle emporte son déjeuner dans la salle à manger, enroule un châle autour de ses épaules, puis ouvre les volets, faisant entrer le frêle après-midi d'hiver, les klaxons des voitures et les lointains cris d'enfants dans la cour de l'école pendant la pause-déjeuner.

Ted a laissé les journaux du jour en tas sur la table, il se les fait livrer à l'appartement et non au bureau. Il aime les lire avec attention, pendant le petit déjeuner ; les journaux français d'abord, puis les britanniques, et pour finir le *Wall Street Journal* et le *Herald Tribune*. Eva a tendance à se limiter aux journaux britanniques, cherchant la signature des journalistes qu'elle connaît – et la sienne, le samedi : Bob Masters continue de lui envoyer deux ou trois romans par mois dont elle doit faire la critique.

Aujourd'hui, elle prend le *Daily Courier* en haut de la pile, lit les principaux articles en mangeant : les retombées de la victoire de Richard Nixon ; la mort de six personnes dans un attentat à la bombe de l'IRA. Et puis, sur la première des pages culture, elle voit son nom. « Jim Taylor : Un nouveau souffle de vie sur l'art du portrait. »

La main d'Eva s'immobilise sur la page. Elle repense à l'expression de Jim quand elle avait refusé son invitation à dîner et l'avait laissé sur les marches de la galerie de Cork Street. Plus jeune, soudain, et comme perdu. Il lui avait envoyé une carte postale, après ça, aux bons soins du *Courier : Merci beaucoup d'être passée à l'exposition. Je vous souhaite tout le bonheur possible, à mes yeux, c'est le moins que vous méritiez, J.*

La carte était une photo d'une sculpture de Hepworth : un ovale comme un œuf (elle vit qu'il portait le titre *Ovale n°* 2) découpé de deux trous réguliers, comme si des termites l'avaient mangé. Eva n'avait pas quitté l'image des yeux pendant quelques minutes, y cherchant un sens plus profond – autre que la connexion avec St Ives, bien sûr – mais rien ne lui vint. C'était comme si Jim avait délibérément choisi une image qui avait le moins de signification possible. Et peut-être était-ce mieux ainsi, car Eva ne put nier l'excitation qu'elle avait ressentie en recevant la carte, même si elle eut vite fait de la mettre dans le tiroir du bas de son bureau – où elle resterait, n'évoquant plus que le souvenir lointain de leur attraction mutuelle. Elle avait déjà donné sa réponse à Ted. Et Jim, eh bien, il fallait qu'il pense à sa propre famille. Sa propre vie.

À quatorze heures, Eva débarrasse le déjeuner, puis fait un rapide tour de l'appartement, tapotant sur les coussins, lissant le linge de lit propre de la chambre d'amis où dormiront Penelope et Gerald ; elle a installé deux lits de camp dans la chambre de Sarah pour Adam et Charlotte. Puis elle met son manteau, trouve une écharpe et des gants, et sort dans la rue.

L'école internationale de Sarah n'est qu'à quelques pas. Eva aperçoit immédiatement sa fille, blottie contre deux autres filles dans la cour, leurs petites têtes penchées les unes contre les autres, brun sur blond. Elle ne veut pas les déranger – Sarah commence à peine à se faire des amies – mais sa fille lève les yeux, voit Eva et entame un long au revoir de petite fille.

Elles prennent un taxi jusqu'à la gare : le train de Penelope et Gerald arrive à la demie, et le cartable de Sarah est lourd à cause des devoirs du week-end.

— Elles ont l'air gentilles, ces filles, dit Eva une fois qu'elles se retrouvent sur la banquette arrière. Peut-être que tu pourrais les inviter à prendre le thé.

— Peut-être.

Sarah hausse les épaules, et dans sa nonchalance étudiée, Eva voit soudain l'adulte que deviendra un jour Sarah, et l'enfant qu'elle-même fut autrefois. Elle passe le bras autour des épaules de sa fille.

— Pourquoi tu fais ça ? demande Sarah, même si elle est encore assez jeune pour se pencher et poser la tête au creux de la clavicule de sa mère.

— Comme ça, répond Eva, et elles observent l'effervescence du paysage urbain, encadré par la vitre de la voiture : la blancheur des immeubles, l'éclat des devantures de magasin, et les dômes étincelants du Sacré-Cœur, cette sentinelle au garde-à-vous sur la colline.

## Version 3

*L'interview*
*Cornouailles, février 1973*

Jim ne s'attendait pas vraiment à une journaliste de ce genre.

Une femme solide et terre à terre qui approche de la cinquantaine, en pantalon bleu marine et cardigan jaune pâle sur un pull de même couleur. Ses cheveux sont coupés court, et quand elle sort de sa voiture – elle vient de se garer dans l'allée ; Jim regarde à la fenêtre du salon –, elle regarde autour d'elle avec une curiosité qu'elle n'essaie pas de dissimuler.

Jim sort à sa rencontre, lui serre la main. Ses petits yeux bleus ne cillent pas sous des sourcils touffus et grisonnants.

— Ann Hewitt. Vous vous attendiez à quelqu'un de plus jeune, non ?

Pris de court, il sourit.

— Peut-être. Mais je suis sûr que vous vous attendiez à ce que je sois plus beau.

Ann Hewitt penche la tête et attend quelques secondes, comme pour décider si elle s'autorise à trouver ça drôle.

— Peut-être bien.

Il l'emmène dans la cuisine, remplit la bouilloire pour préparer du thé. Helena a posé une assiette de biscuits sur la table, un vase de fleurs sur le buffet.

— C'est pas un agent immobilier, Hel, lui avait dit Jim avant qu'elle parte.

Elle s'était affairée dans la maison depuis le petit matin, nettoyant, rangeant, réparant.

— Il n'y a pas besoin de l'impressionner.

Helena avait levé les yeux vers lui, incrédule.

— Bien sûr que si, Jim, avait-elle dit. Et tu te trompes si tu crois le contraire.

— Il n'y a personne, alors ?

Ann Hewitt est devant le tableau de répartition des tâches. Il y a moins de noms, désormais – Finn et Delia sont partis l'an dernier, après que Howard eut accusé Delia d'avoir piqué dans la caisse du budget d'entretien de la maison pour s'acheter de l'herbe –, mais les corvées sont aussi soigneusement définies qu'avant, se dévidant selon un cycle sans fin que Jim commence à trouver déprimant. De fait, pour être tout à fait franc, ça fait un bon moment qu'il le trouve déprimant.

— Je crains que non. C'est le jour du marché à St Ives. On a un stand.

Il verse de l'eau dans deux tasses, va chercher le lait.

— Vous prenez du sucre ?

— Non.

De son sac à main, la journaliste sort un stylo et un petit carnet noir. Elle l'ouvre à la première page, et il observe le mouvement rapide de la mine ; pose une tasse à côté d'elle sur le plan de travail, se demandant à quoi peut ressembler la cuisine à travers ses yeux à elle. La vieille cuisinière, si peu fiable qu'ils en sont souvent réduits à manger des repas froids plusieurs jours d'affilée, même quand le givre recouvre le sol d'une pellicule blanche. Les rideaux que Josie a teints et cousus main, qui auraient aujourd'hui bien besoin d'être lavés. Le régiment de bouteilles de vin vides sur le buffet, stockées par Simon, qui fait des sculptures à base de bris de verre (quand il arrive à se tirer du lit). Jim éprouve soudain de la reconnaissance envers Helena, se sent coupable de l'avoir houspillée alors qu'elle faisait ça dans son intérêt, dans leur intérêt à tous. Mais cette culpabilité envers elle l'étreint tellement ces temps-ci qu'il arrive à réprimer son impulsion aussi vite qu'elle apparaît.

Il sirote son thé.

— Voulez-vous sortir voir l'atelier ?

— Je me demande… (Ann Hewitt lui sourit, les lèvres pincées.) Accepteriez-vous de me faire visiter la maison pendant que les autres sont sortis ?

Jim hésite. Stephen Hargreaves avait insisté pour que l'entretien ait lieu à la maison – « Ils ont très envie de voir ton lieu de travail, Jim – rien d'indécent. » Mais Howard avait été furieux – avait interdit à Jim de le faire, jusqu'à ce que Jim rappelle calmement à Howard qu'il n'était pas son père, qu'il n'avait pas le droit de lui interdire quoi que ce soit, et que Trelawney House était aussi sa maison à lui, et l'était depuis cinq ans. « Évidemment que je ne suis pas ton père, avait tonné Howard. Mais s'il était là, je suis sûr qu'il te dirait exactement la même chose – tu es un artiste, pas une célébrité. On dirait que tu as du mal à te souvenir de la distinction. »

Ils ne s'étaient pas adressé la parole pendant plusieurs jours – même si ça n'avait rien d'inhabituel, maintenant. Ce fut Howard qui finit par rompre le silence. « Si tu es bien décidé à faire entrer cette femme chez nous, par pitié ne lui montre rien d'autre que la cuisine et l'atelier. Ne la laisse pas fouiner partout, tout voir, nous juger. Et dis-lui de venir le jour du marché. J'ai vraiment pas envie de m'asseoir avec elle pour parler de la pluie et du beau temps. »

*Que Howard aille se faire voir,* se dit Jim. *Que lui et sa suffisance aillent se faire voir. Que ses foutues règles insignifiantes aillent se faire voir.*

— Oui, d'accord, dit-il. J'imagine que ça vous donnera un bon aperçu du lieu.

Après coup, Jim se demandera à quoi il pouvait bien penser en faisant visiter à Ann Hewitt les chambres l'une après l'autre – comme si c'était lui, l'agent immobilier –, répondant à ses questions, si poliment, si innocemment formulées : « Alors ça, c'est la chambre de qui ? » ; « Votre fille Sophie, où dort-elle ? » Il avait même ouvert la porte de la chambre de Josie et Simon, ils n'avaient pas décroché le drap en batik criard qu'ils accrochaient en guise de rideau, et la chambre était plongée dans la pénombre, l'air encore chargé d'une suave odeur d'herbe.

Sa seule excuse, après coup, sera celle qu'il ne pouvait partager avec aucun d'eux – il pensait à Eva. Son esprit était submergé par elle, comme il l'est en ce moment – et l'était tout particulièrement ce matin-là, quand seules quelques heures le séparaient du moment où elle quitterait son esprit pour se matérialiser une nouvelle fois.

Du coup, Jim remarque à peine Ann Hewitt griffonner dans son carnet, ne se rend pas bien compte de ce qu'il lui dit en l'accompagnant à l'atelier. Là-bas, en tout cas, c'est bien rangé, tout est propre et en ordre. Howard a même permis à Cath de balayer ses copeaux de bois et de ranger soigneusement ses outils.

Pendant leur discussion, le temps semble se déformer et se distordre. Quand on frappe à la porte, il a l'impression que des heures, voire des jours, sont passés. Jim est soudain alerte : c'est son signal – convenu, sur l'insistance de Howard – pour demander à la journaliste de partir. Et cela signifie que Jim va bientôt partir, lui aussi.

Il raccompagne Ann Hewitt à sa voiture, où elle lui serre de nouveau la main, le remercie de lui avoir accordé de son temps.

— Vous habitez un lieu très intéressant, dit-elle en s'asseyant derrière le volant. Nos lecteurs seront fascinés, j'en suis sûre.

Il lui fait au revoir de la main, sans prêter attention plus que ça à ses derniers mots. Il ne prêtera plus aucune attention à Ann Hewitt avant plusieurs semaines, quand l'article se retrouvera étalé sur la table de la cuisine, envoyant son onde de choc dans toute la pièce.

Josie a préparé une tortilla au déjeuner. Jim est assis, mange, balaie leur curiosité à propos de la journaliste d'un vague « Oh, ça s'est bien passé, je crois. » Sophie monte sur ses genoux, et il lui donne de la tortilla à la fourchette, même s'il sent l'irritation de Helena. Elle préfère que Sophie mange toute seule, mais il adore être assis comme ça, porter le corps léger de sa fille, coller le nez contre la tête de Sophie, respirer la douce odeur de bébé de ses cheveux.

Avec Sophie, le sentiment de culpabilité de Jim est plus fort qu'avec Helena, plus dur à ignorer. Culpabilité de l'élever ici, à la colonie – un lieu qui lui avait paru jadis si libérateur, mais qui commence maintenant à ressembler à un endroit épouvantable pour élever un enfant À deux ans et demi, Sophie est en manque d'affection et devient difficile. La nuit, elle descend souvent de son petit lit, va de chambre en chambre en pleurant jusqu'à ce que Jim – ou le plus souvent, Helena – ne se lève en titubant pour aller la chercher et l'allonge entre eux sous les couvertures. Et il y a tellement de dangers potentiels : des couteaux non rangés qui restent dehors toute la nuit dans la cuisine ; le terrible précipice au bord de la falaise, et les rochers acérés qui ne pardonnent pas en contrebas.

Jusqu'à récemment, Sophie avait le droit d'aller et venir librement dans l'atelier ; mais un jour de janvier, elle a trempé la main dans les peintures à l'huile de Jim et maculé de taches multicolores indélébiles une des sculptures en bois flotté de Howard. Jim avait trouvé ça hilarant, mais Howard, absolument pas. « Est-ce que quelqu'un, avait-il tonné, ses joues rondes prenant une dangereuse teinte écarlate, peut surveiller la petite ? Elle court partout comme une Indienne aux pieds nus. »

Puisque Sophie n'a plus le droit d'entrer dans l'atelier, alors l'un d'entre eux – lui ou Helena, en général, même si Cath et Josie donnent un coup de main à l'occasion – doit s'occuper d'elle ; et cette tâche incombe le plus souvent à Helena, qui a tout fait sauf arrêter la peinture depuis la naissance de Sophie. Tout cela pèse sur la conscience de Jim – sans parler du fait que, depuis bientôt deux ans, il a été capable, encore et encore, de serrer sa fille dans ses bras, l'aimer de tout son être –, puis de la poser, la quitter, et prendre sa voiture pour aller voir l'autre femme qu'il aime. La femme qui n'est pas la mère de Sophie.

Aujourd'hui, Jim s'en va dès que possible sans éveiller les soupçons. Sophie sort en se dandinant pour le regarder, et Helena la retient, à distance des roues de la voiture.

— Tu rentres demain, alors ? À temps pour le dîner ?

— Oui, à temps pour le dîner.

Il l'embrasse, puis se penche pour embrasser sa fille, qui plisse déjà le visage, prête à pleurer. Il regarde leur reflet dans le rétroviseur en faisant marche arrière puis demi-tour, et s'engage dans l'allée. Sophie pleure maintenant, tape ses petits poings contre les jambes de sa mère ; l'espace d'un instant, Jim pense revenir. Mais il n'en fait rien. Il roule, regarde les silhouettes rapetisser, puis disparaître.

À Bristol, il passe environ une heure avec sa mère et Sinclair. Il leur dit ce qu'il a dit à Helena : qu'il va à Londres en voiture pour passer la soirée avec Stephen et discuter de l'exposition du mois prochain. Il n'ose pas penser au nombre de fois qu'il a eu recours à ce prétexte – Stephen, bien sûr, est au courant de tout – mais ni Vivian ni Sinclair ne semblent particulièrement intéressés. Sa mère est distraite, jette des coups d'œil furtifs dans la pièce pendant qu'ils discutent ; lors d'un bref aparté avec Jim, Sinclair lui confie qu'il s'inquiète pour elle, que ses sautes d'humeur semblent être de retour.

— Il faut retourner chez le médecin, alors. Vite.

Jim parle d'un ton inquiet, mais il a honte, en son for intérieur, de constater que cette nouvelle l'indiffère. Il espère seulement pouvoir vite s'en aller.

Il est dix-neuf heures quand il arrive à l'hôtel – leur hôtel, comme il s'est mis à l'appeler dans sa tête, même s'ils ne s'y sont retrouvés qu'une poignée de fois. Une nuit entière ensemble est un luxe qu'ils ne peuvent s'offrir que rarement.

Il la retrouve au bar, regardant l'étendue grise de la mer, un gin tonic posé sur la table devant elle.

Eva se retourne en l'entendant approcher, et Jim sent quelque chose éclater en lui : l'euphorie de la voir pour la première fois depuis trop longtemps. La montée d'adrénaline quand il voit son visage en sachant que, pour une nuit au moins, et une matinée fugace, il lui appartient.

## Version 1

*L'île*
*Grèce, août 1975*

Sur le bateau en provenance d'Athènes, ils s'assoient sur le pont supérieur, à la poupe, exactement comme la première fois. Les couleurs vives sont semblables au souvenir qu'a gardé Jim des photos prises avec son Nikon : le bleu profond de la mer infinie ; les jaunes blanchis de la terre qui s'éloigne à l'horizon ; le panache de ciel azur.

Il ferme les yeux, sent le soleil sur son visage. Les vibrations du moteur ressemblent au ronron de quelque grande créature inoffensive, étouffant la conversation des autres passagers – une Américaine, tout près, lit à haute voix un livre du Dr Seuss à un petit enfant ; de l'autre côté, une famille grecque partage de la *spanakopita* et des morceaux de feta qui s'émiettent. Il prend la main d'Eva, se rappelant que, pour leur première visite – leur lune de miel ; tout était si nouveau, tout était encore possible –, elle portait une robe à carreaux bleus et blancs, et ses pieds étaient nus et bronzés dans ses sandales blanches.

— Est-ce que tu as toujours cette robe ? dit-il, sans ouvrir les yeux.

— Laquelle ?

— Celle que tu portais pour notre lune de miel. À carreaux bleus et blancs. Ça fait des années que je ne l'ai pas vue.

— Non.

Elle lui lâche la main. Il l'entend prendre son sac à main, fouiller dans ses profondeurs encombrées.

— Je l'ai donnée à la braderie de l'école de Jennifer, Jim. Elle avait plus de vingt ans.

Tandis que le ferry s'approche de l'île, ils vont avec les autres passagers à la proue du bateau : toujours cet accès enfantin d'excitation dès qu'on aperçoit la terre. Il y a la tour de guet croulante à l'entrée du port ; il y a les collines broussailleuses au-dessus de la ville, si étonnamment vertes comparées aux rues desséchées d'Athènes. (Un Athénien qu'ils avaient croisé sur le ferry, la dernière fois, avait fait une blague dans un anglais scatologique impressionnant : « On dit que lorsque Dieu a créé Athènes, il s'est ouvert les tripes et a chié du béton. ») Il y a la ville elle-même – si on peut appeler ainsi cette petite série de maisons, disposées en gradins comme un amphithéâtre autour du port ; le dôme de l'église ; le bar et la taverne sur le quai, où des vieux marmonnent pendant leur partie de backgammon en fin d'après-midi.

Jim se souvient des ânes, aussi : frêles et assaillis par les mouches, abandonnés à midi en plein soleil ; ça l'avait contrarié, et Eva l'avait surpris en disant qu'il ne devait pas juger d'après ses critères anglais. Mais il ne voit pas d'âne, cette fois, et la ville semble avoir doublé de taille. De nouvelles maisons – certaines encore inachevées, les fers torsadés dépassant des blocs de béton armé – s'alignent sur les terrasses supérieures, et les bars et tavernes ont proliféré. À quelques mètres du quai, un couple entièrement habillé de blanc sirote des cocktails à l'ombre d'un auvent à rayures, au son d'un disque d'Elton John qui se répand par la porte ouverte du bar.

Un souvenir lui revient tout à coup, vif et précis. Lui et Eva assis près du port au coucher du soleil avec un verre de retsina. Petros, le barman, servant des doses d'ouzo aux pêcheurs, leur figure épaisse et grêlée comme le cuir estampé. Mais il n'y a plus trace de Petros, désormais, l'homme qui émerge du bar en portant un plateau de verres ornés de petits parasols à cocktail et de cerises confites est jeune et musclé, aussi lisse qu'un bébé phoque. Le petit-fils de Petros, peut-être. À moins qu'ils n'aient aucun lien de parenté.

Tandis qu'ils patientent devant la passerelle avec leurs bagages, Jim se tourne vers Eva.

— Qu'est-ce que ça a changé, tu ne trouves pas ?

— Il fallait s'y attendre, après tout ce temps.

Un garçon les attend, brandissant leur nom, mal orthographié, sur un carton blanc. Il charge leurs bagages sur un chariot, se met en route sans un mot. Ils le suivent, et Jim sent son humeur sombrer. C'était son idée, et elle était bonne, d'après lui, de passer leur quinzième anniversaire de mariage sur l'île qu'ils avaient tant aimée ; une semaine ensemble, en tête à tête. Eva n'était pas sûre, au début ; Daniel n'avait pas encore trois ans – trop petit, se disait-elle, pour qu'on le laisse une semaine entière. Mais peu à peu, Jim l'avait convaincue : Daniel resterait avec Juliane. (La jeune fille au pair, petite-fille des Dührer, était arrivée de Vienne quatre ans plus tôt, et désormais ils n'imaginaient plus la vie sans elle.) Tout se passerait bien pour eux, lui dit-il. Finalement, Eva avait accepté à condition qu'ils ne descendent pas dans le même hôtel. « Ce serait trop horrible, avait-elle dit, si on s'apercevait qu'il a changé au point de ne plus le reconnaître. »

Il semblait qu'elle était préparée aux changements opérés par le temps, contrairement à lui. Jim est conscient d'être beaucoup plus sujet à la nostalgie que sa femme, c'est lui qui capture chaque épisode de la vie des enfants avec son appareil – anniversaires, premiers pas, sorties au cinéma –, lui qui fait développer chaque rouleau de pellicule, examine attentivement chaque fournée de photos. Avec la même urgence, suppose Jim, qui l'avait poussé autrefois à peindre – le besoin de capturer un moment, réel ou imaginaire, avant sa disparition. Et pourtant, lui semble-t-il à présent, la tentative est toujours vouée à l'échec, que ce soit en art (ces barbouillages abstraits dénués de signification sur lesquels il a perdu son temps, qui ne font plus naître en lui qu'un léger embarras et, oui, une certaine tristesse) ou dans ces photos de famille. Il y a toujours un décalage entre l'image inscrite dans sa mémoire – Eva écartant une mèche de cheveux de son visage ; Jennifer dans son uniforme d'écolière, si élégante, si mature et sereine ; Daniel souriant, tout barbouillé dans sa chaise haute – et les photos qu'il étale sur la table de la cuisine.

Tandis qu'ils remontent la pente de la rue pavée jusqu'à leur appartement – il avait appelé l'office du tourisme de l'île, demandé un endroit avec vue sur la mer, une terrasse pour prendre le petit déjeuner –, une phrase vient à l'esprit de Jim. Le genre d'aphorismes qu'on trouve dans les biscuits chinois : *Rien n'est plus permanent que le changement.* Il se le passe en boucle, un disque rayé, jusqu'à ce qu'ils arrivent à l'appartement et admirent ses aveuglants murs blanchis à la chaux ; la fraîcheur bénie des pièces aux volets clos ; la terrasse, étincelante de bougainvillées rouges ; la mer en contrebas qui miroite et scintille. Et là, un poids semble s'envoler des épaules de Jim, et il se dit : *Mais le changement n'est pas toujours pour le pire.*

Une fois que le garçon est reparti avec son pourboire, tirant son chariot vide, ils se laissent tomber avec soulagement sur le lit, épuisés par le long voyage. Jim se réveille le premier. Il fait encore chaud – pour aérer la pièce, ils avaient ouvert les volets, tiré les rideaux de dentelle entre la chambre et la terrasse – mais le soleil descend et une légère brise soulève les rideaux. Il reste allongé un instant, à mi-chemin entre sommeil et rêve. Il a rêvé de leur jardin, à la maison : il était avec Jennifer et Daniel, jouait à cache-cache ; sa mère aussi était là, et Sinclair, et tout le monde demandait où était Eva, mais il n'en savait rien. Jim se tourne sur le flanc, pris d'une angoisse irrationnelle ; mais elle est là, bien sûr, dort profondément, son bras droit replié au-dessus de sa tête comme figé dans le geste d'un au revoir de la main.

Il aimerait tendre le bras, l'attirer contre lui. Il l'aurait fait, quinze ans plus tôt, sans réfléchir – ou, s'il avait réfléchi à quoi que ce soit, c'eût été à la chance qu'il avait eue de la rencontrer ; qu'il était inconcevable de vivre sa vie seul. Mais là, il hésite – Eva dort si profondément, et il sait qu'elle est épuisée : deux interviews à la radio cette semaine, et toutes ces allées et venues à la BBC pour discuter du scénario de *Pressées.* À l'approche de la date de leur départ, Daniel avait été irritable, difficile, se réveillant la nuit, demandant Eva, ne se laissant réconforter que dans leur lit, où il remuait et reniflait, les empêchant de dormir. Là, Jim ne touche pas sa femme. Il préfère se lever, mettre la main sur ses cigarettes et sortir sur la terrasse.

C'est une belle soirée ; les dalles sont chaudes sous ses pieds, la lumière est douce et diffuse. Des bruits montent de la maison en contrebas – une mère appelant son enfant, une fille éclatant de rire, le joyeux gazouillis d'un dessin animé à la télévision. Jim regarde un hors-bord longer la jetée du port, tracer un sillon en V sur l'eau calme. Son esprit, lui aussi, est d'un calme merveilleux, et il se rappelle maintenant que l'île avait eu cet effet sur lui – la capacité d'interrompre le maelström d'idées, de concentrer son esprit sur ce moment, ce lieu.

Pour leur lune de miel, il avait mis ça sur le compte de son sentiment amoureux, de son bonheur, de l'ivresse de ses visions d'avenir ; il est donc surpris, cette fois, de ressentir la même chose, que tout le reste s'évanouisse. L'accumulation vaseuse des décennies écoulées : les années d'enseignement ; la lourde déception de ses ambitions déçues ; son infidélité, lointaine désormais (il n'a couché avec personne d'autre que sa femme depuis Greta) ; sa jalousie devant le succès sans efforts d'Eva (peut-être pas sans efforts – il est bien placé pour savoir que c'est une bosseuse –, et pourtant, dans ses moments de déprime, il ne peut s'empêcher de se dire que tout a été facile pour elle). Tout cela s'évapore purement et simplement, seuls subsistent la chaleur de ces dalles, ce ciel indigo, cette étendue de mer qui s'assombrit.

Il pourrait pleurer de soulagement mais n'en fait rien. Il retourne dans la chambre, se love contre Eva en épousant la forme de son corps, pose la tête au creux de sa clavicule jusqu'à ce qu'elle se réveille, se tourne vers lui, endormie, et qu'il lui dise :

— Je suis heureux qu'on soit là.

## Version 2

*Retour à la maison*
*Paris et Londres, avril 1976*

Le téléphone sonne juste après neuf heures.

C'est une chance qu'Eva soit à la maison pour répondre. Elle vient de déposer Sarah à l'école et serait allée directement à l'université si ses premiers TD n'avaient été annulés – Ida, la secrétaire de la faculté, avait appelé plus tôt pour dire à Eva que deux de ses étudiants étaient malades, sa voix traînante du Mississippi trahissant tout son dédain pour leurs excuses. Du coup, Eva était libre quelques heures. Du temps, résolut-elle lors du court trajet de retour à l'appartement – elle s'arrêta à leur *boulangerie** préférée pour acheter des croissants et des pains aux raisins ; admira l'éclosion cotonneuse des bourgeons sur les arbres de sa rue – qu'elle passerait plongée dans la nouvelle biographie de Simone de Beauvoir que Bob lui avait envoyée de Londres pour en faire la critique.

Mais à peine a-t-elle retiré sa veste, posé les clés et le sac de la boulangerie sur la table de l'entrée que le téléphone sonne.

— Eva ?

C'est Anton. Elle comprend immédiatement, au ton de sa voix, que quelque chose ne va pas.

— Où étais-tu passée ? Ça fait une demi-heure que j'essaie de t'appeler.

— Je viens de déposer Sarah à l'école, Anton.

Il y a une chaise à côté de la table, une vieille chose bancale dénichée par Eva aux puces, en vue de recapitonner son siège pelé. Elle s'assoit dessus, consciente de la sensation de froideur et de vide qui l'envahit.

— Tu n'as pas essayé au bureau ? Qu'est-ce qu'il y a ? C'est maman ?

Un silence, au cours duquel elle entend son frère soupirer.

— Elle est à l'hôpital, Eva. Au Whittington. Elle a attrapé une pneumonie. C'est mal engagé. Tu peux venir aujourd'hui ?

Pneumonie : un mot si curieux. Tout en prenant ses dispositions – appeler Ted, appeler Ida, appeler Highgate, parce qu'elle aimerait entendre la voix de Jakob, oubliant qu'il n'est pas chez eux –, Eva voit le mot projeté dans son esprit, en lettres de craie blanche, imagine un professeur le désigner du bout de sa baguette. *Notez la forme grecque* pn *– étrangère à notre oreille. De* pneumon, *qui signifie poumon.* Les poumons de Miriam : pendant des dizaines d'années, elle a respiré bruyamment dans des sacs, utilisé des inhalateurs en secouant la tête, comme si ce n'était qu'un désagrément mineur.

Ted, rentré tôt du bureau, prend Eva dans ses bras, lui caresse les cheveux. Elle visualise les poumons de sa mère, désincarnés, comme deux ballons de baudruche troués qui se dégonflent.

Ils décident, après en avoir discuté, qu'Eva ira seule à Londres. Nous sommes jeudi, Ted doit rendre deux articles pour l'édition du week-end, et Sarah a un contrôle de français le lendemain matin.

— Venez samedi, dit Eva avec fermeté en fermant sa valise. Donne-moi le temps de voir comment elle va.

Ted, dubitatif, fronce les sourcils à l'autre bout de la chambre.

— Bon… si tu insistes, ma chérie. Mais je préférerais de loin que nous y allions ensemble.

Dans le train pour Calais, la biographie de Simone de Beauvoir posée fermée sur ses genoux, Eva se demande pourquoi elle a insisté pour qu'ils ne viennent pas. Ted aurait pu repousser la date de remise de ses articles, ou les rédiger à Londres, et Sarah aurait pu se permettre de rater son examen. Mais elle avait senti, pour des raisons qu'elle avait du mal à formuler, le besoin instinctif d'aller voir sa mère seule.

Elle repense à la dernière fois qu'elle a vu Miriam. À Noël, ou « Hanoukoël », comme l'a affectueusement surnommé Ted ; depuis son arrivée et celle de la femme d'Anton, Thea, dans la famille, les Edelstein ont intégré dans leurs célébrations la traditionnelle dinde, les guirlandes électriques et même un sapin. Ils s'étaient tous réunis autour de la table branlante de la salle à manger, avaient dîné à la lueur des bougies ; la fille d'Anton, Hanna, ouvrait de grands yeux ronds et gazouillait sur les genoux de Thea.

Après quoi, comme le voulait la coutume, ils s'étaient réunis dans le salon de musique. Jakob avait joué du violon – les vieux airs tristes qui semblaient tout droit sortis de quelque profond puits de mémoire collective – et Sarah s'était mise au piano, avait joué la *Gymnopédie* de Satie qui lui avait récemment valu les honneurs dans sa classe de sixième. Miriam était restée recroquevillée dans son fauteuil habituel ; elle avait l'air fatiguée – Eva et Thea avaient insisté pour qu'elle les laisse préparer le repas – et semblait un peu essoufflée, mais pas plus que de coutume. Elle avait attentivement observé le mouvement des mains de sa petite-fille sur les touches. Puis elle avait fermé les yeux et penché la tête en arrière sur un coussin, un petit sourire au coin des lèvres.

Et pourtant, en y repensant aujourd'hui, Eva se souvient que sa mère était allée se coucher très tôt et que, le lendemain de Noël, elle s'était désistée avant leur traditionnelle promenade dans Highgate Wood.

— Allez-y, mes chéris, avait-elle joyeusement dit au petit déjeuner. Je serai très bien ici avec mes nouveaux livres.

Jakob, Eva s'en rend compte maintenant, s'était inquiété.

— Ta mère fait trop de choses, lui avait-il dit sur le court chemin qui les séparait du bois, bras dessus bras dessous, le reste du groupe parti devant. Parle-lui, Eva. Fais-lui comprendre qu'il faut qu'elle se repose.

Et Eva, caressant le bras de Jakob, le lui avait promis ; mais elle avait passé le reste de la journée à manger, ranger, regarder Sarah et Hanna jouer à quatre mains, et sa promesse lui était sortie de la tête.

Le train poursuit sa course assurée et rythmique en direction du nord, et le remords – si inutile, si impossible à ignorer – étreint Eva. Pourquoi n'a-t-elle pas insisté auprès de sa mère, ne lui a-t-elle pas demandé comment elle se sentait vraiment ; voire proposé de rester à ses côtés quelques semaines ; insisté pour qu'elle prenne du repos ? Mais, en vérité, Eva est certaine que ses efforts seraient restés vains. Miriam n'en a toujours fait qu'à sa tête, ne s'est jamais fiée qu'à ses propres choix. Eva ne saurait la critiquer pour cela, c'est l'une des qualités qu'elle admire le plus.

À Calais, Eva rejoint la file des passagers qui attendent d'embarquer. C'est une journée claire et calme, comme à Paris. La Manche est bleu foncé et vitreuse, et la traversée paisible. À Douvres, elle ne reconnaît son frère qu'après un bref moment d'hésitation : il porte un élégant nouveau manteau en poil de chameau et l'attend à côté d'une voiture inconnue, basse et métallisée.

— Comment va-t-elle ? demande Eva en l'étreignant.

Anton déglutit. De près, son teint n'est pas aussi éclatant que d'habitude : il est pâle et a les yeux cernés d'une teinte bistre.

— Ça avait l'air d'aller un peu mieux quand je suis parti.

Dans la voiture, ils parlent d'autre chose : Hanna, qui ne fait toujours pas ses nuits ; Thea ; Ted et Sarah ; le travail d'Eva à l'université. Elle parle à son frère du cours d'écriture qu'elle a créé, de la joie qu'elle éprouve à titiller les meilleurs étudiants, à amadouer les moins bons. Elle s'étonne de la pointe de fierté dans sa voix : l'enseignement n'était censé être qu'un pis-aller, une façon de remplir son emploi du temps après la séparation d'avec son agent, Jasper. Ce n'était pas une séparation définitive ; il lui transmet encore un chèque, à l'occasion, et demande, de temps à autre, si elle a recommencé à écrire. Et Eva a aussi gardé contact avec Daphne, sa vieille éditrice et amie. Mais dans les deux cas, leurs brefs coups de téléphone affectueux sont sous-tendus par l'acceptation tacite qu'un nouveau livre n'est plus désormais qu'une lointaine possibilité, et qu'Eva semble ne plus éprouver le même besoin pressant d'écrire. Les histoires dans sa tête qui avaient autrefois semblé si impérieuses, si impossibles à ignorer, ne sont plus que de vagues ombres, si elles existent encore. Elle éprouve un malaise désormais : en parcourant la dernière version de son troisième livre – elle avait traîné pendant son écriture, consciente à chaque nouveau paragraphe d'y prendre de moins en moins de plaisir –, elle avait eu l'impression que toutes les ficelles lui sautaient aux yeux et, en bref, elle voyait moins l'intérêt de créer une vie de femme fictionnelle que de vivre pleinement la sienne.

Une fois qu'elle eut fini par admettre cela, Eva n'arriva pas à savoir si elle était déçue ou soulagée. Autour d'un café avec Joséphine, elle lui avait dit que, quand elle n'écrivait pas, le temps semblait s'étirer devant elle, non balisé et sans limites. Quelques jours plus tard, Joséphine l'avait appelée avec un plan en tête : sa vieille complice de sororité Audrey Mills enseignait aujourd'hui l'anglais à l'université américaine de Paris et cherchait un professeur de lettres. « Elle meurt d'envie de te rencontrer. » Le ton tranchant de Joséphine ne tolérait pas la discussion. « Je vous organise une entrevue ? »

À Ashford, Eva glisse dans le sommeil, bercée par la douce vibration de la voiture. Elle rêve qu'elle est de retour chez elle à Paris, qu'elle borde Sarah (à treize ans, elle se laisse encore parfois traiter comme un bébé), éteint sa lampe de chevet, laisse la porte entrouverte, puis va au salon boire un verre avec Ted. Mais c'est sur David qu'elle tombe, pas Ted, dans son costume de mariage gris clair, à boutonnière rose-thé, cheveux brillantinés. « Désirez-vous écouter un peu de musique, madame Katz ? » dit-il en s'avançant pour la prendre dans ses bras. Mais quand elle s'écarte de lui pendant la danse pour lui revenir en tournoyant, elle s'aperçoit que son visage a changé : c'est Jim Taylor qui la regarde.

Elle se réveille quand la voiture s'arrête. Déconcertée, Eva regarde Anton en clignant des yeux.

— On est arrivés, sœurette. C'est l'heure de se réveiller.

Le soir est déjà presque tombé, les lampadaires s'allument en clignotant dans Highgate Hill, et le ciel est d'un bleu profond qui s'épaissit. À l'hôpital, les couloirs sont éclairés au néon et débordants d'activité. Eva emboîte le pas rapide de son frère en direction des ascenseurs. Ils passent devant deux infirmières énergiques et décidées dans leurs uniformes, et un vieil homme en pantoufles et robe de chambre, qui se dirige vers la sortie avec un paquet de cigarettes, des Woodbines.

Eva saisit Anton par le coude.

— On peut attendre un instant ? Je ne me sens pas bien.

— Je sais. Ça m'a fait le même effet quand ils l'ont admise. Mais les visites ne sont plus autorisées après dix-neuf heures, et l'infirmière en chef est terrifiante.

Ils viennent d'entrer dans le service, de donner leur nom aux infirmières, quand une femme aux cheveux gris en uniforme bleu s'approche. Les mots « Infirmière en chef » sont gravés sur un badge en métal au-dessus de son sein gauche.

— Vous devez être la fille de Mme Edelstein. (L'infirmière tend la main.) Dieu merci, vous êtes là. Elle vous réclame depuis son admission.

Ils ont réussi à trouver un lit dans un coin pour Miriam, explique l'infirmière en chemin, avec une fenêtre, une vue. Elle le dit non sans fierté, mais Eva ne voit que le cadre métallique du lit, l'entremêlement des tuyaux, le petit corps de sa mère sous une masse de couvertures – comment se fait-il qu'elle paraisse à peine plus grande qu'une enfant ? Jakob est à ses côtés, assis sur une chaise en plastique. Il se lève à leur approche, embrasse Eva qui ne quitte pas des yeux le visage de Miriam, aussi blanc que les oreillers sur lesquels sa tête repose. Elle a les lèvres sèches et parcheminées, mais tente d'esquisser un sourire.

— Eva, *Schatzi*, dit-elle. Je regrette vraiment d'être un tel fardeau.

Il y a une autre chaise au bout du lit. Eva s'assoit, prend la main de sa mère.

— Ne sois pas bête, Mama. Tu n'es un fardeau pour personne.

Jakob dépose un léger baiser sur le front de Miriam.

— On revient dans une minute, *Liebling,* dit-il, puis il s'éloigne avec Anton.

— Il ne faut pas qu'elle parle trop, dit l'infirmière en chef avant de s'en aller.

Eva tente d'obéir, remarquant le fébrile mouvement de haut en bas de la poitrine de sa mère. Mais il y a tant de choses qu'elle aimerait dire et qu'elle dit donc en silence. *Tu es la femme que je respecte le plus au monde. Je t'aime. Ne me quitte pas.*

Miriam ne dit rien, mais ses yeux sont mi-clos, et Eva sait qu'elle écoute. Puis elle ouvre les yeux en grand, presse la main d'Eva, et dit en allemand :

— Il a essayé de me convaincre de t'arracher à moi. Il a dit : « Ce sera une sale petite créature, tout comme toi, tu ferais mieux de t'en débarrasser. »

Une douleur monte dans la poitrine d'Eva. Elle caresse la main de sa mère, dans l'espoir de la faire taire, mais Miriam continue, sans se démonter, l'éclat de ses yeux scrutant le visage de sa fille.

— Voilà pourquoi je suis partie. Pour aucune autre raison – et ce n'étaient pas les raisons qui manquaient, bien sûr. Je suis partie pour toi. Et je suis si heureuse de l'avoir fait, *Schatzi.* J'ai été fière de toi chaque jour de ma vie.

Eva aimerait bien dire : « Je suis fière de toi, moi aussi, Mama. Comment pourrais-je jamais te remercier ? » Mais les yeux de Miriam se referment brusquement, et il n'y a pas d'autres mots : seul le lent mouvement régulier de la main d'Eva sur celle de sa mère, le bip aigu de la machine d'un autre patient, le faible gémissement d'une femme quelque part dans la salle. Eva regarde Miriam dormir jusqu'au retour de l'infirmière en chef, suivie de Jakob et Anton, qui lui annonce doucement qu'il est temps de partir.

## Version 3

*Géraniums*
*Worcestershire, mai 1976*

Le lendemain des funérailles de Miriam, ils se retrouvent à Broadway, dans une auberge.

C'était une idée de Jim. Il avait traversé la ville en voiture l'an passé, musardant le long d'un interminable itinéraire de Bristol à Londres, avec ce curieux mélange de désespoir et d'euphorie qui est devenu, ces dernières années, la matière de ses humeurs. Les toits de chaume plats ; les murs de pierre crème ; les géraniums qui débordent des jardinières suspendues à la façade des pubs à colombages : tout cela semblait donner une image de la vieille Angleterre qu'il trouvait réconfortante.

Mais à l'époque c'était sans doute l'été. Les géraniums, aujourd'hui, ne bourgeonnent pas, même si les jardinières suspendues et le chaume sont fidèles à son souvenir. Il a réservé une chambre dans le pub le plus somptueux, mais quand le patron les accompagne jusqu'à leur chambre mansardée, au lit à baldaquin en acajou (« La suite Lune de miel, monsieur »), Jim sait instantanément qu'il a commis un impair.

Eva, à la fenêtre, ne répond pas au salut du patron. Après le départ de ce dernier, qui a fermé la porte derrière lui, Jim reste planté un instant sans mot dire, observe le dos raide d'Eva.

— On peut repartir tout de suite.

Il s'approche d'elle, la prend par la taille, respire son parfum.

— Aller ailleurs. Où tu voudras.

— Non.

Elle a beaucoup maigri, il sent les côtes sous ses vêtements. La honte le submerge. Comme il se déteste de ne pas être capable de prendre soin d'elle.

— Vraiment, Jim. Ça ira.

Elle se glisse dans ses bras, se tourne face à lui, et il baisse les yeux sur elle, sur son petit visage blême, ses yeux dépourvus de leur éclat habituel. Il se rappelle avoir lu que le chagrin fait vieillir, mais ce n'est pas le cas d'Eva. Dans son jean et son duffel-coat, elle a l'air incroyablement jeune – à peine plus âgée qu'une écolière.

— Et si on allait au lit ? dit-il.

Elle le dévisage : elle l'a mal compris.

— Non, je veux dire, pour dormir. Tu as l'air épuisée.

— Oui.

Elle traverse la chambre, déboutonne son manteau.

— Oui, je vais peut-être me coucher.

Le lit est dur et inconfortable, les oreillers sont fins, mais Eva s'endort presque immédiatement. Jim s'allonge à côté d'elle, sur le dos, les yeux posés sur le baldaquin. Le tissu est imprimé d'un motif de feuilles et de fleurs vaguement familier – William Morris, se dit-il, se rappelant soudain un fauteuil dans lequel sa mère avait coutume de s'installer durant les soirées d'hiver dans le Sussex, devant la cheminée. Il se rappelle distinctement qu'il s'y asseyait avec elle, lové sur ses genoux, passant le doigt sur les tortillons et les fioritures de chaque tige. À présent, il suit des yeux le contour des motifs pendant que la respiration d'Eva ralentit, se raffermit. Il sait qu'il ne dormira pas. Au bout de quelques minutes, il se lève doucement, prend sa chemise et son pantalon, ses chaussures, ses cigarettes, et ferme la porte aussi doucement que possible, espérant qu'elle ne se réveillera pas avant qu'il revienne.

Dehors, la Grand-Rue est pleine de touristes qui déferlent des autocars, entrent et sortent des magasins de souvenirs et des salons de thé. Jim allume une cigarette, observe devant lui la pénible progression de deux vieilles dames sur le trottoir. Elles ressemblent à des jumelles, avec leur chevelure identique de boucles grises, aussi fines que de la laine cardée, leur manteau de la même couleur. En passant, il en entend une demander à l'autre : « Qu'est-ce que tu en dis, Enid ? Est-ce qu'un scone va gâcher notre déjeuner ? »

Comme il presse le pas, Jim n'a pas le temps de saisir au vol la réponse d'Enid. Plus loin, il repère un autre pub ; il écrase sa cigarette, entre commander une bière, l'emporte en terrasse. Il est presque midi.

À la maison – si l'on peut dire : quand il est avec Eva, les Cornouailles lui semblent aussi lointaines qu'un pays étranger –, Helena arrose le poulet, épluche les pommes de terre, pendant que Sophie lui tourne autour. Helena avait invité ses parents à déjeuner – cela avait été sa principale source de mécontentement quand il lui avait annoncé qu'il ne serait pas là dimanche, que Stephen voulait discuter en détail de l'accrochage de la prochaine exposition. (Jim fait attention à ne pas trop s'appuyer sur Stephen, désormais, dans son répertoire de prétextes.)

« Il faut vraiment que vous fassiez ça ce dimanche ? » avait demandé Helena.

Ils étaient debout dans la cuisine – leur cuisine, qui n'était qu'à eux ; cela fait bientôt trois ans maintenant qu'ils ont quitté Trelawney House après la publication de l'horrible entretien avec Ann Hewitt, qui les faisait passer pour des « monstres de foire, des junkies, des foutus membres des Enfants de Dieu ». Howard, bredouillant de l'autre côté de la table de la cuisine en demandant à Jim et Helena – non, en leur ordonnant – de partir. Helena, rouge et furieuse : « Comment oses-tu ? lui avait-elle sifflé. Je t'avais dit de faire attention à cette femme. » Sophie, sanglotant de façon inconsolable quand ils avaient chargé les valises dans la voiture et quitté la colonie, quitté tout ce et tous ceux qu'elle connaissait.

Jim, dans la cuisine, avait tourné la tête vers le petit jardin du patio où Helena avait planté des herbes en pot, aligné des plants de pommes de terre dans une auge profonde. Il s'était détesté en disant : « Désolé, mon amour. Stephen prend l'avion pour New York lundi. »

Mais même alors, il n'était pas sûr qu'Eva parvienne à se libérer. Cela faisait presque deux mois qu'ils ne s'étaient pas vus, à peine quatre jours que Miriam était morte, et Eva s'était retirée dans son deuil, occupée par la myriade de petites tâches induites par un décès : trouver un rabbin ; commander des fleurs ; préparer sans cesse du thé pour les nombreux amis et voisins qui étaient venus.

David avait pris le premier vol qu'il avait trouvé depuis L.A. Jim ne put s'empêcher d'être jaloux. Ce type avait presque abandonné Eva à l'autre bout du monde et se manifestait seulement maintenant. *Mais, en vérité,* se dit-il avec amertume en sirotant sa bière, *je devrais être reconnaissant à David.* Sa présence avait fourni à Eva une raison légitime de laisser ses enfants pour la nuit et de venir le retrouver. Elle avait dit à David qu'elle avait besoin de rester un peu seule.

Parfois, l'absurdité de leur situation menace de submerger Jim : Eva élève quasiment ses enfants toute seule, en sachant très bien que son mari en aime une autre ; lui est empêtré dans son propre mensonge avec Helena et Sophie. Et pourtant, quand il n'est pas avec Eva, il n'a pas l'impression de mentir : à la maison, il est vraiment là, entièrement absorbé par la paternité. Sophie est plus tranquille, semble-t-il, au cottage – moins encline à se réveiller au milieu de la nuit –, même s'il y a quelques problèmes à l'école : une mère a accusé Sophie de persécuter sa fille, et de constamment lui voler ses jouets. La maîtresse les a convoqués tous les deux, leur a demandé s'il y avait des soucis à la maison. « Mais non, a doucement répondu Jim en prenant la main de Helena. Aucun. »

Les mensonges sortent de sa bouche avec une telle facilité, désormais ; pourtant, il se dit qu'il est plus chaleureux avec Helena, plus attentionné qu'il ne le serait s'il lui était fidèle, si Eva n'éclairait pas sa vision de la vie. Et ce n'est pas son travail qui en a souffert – Jim a fait attention, depuis *Femme, lisant*, à ne plus introduire l'image d'Eva dans ses tableaux. Mais elle est toujours là, bien sûr, dans chacun d'eux. Quand il peint, c'est son visage qu'il imagine, ses yeux mystérieux et intelligents, et leur confiance absolue en son talent.

Plusieurs fois, il a dit à Stephen – le seul à qui Jim se soit confié – qu'il a l'impression d'être partagé en deux, d'être devenu deux personnes distinctes, chacune évoluant pleinement dans son propre monde. La dernière fois qu'il a dit cela – ils étaient devant un verre de whisky, tard le soir, au club de Stephen –, son ami a soupiré, s'est adossé à son fauteuil. « Tel père, tel fils, hein ? »

Les mots de Stephen résonnent à l'esprit de Jim depuis ce jour, et avec eux l'impression qu'il faut agir. Pourtant, chaque fois qu'il envisage d'aborder le sujet avec Eva, il recule. Ils passent si peu de temps ensemble – parfois seulement une heure à Regent's Park entre deux réunions, avant qu'elle aille chercher Sam à l'école – qu'il ne veut pas le gâcher en parlant de l'avenir. Quand ils sont ensemble, c'est comme s'ils n'existaient que dans un présent perpétuel. Et il sait, au plus profond de lui, que cela a son charme propre, que cela lui permet de ne jamais s'accorder au rythme routinier du quotidien.

En vidant son verre, Jim pense à Miriam Edelstein. Un peu plus tôt, à l'auberge – ils avaient bu un café au bar avant de monter dans leur chambre –, Eva avait sorti le livret de cérémonie de son sac, en avait lissé les pliures. Il y avait une photo de Miriam et Jakob sur la première page : jeunes, souriants ; Miriam, le portrait craché d'Eva, en robe d'été sans manches. Jim était resté assis en silence quelques instants, absorbant la photo, ses yeux s'attardant sur les mots étranges imprimés à l'intérieur : cet autre vocabulaire, celui de la foi, pour les morts. *El maleh Rachamim. Kaddish. Hesped.* Il aurait aimé rencontrer Miriam. Il aurait aimé être celui qui était aux côtés d'Eva sur les marches du bureau d'état civil, élégant dans son costume, plissant les yeux face au soleil pendant que sa nouvelle belle-mère, Miriam Edelstein, levait la tête pour l'embrasser et lui souhaiter la plus heureuse des vies.

Là, son verre vide, Jim se lève de table et retourne à leur auberge par la Grand-Rue. Le patron lève les yeux quand il entre, mais Jim ne le regarde pas. En haut, il ouvre doucement la porte, sans savoir si Eva est réveillée – mais elle dort encore, la bouche entrouverte, ses cheveux noirs en éventail sur l'oreiller.

Il se déshabille une nouvelle fois, pose ses vêtements sur le dossier d'un fauteuil et se met au lit. Quand il se blottit contre le corps d'Eva, elle remue, et il dit, dans un demi-murmure :

— Viens avec moi, Eva. Repartons de zéro.

Quelques secondes de silence, au cours desquelles il sent son cœur tambouriner dans sa poitrine. Puis le silence s'étire, rompu seulement par le doux bruit de sa respiration, et il s'aperçoit qu'elle ne l'a pas entendu.

## Version 1

*Les poètes*
*Yorkshire, octobre 1977*

— Un autre ? demande-t-il.

Eva baisse les yeux sur son verre vide. Elle devrait dire non. Elle devrait dire bonne nuit, monter les deux volées de marches vers la sécurité du silence moquetté de sa chambre.

— Oui. Pourquoi pas ?

*Il y aurait tant de raisons de dire non.* Elle regarde Leo s'éloigner vers le bar en lui tournant le dos, verser deux mesures généreuses de single malt. Il est grand, bien bâti, a la démarche décontractée d'un sportif. Il y a un nombre disproportionné de femmes mûres dans son groupe, et elle les a vues le regarder. Le premier jour, elle en a entendu deux aux toilettes glousser comme des écolières :

— Mince, ce Leo Tait est encore plus beau gosse en vrai.

L'autre :

— Mais il est marié, non ?

La première, dédaigneuse :

— Depuis quand ça les arrête ?

En se lavant les mains dans le lavabo – elle avait attendu avec tact quelques minutes avant de sortir de sa cabine, pour être sûre que les femmes étaient parties –, Eva s'était demandé ce que cette femme entendait par *les*. Les hommes ? Les maris ? Les poètes ? Elle supposait que ces derniers avaient la réputation – bien fondée – d'être de mœurs légères (voyez Byron bon sang, ou Burns) mais Eva réprouve cette nouvelle mode consistant à considérer tous les hommes comme une espèce à part et plutôt décevante. Elle avait regardé son propre reflet pendant quelques secondes, se demandant si l'épais trait de khôl qu'elle s'était appliqué sur chaque œil avant le petit déjeuner n'était pas un peu *de trop** ; pensant à Jim qui était à la maison avec les enfants et Juliane ; éprouvant la vieille fureur presque oubliée pour sa trahison. Puis elle s'était reprise, était allée retrouver son groupe, s'était perdue dans les complexités de la ligne et du paragraphe – elle dirigeait un cours d'une semaine sur la relecture et la correction – et n'avait plus pensé à Jim, Juliane ou Leo Tait.

Mais ce soir-là, au dîner, elle s'était retrouvée assise à côté de Leo. Les repas étaient servis à de longues tables, pour encourager la mixité entre les professeurs et leurs étudiants, mais les tuteurs avaient encore tendance à se regrouper en bout de table. C'est là qu'Eva était assise – à côté de Joan Dawlins, une auteure de polars avec qui elle avait autrefois participé à une émission littéraire à la télévision, et face au dramaturge David Sloane, le genre sombre et lugubre qui n'avait encore adressé la parole à aucune des deux – quand Leo s'approcha, un verre de vin à la main.

— Je peux ? dit-il, montrant la chaise vide à côté d'Eva.

Joan minauda :

— Mais bien sûûûr, Leo.

Là non plus, Sloane ne dit rien dit. Mais Leo ne s'assit pas ; il hésita derrière la chaise, comme pour attendre la permission d'Eva.

— Eva ?

Elle leva les yeux de son ragoût, ne remarquant la présence de Leo que maintenant.

— La place est libre, non ?

Juste après avoir dit cela, elle se rendit compte de sa grossièreté. Des plaques rouges peu flatteuses étaient apparues sur la gorge de Joan. (Eva se souvient d'elle, soudain, lors de l'émission de télé : la maquilleuse lui avait frénétiquement appliqué un fond de teint sous les violents éclairages du studio.) Sloane sourit – Eva aurait l'occasion de constater d'ici la fin de la semaine que c'était le genre d'hommes qui se repaît de l'inconfort d'autrui. Elle se tourna donc vers Leo, prête à présenter des excuses, mais il ne parut pas perturbé le moins du monde.

— J'étais ravi de voir que vous enseigniez aussi cette semaine, dit-il joyeusement en s'asseyant. J'adore vraiment vos livres. J'ai raté quelques arrêts de métro en lisant *Pressées.* Et l'adaptation télé est formidable. Ils ont fait du beau boulot.

Soigneusement, Eva posa son couteau et sa fourchette en travers de son assiette vide. Elle n'arrivait pas vraiment à savoir s'il était sincère. Elle déteste la flagornerie – dont elle a souvent fait l'objet depuis son « succès ». De fait, elle ne se voit pas vraiment comme une écrivaine à « succès » – elle craint de ne plus jamais arriver à écrire le moindre mot si elle se considère comme telle – bien qu'elle apprécie les louanges, les critiques, les interviews. Mais en son for intérieur, elle est consciente que rien de tout cela ne compte autant que l'écriture elle-même, quand elle s'assoit le matin devant son traitement de texte, Jennifer et Daniel à l'école, Juliane s'affairant dans la cuisine au rez-de-chaussée, et qu'elle s'offre le luxe de passer du temps entièrement seule. C'est plus que n'en peuvent se permettre beaucoup de femmes, après tout.

— Merci.

Eva dut lui sembler sceptique, parce qu'il se tourna vers elle – elle constata que ses yeux étaient d'un gris acier étincelant et que des fossettes d'enfant se creusaient quand il souriait – et lui répondit :

— Vous croyez que je fais semblant. Mais non, vous savez. Je suis comme ça. Personne ne me prend jamais au sérieux.

— Je n'ai jamais dit ça.

— Bon.

Leo but une gorgée de son vin, sans la quitter des yeux.

— Vous êtes peut-être une exception, alors.

Bien sûr, il flirtait avec elle de façon éhontée et continua pendant le reste de la semaine. Peut-être les femmes qu'elle avait entendues l'avaient-elles bien cerné : Leo avait l'air de très bien savoir ce qu'il faisait. Il prêtait juste assez d'attention à Eva au cours des repas et des réunions du soir pour lui donner l'impression d'avoir été choisie, mais pas suffisamment pour qu'on le remarque. Eva l'observa lui faire la cour – si l'on peut utiliser ce mot désuet – avec amusement. Elle ne fit rien pour l'encourager (il savait qu'elle était mariée, tout comme lui ; cela n'était sans doute qu'un jeu), mais ne lui demanda pas d'arrêter. Plus tard, elle s'apercevrait qu'elle aurait très bien pu le faire, si elle y avait vraiment tenu ; ce qui signifie sans doute qu'elle voulait vraiment continuer à flirter.

Et quoi qu'il en soit, Eva s'est habituée, depuis la mort de sa mère, à cet étrange sentiment de détachement, à l'impression que rien de ce qui lui arrive n'est tout à fait réel. Comme si elle était partagée en deux, voire trois versions d'elle-même – des simulacres qui vivent et respirent – et avait perdu de vue l'original. Elle tenta de l'expliquer à Penelope, mais cela ressemblait à de la science-fiction. Elle sentit que son amie la regardait avec circonspection, comme si elle ne savait quoi répondre. « Le chagrin, ma chérie, finit par dire Penelope. Le chagrin provoque d'étranges choses. Ne te bats pas contre ça. Il faut simplement que tu le laisses sortir. »

Est-ce le chagrin, dans ce cas, qui encouragea Eva à jouer le jeu avec Leo Tait ? À hocher la tête quand il lui proposa, seulement à elle, un verre ? À apprécier la chaleur de la jambe de Leo appuyée contre la sienne, à l'abri des regards sous la table de la salle à manger ? Peut-être au début, mais le quatrième soir – le mardi –, la main de Leo avait glissé sur le genou d'Eva, et elle avait reçu une décharge qui lui avait coupé le souffle, mais elle n'avait pas écarté sa main. Après quoi, le jeu s'intensifia : dans un groupe parti en excursion à Haworth – Lucas, le directeur de la fondation, était obsédé par les sœurs Brontë –, ils s'étaient retrouvés seuls un moment dans un couloir à l'étage. Leo l'avait prise par la taille, lui glissant férocement à l'oreille : « Il faut que je vous embrasse, Eva. Il le faut. »

Elle avait secoué la tête, s'était libérée pour rejoindre le groupe. Tout le reste de la journée, elle avait gardé ses distances, la culpabilité commençant déjà à la ronger, même si elle n'avait rien fait de mal, ne lui avait même pas permis de l'embrasser. Mais cette nuit-là, au lit, elle s'aperçut qu'il s'agissait de culpabilité par anticipation. Elle désirait Leo. Sa décision était déjà prise ; et tandis qu'elle était allongée sans trouver le sommeil, elle pensa à Jim et se demanda s'il avait éprouvé la même chose avec Greta.

Et donc, ce soir : vendredi. Comme le veut la coutume à la fondation, la fin du séminaire est marquée par une série de lectures : deux élèves de chaque cours – roman, pièce, poésie, polar – soigneusement choisis par leur tuteur, puis les tuteurs eux-mêmes. Leo fut le dernier à lire. Tout le monde avait un petit coup dans le nez, et les femmes ne prirent même plus la peine de cacher leur excitation quand il se leva, avec à la main le dernier fin volume de ses poèmes.

« Il peut me faire la lecture quand il veut », dit en aparté une femme assise juste derrière Eva.

Eva aussi regardait, évidemment ; écoutant la belle voix de baryton résonner dans la salle. Elle n'avait jamais lu sa poésie (même si elle ne lui en avait jamais fait l'aveu) et n'était pas préparée à son effet, aux douces fluctuations des mots, à leur délicatesse inattendue. Elle avait imaginé des rythmes puissants, aussi saccadés que des coups de bêche – pas cette vague, qui déferle et se retire, dans un crescendo qui plongea la salle dans le silence un temps, puis deux, avant le crépitement des applaudissements.

Leo revient avec les verres de whisky. Leur troisième ou quatrième ? Il est presque trois heures du matin, et tout le monde est allé se coucher, même Lucas s'est retiré quelques minutes plus tôt, rond comme une queue de pelle ; ils l'ont entendu trébucher sur le palier. Chaque instant qu'Eva passe ici, seule avec Leo, est dangereux, mais elle ne fait rien pour s'en aller.

Quand il arrive à leur table, il ne s'assoit pas.

— Peut-être pourrions-nous les emporter dans ma chambre ?

Ils gardent le silence dans l'escalier. Sa chambre est au deuxième étage, à l'avant de la maison. Les hautes baies vitrées, qui encadrent désormais la nuit, dominent le parking, la route. La chambre d'Eva est plus grande, avec vue sur les jardins, et avoir conscience de cela déclenche en elle une bouffée honteuse d'orgueil.

Eva reste à côté de la porte close, verre de whisky à la main, pendant qu'il fait le tour de la chambre, ferme les rideaux, allume la lampe de chevet. *Il est encore temps,* se dit-elle. *Je peux tourner la poignée de la porte, retourner sur le palier.* Mais elle n'en fait rien, elle laisse Leo s'approcher d'elle, prendre son verre, se mettre à sa hauteur.

— Tu es sûre ? dit-il, et elle hoche la tête, attire le visage de Leo contre le sien.

Puis elle s'abandonne à la sensation pure, à l'exploration de cette nouvelle étendue de peau inconnue, et il n'y a plus de place pour la moindre pensée.

Elle se réveille dans le lit de Leo. Il est tôt – elle n'a pratiquement pas dormi – et la chambre est plongée dans une lumière froide, pourpre. Leo dort encore, respirant doucement par la bouche entrouverte. Au repos, son visage semble d'une jeunesse insolente, bien qu'il ait quelques années de plus qu'elle. Eva s'habille en silence, veillant à ne pas le réveiller ; elle ne fait presque aucun bruit en refermant la porte, regagne sa chambre le plus vite possible. Elle ne voit personne, mais se rend compte qu'elle se fiche de croiser quelqu'un : la honte qu'elle a portée en elle au cours de la semaine s'est curieusement évaporée.

Sous la douche, savonnant le corps qu'il a touché, Eva éprouve un soudain accès d'euphorie. Elle ne reverra jamais Leo, sauf par hasard, dans des soirées, dans d'autres séminaires semblables à celui-ci. Ils ne se sont fait aucune promesse qu'ils ne puissent tenir. Ce soir, elle sera à la maison avec Jim et les enfants ; elle retournera à son autre vie, chantera de nouveau la ritournelle familiale. Ce qui s'est passé là, dans le Yorkshire, elle le gardera pour elle. Elle le portera en silence, comme un galet glissé dans la poche d'un vieux manteau, mis de côté, bientôt presque oublié.

## Version 2

*Le pain d'épice*
*Cornouailles, décembre 1977*

Réveillon de Noël : le ciel est d'un bleu pâle et glacé, la mer lustrée et immobile. Dans le port, une fine couche de givre fond sur le pont récuré des bateaux.

Des couronnes de houx sont accrochées aux fenêtres de la façade de l'Old Neptune, et une branche de gui pend sur le perron, frôlant la tête des pêcheurs qui entrent en se baissant pour aller boire une bière, laissant à leurs femmes le soin de plumer la dinde et de faire les paquets-cadeaux. Chaque fois que la vieille porte en chêne s'ouvre, l'éclat métallique des notes de musique se déverse sur le quai. « When a Child Is Born » ; « Mull of Kintyre » ; « Merry Christmas, Everybody ».

Dans leur cottage de Fish Street – qu'il les a fait rire, ce nom, la première fois qu'ils l'ont vu –, Helena, Jim et Dylan font du pain d'épice. Helena verse le sucre dans le bol, mélange à la cuillère de bois. Son visage rougit sous l'effort, et une boucle de cheveux, qui s'est détachée de sa queue-de-cheval, est collée à sa joue. Jim voudrait se pencher de l'autre côté du plan de travail, lui mettre la mèche derrière l'oreille et sentir la chaleur de sa peau sous sa main. Mais il n'en fait rien.

— Je peux essayer, maman ?

Dylan a huit ans. Grand pour son âge, il a le teint de porcelaine et les cheveux châtains de son père. *Auburn,* dirait Helena : elle a décidé de teindre les siens au henné, laissant dans la salle de bains une désagréable odeur d'herbes amères. Les yeux de Dylan, néanmoins, tiennent de Jim – ce bleu saisissant –, de même que les taches de rousseur sur l'arête de son nez. Parfois, quand il regarde son fils, Jim a l'impression troublante d'être observé par son propre reflet. Ils se ressemblent pour tant d'autres choses : le talent de Dylan pour le dessin (ses crayons HB, que Jim lui a offerts pour son dernier anniversaire, font partie de ses possessions les plus choyées) ; la sensibilité du garçon, sa façon de voir en Helena et Jim les deux facettes de ses propres humeurs.

— J'ai cru que tu n'allais jamais me le demander.

Au-dessus de la tête de Dylan, Helena croise son regard et sourit. Elle semble décontractée, aujourd'hui, taquine, et il sent la tension entre eux se dissiper. C'est un changement perceptible, comme le soleil qui perce une bande de nuages. Quelques fois, récemment, après que Helena eut quitté la pièce, Jim a remarqué qu'il retenait son souffle.

— Tiens.

Helena passe son tablier autour du cou de Dylan, l'attache sans serrer. Il n'est pas tout à fait assez grand pour atteindre le plan de travail facilement, du coup Helena l'installe sur un tabouret.

— N'arrête pas de mélanger.

À l'attention de Jim, elle ajoute :

— Cigarette ?

Ils grelottent à côté de la porte de derrière, observant leur souffle en volutes dans l'air froid. Les herbes de Helena sont regroupées dans la serre de fortune qu'elle a construite avec des caisses-palettes et quelques vieux carreaux de fenêtre, un peu fissurés, qu'elle a trouvés dans une benne à ordures. Elle est douée pour ça – pragmatique, beaucoup plus que lui. Mais fumer dehors, ça, c'est nouveau : une suggestion d'Iris – non, un ordre. À la pensée d'Iris, Jim goûte à la saveur familière et amère de l'aversion.

— Iris vient toujours, c'est ça ?

Il tente de garder une certaine légèreté de ton.

Helena le regarde.

— Oui. Dans une minute.

Elle tire une grosse taffe sur sa cigarette roulée.

— Est-ce que Sinclair a dit à quelle heure ils arrivaient ?

— À l'heure du thé.

— Vers cinq heures, alors.

Il la regarde de profil : ses épais sourcils arqués, la courbe abrupte et les sillons de ses lèvres. Quand ils s'étaient rencontrés à Bristol – cette exposition dans un hangar ; des salles miteuses pleines d'œuvres d'art minables et de vin pire encore –, il avait été submergé par sa vitalité, par la façon dont elle semblait porter l'air marin jusque dans les pores de sa peau. Ça n'avait rien d'illusoire : à Trelawney House, après une soirée bien arrosée, Helena se levait tôt pour partir en balade sur la plage, son visage n'affichant aucun signe des excès de la veille. Il se souvient qu'elle était toujours solaire, à l'époque – il l'avait peinte ainsi. *Helena et les caille-lait jaunes :* sa beauté dépouillée, simple, captée en quelques coups de pinceau. Il ne se rappelle plus à quel moment les tensions sont apparues entre eux, spontanées, comme la petite fêlure qui constelle une vitre. Mais pour lui elle porte un nom : Iris.

Il est à l'étage à l'arrivée d'Iris, enfile un pull avant de filer à l'atelier. C'est une vieille remise badigeonnée, toujours traversée de courants d'air, même si Jim sort tôt chaque matin pour allumer le radiateur électrique. Instinctivement, il se raidit, voit cette femme dans son entrée saluer Helena, se pencher pour embrasser son fils.

Iris est petite, trapue, elle a un large visage anguleux et une coupe au carré de cheveux teints d'un roux peu flatteur. Elle fabrique de grosses poteries bombées qu'elle appelle « sculptures » ; lui et Helena en ont quelques-unes hideusement tapies aux quatre coins du cottage. Elle tient un stand au marché artisanal du dimanche où les vacanciers, à la grande surprise de Jim, se délestent parfois de leur argent pour un bol ou une tasse, mais ce n'est en aucun cas une affaire qui tourne. Iris subsiste, pour autant qu'il sache, grâce à la généreuse contribution d'une grand-tante. Cela lui permet d'adopter l'indifférence aux choses matérielles professée par les hippies, derrière laquelle Jim la soupçonne de dissimuler sa jalousie du modeste succès commercial qu'il connaît. « L'art est pour le peuple, il n'est pas à vendre. La propriété, c'est le vol. J'œuvre à un niveau spirituel supérieur. »

Parfois, quand Iris parle comme ça, Jim est pris d'une forte envie de lui mettre son poing dans la figure. Il n'a jamais, de toute sa vie, détesté personne avec une telle véhémence, et c'est un sentiment qu'il n'arrive pas à s'expliquer. Helena, évidemment, le sent bien, mais sa réaction consiste à camper sur ses positions. Ces jours-ci, elle semble assurément réserver la plus grande part de sa bonne humeur à Iris plutôt qu'à lui.

Dans l'entrée, Jim salue Iris d'un baiser de Judas sur chaque joue. Elle a une peau désagréablement moite qui sent le patchouli. Elle plisse les yeux.

— Il paraît que tu fais du pain d'épice, Jim. Je ne te connaissais pas de talent pour la pâtisserie. Un travail de femme, non ?

Iris lui sourit en coin, la tête penchée. Elle le provoque sans cesse de cette façon, avec son féminisme visqueux et remâché, comme si Jim était une espèce de misogyne, alors que la seule femme au monde qu'il déteste, c'est elle.

— Dylan aussi participe, dit-il, est-ce que ça fait de lui une femme ?

Sans attendre la réponse d'Iris, il se tourne vers Helena.

— Je sors un moment. Préviens-moi quand ils seront là, tu veux ?

À l'atelier, le chauffage diffuse l'odeur âcre de la poussière brûlée, et Marcel est vautré sur le vieux tapis en lirette, ventre à l'air.

— Salut, mon beau.

Jim se penche, le chatouille sous le menton, et le chat se lisse les poils, gigote.

— Mettons un peu de musique, hein ?

Il glisse *Blood on the Tracks* dans le lecteur de cassettes (le cadeau que Sinclair et sa mère lui ont fait à Noël dernier), appuie sur le bouton lecture. Il retire le drap de son chevalet – une vieille habitude, jamais abandonnée, même si Helena ne vient plus que très rarement –, sort de sa poche le tabac à rouler et les feuilles. Les accords tremblotants et chevrotants de *Tangled Up in Blue*, avec son histoire d'une rousse aimée puis perdue. Il chante, prend du tabac, l'étale sur la feuille, regarde le tableau en plissant les yeux.

Les cheveux de la femme ne sont pas roux ; ils sont d'un marron profondément foncé, avec l'éclat d'une châtaigne. Elle se retourne, regarde en direction de l'homme assis derrière elle, sur le canapé de leur salon ; il lui fait face et il est son spectateur, affublé d'une expression que Jim souhaite indéchiffrable. En ce moment, il craint surtout que l'homme – qui est Jim sans tout à fait l'être, comme la femme est à la fois Helena, Eva Katz, et toutes les femmes qu'il a connues – ait l'air trop malheureux.

C'est le troisième panneau du triptyque. Les deux autres, posés contre le mur de l'atelier et enveloppés d'un drap, sont presque les mêmes, hormis quelques variations mineures : sur le premier, c'est la femme qui est assise sur le canapé, et l'homme qui est debout ; sur le deuxième, ils sont tous les deux assis. Jim a changé des petits détails de la pièce, aussi : la position de l'horloge sur le mur derrière le canapé ; les cartes et photos sur le manteau de la cheminée ; la couleur du chat qui s'étire sur le bras du fauteuil. (Un seul est noir et blanc, en hommage à Marcel.)

« Comme le jeu des sept erreurs », avait dit Helena quand il lui avait présenté le concept ; elle plaisantait, mais il s'était senti piqué. Ses aspirations pour le triptyque sont beaucoup plus ambitieuses. Le sujet du tableau, c'est la multitude de chemins que l'on n'emprunte pas, la multitude de vies que l'on ne vit pas. Il l'a intitulé *Quoi qu'il arrive.*

Jim vient à peine de commencer à peindre le visage de l'homme – tapotant légèrement les ombres autour de sa bouche, tâchant d'en relever les coins – quand Helena passe la tête dans l'entrebâillement de la porte. Il faut qu'elle élève la voix pour se faire entendre avec cette musique.

— Ils sont là.

Il hoche la tête, se détourne à contrecœur du tableau, plonge son pinceau dans le pot de térébenthine. Il se penche vers Marcel et éteint le chauffage ; il ne reviendra pas avant plusieurs jours.

Jim n'a jamais aimé Noël – les heures interminables passées à boire et à manger, la bonne humeur forcée. Le Noël qui avait suivi la mort de son père, Vivian venait de sortir de l'hôpital et elle ne s'était même pas donné la peine de se lever. Il n'y avait rien à manger dans le cellier en dehors d'un pot de pâte à tartiner et d'une boîte de vieux biscuits secs, qu'il avait liquidée avant que Mme Dawes, la voisine, avec son flair infaillible pour la détresse, ne sonne à la porte et n'insiste pour qu'il vienne dîner chez elle.

Jim tient dans ses bras le corps chaud et remuant du chat, pose le menton sur le haut du crâne de Marcel.

— Viens, mon beau. On va se mettre au chaud.

Dans la cuisine, il y a l'odeur du pain d'épice qui refroidit, le chœur étouffé des chants de Noël à la radio. (Helena est étonnamment traditionaliste à propos de Noël : quand Howard et Jim avaient tenté, une année, de bannir toute référence à cette fête à Trelawney House, elle et Cath avaient failli plier bagages.)

Vivian parle très fort à Dylan.

— Il ne faut pas essayer de voir tes cadeaux, mon chéri. Il ne faut pas, vraiment.

Elle porte un pull vert avec un renne maladroitement tricoté sur le devant, un bonnet de laine rose et une paire de boucles d'oreilles en forme de feuilles de houx. Elle se tourne pour l'embrasser, et il voit qu'elle a tracé deux épais traits bleus et irréguliers de khôl autour de ses yeux, et que son rouge à lèvres rose a bavé dans les profondes rides de chaque côté de sa bouche.

— Mon chéri, dit-elle.

Sinclair, qui s'approche dans le couloir avec les valises, croise le regard de Jim et articule en silence :

— Ça va pas.

C'est Dylan qui les porte tout au long de la soirée. Il adore sa grand-mère et insiste pour soumettre ses jouets préférés – son ardoise magique ; son ressort magique ; sa figurine de Luke Skywalker – à son examen. Helena sert des assiettes de jambon, fromage et salade ; ils mangent le pain d'épice refroidi en buvant du thé et font une partie de charades qui tombe à l'eau quand vient le tour de Vivian, et qu'elle leur donne le titre du film avant de le mimer.

— Ah, mince, dit-elle, comprenant son erreur.

Ses yeux s'emplissent de larmes.

— Idiote, idiote que je suis.

Jim – se souvenant d'un jeu de son enfance, qui avait tourné au désastre, consistant en une vingtaine de questions qui avaient fait sangloter sa mère au salon – fait diversion en proposant un verre à tout le monde. Après son second sherry, Vivian s'endort sur le canapé, ronflant doucement.

Plus tard, Vivian s'est laissé convaincre d'aller au lit, Dylan s'est endormi, Helena est allée se coucher, elle aussi, et Jim et Sinclair sont assis à la cuisine, partageant le fond d'une bouteille de single malt.

— Ça fait combien de temps qu'elle est comme ça ?

Sinclair hausse les épaules. Jim a déjà vu l'expression affichée par son beau-père sur son propre visage, à l'époque où il habitait avec sa mère dans ce minable appartement de Bristol.

— Trois semaines, peut-être. Quatre. Le traitement faisait merveille – tu le sais – mais je crois qu'elle a arrêté de le prendre. Elle dit que ça lui donne l'impression d'être dans une bulle, qu'elle veut de nouveau sentir les choses.

— Tu n'as pas trouvé les comprimés ?

— Non. Tu sais qu'elle est maligne. Elle vide la boîte. Je crois qu'elle les jette dans les toilettes.

L'horloge de la cuisine fait tic-tac ; dans le vieux fauteuil en coin, Marcel bâille, avant de se rendormir.

— Il faudra appeler le Dr Harris après le nouvel an, dit Jim. Elle va bientôt s'effondrer. C'est trop pour toi.

— Trop pour nous tous. (Sinclair vide son verre.) Elle n'arrête pas d'appeler ton père la nuit, tu sais. C'est la première fois qu'elle fait ça. Quand je tente de la réconforter, elle me frappe.

— C'est terrible, dit Jim, parce que ça l'est vraiment et parce qu'il n'y a rien d'autre à dire.

Puis ils montent se coucher – Jim se glisse aux côtés d'Helena, cherchant la chaleur de son corps ; Sinclair dans la chambre où Vivian dort tranquillement, du moins pour l'instant.

Pendant la nuit – à moins que ce ne soit au petit matin –, Jim est réveillé par les pleurs d'une femme. Il reste immobile quelques secondes, sur le qui-vive ; mais Helena dort, et il n'entend plus rien.

## Version 3

*Dernières lueurs*
*Los Angeles, décembre 1977*

Le soir du nouvel an, David et Eva vont à une fête chez l'agent de David à Hancock Park, Harvey Blumenfeld.

La maison est vaste – évidemment – et construite pour moitié en bois, dans un style pseudo-florentin à tourelles qui rappelle à Eva, curieusement, un voyage scolaire à Stratford-upon-Avon : le cottage d'Anne Hathaway, au toit de chaume, et dont les murs enduits de plâtre étaient ceints de poutres en bois. D'immenses palmiers entourent la piscine flanquée par une petite bâtisse de jolie pierre rouge, équipée d'un four à bois ouvert grâce auquel Harvey en personne – un homme à l'appétit gargantuesque, en particulier pour les effets grandiloquents – s'illustre, lors des soirées d'été plus intimes, dans la préparation de pizzas pour ses invités.

Eva porte une longue robe rose à manches pagodes et décolleté plongeant avec laçage. Elle semblait parfaite à Londres – elle l'avait trouvée dans une minuscule boutique près de Carnaby Street – mais ne convient pas du tout, elle s'en aperçoit dès leur arrivée, à Los Angeles.

Les autres femmes sont en tailleur-pantalon ou liquette à cinquante dollars. Leurs cheveux sont magistralement coiffés en brushing ; leurs bras nus et leurs décolletés ont, pour la plupart, la couleur chaude et uniforme du café au lait. Dire qu'elles sont belles est inadéquat et, dans tous les cas, pas strictement exact : elles sont au-delà de la beauté. Elles sont dorées, lumineuses ; c'est comme si, se dit Eva en observant les invités – parmi lesquels Faye Dunaway, telle une gazelle en pantalon blanc à pattes d'éléphant ; Carrie Fisher, au bord de la piscine, qui bat des cils devant Warren Beatty –, leur peau semblait avoir absorbé la chaleur des projecteurs de cinéma. David aussi a toujours eu cette qualité, qui attire les femmes aussi bien que les hommes, comme des papillons de nuit. Le voilà, à l'autre bout de la pièce, discutant avec une actrice filiforme en chemisier blanc échancré qui le dévore des yeux.

Eva reste seule à boire du champagne, le regard baissé sur son horrible robe rose. Elle a une vision pénible, soudain, de toute sa relation avec David comme d'une séquence en boucle de ces moments-là : une succession de photogrammes de robes inappropriées, portées dans des soirées où elle ne connaît personne.

Enfin, personne, pas tout à fait : il y a Harvey, bien sûr, qui traite Eva avec une courtoisie exagérée dont elle se plaît à croire qu'il imagine européenne.

(« La magnifique *Frau* Curtis ! Comment allez-vous, belle grande dame ? ») Harry est là, mais pas Rose ; ils sont séparés depuis trois ans, après qu'elle eut surpris Harry au lit avec sa dernière petite starlette en date. Mais, au fil des ans, Eva a croisé assez de connaissances de David pour faire le tour de la pièce, passant d'un groupe à l'autre. Elle sait qu'ils ne la considèrent pas vraiment comme une des leurs – comment pourrait-elle l'être, la petite femme qui vit là-bas en Angleterre où elle élève deux enfants – mais ils sont, pour la plupart, courtois avec elle. Une fois, lors d'une soirée donnée à l'occasion des Oscars, une jeune actrice qui s'appelait Anna Capozzi – d'une élégance naturelle dans sa robe noire dos nu – s'était approchée d'Eva, l'avait prise par le bras et lui avait murmuré à l'oreille : « C'est absurde, ce qu'on dit de David. Aucun d'entre nous n'en croit un traître mot. » Elle devait savoir que c'était vrai – que David était, *est* vraiment amoureux de Juliet Franks – mais Eva trouva gentil de sa part de le nier.

Au moins Juliet n'est pas là, elle est rentrée à Londres pour les vacances – une absence diplomatique pour laquelle Eva éprouve de la reconnaissance, sans être dupe. Elle sait que Juliet habite pratiquement avec David. Elle a trouvé d'onéreux parfums et crèmes dans la salle de bains de David, et Rebecca – d'une franchise brutale, comme si elle voulait pousser sa mère à réagir – a dit à Eva que Juliet est souvent là le matin et leur prépare le petit déjeuner. Des piles de pancakes aux myrtilles, des jus fraîchement pressés. Autrefois, la pensée de cette femme préparant le petit déjeuner à sa fille aurait donné envie à Eva de crier de toutes ses forces. Désormais, elle est consciente de la justesse essentielle de cette scène : Juliet est la véritable épouse, alors qu'Eva est l'autre femme, l'intruse.

C'était une idée d'Eva de passer Noël et le nouvel an à Los Angeles. Elle n'avait aucune correction d'épreuves à faire, et ce serait, croyait-elle, l'occasion pour Sam de passer un peu de temps avec son père (David, coincé entre deux auditions, n'est pas rentré à Londres plus d'un week-end depuis l'enterrement de Miriam), et pour tous les deux de passer du temps avec Rebecca, qui habite actuellement chez son père. Elle a dix-huit ans maintenant, est plus grande qu'Eva, a les yeux noirs de David et de grandes lèvres langoureuses. Elle a déjà fait un peu de mannequinat à Londres, et David a fait l'article auprès de ses amis hollywoodiens en la présentant comme… eh bien, « comme un mac », lui dit Eva lors de leur dernière dispute, au téléphone. David fut vertueusement indigné, comme seul un père qui a observé l'existence de ses enfants à huit mille kilomètres de distance peut l'être. « Si tu essaies de l'empêcher de faire ce qu'elle veut, Eva, lui dit-il, tu ne feras que l'éloigner de toi. »

Elle ne voulait pas l'admettre, mais Eva savait qu'il avait raison. Les années d'adolescence de Rebecca avaient été ponctuées de larmes, de claquements de porte, de menaces de fugue à Los Angeles. Leur pire dispute eut lieu le jour de ses quatorze ans : David n'était pas venu pour son anniversaire, contrairement à ce qu'il avait promis. L'habituel coup de fil d'excuses avait suivi – « Je regrette vraiment, ma chérie, mais Harvey a arrangé un rendez-vous avec George Lucas » ; puis un flacon surdimensionné de Chanel N° 5, son habituel calumet de la paix, était arrivé par la poste. Eva, en guise de compensation, avait concocté un repas gastronomique pour Rebecca et quatre de ses amies : cocktail de crevettes, poulet chasseur, omelette norvégienne. Mais le soir venu, ni Rebecca ni ses amies ne s'étaient matérialisées ; et une seule d'entre elles – une gentille fille un peu mal à l'aise qui s'appelait Abigail – avait eu la décence de lui passer un coup de fil. « Je regrette vraiment, madame Katz, avait dit Abigail. Rebecca est sortie en boîte avec les autres. Elle va m'en vouloir à mort que je vous l'aie dit, mais j'étais trop mal à l'aise. »

Lentement, soigneusement, Eva avait enveloppé les plats de film, les avait mis au frigo ; avait rangé les couverts ; retiré *Aladdin Sane* (son cadeau d'anniversaire pour Rebecca) de la platine. Sam l'avait aidée – il avait cinq ans à l'époque ; admirait encore sa grande sœur adorée, mais était précocement sensible aux humeurs de sa mère – puis Eva l'avait couché et était allée s'asseoir pour l'attendre en fumant. Il était presque deux heures du matin quand Rebecca était rentrée ; en apercevant sa mère, elle avait pincé les lèvres en cul-de-poule – sur lesquelles elle avait mis du rouge d'un rose criard et scintillant – et avait dit :

— Si seulement j'habitais avec papa et pas avec toi.

Et Eva – avec une franchise qu'elle regretterait plus tard – lui avait répondu :

— Mais si c'est ce que tu veux, ne te gêne surtout pas pour prendre l'avion.

Rebecca avait plissé les yeux.

— Pourquoi pas. Et là tu le regretteras, pas vrai ?

Mais Eva n'avait jamais pensé que Rebecca mettrait sa menace à exécution – jusqu'à ce que, quatre ans plus tard, après le lycée, Rebecca passe à l'acte. Elle prit toutes ses affaires – ses shorts en jean et ses gilets en daim à franges ; ses cassettes de Bowie ; Gunther, son vieil ours en peluche tout effiloché – et partit pour Heathrow un samedi matin avec des billets d'avion que David lui avait, apparemment, envoyés par la poste.

Une chance qu'Eva tombe sur elle, elle était sortie emmener Sam à l'entraînement de foot. En ouvrant la porte, elle vit sa fille descendre l'escalier en portant un sac à dos et la prit par le bras.

— Mais où est-ce que tu crois aller, là ?

— À Los Angeles.

Rebecca avait dévisagé sa mère – la mettant au défi – et Eva avait vu la résolution de David, la confiance de David, dans ces yeux marron foncé, dans la fermeté du menton de sa fille. Elle ressemblait tellement à son père. Elle avait dix-huit ans ; peut-être valait-il vraiment mieux qu'elle passe un peu de temps avec lui. Du coup, Eva avait décidé de ne pas lutter. Desserrant son étreinte, elle lui avait dit :

— Qu'est-ce qui t'a pris de vouloir partir sans un mot ?

Rebecca s'était déjà un peu radoucie.

— Pardon. J'ai cru que tu essaierais de m'en empêcher.

Eva, dans un soupir, avait tendu la main et glissé une mèche de cheveux derrière l'oreille de sa fille.

— Viens, je te conduis à Heathrow. C'est pas que tu le mérites. Quant à ton foutu père…

Eva avait rangé le sac à dos dans le coffre. Rebecca était montée sur le siège passager, ses jambes dénudées étaient hâlées, parfaites, et avait dit avec détachement :

— Tu le comprends que j'ai besoin de partir, non, maman ? Tu m'étouffes, tu vois. Tu m'étouffes avec ton amour.

Eva s'était détournée, comme pour regarder dans le rétroviseur, et avait cligné des yeux pour évacuer ses larmes. Elles gardèrent le silence pendant que Bowie les accompagnait sur la M4. (Qu'elle lui semblait encore romantique, cette portion de route sans charme, pour la simple raison qu'elle menait dans les Cornouailles, qu'elle menait jusqu'à Jim.) Au terminal, Rebecca fut mortifiée – « Pardon, maman, vraiment » – et Eva, refusant de laisser la colère gâter leurs adieux, lui acheta quelques cadeaux pour le voyage : un poudrier Christian Dior, une paire de Ray-Ban. Rebecca avait même un peu pleuré quand elles s'étaient dit au revoir. Puis elle était partie : une minuscule silhouette en short et bottines, voûtée sous le poids d'un énorme sac à dos.

Pendant le trajet du retour vers Sam et un appartement vide, les mots de sa fille étaient passés et repassés dans la tête d'Eva. *Tu m'étouffes.* Cela frappa Eva. Elle avait fait son choix, non une, mais deux fois : elle avait misé non sur Jim, sur une chance de trouver le bonheur avec lui, mais sur ses enfants, sur la certitude que leur bonheur devait avant tout reposer sur une mère qui fût fidèle – du moins sur le papier – à leur père. Elle avait pensé divorcer de David et mettre son amour pour Jim dans la pleine lumière du jour. Mais chaque fois qu'elle y pensait, elle voyait ses enfants – la façon dont Rebecca resplendissait quand elle voyait son père ; la façon dont Sam conservait précieusement chaque affiche de film et chaque programme de théâtre de David, ses photos dédicacées. Elle avait pensé faire entrer Jim dans leur vie – construire un foyer ; retisser les fils disparates de leurs familles décomposées – mais avait senti monter une bouffée de pur effroi.

Elle avait fait passer ses enfants d'abord – tous les deux l'avaient fait : Jim avait privilégié sa fille, Sophie – et cela, Eva se le disait maintenant, l'avait rendue surprotectrice. Elle se souvint de la fois, juste après être rentrée d'une de ses rares nuits avec Jim, où elle avait insisté pour que Rebecca passe tout le week-end à la maison au lieu de sortir avec ses copines ; elle avait voulu que la présence de sa fille, d'une certaine façon, compense la profonde douleur de l'absence de Jim. Elle se souvint aussi des après-midi où, rentrant d'une heure ou deux arrachées à Regent's Park, elle avait interdit à Sam d'aller chez un copain après l'école. La culpabilité l'avait conduite à oppresser les enfants. En revenant par la M4, Eva s'était dit qu'il fallait qu'elle cesse d'agir ainsi. Que la meilleure mère n'était peut-être pas, contre toute attente, celle qui tentait de protéger ses enfants, mais celle qui était franche, heureuse, fidèle à sa personnalité et à ses propres désirs.

À Los Angeles, la soirée se poursuit au champagne, puis avec un groupe de musique et un feu d'artifice à minuit. À une heure, les roues de lumière fument encore, et la foule d'invités se fait plus clairsemée. Ceux qui veulent continuer à faire la fête iront au Chateau Marmont, ou dans les chambres des motels qui jalonnent l'autoroute. Eva et David n'en seront pas car Sam et Rebecca sont à la maison (encore faut-il que Rebecca y soit restée – Eva la soupçonne d'avoir fait le mur avec la voiture trop rapide que David lui a achetée pour ses dix-huit ans). Ils rejoignent donc l'Aston Martin de David, la fraîcheur et l'humidité de la nuit californienne, l'odeur de laurier-rose et d'essence et celle, âcre, des dernières lueurs du feu.

David a ouvert le toit ; Eva met son châle autour de ses épaules quand il s'engage dans l'allée, dans un crépitement de graviers sous les pneus.

— Tu as froid ? demande-t-il, en lui jetant un coup d'œil.

— Non. Ça va. C'est rafraîchissant.

Depuis la route, ils voient les lumières de la ville scintiller comme les feux d'avions distants. Eva pense à Jim, bien sûr, comme toujours : à l'impression de solidité et de protection qui se dégage de sa silhouette ; à la façon dont, chaque fois qu'elle le voit, elle a l'impression que le reste du monde devient flou.

Elle repense à cette journée et cette nuit à l'auberge de Broadway, au lendemain des funérailles de sa mère, quand Jim était revenu de sa promenade, s'était lové contre elle, et lui avait demandé de partir avec lui, tandis qu'elle faisait semblant de ne pas avoir entendu. Elle avait aimé qu'il le lui demande – évidemment – mais elle venait de perdre sa Mama, les enfants leur Oma bien-aimée, et l'idée de leur imposer une autre perte, un autre bouleversement, lui avait tout simplement été trop difficile à envisager.

Elle pense à ce que doit faire Jim en ce moment ; est-il allongé aux côtés de Helena, pensant à la dernière fois qu'Eva et lui ont fait l'amour ?

Elle pense à ce qu'elle avait éprouvé en lui écrivant cette lettre, il y a tant d'années, en la portant à bicyclette dans King's Parade tandis que les lampadaires s'allumaient en clignotant, et en sentant son cœur se briser – pas au sens métaphorique, mais avec une douleur physique : coupé en deux.

Elle pense à Jim devant la bibliothèque municipale de New York, ses mains froides enfoncées dans les poches, l'attendant, scrutant la foule de passants à la recherche d'un visage qui n'apparaît pas.

Elle se dit : *Ça n'a que trop duré.*

Elle se dit : *Il est temps.*

— Il faut que ça cesse, David.

La voix d'Eva semble d'une force surnaturelle, flottant vers lui à travers le silence de la route.

— Je n'en peux plus. Je ne comprends même pas à quoi on joue.

David regarde la route défiler. Son profil est aussi familier à Eva que le sien – elle aura quarante ans cette année ; elle le connaît depuis plus de la moitié de sa vie –, et pourtant elle est frappée par le peu de chose qu'elle sait de l'homme qu'il est devenu. Il n'est qu'un visage sur une affiche, aux yeux dénués d'expression, insondables.

— Tu as raison, dit-il.

Il s'exprime prudemment, comme s'il choisissait les mots dans une langue qu'il ne maîtrise pas complètement.

— Nous avons trop fait traîner.

— Je suis amoureuse.

Elle ne s'attendait pas à le dire maintenant.

— Je sais. Et Jim te mérite, Eva. Je suis sincère. Il n'a jamais cessé de t'aimer.

Eva passe la main sur le délicat tissu rose de sa robe. Une bribe d'un poème – T.S. Eliot : elle lui était entièrement dévouée, à Cambridge – lui traverse l'esprit. *Des pas résonnent en écho dans la mémoire / Le long du corridor que nous n'avons pas pris*[1]. Tous les efforts qu'ils ont faits, le secret, ces couches de mensonges et de semi-vérités minces

---

1. Extrait de « Quatre quatuors », in *La Terre vaine et autres poèmes*, éditions du Seuil, collection « Points », 2006, traduction de Pierre Leyris.

comme du papier à cigarette. Tout cela disparu – balayé.

— Depuis quand es-tu au courant ?

— Je crois que je l'ai toujours su.

Elle déglutit. Ils passent devant un motel dont l'enseigne est à moitié grillée, les lettres au néon *TEL* flottant comme un fantôme dans les ténèbres.

— Est-ce que Rebecca est au courant ?

— Je ne sais pas vraiment. Elle n'a jamais abordé le sujet.

Eva respire un peu mieux – elle en parlera à sa fille et aussi à Sam, mais en temps voulu.

— Nous n'avons pas été francs avec eux, hein ?

— On ne l'a pas été l'un envers l'autre, dit Eva.

— Ça, je n'en suis pas sûr.

David tend le bras vers le tableau de bord pour prendre ses cigarettes. Il en allume une, la lui passe.

— Nous avons fait ce qui nous a semblé la meilleure chose à faire, Eva. Et pas par respect pour je ne sais quelle idée du devoir – je t'aimais, tu sais. Je t'aime sans doute encore. On n'est simplement pas faits l'un pour l'autre, non ?

Ils fument en silence. *C'est un chic type, au fond*, se dit Eva. *Il a vraiment fait de son mieux.* Ils croisent une décapotable qui klaxonne : quatre jeunes qui traînent, Deep Purple vociférant sur l'autoradio. Eva passe leurs têtes en revue à la recherche de Rebecca, mais sa fille n'est pas parmi eux. Elle s'adosse à l'appuie-tête, fumant la cigarette jusqu'à la dernière bouffée amère, pensant que tout peut brusquement changer ; pensant à ce que dira Jim quand elle lui racontera ce qu'elle a fait.

Devant la maison de David – ce cube moderniste d'acier, de béton et de verre ; cela a toujours été chez David, pas chez elle –, la voiture s'arrête doucement dans le ronron du moteur. Ils restent assis un moment, aucun des deux vraiment disposé à rentrer.

— Sois heureuse avec lui, Eva, dit David. Je veux vraiment que tu sois heureuse.

Elle tend le bras, pose la main sur son visage. C'est la première fois depuis des mois qu'elle le touche – des années, même – et la sensation de la peau douce de David sous sa paume la fait frissonner : peur, regret et le doux souvenir du plaisir de l'avoir aimé, ou d'y avoir cru. D'avoir cru qu'il le fallait.

— Je crois qu'on va l'être, David. Je crois vraiment.

## Version 1

*La terre*
*Bristol, février 1979*

On enterre Vivian un vendredi matin. La plus froide des journées de février, le ciel gris et un air humide qui vous humecte la peau, même s'il ne pleut pas.

L'herbe de la cour de l'église est gelée ; elle craque sous leurs pas quand ils sortent. Tout au long de cette lente procession – Jim est à l'avant gauche du cercueil, porte sa part de poids, le bord coupant inconfortablement posé sur son épaule –, il ne pense qu'aux fossoyeurs, au temps qu'il a dû leur falloir pour creuser la terre, pour fendre la surface du sol et atteindre la terre chaude et émiettée en dessous.

Il n'a jamais assisté à un enterrement. À des funérailles, si – celles de Miriam remontent à presque trois ans – mais toutes furent des incinérations : de brefs services conclus par un dénouement théâtral, le cercueil disparaissant derrière une paire de rideaux comme par magie. Des funérailles de son père, Jim se souvient seulement de cette lente danse de velours rouge, du vrombissement mécanique quand le cercueil s'éloigne vers des lieux inconnus. Sa mère immobile et mutique sur le banc à côté de lui (le médecin était passé à la maison ce matin-là, lui avait donné quelque chose pour « qu'elle reste tranquille ») ; le tissu de laine peignée gris foncé de ses culottes courtes, rêche contre ses cuisses.

Quand la police lui annonça la nouvelle par téléphone, Jim supposa – quand il finit par recouvrer ses idées – que les funérailles de sa mère seraient du même type. Mais il se trouva que des plans avaient été faits, des promesses données. Vivian allait à l'église depuis plus d'un an. Cela n'avait pas étonné Jim quand elle le lui avait dit : sa mère avait souvent, dans ses périodes d'euphorie, développé des lubies soudaines, imprévisibles. Il y avait eu une phase particulièrement pénible aux premières années de l'adolescence de Jim où elle avait flirté avec la philosophie Wicca, et où il trouvait d'étranges petites offrandes tout autour de la maison – brindilles tressées, nid plein d'œufs de caille, amas de têtes de marguerites séchées.

Ainsi, Vivian avait voulu, dit Sinclair, être enterrée dans sa nouvelle église. Elle avait horreur de l'incinération, craignait de rouler vers les flammes encore vivante, sans que personne l'entende crier.

Jim ne dit pas : *Si ma mère voulait un enterrement chrétien, peut-être aurait-elle dû y réfléchir à deux fois avant de se jeter d'un pont.*

Il fait tout son possible pour témoigner sa sollicitude à Sinclair, qui se sent responsable – bien que Jim ne lui fasse aucun reproche, pas plus qu'il ne s'en fait ; peut-être même moins. C'est Vivian qui avait refusé de prendre ses comprimés ; ils les avaient trouvés cachés dans un sac plastique à l'intérieur du réservoir des toilettes du rez-de-chaussée. C'est Vivian qui avait voulu *sentir* de nouveau. C'est Vivian qui avait broyé un somnifère, l'avait mélangé au single malt que Sinclair buvait à l'heure du coucher, puis était sortie de la maison à la dérobée vers trois heures du matin pour aller jusqu'au pont pieds nus sur le froid asphalte noir.

C'était une simple passerelle, qui enjambait une portion quelconque de route nationale. Dieu sait pourquoi elle avait choisi cet endroit-là. C'est un automobiliste, naturellement, qui l'avait trouvée. Il dit à la police qu'il l'avait vue tomber – avait vu une femme plonger, sa chemise de nuit luisante sous les réverbères. « Elle souriait, dit-il. J'en suis sûr. Je ne l'oublierai jamais. »

Jim le sut parce qu'il avait demandé à voir la déposition de l'automobiliste. En la lisant, il s'était rappelé, soudain, une histoire qu'il avait autrefois entendue dans un pub de Bristol. Il était rentré de Cambridge pour les vacances, était sorti seul un soir boire une bière au White Lion. Le type était grand, beau gosse, avait environ le même âge que lui ; assis au milieu d'un groupe d'employés de bureau blafards en costume bon marché. Il avait raconté à ces types, avec un léger accent de Bristol, l'histoire d'une ouvrière, abandonnée par son fiancé, qui s'était jetée du pont suspendu de Clifton et qui avait doucement atterri en vol plané, ses grands jupons victoriens formant une sorte de parachute. Elle avait survécu, incroyablement. « Elle a vécu jusqu'à l'âge de quatre-vingt-cinq ans », avait dit le type. Il était curieux que Jim ait gardé un souvenir si vivace du visage de cet homme. « Une légende de son vivant. »

Au bord de la tombe, les jeunes gars du fossoyeur s'avancent pour porter le cercueil en terre. Quelqu'un – l'un des fossoyeurs, suppose Jim – a recouvert le sol nu de feutrine. Sur fond de terre noire, le tissu vert fait bon marché, artificiel. Jim laisse sa part du poids de sa mère aux bons soins des jeunes gars – qui sont de vrais hommes, les muscles saillants sous la veste de leur costume noir – et sent une main se glisser dans la sienne. Eva. Sinclair est de l'autre côté – l'ombre d'un homme, vidé, comme traversé par un courant d'air. Jennifer et Daniel sont derrière eux, chacun tenant la main de Jakob.

— Qu'est-ce qu'il fait le monsieur, Opa ? demande Daniel à Jakob en un murmure sonore tandis que le prêtre – gros homme pataud à la figure douce et bonne ; bien sûr qu'il est bon, pour avoir permis à Vivian des funérailles dignes de ce nom – s'avance au bord de la tombe.

— Il dit au revoir, Daniel, répond Jakob dans un murmure. Nous disons tous au revoir à grand-mère.

Puis les voitures noires les ramènent chez Sinclair – dans l'esprit de Jim, ça n'a jamais été chez sa mère – où Eva et ses tantes ont préparé le buffet, sorti le vin, le sherry, la bière. Il se verse un verre de whisky – le dernier d'une bouteille qu'il a offerte à

Sinclair pour Noël, mais qu'il a presque sifflée à lui tout seul lors des précédentes soirées de veillée – et regarde Eva circuler parmi les invités. Elle est restée mince, compacte ; ses cheveux noirs – attachés en chignon bas – font ressortir les quelques mèches grises, mais à vrai dire, on pourrait encore la prendre pour une jeune fille.

Sa compagne. Son épouse. La femme qu'il connaît mieux que toute autre – mieux, certainement, qu'il a jamais connu sa mère, elle et ses insondables réserves de tristesse. Elle a fait tellement de chemin, elle est loin de la fille qu'elle fut jadis, là-bas avec sa bicyclette sur les berges de la Cam. Eva est désormais, d'une certaine façon, une personnalité : elle est connue, reconnue. Il y a quelques semaines, un homme qui avait à peu près le même âge que Jim les avait accostés au restaurant, pour dire à Eva combien il l'admirait, sans même jeter un seul regard en direction de Jim. Et ça ne l'avait pas dérangé – pas comme autrefois. Il avait mis un terme, au cours de ces merveilleuses vacances en Grèce, à son atroce amertume. Et à son retour chez eux, il ne s'était pas senti aussi bien depuis des années – plus proche de sa belle et brillante épouse ; débordant d'amour pour ses enfants ; trouvant satisfaction dans l'enseignement, dans la possibilité d'inspirer chez autrui son amour de l'art et tout ce qu'il signifie pour lui.

Et pourtant, elle est peu à peu réapparue, subrepticement, cette vieille sensation d'échec, d'ambition contrariée. *Un mari, un père, un professeur d'arts plastiques :* ennuyeux, laborieux, fiable. Pas un véritable artiste ; pas comme son vieil ami Ewan, qui expose à la Tate. Récemment, dans une soirée, Jim avait entendu malgré lui quelque nouvelle connaissance d'Eva – un producteur télé, en costume bleu brillant – lui demander pourquoi son mari n'avait jamais envisagé de devenir « un vrai peintre, comme son père ».

« Oh, mais Jim est un vrai peintre, avait répondu Eva. Et très bon, avec ça. »

Jim s'était senti fier de la loyauté de sa femme, de la tendresse de son aveuglement délibéré. (Cela fait des années qu'il ne peint plus.) Et pourtant ses mots l'avaient aussi piqué au vif. Pendant des jours, il s'était demandé si Eva croyait vraiment à ce qu'elle avait dit – si c'était, en bref, sa version de la vérité, et ce que cela disait de la personne qu'elle continue de voir en lui. De quel droit, désormais, Jim pourrait-il vraiment se prendre pour un artiste, quel qu'il soit ?

La veillée passe dans un brouillard de visages. « Au moins elle ne souffre plus », dit quelqu'un – une femme qui doit avoir le même âge que sa mère, les cheveux gris, de petits yeux bleus aux paupières roses. Jim hoche la tête, incapable de savoir quoi répondre. Seule sa tante Patsy semble avoir quelque chose de sensé à proposer.

— Tu as fait tout ce que tu pouvais pour elle, Jim. Tu étais son fils chéri – tu étais tout pour elle –, mais au final, même cela ne suffisait pas, hein ? Rien ne suffisait.

Elle fronce les sourcils quand Jim se sert un nouveau whisky. Il a apporté une seconde bouteille de Londres.

— Tu devrais faire attention avec ça. Boire jusqu'à l'hébétude ne te fera pas moins souffrir.

Il sait que sa tante a raison : il boit trop. Il ne peut pas le reprocher à sa mère, non plus – ce serait trop facile. Depuis des mois, Jim a pris désagréablement conscience du soulagement qui accompagne le premier verre – l'impression qu'il reconfigure le monde, le rend compréhensible.

L'après-dîner est le meilleur moment (plus tôt, parfois, le week-end). Le stress de la journée est retombé, Daniel est couché, Jennifer fait consciencieusement ses devoirs, Eva est sortie – en général, Jim ne sait plus où ; elle lui a peut-être proposé de l'accompagner, peut-être pas –, et la cuisine est silencieuse, son éclairage tamisé. Le deuxième verre fait du bien, lui aussi, et le troisième : là, les couleurs de la pièce se réchauffent, et la soirée devient celle de tous les possibles. Ce n'est qu'après le quatrième verre, le cinquième, que l'éventail des possibilités se réduit, et que les ombres de la pièce s'allongent. C'est alors qu'il se demande où est passée Eva, où ils sont tous passés, pourquoi un tel silence règne dans la maison. C'est alors que Jim sent une grande et profonde solitude le gagner, et avec elle l'impression troublante que ce ne sont pas les traces de son père sur lesquelles il marche, mais celles de sa mère. Car c'est sans doute ce qu'a dû ressentir Vivian à ses heures les plus sombres, par cette nuit sans lune où elle a refermé la porte derrière elle pour sortir pieds nus. Jim se dit alors qu'il est vraiment le fils de sa mère, et cette idée le remplit de peur. Du coup, il se ressert un verre.

Un peu plus tard – il fait nuit dehors, et les fenêtres de la cuisine projettent des taches de lumière sur la pelouse bien tondue devant la maison –, Eva prépare du café. Elle pose une tasse devant Jim – il est assis à la table de la cuisine, d'où il n'a pas bougé depuis longtemps. Les autres doivent être partis, il n'a conscience que de la présence de sa femme, de Sinclair, et du murmure de la télévision au salon.

— Je l'ai laissée tomber, dit Sinclair. Je regrette tellement, Jim.

Jim regarde son beau-père, ce visage doux, quelconque, insignifiant.

— Tu n'as rien à regretter, Sinclair. Tu n'y pouvais rien.Personne n'y pouvait rien.

Il a répété la même chose, avec des variantes, encore et encore, pendant des semaines. Il continuera de le dire, mais cela ne suffira jamais. Il n'arrivera jamais à faire comprendre à Sinclair, lui faire vraiment comprendre, que les ténèbres habitaient Vivian, et que même si elle en avait peur, les détestait, il y avait des moments, aussi, où elle ne voulait rien tant que s'y plonger, pour en laisser les eaux se refermer au-dessus de sa tête. Jim la comprend, et c'est pourquoi il tend la main vers la bouteille de whisky, verse une généreuse dose dans sa tasse de café.

— Jim…

La voix d'Eva est douce, inquiète, mais il secoue la tête.

Il se lève, prend la tasse, va dans le couloir, ouvre la porte de derrière.

Le froid est lent, insidieux. Jim ne le remarque pas tout d'abord, mais ses doigts tremblent quand il prend son tabac à rouler, ses feuilles et ses filtres. Il tâtonne, maladroit ; maudit ses mains, le froid, tout, jusqu'à ce qu'Eva arrive, lui prenne le tabac et leur roule une cigarette. En silence, ils fument, regardent la sombre silhouette gelée des arbustes en hivernage. Ils fument parce qu'il n'y a plus rien à dire. Ils fument jusqu'à ce que leur visage souffre du froid et qu'il soit temps de rentrer.

## Version 2

*Le petit déjeuner*
*Paris, février 1979*

C'est Ted qui tombe sur la nécrologie dans le journal.

Ils prennent le petit déjeuner : café et brioche, la station d'informations internationales de la BBC à faible volume, les journaux étalés sur la table de la salle à manger. Ted préfère toujours lire les journaux à la maison, mais Eva ne peut se joindre à lui que le vendredi, désormais – les autres jours, elle commence à neuf heures à l'université. Souvent, elle arrive en avance, pour une heure de lecture, de préparation, une façon de rassembler ses pensées en silence.

Le bureau d'Eva est au deuxième étage de la fac d'anglais : petit mais lumineux, ses fenêtres encadrant les vastes branches de la cime d'un platane, ses murs couverts d'un alignement d'affiches de films et de reproductions de couvertures de livres encadrés. Le plaisir qu'éprouve Eva dans cette petite pièce, meublée exactement selon son goût, ne cesse de la surprendre. Elle adore leur appartement, avec son fouillis typique d'une vie de famille (la guitare de Sarah, posée contre le canapé ; les journaux de Ted ; le linge qui sèche au plafond de la cuisine sur l'étendoir à l'ancienne), mais rien ne lui donne le sentiment d'être à elle, et rien qu'à elle, autant que ce modeste cagibi de la fac.

Même en ce moment, tandis qu'elle parcourt un article sur la grève des routiers, Eva a déjà la tête à cette petite pièce, méditant sur la pile de nouvelles qu'elle a posées sur son bureau, la lettre de recommandation qu'elle a accepté d'écrire pour une candidature à un master de Harvard. Du coup, elle ne fait pas vraiment attention à Ted quand il lui dit :

— Jim Taylor. Tu le connais de Cambridge, non ?

— Jim Taylor ?

Eva lève les yeux, remarque la gravité de l'expression de son mari.

— Qu'est-ce qui lui arrive ?

— Sa mère est morte. Un suicide, apparemment. C'est horrible.

Il replie soigneusement son exemplaire du *Guardian* en deux, le lui fait passer. *Vivian Taylor, la veuve du peintre, meurt à 65 ans.* Ce n'est pas la notice nécrologique principale, plutôt un court texte de bas de page accompagné de la petite photo en noir et blanc d'une femme menue dans une robe à motif, l'homme à ses côtés est plus petit, plus trapu. *L'enquête attribue les causes de la mort à un suicide. Elle laisse un fils, Jim, lui-même peintre de renom, et deux filles, Frances et Patricia.*

Eva regarde une nouvelle fois la photo. Vivian ne sourit pas vraiment, mais l'homme qui lui passe le bras autour – son mari, Lewis Taylor – rayonne. Il n'est pas bel homme – plutôt petit, visage poupin, tout le contraire de Jim – mais il a un certain charisme débraillé, léonin, tangible, même sur trois centimètres de photo granuleuse sur papier journal. Mais Vivian, *veuve d'artiste, mère d'artiste. Comme c'est affreux,* se dit Eva, *que sa vie ne soit définie qu'en rapport avec les hommes qu'elle a aimés.*

De l'autre côté de la table, Ted la dévisage.

— Tu la connaissais ?

— Non. (Eva pose le journal.) Même lui, je le connais à peine. D'ailleurs, ce n'est pas à Cambridge que je l'ai connu, mais plus tard, à New York.

— Ah, pardon.

Il passe déjà à autre chose, aux journaux français, prend l'édition du jour de *Libération.*

— Au temps pour moi.

Plus tard, au bureau – à l'heure du déjeuner, alors qu'un embouteillage s'accumule dans la rue et que débute l'exode du week-end, les étudiants criant et s'esclaffant dans les couloirs –, Eva ressort la nécrologie, la pose sur la lettre de recommandation inachevée pour Harvard. Il y a un peu de Jim, sans aucun doute, dans l'expression de Vivian, dans la silhouette de son corps svelte. Elle est étonnée qu'ils n'aient pas utilisé une photo de Jim – c'est surtout son visage à lui qui est connu ; Eva a récemment lu dans un article qu'un de ses tableaux s'est vendu aux enchères pour une somme stupéfiante. Peut-être le rédacteur pensait-il que ce serait trop douloureux pour lui, pour sa famille. *Bizarre, aussi,* se dit-elle, *qu'on ne fasse pas mention de Helena, ou de leur fils. Comment s'appelle-t-il ? Dylan. Un beau garçon : cheveux noirs et brillants, des yeux curieux, éblouis par le soleil, tendant le bras vers quelque chose hors champ.*

Dans le tiroir de son bureau, Eva prend une carte postale sur laquelle est imprimée l'adresse de l'université. *Trop banal,* se dit-elle. *Trop professionnel.* Elle tombe sur une carte achetée au musée Rodin : *La Vague.* Trois femmes accroupies sous une déferlante figée d'onyx verdâtre. Pas de Rodin, mais de Camille Claudel. *Veuve d'artiste, mère d'artiste :* Jim trouvera-t-il la résonance significative ? Elle décide de courir le risque qu'il n'en soit rien.

*Cher Jim,* écrit Eva. *Je vous présente toutes mes condoléances pour la disparition de votre mère.* Elle biffe le mot « disparition », observe un moment la carte gâchée. Elle n'en a pas d'autre sous la main ; il faudra qu'il lui pardonne cette rature. Elle écrit « mort » à la place : toute autre chose serait évidemment un euphémisme. *Je n'ai pas d'autre mot à vous offrir : c'est dans des moments pareils, je pense, que nous voyons à quel point la langue est impuissante. L'art dit tout cela bien mieux, n'est-ce pas ? J'espère que vous trouvez encore la force de travailler. Je pense à vous...*

Eva s'interrompt, se tapote le menton du bout arrondi de son stylo. « Souvent » serait une exagération : elle ne pense à Jim Taylor que rarement et furtivement – quand elle se lave les mains, ou ferme les yeux au moment de s'endormir ; dans ces instants d'inattention où son esprit se laisse aller à imaginer ce qui aurait pu advenir. Elle laisse sa déclaration telle quelle. Sincère, mais ambivalente. Puis elle ajoute : *Avec toute mon affection et mes amitiés, Eva Simpson.* L'adresse de la galerie de Jim à Cork Street sur le côté droit de la carte, et c'est fait.

Elle retourne la carte, la regarde quelques secondes – elle n'arrive pas vraiment à percevoir l'expression des trois silhouettes de bronze prises sous ce promontoire d'eau solidifiée – puis la met dans la poche de son manteau pour la poster plus tard.

Les quelques heures suivantes s'écoulent tranquillement. Elle est seulement interrompue par une étudiante – Mary, première année stressée de Milwaukee, impatiente de savoir ce qu'Eva pense de sa nouvelle avant le cours de lundi ; et par Audrey Mills, qui lui apporte du café et des gâteaux de la pâtisserie du coin. Audrey est une femme imposante et aimable dont les épais cheveux gris tombent toujours en natte sur une épaule. Elles parlent des sujets habituels : les étudiants, les partiels, les travaux que le mari d'Audrey fait dans leur maison de campagne au sud de Versailles ; le livre de Ted (il a écrit la moitié d'un ironique petit guide du caractère français à l'usage des Anglais) ; celui de Sarah.

— C'est le concert de la mi-trimestre ce soir, non ? demande Audrey en avalant une dernière bouchée de millefeuille.

Eva hoche la tête.

— Il commence à cinq heures. Je ferais mieux de terminer cette lettre de recommandation et de filer. Je vais me faire tuer si j'arrive en retard.

À quatre heures, Eva retire la lettre de recommandation terminée de sa machine à écrire, la plie soigneusement et la glisse dans une belle enveloppe crème. Puis elle enfile son manteau, vérifie dans son sac à main qu'elle a pris les clés de la voiture, son portefeuille, son poudrier. Dehors, le couloir est vide, plein de réverbérations ; ses talons claquent promptement sur le parquet quand elle descend l'escalier, puis elle souhaite au gardien solitaire, Alphonse, *un bon week-end**.

La circulation du vendredi après-midi est encore dense, il lui faut une éternité pour rejoindre l'avenue Bosquet avec sa petite Renault, et ça ne roule plus à partir du pont de l'Alma. Il est déjà quatre heures et demie. Eva tapote impatiemment le volant, tâche de se rappeler qu'il y a pire endroit pour se retrouver coincé dans les embouteillages : c'est une journée terne et fade, mais les grands immeubles gris de la rive droite sont d'une beauté austère, une étude en monochrome.

Elle observe la lente progression d'un petit bateau sur les eaux polluées de la Seine et se surprend à penser à sa mère – à une visite de Miriam et Jakob à Paris un été, peu après son mariage avec Ted. Ils avaient pris un bateau-mouche de Notre-Dame à la tour Eiffel. La chaleur sur le pont ensoleillé du bateau était accablante, et Sarah difficile, ne cessant de réclamer une glace. Pour la calmer, Miriam avait sorti une brique de jus d'orange de son sac à main que Sarah s'était débrouillée – volontairement, soupçonnait Eva – pour renverser sur sa nouvelle robe blanche. Eva avait aboyé sur sa fille, puis sur Miriam. Au pied de la tour, elles avaient abandonné leur projet de prendre l'ascenseur jusqu'au dernier étage, pour rechercher la fraîcheur d'un café proche.

Eva revoit sa mère : sortant un mouchoir de son sac ; les yeux obstinément baissés sur le dessus de la table pendant que Ted et Jakob discutaient avec tact, et que Sarah n'en avait que pour la glace qu'Eva n'avait pas eu le cœur de lui refuser. Elle avait soudain eu très honte d'elle ; elle avait tendu le bras de l'autre côté de la table, pris la main de Miriam et dit en allemand : « Pardon, Mama. Excuse-moi. » Et Miriam avait répondu : « Ne sois pas bête, *Schatzi.* Qu'y a-t-il à pardonner ? »

Elle pense encore à Miriam à cinq heures et quart, quand elle arrive à l'école. Ted attend près de la grande porte, tête rentrée dans les épaules à cause du froid.

— Ne t'inquiète pas, dit-il quand elle le rejoint, épuisée. Ils n'ont pas encore commencé. Merci, la ponctualité française, pas vrai ?

Eva l'embrasse, elle aime sa capacité à garder son calme en toutes circonstances. Il est impossible de se disputer avec Ted : il écoute, réfléchit, n'élève jamais la voix. Elle ne l'a vu se mettre vraiment en colère qu'une poignée de fois, et même alors ce n'était visible que par ses joues qui s'empourpraient et le ralentissement emphatique de son phrasé. *C'est si facile d'aimer un homme pareil,* se dit-elle, et elle lui prend le bras, traverse le couloir avec lui jusqu'au hall principal. Et c'est aussi facile pour Sarah de l'aimer, car il lui voue une affection décontractée, spontanée. Les voir ensemble fait furtivement regretter à Eva, parfois, qu'il n'ait pas eu d'enfant de son côté. Ted le lui avait dit lors d'une des toutes premières soirées qu'ils avaient passées ensemble dans son appartement de St John's Wood, d'une voix sourde et cassée qui semblait trahir sa peur de la perdre, de perdre ce dans quoi ils s'engageaient avec prudence, sur la pointe des pieds. Mais Eva l'avait attiré à elle et lui avait dit avec une assurance qu'elle n'éprouverait sincèrement que plus tard : « J'ai une fille, Ted. Sois un père pour elle. Soyons reconnaissants de ce que nous avons. »

Sarah est l'une des dernières élèves à passer. Eva retient presque son souffle quand elle la voit émerger des coulisses et s'asseoir sur le tabouret au centre de la scène, poser la guitare sur son genou. Elle ressemble tant à David – sa taille, son élégance naturelle et ses traits saillants – et pourtant elle a si peu de l'inébranlable confiance de son père. *Comment pourrait-il en aller autrement,* se dit Eva, *puisqu'elle ne l'a jamais vu plus de deux fois par an depuis l'âge de cinq ans ?*

Eva se demande parfois si la timidité de sa fille – il a fallu des semaines à son maître de musique pour convaincre Sarah de participer au concert – s'est développée en réaction à la célébrité de David. Ici, à l'école internationale, parmi des enfants d'écrivains, de diplomates et d'hommes d'affaires, les parents de Sarah passent presque inaperçus. Mais cela n'avait pas été le cas à Londres : elle avait subi du harcèlement, des petits coups de coude et des chuchotements, des insultes. Eva avait soutiré des informations à Sarah au compte-gouttes, à la dérobée. *Tu te crois spéciale, pas vrai, juste parce que ton père passe à la télé ?* Eva n'aurait rien tant voulu que courir à l'école et prendre la directrice par la peau du cou pour qu'elle mette un terme sur-le-champ aux souffrances de sa fille. Mais elle s'était retenue, dans l'intérêt de Sarah. Elles avaient attendu que ça se tasse. Peu de temps après, Ted lui avait demandé de l'épouser, avait évoqué la possibilité de s'installer à Paris, et voilà.

Sarah reste figée sur scène, sans quitter le sol des yeux. Pendant dix secondes, peut-être vingt, le silence s'abat sur la salle. Eva est saisie par la peur que sa fille se lève et s'en aille ; elle serre la main de Ted si fort qu'il lui montrera plus tard les marques qu'elle a laissées dans sa paume. Et puis, au bout d'un long moment, Sarah commence à jouer. Et elle joue bien, Eva savait qu'elle jouerait bien, avec une certitude qui dépasse sans doute la fierté naturelle d'une mère. Sarah a hérité de l'aptitude naturelle d'Oma pour la musique ; pendant qu'elle joue, il y a une agitation perceptible chez les autres parents, comme si tout le monde retenait son souffle. Et plus tard, il y a des applaudissements, pendant lesquels Sarah se lève, rougissante, clignant des yeux, comme si elle avait oublié qu'on l'observait.

Comme promis, ils emmènent Sarah dîner dehors, avec sa meilleure amie Hayley, et les parents de Hayley, Kevin et Diane. Kevin et Ted discutent immobilier – Kevin est courtier à Chicago, spécialisé dans l'acquisition d'appartements haut de gamme pour expatriés. Hayley et Sarah partagent des secrets en bout de table, leur visage à moitié caché derrière un rideau de cheveux. Diane – petite femme squelettique aux manières d'une élégante du sud des États-Unis – se penche vers Eva, son carré Hermès imprégné de parfum Chanel.

— N'est-ce pas incroyable qu'elles soient déjà si grandes ?

— Absolument.

Dans l'esprit d'Eva, sa fille reste le bambin joufflu qui rampe sur le tapis du salon, ou l'enfant de cinq ans qui balance ses petites jambes potelées sur les balançoires de Regent's Park. Parfois, quand Sarah entre dans la pièce, Eva doit cligner des yeux pour effacer le souvenir de la petite fille qu'elle fut jadis.

Elle a oublié la carte postale qu'elle a écrite à Jim Taylor quelques heures plus tôt et qui est toujours non affranchie dans la poche de son manteau : un manteau qu'Eva accrochera à la patère en rentrant à l'appartement et ne portera plus pendant près d'une semaine. Elle ne glissera plus sa main gantée dans la poche avant la toute fin de cette journée. Puis, en sortant la carte, elle la relira, et se demandera ce qui a bien pu lui prendre d'écrire une chose pareille. *Qu'est-ce que Jim Taylor peut bien avoir à faire,* se dira-t-elle, *des creuses platitudes d'une femme qu'il connaît à peine ?* Elle jettera donc la carte postale dans la corbeille à papier sous son bureau et n'y pensera plus pendant de nombreuses années.

## Version 3

*La terre*
*Bristol, février 1979*

— Je peux faire quelque chose ? demande Eva.

C'est la première fois qu'ils se voient depuis longtemps. Il l'avait entendue approcher – ses chaussures avaient fait crisser le gravier – mais elle ne lui avait pas tout de suite adressé la parole. Elle était restée derrière lui, un peu à l'écart, mais il avait senti sa présence aussi sûrement que si elle avait parlé ; la même bouffée de joie stupéfiante, toujours aussi puissante. Instantanément, il avait eu honte : rester seul au bord de la tombe de sa mère, pendant que les autres s'en allaient lentement, et ressentir de la joie ?

— Reste là, c'est tout.

Les doigts gantés d'Eva s'enroulent autour de ceux de Jim, daim noir sur laine grise épaisse. C'est elle qui lui a acheté les gants et un manteau neuf, les lui a offerts dans un élégant sac à rayures. Jim avait tenté de dire que c'était trop, mais elle avait secoué la tête. « Prends-les, mon chéri. Permets-moi de faire ça pour toi. »

Il est content du manteau, maintenant. L'air est glacial, le saisit au visage, au cou. Il a du mal à savoir depuis combien de temps il est là, combien de temps a passé depuis la dernière poignée de terre, le sobre discours du pasteur. *Par notre Seigneur Jésus-Christ, qui changera nos frêles corps à l'image de Son corps glorieux.* Dix minutes ? Une demi-heure ? Le pasteur – un homme doux et bon – a fermé sa bible et s'est éloigné. Les employés des pompes funèbres se sont retirés en parfaite osmose. Il y avait eu un murmure parmi les personnes présentes. Sinclair, à ses côtés, s'était tourné vers lui dans l'expectative, comme s'il attendait son signal. Sophie avait commencé à lui caresser la main.

— Papa, j'ai froid.

Jim n'avait pas bougé. Il était resté là jusqu'à ce que tout le monde soit parti, même Eva, qui n'était pas à ses côtés, où il aurait aimé qu'elle fût, mais derrière, tenant Jakob par le bras. (Il avait fait une chute quelques semaines plus tôt, et marchait encore avec une canne.) À son autre bras, il y avait Sam, silencieux, le teint grisâtre dans son costume noir trop juste. Rebecca était derrière lui, ses cheveux noirs spectaculairement torsadés et attachés, une horrible couche de vernis brun-rouge sur les ongles. Elle ne voulait pas venir – son groupe de la Royal Academy of Dramatic Art répétait depuis longtemps *Le Conte d'hiver* – mais Eva avait insisté. Jim avait entendu leur discussion murmurée dans l'obscurité, l'appartement de Regent's Park n'est pas assez grand pour quatre – encore moins pour cinq, maintenant que

Sophie est venue vivre avec eux. Le ressentiment couve dans les espaces exigus, parfois, en ouvrant la porte d'entrée, Jim le sent alourdir l'atmosphère comme un nuage de fumée stagnante.

Les disputes éclatent à une fréquence épuisante, mais seulement entre certains adversaires : Rebecca et Eva ; Sophie et Jim. Dans les autres cas, la dynamique est trop fragile, trop incertaine, pour donner libre cours aux motifs de mécontentement. Avec Eva, Sophie est timide, monosyllabique, insensible aux bienveillantes tentatives d'ouverture de sa belle-mère (une journée shopping à la recherche de chaussures pour l'école, endurée dans un silence pesant ; une sortie ciné ; un concert de l'orchestre de Jakob). Eva et Jim font preuve de patience avec elle, soupçonnant que la décision de Sophie de s'installer à Londres – de quitter son école, ses amis, sa vie dans les Cornouailles – fut moins dictée par son indulgence envers Jim que par l'altération de ses rapports avec sa mère. Helena est désormais plongée, Jim le sait par Sophie et les lettres au vitriol que Helena continue d'envoyer à Jim, dans une série d'aventures avec des hommes plus jeunes. Le dernier en date a le même âge que Rebecca – un électricien qui s'appelle Danny et dont elle a fait connaissance, dit Sophie, quand il est venu réparer un câble au cottage. « C'est écœurant, a dit Sophie à Jim, avec une dignité blessée qui lui est allée droit au cœur. Je ne veux plus jamais la revoir. »

Pendant ce temps, Rebecca – furieuse qu'Eva ait insisté pour qu'elle habite chez eux pendant son cursus à l'Académie, au lieu de gaspiller de l'argent dans un appartement hors de prix – a plus ou moins l'air d'avoir décidé d'agir comme si Jim n'était tout simplement pas là. Et Sophie semble avoir assez peur de Rebecca, de sa beauté, de son insouciance et de son habitude de déclamer ses textes d'audition, d'une voix forte, devant la glace de la salle de bains. Sam est le seul à être relativement insensible aux bouleversements de la maisonnée – il est doux, studieux, amateur de football, de voyages dans l'espace, de technologie : des passions que Jim ne partage pas, mais pour lesquelles il essaie du mieux qu'il peut de montrer de l'intérêt. Alors non, l'appartement, ce n'est plus possible, Jim et Eva reconnaissent qu'il leur faut trouver un lieu à eux – un endroit neuf et lumineux. Un endroit pour prendre un nouveau départ.

Seul au bord de la tombe – toutes ces pensées, et d'autres (Vivian mélangeant des couleurs dans le cellier du cottage du Sussex ; Vivian, frêle et le regard vitreux, aveugle, à l'hôpital), lui passent par la tête –, Jim est vaguement conscient de se donner en spectacle. Il voit presque sa propre image, filmée en plan large : celle du fils, telle une sentinelle frappée par le chagrin, au bord de la tombe de sa mère. Mais tandis qu'il reste planté là à côté de la fosse fraîchement creusée et son revêtement rutilant de feutrine verte, il prend moins conscience de son chagrin que d'une curieuse vacuité. D'un épuisement. D'un soulagement. De l'inertie qui s'empare de vous après un événement redouté depuis longtemps.

— La voiture attend, dit doucement Eva.

Jim hoche la tête, il a complètement oublié la voiture noire, le chauffeur et sa casquette à visière. Eva lui presse la main, et ils s'en vont. Le parking de l'église est presque vide, désormais, seules s'y trouvent la petite Citroën d'Eva (il n'y avait pas de place pour tout le monde dans la familiale), et cette berline noire, où indistinctement, à la portière arrière, il voit un visage de femme collé à la vitre fumée. Le teint pâle, des yeux bleus écartés. Un tressaillement le prend aux tripes : Helena. Il cligne des yeux, regarde à nouveau. Les traits du visage de la femme se recomposent dans ceux d'une jeune fille. Sophie.

Quand Jim avait annoncé à Helena qu'il la quittait, son visage s'était affaissé et déformé comme si elle venait de recevoir un coup de poing. Il aurait voulu la plaindre, et pourtant Helena lui était apparue si laide, son chagrin si vengeur et effréné – *une femme bafouée* – qu'il ne pouvait rien faire de plus que simplement passer la porte et la refermer derrière lui. Et au final, c'était plus ou moins ce qu'il avait fait : il avait fermé la porte de la cuisine au son des larmes de Helena, au milieu des débris de vaisselle jonchant le carrelage. (Helena lui avait jeté des assiettes à la figure ; plus tard, dans son atelier, elle lacérerait ses toiles de plusieurs coups de couteau.)

Jim avait regardé en haut de l'escalier, la porte ouverte de la chambre de Sophie – elle était à l'école –, puis il avait pris sa valise et était parti. Un peu plus tôt, il avait déposé une lettre sur son oreiller, expliquant, du mieux possible, les raisons de son départ ; lui disant qu'elle serait toujours la bienvenue chez Eva et lui. Beaucoup plus tard, il comprendrait que c'était une grave erreur de ne pas en avoir discuté avec sa fille face à face. Il ne se doutait pas qu'il ne reverrait pas Sophie pendant trois mois, ou que six mois plus tard, Helena l'appellerait pour lui dire, d'une voix sourde et venimeuse, que Sophie voulait quitter les Cornouailles pour aller habiter chez lui. « Elle t'a choisi, dit-elle. Et voilà, Jim. Tu m'as pris tout ce que j'ai. J'espère que tu es heureux, maintenant. »

L'horrible vérité, c'est qu'il l'était vraiment, heureux : pas d'une façon agréablement superficielle – des sourires Kodak fixés sous le ciel d'un bleu immaculé –, mais au plus profond de son être. Ce type de bonheur était moins un état, il s'en rendit compte, qu'une forme de sincérité, une impression de justesse fondamentale. Il l'avait connu quand il était avec Eva à Cambridge et l'avait de nouveau recherché avec Helena : il avait trouvé quelque chose de réel avec elle, quelque chose de vrai, mais pas ça. Et puis, tant d'années après, Jim avait retrouvé le bonheur avec Eva – du moins une variante de ce bonheur, mais embrouillée, compliquée.

Toute cette complexité s'était envolée, néanmoins, le 8 janvier 1978. La date précise restait gravée dans son esprit. Eva venait de rentrer de Los Angeles, et ils s'étaient réservé une nuit entière dans leur hôtel du Dorset. Il sut immédiatement que quelque chose avait changé – eut peur qu'elle ait finalement résolu de le quitter. Mais ce fut tout le contraire : elle quittait Katz.

« C'est toi, Jim, avait-elle dit. Ça a toujours été toi. » C'est ainsi que cela se fit : cette sincérité, ce glissement de deux objets distincts dans l'harmonie. Jim était rentré en voiture le lendemain dans les Cornouailles et avait fait ses valises.

Là, il raccompagne Eva à sa Citroën, où Jakob, Sam et Rebecca – la famille d'Eva et désormais celle de Jim – attendent.

— À tout à l'heure, dit-il, et il l'embrasse.

Puis il s'assoit sur la banquette arrière de la familiale.

— Je vous raccompagne chez vous, monsieur ?

Jim a envie de dire au chauffeur : « Cet endroit n'a jamais été chez moi. » Mais il lui répond :

— Oui, s'il vous plaît. Pardon de vous avoir fait attendre.

La maison de Vivian et Sinclair n'est pas loin de l'église ; ils auraient pu marcher, de fait, mais les fossoyeurs ont insisté pour qu'ils y aillent en voiture. Ce sont les confins de Bristol, où la rocade et les immeubles de construction récente débordent sur des caniveaux envahis de mauvaises herbes et des champs broussailleux. À la fenêtre de la voiture, un bref défilé de commerces – un restaurant chinois, un lavomatique – laisse place au vaste domaine d'une école, aux cris désincarnés montant d'une cour invisible. Il est midi et demie : l'heure du déjeuner.

— Tu as faim, ma chérie ?

Sophie se tient bien droite et immobile à côté de lui, ses joues encore striées de larmes séchées. Elle secoue la tête, et Jim veut tendre les bras vers elle, comme il l'aurait fait, sans réfléchir, il y a quelques années.

Ce n'est que lorsque Jim était allé la chercher en voiture dans les Cornouailles qu'il avait commencé à comprendre toute l'étendue de la colère de Sophie. Il avait rempli le coffre et la banquette arrière de ses caisses, ses manuels scolaires, sa collection d'atroces poupées trolls au visage rabougri en plastique et à la tignasse fluo. Dans l'entrée du cottage – Helena, à son grand soulagement, était absente –, il avait serré sa fille contre lui, l'avait sentie raide et insensible dans ses bras.

— Je suis ravi que tu viennes, avait-il murmuré dans les cheveux de Sophie. On l'est tous les deux. Eva et moi.

— Si je viens, avait froidement répondu Sophie, c'est parce que maman me donne envie de vomir.

Vivian aussi avait été en colère, à un point tel que Jim en fut surpris. Elle et Helena n'avaient jamais été particulièrement proches, croyait-il. Mais quand elle apprit ce qu'elle appela la « désertion » de Jim, Vivian lui avait passé un horrible coup de fil chez Eva. (« Espèce d'animal », lui avait-elle sifflé ; il entendait Sinclair en fond, sa voix apaisante. « Allons, Vivian, arrête, il n'y a aucune raison d'en arriver là. ») Elle lui avait aussi écrit des lettres – des pages entières couvertes de sa grosse écriture ronde. *Tu ne vaux pas mieux que ton père. Égoïstes, tous les deux. Vous ne pensez qu'à vous et vos foutus tableaux.* Finalement, elle était venue le voir en personne. Eva avait ouvert la porte ; Vivian l'avait poussée de côté, impérieuse, sa bouche formant un trait rose irrégulier sous un chapeau à large bord.

« Qu'avez-vous fait de mon fils ? » avait-elle dit.

Si Vivian avait été une femme différente – sa maladie, une maladie différente – la scène eut presque été comique : une satire sous la plume d'Oscar Wilde. *Un cabas ?* Mais personne ne trouva ça drôle.

« Tu as détruit la vie de ta fille », avait dit Vivian à Jim, pendant qu'Eva préparait du thé, l'observant d'un air préoccupé.

Puis, buvant son thé, Vivian avait ajouté : « Vous avez détruit ma vie. Tous les deux. »

Jim avait su, alors, comme il l'avait soupçonné depuis le début, que c'était en réalité à son père que Vivian en voulait : à son père et à elle-même.

Il avait reconduit sa mère à Bristol ce soir-là – elle était sortie de la maison pendant que Sinclair prenait un bain, sans lui dire où elle allait. Vivian s'était presque aussitôt endormie dans la voiture, l'éclairage de la route faisant passer sur son visage des éclairs orange au fil des kilomètres. Jim avait passé la nuit dans la chambre d'amis, et à son réveil, sa mère avait retrouvé son équanimité – pour le moment, du moins. Avant qu'il s'en aille, Sinclair l'avait pris à part.

« Je ne crois pas qu'elle prenne son traitement, avait-il dit, mais les médecins ne feront rien à moins qu'elle tente de se faire du mal. Je ne sais plus quoi faire. »

Jim n'avait rien trouvé d'autre à lui dire que de ne pas s'inquiéter : qu'elle irait sans doute mieux, avec le temps, avec ou sans traitement, comme chaque fois jusque-là. Mais près d'un an plus tard, Vivian avait mis un somnifère dans le whisky du soir de Sinclair et était sortie de la maison au petit jour. Un automobiliste l'avait trouvée le matin au pied d'un pont tout proche. Elle n'avait pas laissé de mot.

À la maison, les tantes de Jim ont servi des assiettes de sandwichs et de friands. Eva, arrivée quelques minutes avant, coupe des tranches de gâteau éponge. La maison n'est pas pleine : il y a peut-être vingt personnes, formant de petits groupes où l'on parle à voix basse. Stephen et Prue sont là, et Josie et Simon, venus des Cornouailles. Même Howard et Cath ont envoyé leurs condoléances, sous la forme de dessins au crayon à motifs imbriqués de Cath – une bouteille de lait, une poignée de tulipes, *Toutes nos condoléances* écrit en dessous au crayon à pointe fine.

Jim est dans un coin du salon avec Stephen, fume une cigarette.

— C'était une belle cérémonie, Jim.

Stephen parle d'une voix basse, grave ; il porte un costume anthracite sobre. Jim pense à toutes ces soirées passées avec Stephen – trop nombreuses pour les compter – à lui parler de son amour pour Eva ; de son indécision ; des sentiments qu'il éprouve pour sa mère, son père. Stephen, Jim s'en rend compte à présent, est la seule personne qui le connaît de fond en comble – même avec Eva, il faut qu'il se corrige, qu'il expurge les faits susceptibles de la faire souffrir (le contenu érotique des lettres furibondes de Helena ; le fait que Jakob ait pris Jim à part, la première fois qu'ils s'étaient rencontrés, pour le mettre en garde – poliment, discrètement, mais une mise en garde malgré tout – de ne jamais infliger à Eva et ses enfants ce que Jim avait infligé à sa compagne et son propre enfant). Stephen sait tout cela – il sait tout – et il est encore là. Encore debout à ses côtés. Jim sent monter une bouffée d'affection pour son ami. Il lui touche le bras et dit :

— Merci d'être venu. Vraiment.

Stephen se racle la gorge.

— Tu n'as pas besoin de me remercier. C'est la moindre des choses.

À l'autre bout de la pièce, tante Patsy demande au pasteur s'il prendra du thé ; Jim, croisant son regard, hoche la tête.

— Excuse-moi un instant, Stephen, tu veux bien ?

Dans la cuisine, Jim tombe sur Sinclair qui remplit la bouilloire.

— Je m'en occupe, dit-il, mais son beau-père pose une main ferme sur le bras de Jim.

— Bon sang, Jim, je suis tout à fait capable de préparer une foutue théière.

— Bien sûr, pardon.

Jim s'occupe des tasses et des sous-tasses ; quelqu'un, sans doute Patsy, les a sorties et les a soigneusement alignées sur le plan de travail, à côté d'un pot à lait et d'un sucrier. Le sucrier fait partie d'un service à motif de petites fleurs jaunes peint à la main. Jim se souvient de cette porcelaine dans la maison du Sussex. Vivian sortait les tasses du buffet pour ses invités. Elle en avait cassé une, un jour ; l'avait lancée dans la cuisine à la figure de son père. Elle l'avait manqué, bien sûr, et les morceaux avaient jonché le sol pendant des jours.

Il avait repensé à ça en quittant Helena, un an plus tôt – en quittant les assiettes qu'elle avait jetées sur le carrelage, en quittant la terre brûlée de leur relation, de leur amour –, et avait senti, alors, tout le poids de sa décision peser sur lui. Et pourtant, à l'approche de Londres – Londres ; Eva ; l'occasion, enfin, de faire leur vie ensemble –, Jim avait senti son chagrin peu à peu s'atténuer. *C'est ce qu'a ressenti mon père quand il nous a quittés, quand il est parti avec Sonia ?* se demande-t-il à présent. *Et pourtant, il est revenu, et moi pas. Cela fait-il de lui un homme meilleur ?*

— Pardon, Jim. Je n'aurais pas dû.

Jim a, l'espace d'un instant, oublié que Sinclair est dans la pièce : il lève les yeux, voit son beau-père le regarder, contrit. Les mains de Sinclair tremblent quand il pose la bouilloire sur sa base. Jim ne l'avait jamais entendu jurer.

— C'est pas grave. Je peux faire quelque chose ?

Il a, inconsciemment, répété les mots qu'Eva a prononcés au bord de la tombe. Jim se retourne vers le salon, regarde par le passe-plat, cherchant son visage. Elle est toujours présente dans son esprit, mais là il affûte son attention, tire légèrement sur le fil invisible qui les relie – qui les a toujours reliés, depuis le tout premier instant où il l'a vue à Cambridge. Qu'elle était charmante, ce jour-là, avec ses yeux vigilants et son élégant maintien de ballerine.

Il l'aperçoit, servant une tranche de gâteau à une vieille dame qu'il ne reconnaît pas. Elle lui tourne le dos, mais, se sentant observée – ou peut-être sentant qu'on tire sur le fil –, elle se retourne.

*Avec toi, je peux tout affronter,* lui dit-il en silence. *Reste avec moi.*

Eva lui fait un petit sourire – presque un tressaillement du coin des lèvres – comme pour lui dire, tout simplement, *oui.*

# TROISIÈME PARTIE

## Version 1

*Bella*
*Londres, septembre 1985*

Bella Hurst entre dans la vie de Jim par une fraîche journée de septembre, le ciel haut balayé de nuages, les terrains de sport encore baignés par les pluies de la nuit précédente.

C'est la rentrée : l'odeur de peinture est tenace dans les salles de classe, et le parquet du grand hall est laqué de frais, brillant. Les couloirs sont presque silencieux – les garçons n'arriveront pas avant demain – et Jim est dans la réserve de la salle d'arts plastiques, remplissant les étagères de pots de gouache, de tubes de peinture à l'huile. Il prend son temps, profite du silence et de l'impression d'ordre ; demain, tout ne sera à nouveau que bruit et remue-ménage.

— Monsieur Taylor ?

La jeune fille – plus tard, il la connaîtra comme une femme, mais c'est une jeune fille qu'il voit la première fois – se tient juste derrière la porte ouverte, comme si elle hésitait à entrer. Elle a la lumière dans le dos – les hautes fenêtres viennent d'être nettoyées, et les chevalets, les établis et les tables à sérigraphie sont baignés de soleil –, il ne discerne donc que sa silhouette. Un halo ombreux de cheveux bouclés, un large chemisier blanc. Jambières, bottines. Une sacoche de cuir pendue à l'épaule gauche.

Il se penche par-dessus la boîte de peintures.

— Oui ?

— Je suis Bella Hurst.

Elle tend la main, il offre la sienne. Elle a une bonne poigne.

— Ah, dit-il.

— Vous ne m'attendiez pas ?

— Si, si. Enfin, je savais que vous veniez. Mais je ne savais pas que…

Il a envie de dire : *Je ne savais pas que vous étiez si incroyablement jeune.* La secrétaire d'Alan, Deirdre, avait rappelé en août pour dire que Gerry, le directeur adjoint du département de Jim, s'était cassé la jambe à bicyclette en vacances en France, et qu'il fallait lui trouver un remplaçant. Cela n'avait pas traîné : quelques jours plus tard, elle avait rappelé pour dire qu'un nouveau professeur avait déjà été engagé. Jim, Eva et les enfants étaient sur le point de partir dans les Cornouailles – pour deux semaines, dans la maison de Penelope et Gerald près de St Ives. Et donc, tandis qu'Eva se tenait à ses côtés dans l'entrée en regardant sa montre avec insistance, Jim avait hoché la tête en entendant son nom – *Bella Hurst* –, avait remercié Deirdre, et n'y avait plus pensé.

— Appelez-moi Jim, dit-il pour combler le silence. Seuls les garçons m'appellent monsieur Taylor.

— Très bien. Jim.

Bella recule, laisse tomber sa sacoche d'un mouvement d'épaule.

— Vous me faites faire le tour du propriétaire ?

Il lui fait visiter, ouvre les classeurs et les placards, allume le projecteur, indique les piles de papier de mauvaise qualité pour les plus jeunes, et le bon papier à dessin pour les terminale. Elle n'est pas aussi jeune qu'il l'avait imaginé (de silhouette, elle semblait à peine plus âgée que Jennifer), vingt-cinq ans, peut-être. Ses cheveux sont une masse noire et rétive, et quand il croise son regard, il remarque que l'un de ses yeux est bleu et l'autre presque noir.

— Comme Bowie, dit-elle.

Il vient d'allumer le projecteur, envoyant une image de traviole des *Tournesols* de Van Gogh sur le mur opposé.

— Quoi ?

— Mes yeux bizarres. David Bowie en a un bleu et un foncé, lui aussi.

— Ah.

Jim appuie sur l'interrupteur, et les fleurs disparaissent.

— Je n'étais pas vraiment en train de...

— Les regarder ? Non, je sais. Mais j'aime bien dire que Bowie et moi avons un point commun.

De retour dans la réserve, il met la vieille bouilloire maculée de peinture sur le feu, prépare deux tasses de thé. Ils s'assoient sur de hauts tabourets devant les établis des élèves, disposés en U, tandis que le bureau de Jim complète le carré. Bella lui apprend qu'elle a fait son année préparatoire à Camberwell, a passé son diplôme à St Martin's et son master au Royal College. Elle loue un atelier à Peckham et vit dans un squat à New Cross. (Jim frissonne instinctivement en entendant cela, imagine des planchers défoncés, des souris, des fuites dans le toit, et se sermonnera plus tard pour son étroitesse d'esprit. *Depuis quand,* se dira-t-il, *es-tu devenu un bourgeois à la con ?*) Elle se déplace à bicyclette ; n'a encore jamais enseigné (c'est son tuteur au Royal College, ancien camarade de classe d'Alan, qui a pensé à elle pour le poste) et réprouve de tout son cœur le système scolaire privé.

Cela, elle le dit avec un sourire, en portant la tasse à ses lèvres.

— J'imagine que ça fait de moi une horrible hypocrite.

— En effet.

Jim a fini son thé, l'a bu dans un silence stupéfait, mutique devant ce tourbillon de jeune fille – de jeune femme –, sa chevelure bouclée pareille à une charlotte, ses vêtements amples et débraillés, son discours débridé, qui saute du coq à l'âne.

— À votre place, je ne le crierais pas sur les toits.

Bella pose sa tasse.

— Oui, je ferais peut-être mieux.

De sa sacoche, elle tire un paquet de tabac.

— Une cigarette ?

Jim :

— Je dis pas non.

Ils fument sur l'escalier de secours, où Jim et Gerry prennent habituellement l'air à la récréation du matin, dans l'attente de la fournée suivante d'ados blasés. Ils sont, s'est convaincu Jim, tout simplement inconscients de la chance qu'ils ont ; du rare privilège d'être l'élève d'une école pareille, avec ses tourelles de brique rouge, ses chênes ancestraux et ses vastes pelouses. Ces garçons sont des fils de banquiers et d'avocats, des hommes lisses et influents, des hommes qui ont de l'argent, des hommes que Thatcher enrichit chaque mois.

L'art, pour la plupart des élèves de Jim, est une matière dénuée de signification : une promenade de santé, l'occasion de glander avec de la peinture et des ciseaux avant de retourner aux affaires sérieuses, les examens de maths, les clubs de débat, les entraînements de rugby. Mais il y a toujours un marginal – disons un ou deux par an – qui se démarque, qui courbe la tête devant le modèle (une actrice vieillissante, vêtue de pied en cap), tandis que son crayon lui donne vie. C'est pour ces garçons-là que Jim se lève le matin, noue sa cravate, lisse ses cheveux. C'est pour ces garçons-là – comme pour Eva, Jennifer et Daniel – qu'il s'arrête au cinquième verre la plupart des soirs, avant que le sixième et le septième ne lui offrent la délivrance d'un doux sommeil dissipateur.

— Vous avez étudié à la Slade, c'est ça ?

Bella se tient dans un rayon de soleil, levant le visage vers sa chaleur. Toujours, par la suite, Jim pensera à elle sous la forme d'une silhouette de lumière et d'ombre. Une photo de Man Ray, dans un monochrome à gros grain.

— Oui. Comment le savez-vous ?

Elle ouvre les yeux. Les couleurs contrastées de ses iris donnent à son visage une asymétrie troublante.

— C'est Victor qui me l'a dit. Mon ancien tuteur. Il connaît votre œuvre. Et tout le monde connaît celle de votre père, bien sûr. Le grand Lewis Taylor.

Il se demande si elle cherche à le provoquer.

— Cela fait des années que je n'ai plus rien produit.

— Ben…

Bella a fini sa cigarette, l'écrase dans le pot rempli de sable que lui et Gerry laissent dehors à cet usage.

— Je suis sûre que vous avez vos raisons.

Jim hoche la tête, hésite à ajouter quelque chose ; mais elle s'en va.

— Le colonel veut me voir en tête à tête.

Devant le regard d'incompréhension de Jim, elle éclate de rire.

— Alan Dunn, évidemment. Victor dit qu'il dirige encore l'établissement comme un régiment.

Puis elle disparaît, et la classe de dessin semble soudain sonner creux.

Jim retourne à son travail dans la réserve. Bientôt, ce sera l'heure du déjeuner, puis il consacrera le reste de sa journée à des rendez-vous, à la mise en place de l'emploi du temps, à des préparatifs. C'est seulement quand il montera dans sa voiture et fera signe à Bella Hurst, sur sa bicyclette, qu'il repensera à ce qu'elle lui a dit.

« Vous avez vos raisons. » Et pourtant, en grimpant la route escarpée de Gipsy Hill, Jim aura du mal à se souvenir lesquelles.

## Version 2

*Pronto soccorso*
*Rome, mai 1986*

— Chéri ?

Eva pose ses sacs de courses sur le carrelage de l'entrée. Elle reste un instant au pied de l'escalier, aux aguets, dans le silence.

— Ted, je prépare le déjeuner – tu descends ?

Toujours pas de réponse. Il a dû sortir. L'emploi du temps de Ted est imprévisible, dicté par l'actualité matinale, ou par des appels urgents de Londres. Son nouveau rédacteur en chef, Chris Powers – à l'air incroyablement juvénile et imberbe, et qui vient d'arriver en provenance du *Mail* –, parvient à donner l'impression à Eva qu'elle gaspille un temps précieux pendant les quelques secondes qu'il lui faut pour monter l'escalier avec le téléphone.

Elle ramasse les sacs, les porte à la cuisine. Umberto, allongé sur le plan de travail, lève la tête et gémit en guise de salut. Elle devrait le faire descendre de là ; ils tentent sans succès de lui apprendre les bonnes manières depuis qu'ils l'ont recueilli, peu de temps après leur arrivée à Rome. C'était une pitoyable petite créature squelettique, qui avait des puces et la gale. Mais Eva a rarement le cœur de le gronder, elle se contente de chatouiller le chat sous le menton, passe le doigt sur le poil duveteux derrière ses oreilles. Umberto ronronne et se lèche, roule sur le dos. C'est là, en caressant le ventre du chat, que son regard se pose sur la table de la cuisine. Le portefeuille de Ted, ses clés, son permis. Les trois choses que son mari n'oublie jamais de prendre en sortant.

La main d'Eva se fige sur le pelage du chat. Elle tend l'oreille, à l'affût d'un bruit à l'étage : le lointain murmure de la voix de Ted au téléphone ou le crépitement de la machine à écrire. (Il se méfie du traitement de texte qu'elle lui a offert pour ses soixante ans, dit rester sceptique devant la vitesse à laquelle les lettres vertes et floues s'affichent à l'écran.) Mais pas un bruit – seuls le ronron du chat, les vibrations et le ronflement du vieux frigo, le meuglement étouffé de la *signora* Finelli, la voisine, qui appelle son mari à moitié sourd pour le *pranzo*. Et puis elle l'entend – le son le plus étrange qui soit : une profonde lamentation inarticulée, comme un gémissement d'animal blessé.

En quelques secondes, Eva a traversé l'entrée, monté l'escalier. Devant la porte fermée du bureau de Ted, elle hésite, retient son souffle. La lamentation s'est faite plus pressante, comme s'il cherchait désespérément ses mots, et n'arrivait qu'à étirer des voyelles dépourvues de signification. Elle ouvre la porte, s'élance vers le bureau, où Ted est assis parfaitement immobile, lui tournant le dos. La première chose qu'elle se dit est : *Il n'y a pas de sang.* La seconde, quand elle arrive à sa hauteur et lui prend le visage entre les mains, est : *Mon Dieu.*

Le visage de Ted est rigide, sans expression : seuls ses yeux semblent vivants. Il la regarde fixement, effrayé comme un enfant tandis qu'elle lui caresse la joue (elle pense furtivement à Sarah à deux ans, quand elle avait attrapé la varicelle, sous ses draps trempés de sueur).

— Mon chéri, qu'est-ce qui se passe ? Tu as mal quelque part ?

Eva ne s'attend pas à une réponse, du moins à rien d'autre que les sons qui sortent de sa bouche entrouverte, comme si son corps s'était figé à l'instant même où ses lèvres s'apprêtaient à former un mot.

— J'appelle une ambulance. Reste calme, mon chéri. Je suis là. On va t'emmener à l'hôpital, d'accord ? Dès que possible.

Ted la regarde prendre le téléphone sur le bureau. À côté, il y a son carnet à spirale ouvert ; tandis qu'elle compose le numéro des urgences, elle s'aperçoit que la page est couverte de minuscules pattes de mouche. Pas un seul mot n'est lisible.

Elle prend la main gauche de Ted dans la sienne. « *Ambulanza* », dit-elle au téléphone.

Quelques heures après, Eva est assise sur une chaise en fer de la salle d'attente du *pronto soccorso.* C'est un bâtiment bas et moderne, à moins de cinq minutes à pied de la maison – elle est passée devant un nombre infini de fois en empruntant son itinéraire habituel vers le Trastevere. Leur maison est au flanc de la colline escarpée de Monteverde Vecchio ; elle se cache derrière un portail en fer et n'est accessible que par une vertigineuse volée de marches. Là, les voisins ont planté des herbes aromatiques, des végétaux en touffe et un bougainvillier violet qui, les derniers jours d'été, répand ses fleurs sur le chemin pavé.

Eva passe presque toujours au même endroit le matin – elle descend tranquillement, s'arrête pour saluer d'un *buongiorno* la *signora* Finelli qui balaie devant chez elle, et admirer la lumière romaine, douce et tirant sur le jaune, qui ricoche sur les tuiles branlantes de *palazzi* décatis. Elle commande un cappuccino et un *cornetto* au bar de la place, parfois avec une amie, mais seule le plus souvent. Elle fait le tour du marché avec ses sacs de courses, les remplit de poivrons, de tomates, de courgettes et de boules de mozzarella suintantes, dans leur filet de polyéthylène comme des poissons de choix. Puis elle rentre lentement, passe devant l'hôpital où les mots *pronto soccorso* brillent en lettres rouges et insistantes sur le mur d'enceinte.

Elle a remarqué ces mots – les a rangés dans sa tête, avec les nombreux autres mots italiens qu'elle a rencontrés chaque jour ces quatre dernières années. (Elle ne parle pas italien aussi couramment que le français, mais assez bien pour arrondir les angles d'une vie à l'étranger.) Pas une fois Eva ne s'est demandé ce qui pouvait bien se cacher derrière ce mur, ou ne s'est dit qu'elle se retrouverait peut-être un jour assise dans la salle d'attente à observer le rythme régulier de la grande aiguille de l'horloge.

L'attente de l'ambulance lui avait semblé interminable. *Comment peuvent-ils être si longs alors que l'hôpital est juste à côté ?* s'était-elle demandé, assise avec Ted, lui caressant inutilement le visage. Quand les secours avaient fini par arriver, ils s'étaient longuement plaints de l'impossibilité de trouver une place où se garer. Ils étaient équipés d'une civière, d'un kit de premiers secours et d'appareils respiratoires – mais l'état de Ted semblait déjà s'être amélioré. Il avait retrouvé des sensations dans les jambes, pouvait remuer et parler, et tenta de convaincre Eva et les urgentistes qu'il n'était pas nécessaire d'aller à l'hôpital.

— *Non è niente,* leur assura Ted, dans son italien maladroit d'écolier.

Mais le médecin secoua la tête.

— *Signore,* vous devez nous accompagner, même si nous devons vous attacher à cette civière.

Dans l'ambulance et plus tard – en attendant sur cette chaise, pendant que les médecins font passer à Ted une interminable batterie d'examens –, Eva a tenté de ne pas se laisser dominer par les peurs qui l'assaillent. Dès qu'il avait été en mesure de bouger, Ted s'était montré hautain, voire furieux : elle n'aurait pas dû appeler une ambulance ; il avait un article à rendre à quatorze heures. Mais Eva, à son tour, fut ferme. Elle avait téléphoné elle-même à Chris Powers ; insisté pour que, à tout le moins, Ted permette aux médecins de comprendre ce qui s'était passé.

Personne n'avait prononcé le mot « attaque » tout haut, mais elle en entendait l'écho. Il était là, aussi, dans l'échange de regards de l'équipe d'urgentistes quand Ted leur avait décrit les sensations qui l'avaient submergé, et sur le visage de l'aimable et beau médecin qui avait conduit Ted de l'autre côté des implacables portes – *« Prego, signore »* –, enjoignant Eva de ne pas les suivre. Elle avait voulu l'accompagner, bien sûr, mais apparemment, ce n'était pas comme cela qu'ils procédaient. « Il vaut mieux que la famille attende ici », avait dit le médecin, avant que les portes ne se referment derrière lui.

À présent, dans la salle d'attente, la corpulente *signora* assise en face d'Eva se penche en avant, lui offre quelque chose enveloppé de papier d'aluminium.

— *Mangia,* ordonne-t-elle, comme si Eva était un autre de ses enfants.

Il y en a deux à ses côtés : une fille d'environ six ans, dont les cheveux sont attachés en nattes serrées ; le garçon est un peu plus grand et s'agite sur son siège. Un troisième, suppose Eva, doit se trouver derrière les portes closes du service.

Eva s'apprête à refuser, mais elle ne veut pas la blesser ; d'ailleurs, cela fait des heures qu'elle a pris son petit déjeuner, et elle n'a toujours pas déjeuné.

— *Grazie mille,* dit-elle.

Le *panino* est délicieux : salami et mortadelle. La *signora* la regarde manger.

— *Grazie,* répète Eva. *È molto buono.*

La *signora*, qui prend ça comme une invitation, délivre une série détaillée d'instructions sur les endroits où l'on peut acheter les meilleurs produits : le marché du Trastevere, apparemment, n'est pas à la hauteur. Eva réfléchit à un moyen de s'inscrire poliment en faux quand elle voit Ted ressortir par la double porte.

— Chéri.

Il a l'air fatigué mais calme : s'il y avait eu du nouveau, le médecin l'aurait sûrement appelée, non ?

— Qu'est-ce qu'ils ont dit ? Ils ne te gardent pas ?

Il secoue la tête.

— Ils ne savent pas trop, pour le moment. Ils veulent que je consulte un neurologue.

Devant la réaction d'Eva, il ajoute :

— Ils ne pensent pas que ce soit une attaque, Eva. C'est déjà ça.

— Oui. C'est déjà ça. (Elle lui prend la main.) Comment tu te sens ?

— Crevé. (Il esquisse un pâle sourire.) Rentrons, s'il te plaît.

Ils prennent un taxi, incapables d'affronter la longue volée de marches. À la maison, Ted s'assoit lourdement sur le canapé du salon, et Umberto se roule en boule sur ses genoux. Eva met une cassette – Mozart, pour alléger l'atmosphère – et de l'eau à bouillir pour faire des pâtes. Elle pense appeler Sarah à Paris, avant de se raviser – il est presque neuf heures ; elle se prépare pour le concert, et Eva ne veut pas qu'elle s'inquiète. Ce qu'elle ne manquerait pas de faire. Maintenant, elle parle de ses soucis avec Ted autant qu'avec Eva, et ils sont nombreux : la vie de Sarah à Paris est chaotique, la carrière de son groupe aussi stressante et balbutiante que sa relation avec son guitariste, Julien.

Ted a été présent pour Sarah, solide et rassurant, toutes ces années – et pour Eva aussi, bien sûr. « Je n'arrive pas à croire qu'il ait fallu attendre si longtemps avant de te trouver, lui avait-il dit un soir quelques années plus tôt, quand ils n'en étaient qu'au début. J'ai peur de faire un faux pas, et que tu disparaisses. »

À présent, en prenant dans le placard le paquet de fettuccine, Eva tente une nouvelle fois de chasser l'image qui ne la quitte plus depuis qu'elle a appelé Ted et n'a eu droit qu'à son silence pour toute réponse. Une route qui s'étend sans fin à l'horizon sur des terres plates et désertes : le paysage vide et monotone d'une vie sans lui.

## Version 3

*L'atterrissage*
*Sussex, juillet 1988*

— Alors, comment ça s'est passé ?

Sophie s'installe sur la banquette arrière et attend quelques secondes avant de répondre.

— Bien.

Jim croise le regard d'Eva.

— Et ta mère ?

Encore un bref silence. Puis :

— Oui. Elle va bien.

Il fait marche arrière, manœuvre lentement. On est samedi, l'aéroport est bondé. Jim et Eva sont arrivés en avance pour accueillir Sophie ; ils se sont assis dans le hall des arrivées, ont bu du mauvais café, ont vu une famille – les parents et leurs trois enfants, dont la figure brûlée par le soleil présentait une teinte rose vif du plus mauvais effet – traverser le hall en poussant un chariot où s'empilaient bagages, sacs de produits détaxés et singe en peluche coiffé d'un sombrero. Suivis de trois hommes en veste et short, buvant des canettes de Stella.

— Bon sang, dit Jim à Eva, à voix basse. J'espère qu'ils n'étaient pas dans le même avion que Sophie.

— Ne t'en fais pas. Le vol d'Alicante n'a pas encore atterri.

Alicante : ville de poussière, de chaleur et de gratte-ciel inachevés. C'est en tout cas ainsi que l'imagine Jim. Il n'a reçu qu'une carte postale de Helena, envoyée peu après son déménagement en Espagne. Un hôtel tout en hauteur à la façade couleur de boue, d'une laideur spectaculaire ; au verso, elle avait écrit : *Pour Jim – parce que même l'immeuble le plus hideux qu'on trouve ici est plus beau que la maison que j'ai partagée avec toi. H.*

Cela avait plongé Jim dans une colère noire – pas à cause du ressentiment (ça, il pouvait le comprendre), mais parce que Helena l'avait mis sur une carte postale, et que leur fille avait pu voir la haine de sa mère écrite noir sur blanc. Il lui avait rédigé une réponse hargneuse, mais Eva, après l'avoir relue à sa demande, lui avait suggéré d'attendre avant de la poster. « Helena a toutes les raisons d'être en colère, lui avait-elle dit. Il n'y a aucune raison de la braquer encore plus, non ? »

Il avait donc attendu et, après quelques jours, avait mis la lettre à la corbeille. Mais Helena avait dû se dire qu'elle s'était bien fait comprendre. Depuis ce jour, elle n'avait plus écrit qu'à Sophie – joignant des photos de sa petite maison aux murs blanchis à la chaux dans un village de montagne ; de vieilles femmes habillées de noir, leur visage telle une carte topographique de rides ; de chèvres rachitiques entourées de terres rocheuses et pelées. Et puis, il y a deux ans, celle d'un homme au visage étroit et basané, la peau marron foncé, les yeux plissés dans la lumière du soleil. « Juan, dit Sophie à Jim en lui montrant la photo, sans trahir la moindre émotion. Le nouveau copain de maman. »

Helena, bien sûr, était libre de faire ce qu'elle voulait ; la seule inquiétude de Jim, à ce moment-là, concerna Sophie – et cette nouvelle faille ouverte dans le sol instable de ses jeunes années. Il tenta de lui demander ce qu'elle pensait de Juan – c'était il y a deux ans ; elle venait d'avoir seize ans – mais elle ne se laissa pas entraîner sur ce terrain-là. Sophie tourna lentement ses yeux aux paupières lourdes vers lui et dit, avec une indifférence qui lui parut absolue : « Qu'est-ce que j'en ai à fiche, de ce qu'elle fait ? »

« Indifférente » est le mot qui vient le plus souvent à l'esprit de Jim, désormais, pour décrire sa fille. Elle est morose et apathique, ne parle que lorsqu'on lui adresse la parole, et même alors, par brèves monosyllabes. Elle a pris du poids : son visage – le portrait craché de sa mère – a épaissi, et elle cache ses hanches larges sous de grands t-shirts. Mais ce qui inquiète le plus Jim, c'est son absence d'engouement pour tout et tout le monde : elle a des résultats médiocres à l'école, et peu d'amis ; passe la plupart de ses week-ends à la maison, à regarder la télé dans sa chambre sur un petit écran portatif. Si encore Sophie était en conflit direct avec Eva – faisant de sa belle-mère la cible de ses crises adolescentes –, Jim aurait eu une idée plus claire du problème ; mais elle s'adresse à Eva sur le même ton de brièveté robotique qu'elle réserve au reste de la famille. Seul Sam, qui étudie désormais la géologie à Londres, semble en mesure de l'atteindre ; le week-end, quand il rentre dans le Sussex avec ses manuels et son linge sale, Sophie est transformée : souriante, presque animée, trottant comme un petit chiot derrière son demi-frère adoré, qui réagit de la même façon par une sorte d'aimable affection amusée.

Au début, Eva et lui firent en sorte de ne pas trop mettre la pression sur Sophie et de prendre en considération l'impact qu'avait dû avoir sur elle leur déménagement dans le Sussex. (Ils avaient fini par vendre l'appartement de Regent's Park en 1984, pour acheter une ferme délabrée non loin du village où Jim avait grandi.) « Tu as oublié à quel point ça a été dur pour elle de changer d'école ? avait dit Eva. Et elle a déménagé si souvent. Je crois qu'on devrait lui donner un peu de temps. »

Et ils lui en avaient donné, du temps – pour s'habituer à la nouvelle maison ; avaient attendu la fin du premier trimestre dans sa nouvelle école. Mais c'était précisément ce que Sophie semblait faire : attendre ; marquer le pas. Elle n'amena aucune amie à la maison et ne fut invitée nulle part. (Des années plus tard, Jim y repenserait en éprouvant une désagréable piqûre d'ironie.) Eva et Jim commencèrent à s'inquiéter. « Comment ça se passe, à l'école, Sophie ? » demandaient-ils, à intervalle régulier ; ou : « Si tu détestes à ce point le Sussex, on n'est pas obligés de rester, tu sais. On peut envisager de retourner à Londres. » Mais Sophie se contentait de non-réponses insipides – « C'est bon » ; « Ça va » – jusqu'à ce que Sam, qui habitait encore à la maison à l'époque et passait son bac, leur demande d'arrêter de lui poser la question. « Elle croit que vous êtes toujours après elle, dit-il à Jim. Elle a l'impression que quoi qu'elle fasse, ce n'est jamais assez bien pour toi et maman. »

Du coup, ils avaient tout fait pour se mettre en retrait ; pour lui permettre de régler tout ce qu'elle avait à régler. « C'est une adolescente, avait dit Eva, se souvenant de la période délicate qu'elle avait traversée avec Rebecca. Ça lui passera. » Mais ça ne lui passa pas ; les années, elles, passèrent, et Sophie devint de plus en plus indifférente. Au cours de ses derniers mois de terminale, elle n'afficha aucune intention de s'inscrire à l'université, ou d'envisager une alternative en cherchant du travail. Jim et Eva abandonnèrent la tactique consistant à rester prudemment à distance, et tentèrent, une nouvelle fois, de reprendre les choses en main.

— Tu ne peux pas simplement enfouir la tête dans le sable, ma puce, lui dit Jim.

Ils étaient assis à la table de la salle à manger un dimanche après-midi, le rôti desservi, leur assiette à dessert vide devant eux.

— Il faut vraiment que tu aies un projet, quel qu'il soit.

Eva, à ses côtés, hocha la tête.

— Y a-t-il quelque chose qu'on puisse faire pour toi, Sophie ? Tu veux qu'on discute ensemble de ce que tu as envie de faire ?

Cela fit réagir Sophie : elle se tourna vers sa belle-mère, et lui dit, d'une voix claire et posée :

— C'est ça que tu as fait ? Tu t'es assise avec mon père et tu as *discuté* de la meilleure façon de quitter ma mère ?

C'était blessant, bien sûr – plus tard, au lit, Jim avait pris Eva dans ses bras quand elle s'était mise à pleurer – mais ils continuèrent, sans se décourager. Sophie voulait-elle aller à l'université ? Préférait-elle trouver du travail ? Mais les examens passèrent sans qu'elle prenne la moindre décision. Même ce voyage en Espagne ne fut possible que parce que Helena et Juan lui avaient fait cadeau des billets d'avion pour ses dix-huit ans. Jim n'imaginait pas une seconde sa fille en prendre seule l'initiative, même si lui et Eva lui avaient proposé de quoi les acheter. (Ils l'avaient fait plus d'une fois et elle avait refusé tout net de prendre leur argent.)

En rejoignant la file de voitures qui se suivent pare-chocs contre pare-chocs à la sortie de l'aéroport, Jim ne peut s'empêcher de dire, les mains sur le volant :

— Bon, Sophie. C'est vraiment tout ce que tu trouves à dire après deux semaines en Espagne ? Que c'était « bien » ?

Dans le rétroviseur, il voit sa fille rouler des yeux.

— Qu'est-ce que tu veux que je te dise ?

Eva pose la main sur le genou de Jim : un avertissement.

— Je suis sûre que tu es fatiguée, non, ma chérie ? Si tu essayais de fermer les yeux ? Tu nous en diras plus à table.

Ils se taisent. Sur l'autoroute, Jim se concentre sur les feux de stop des voitures de devant. C'est une journée chaude, adoucie par une forte brise marine. Quand ils prennent la sortie et suivent le chemin de la maison, il ouvre sa vitre, prend une grande inspiration. La voie rétrécit et s'enfonce dans la campagne ; les grands arbres, gorgés de sève, sont tellement courbés qu'ils se touchent au-dessus de la route, par endroits, formant un tunnel à travers lequel filtre faiblement une lumière verdâtre.

Jim aime cet endroit, l'aime avec une certitude profonde et inconditionnelle qu'il n'a jamais éprouvée pour Londres, ni même les Cornouailles. Sa présence ici est en quelque sorte une extension naturelle de son amour pour Eva, mais aussi – et il ne s'était pas attendu à cela, la première fois qu'Eva avait évoqué l'idée de s'installer dans le Sussex – pour sa mère. Le soulagement initial et honteux qu'il avait ressenti après la mort de Vivian – la soudaine légèreté de ses épaules, comme s'il venait de se libérer d'un lourd fardeau – avait laissé place, très vite, à la culpabilité. Pendant des mois, il fut incapable de peindre, passant ses journées à traîner dans l'appartement de Regent's Park, jusqu'à ce qu'Eva, qui travaillait à un manuscrit dans l'ancienne chambre de Rebecca, n'y tienne plus. Elle avait demandé à Penelope le numéro d'une thérapeute, vague connaissance commune du temps de Cambridge. Il était allé voir cette femme dans son appartement de Muswell Hill – sombre, rempli de livres, silencieux – et s'était aperçu, après une résistance initiale, qu'il arrivait non à dissiper son sentiment de culpabilité (un sentiment pas seulement lié à ce qu'il avait fait, ou n'avait pas fait, pour sa mère, mais aussi lié à Helena et Sophie), mais à en diminuer l'intensité pour le rendre à peine présent, dans les bons jours. Et, plus important, après six mois de thérapie, il s'était remis à peindre.

Des années plus tard, quand la situation avec Sophie empira, Jim suggéra à Eva que Sophie éprouvait peut-être le besoin de parler à quelqu'un ; lui demanda même si, Dieu l'en préserve, il fallait discuter avec elle de la possibilité qu'elle développe les signes avant-coureurs de la maladie de Vivian. « Oui, dit Eva. Ça vaut le coup d'essayer. » Mais quand il aborda le sujet avec Sophie – c'était juste avant Noël l'an dernier – elle lui lança un regard plein de mépris.

— Donc ce que tu veux dire, papa, c'est que tu me prends pour une espèce de cinglée comme grand-mère Vivian ?

Jim ne put contenir sa colère.

— Ne dis jamais ça de ta grand-mère. Tu ne sais pas de quoi tu parles.

Sophie, qui s'était ruée vers la porte de la cuisine, s'arrêta et se retourna vers lui.

— Bah, toi non plus, papa. Alors si tu me foutais la paix ?

Une fois rentrés de l'aéroport, Jim monte la valise de Sophie dans sa chambre et demande s'il peut donner un coup de main pour préparer le dîner. Eva secoue la tête.

— Je réchauffe les lasagnes.

— Je sors un moment, alors.

Eva hoche la tête.

— Je viendrai frapper à la porte quand ce sera prêt.

Son atelier est installé dans la vieille grange vendue avec la maison ; c'était, avec le terrain – un verger en friche, une prairie dont l'herbe vous arrivait à la taille –, ce qui les avait fait tomber amoureux du lieu. La grange était dans un sale état – il manquait des tuiles sur le toit, les poutres pourrissaient, la carcasse d'un vieux tracteur John Deere rouillait tranquillement sous des toiles d'araignées. Mais ils s'étaient mis au travail – lui, Eva, Anton, Sam et une équipe d'ouvriers du village. Lentement, péniblement, ils avaient transformé la grange en atelier fonctionnel : posé des plaques de verre sur le toit ; raccordé des toilettes ; et même – quel luxe – installé le chauffage central. Les premières semaines, après avoir terminé, Jim entendit la voix de Howard dans sa tête, telle qu'elle retentissait jadis les matins d'hiver, quand ils s'agitaient dans le froid glacial de l'atelier communautaire à Trelawney House. *Un peu de froid n'a jamais fait de mal à personne. Cesse de te plaindre, bon sang, mets plutôt un autre pull…*

Presque aussitôt après avoir repris le travail dans le nouvel atelier, Jim s'éloigna de la peinture pour se mettre à la sculpture : travailla de gros blocs de calcaire, puis de granit ; les tailla sous forme de grands monolithes lisses, porteurs dans son esprit de la force tranquille des monuments antiques. Les critiques furent loin d'être tendres : « Un fastidieux exercice de vacuité priapique », déclara l'un d'entre eux à propos de sa dernière exposition. Jim avait éclaté de rire en lisant l'article ; il se souvint de son père lui disant, un après-midi où il l'avait regardé peindre en silence, que « l'opinion des critiques n'est bonne qu'à recouvrir le sol d'une cage de hamster ». La première réaction de Stephen, néanmoins, l'avait surpris. « Ce sont des sculptures intéressantes, lui avait dit son vieil ami et galeriste, et Jim reconnaissait un faux compliment quand il en entendait un. Mais tu es vraiment peintre, Jim, au fond de toi. Peut-être vaut-il mieux que tu reviennes à ce que tu connais le mieux ? »

Jim observe la pièce sur laquelle il travaille depuis trois semaines : un étroit fragment de granit noir, aplani et lissé, sa surface vierge couverte de minuscules éclats de couleur : gris, blanc, anthracite. Il repense à ce qu'avait coutume de répéter Howard à Trelawney House, encore et encore, à qui prenait la peine de l'écouter. « Avec la sculpture, on ne crée pas à partir de rien. On ne fait que tailler ce qui est déjà là. »

Ces mots avaient frappé Jim et lui étaient restés : il sentait, quand ses mains impatientes commençaient à glisser sur la pierre, qu'ils étaient aussi révélateurs de ses sentiments pour Eva. Jim refusait de nourrir des regrets pour les années passées loin d'elle – ses années avec Helena et sa fille Sophie –, mais dans son esprit, ses nouvelles sculptures sont des hommages à la simplicité essentielle, à la justesse qu'il éprouve aux côtés d'Eva ; à la reconnaissance bouleversante qu'il ressent pour cela, leur seconde chance. Il aurait seulement voulu pouvoir saisir cette chance, son propre bonheur, sans faire souffrir sa fille à ce point. Trouver un moyen, en bref, de se rattraper auprès de Sophie, autrement qu'en faisant de son mieux pour lui montrer, chaque jour, chaque semaine, à quel point elle comptait pour lui. Mais elle ne semblait pas avoir envie de l'écouter. *À moins,* se dit-il, *que je ne fasse pas assez d'efforts.*

À sept heures et demie, ils se retrouvent à la cuisine autour du repas ; Eva sert les lasagnes, la salade, du vin blanc. Elle redemande à Sophie comment se sont passées ses vacances, et celle-ci leur en dit un peu plus – parle des poulets noirs que Helena élève dans le jardin derrière la maison ; de Juan, qu'elle qualifie de « sympa… un peu bizarre, mais sympa ».

Jim regarde sa fille, pâle et mal à l'aise dans son t-shirt et son caleçon long noirs. Il éprouve une bouffée d'affection pour elle ; lui prend la main, lui dit qu'il est ravi qu'elle soit à la maison.

Sophie le regarde froidement, puis retire sa main.

## Version 1

*Man Ray*
*Londres, mars 1989*

Quelques jours avant de fêter son cinquantième anniversaire, Eva invite Penelope à déjeuner.

— Ne viens pas avec Gerald, dit-elle. Jim est à Rome. En voyage scolaire.

Le lendemain – un samedi – elle prépare une quiche, de la salade, et met une bouteille de chablis au frais. Elles mangent. Elles boivent. Elles parlent du dos en compote de Gerald ; des projets de mariage de Jennifer : elle est fiancée à Henry, un avocat stagiaire bien élevé, fiable, le haut du crâne déjà un peu dégarni – mais fidèle à Jennifer, et réciproquement. Le mois dernier, pendant qu'elles allaient acheter la robe de mariée, elle s'était tournée vers Eva et lui avait dit :

— J'aime tellement Henry, maman, que j'ai presque peur de l'épouser ; peur que le mariage ne soit pas à la hauteur de l'idée que je m'en fais. C'était comme ça pour toi avec papa ?

Eva avait regardé sa fille, qui se tenait devant le rayonnage de robes – si jeune, si adorable, si chère à son cœur –, et senti monter une foule de sentiments qu'elle avait été incapable d'identifier : amour, tristesse, bonheur et quelque chose d'autre, une forme de nostalgie, l'impression de revivre ce moment de son propre passé où elle s'était tenue aux côtés de Jim et avait fait vœu de faire durer leur amour pour la vie, et au-delà. Non, elle n'avait jamais eu peur.

— Ne t'inquiète pas comme ça, ma chérie, avait-elle dit à Jennifer. Le but du mariage n'est pas d'être à la hauteur de je ne sais quelle image de la perfection que tu te fais. Ton couple sera ce que tu en fais. Et toi et Henry en ferez quelque chose de merveilleux.

Trop douloureux de penser à cela, maintenant. Eva leur sert un verre de vin frais et montre à Penelope une carte postale qu'elle a glissée dans les dernières pages du jeu d'épreuves de son dernier livre. (Un essai, cette fois, sur les dix meilleures femmes écrivains du XX^e^ siècle.) Elle la pose entre elles sur la table.

C'est la reproduction d'une photo en noir et blanc. Une femme, prise de profil, ses lèvres et ses sourcils sombres et renflés, une coupe à la garçonne, à la mode de l'époque. L'image est un peu brouillée, floue, comme ombrée à la pointe fine d'un crayon.

— Lee Miller, non ? dit Penelope. Man Ray ?

Eva hoche la tête, impressionnée.

— Retourne-la.

Au verso de la carte est inscrit, d'une écriture penchée et familière : *Pour B – parce que je penserai toujours à toi dans un beau monochrome. Merci de m'avoir ramené à la vie. Tout mon amour, toujours, J.*

Elles gardent le silence un moment. Puis Penelope demande :

— Où est-ce que tu l'as trouvée ?

— Dans la voiture. Hier. En nettoyant le coffre.

Eva vide son verre, regarde son amie de l'autre côté de la table. Elle se sent étrangement calme, comme elle l'était la veille dans l'après-midi, quand les rouages disparates de son esprit avaient finalement semblé retrouver leur synchronisme bien huilé, et qu'elle avait pris la voiture, sachant immédiatement où aller.

— Je ne te ferai pas l'insulte de te demander si tu es absolument sûre que ce soit l'écriture de Jim.

— En effet.

Penelope s'adosse à sa chaise, fait glisser son doigt sur le rebord de son verre.

— Et savons-nous qui peut bien être ce « B » ?

— Bella Hurst.

— La fille de l'atelier ?

— Celle-là même.

Elle aurait dû s'en douter, évidemment : c'est ce que se disent toutes les femmes. Et pourtant Eva est douloureusement consciente qu'elle aurait vraiment dû s'en douter, que quand elle avait commencé à sentir un changement chez Jim, à l'automne – il semblait plus léger ; buvait moins ; avait même rangé l'abri, ressorti son chevalet et s'était remis, timidement, à peindre –, il y avait quelque chose, ou quelqu'un, derrière cela, plus que la disparition progressive de son chagrin lié à la mort de Vivian. Elle était au courant de l'existence d'une prof remplaçante, bien sûr – il avait parlé d'elle quelques fois, au début ; comme si de rien n'était, se dit Eva (« Oh, elle est gentille – très jeune – elle vit dans un épouvantable squat de New Cross »), puis plus souvent, avec un enthousiasme grandissant. Jim s'était mis, peu à peu, à aller au pub avec Bella Hurst ; était allé dans son atelier partagé à Peckham ; lui avait donné rendez-vous, une ou deux fois, après que Gerry eut repris son poste, alors qu'elle ne travaillait plus à l'école. Eva suppose désormais qu'il y a eu d'autres rendez-vous, dont elle n'a jamais été informée.

Eva croyait qu'ils étaient amis – peut-être cette Bella Hurst (chaque fois qu'elle pense à cette fille, pour une raison qu'elle ignore, son nom entier lui vient) cherchait-elle un mentor. Et Jim : bah, elle n'avait eu aucune raison de douter de lui depuis son flirt – ou quel que soit le nom qu'on puisse mettre dessus – avec Greta il y avait des années de cela. Et il lui avait ouvertement parlé de Bella, lui avait dit qu'il aimait bien discuter d'art avec elle, qu'elle avait des idées novatrices à ses yeux – des idées sur la pratique, la déconstruction, la dissolution des vieilles frontières entre art mineur et majeur. En secret, Eva avait trouvé ces idées assez pompeuses, mais s'était abstenue de le dire tout haut.

Jim l'avait même invitée à dîner. Bella Hurst s'était assise là, avait bu leur vin, mangé le repas préparé par Eva. Elle était incroyablement jeune et menue dans son bleu de travail et sa cotte trop large ; ses yeux, sous cette tignasse hirsute, étaient merveilleusement dépareillés, l'un bleu, l'autre noir. Eva avait senti un vague tiraillement, sur le moment – même si ce n'était qu'un sentiment honteux de jalousie pour sa jeunesse, sa fraîcheur, qu'elle et Penelope pouvaient bien tenter de stimuler par l'application de lotions et autres crèmes de nuit, mais ne retrouveraient jamais –, mais elle l'avait soigneusement remisé dans un coin de sa tête. Elle était trop occupée pour s'encombrer de soupçons : occupée par les recherches pour son livre, par les articles du journal, par des émissions de radio et de débats, et par le Booker Prize. (Elle était membre du jury en 1987 et passa la plus grande partie de 1986 à lire une pile vacillante de romans.) Même quand Jim, l'an dernier, avait dit à Eva qu'un espace s'était libéré dans l'atelier de Bella Hurst – qu'il voulait le louer, y aller le week-end, pendant les vacances –, même alors, elle n'avait eu d'autre réaction que la joie de le voir se remettre au travail. « C'est une idée fantastique, Jim, avait-elle dit. Bien sûr, il ne faut pas que tu rates cette occasion. Peut-être qu'un nouveau départ, dans un nouvel espace, est exactement ce qu'il te faut. »

Eva ne peut que se dire, à présent, qu'il s'agissait d'un cas d'aveuglement volontaire de sa part et de dissimulation au grand jour de leur part à eux. Comme ils durent la trouver stupide – si toutefois ils pensèrent jamais à elle. À moins que Bella

Hurst n'ait cru qu'Eva et Jim formaient un couple libre ; c'est peut-être même Jim qui le lui avait dit. Se pouvait-il qu'il ait découvert quelque chose à propos de Leo Tait, de leur brève liaison dans le Yorkshire ? Eva n'y croit pas – elle n'a jamais parlé de cette nuit à personne et n'imagine pas que Leo l'ait fait. Mais, désormais, tout semble possible. Si cela n'avait été qu'une aventure d'un soir avec Bella – une attirance physique à laquelle Jim n'avait pu résister, comme ce fut le cas d'Eva avec Leo –, elle l'aurait pris différemment ; mais il est impossible que le message de Jim soit le résultat d'une relation fugace. *Merci de m'avoir ramené à la vie.* Chaque mot comme une balle en plein cœur.

Hier, à Peckham, elle avait trouvé Bella Hurst imperturbable, implacable. Eva avait sonné à l'atelier et annoncé à un homme blasé en salopette maculée de peinture qui elle venait voir. Il l'avait fait attendre à la porte – elle avait lu tous les noms des boîtes aux lettres dans l'entrée aux murs décatis, aux moisissures verdâtres, encore et encore ; avait vu les lettres du nom de son mari tournoyer en un méli-mélo incompréhensible.

Elle avait eu le vertige et avait posé une main contre le mur pour garder l'équilibre, se demandant ce qu'elle devait faire une fois qu'elle se retrouverait face à face avec Bella Hurst ; se demandant ce qu'elle pourrait bien dire qui puisse diminuer le poids de sa douleur. Il n'y avait rien, sans doute – c'était la fin de tout, la destruction de la vie qu'Eva et Jim avaient fait tant d'efforts, pendant si longtemps, pour construire et pour entretenir. La joie vertigineuse de tomber amoureux, de se trouver ; leur lune de miel ; leurs mois à New York ; leur maison adorée à Gipsy Hill. Jennifer. Daniel. La mort de Vivian, de Miriam. Ces années terribles au cours desquelles Eva avait craint qu'ils s'éloignent l'un de l'autre, et pourtant ils avaient trouvé le moyen de se retrouver, non ? Ils s'en étaient sortis. Que pouvait-elle bien dire pour faire comprendre à cette fille – cette gamine – ce que cela signifiait de voir une photo de sa vie telle qu'on la connaît – une photo pleine de substance et de beauté ; les heures et les semaines et les années qui forgent une vie partagée, une famille – de voir quelqu'un l'arracher sans ménagement à son cadre ?

Quand Bella avait fini par se présenter, elle était si souriante, son visage nu si serein au-dessus d'une chemise blanche bouffante, d'un caleçon long noir, d'un gilet d'homme en tweed (pas celui de Jim). Eva lui avait montré la carte postale – lui avait dit, d'une voix qu'elle n'avait pu empêcher de trembler, qu'elle avait trouvé quelque chose qui lui revenait très probablement.

« Oui, avait dit Bella, ces yeux bleu-noir aussi durs que des billes. Inutile de dire que je regrette, j'en ai peur, parce que ce serait faux. Mais j'espère que ce ne sera pas trop dur pour vous. »

En racontant tout cela à Penelope, Eva tressaille devant la banalité crasse de la situation : l'homme mûr, à l'approche de la cinquantaine, qui tombe amoureux d'une gamine à peine plus âgée que sa fille ; l'épouse qui tombe sur un message de l'amant et court mettre sa rivale devant le fait accompli. Elle se revoit, attendant dans cette entrée miteuse vêtue de son jean le plus vieux et le moins flatteur, décoiffée – vider le coffre était la dernière corvée du nettoyage de printemps, et elle n'avait pas pensé à se changer. Jim a fait d'elle l'incarnation du cliché le plus éculé qui soit – l'épouse outragée – et elle le hait pour cela ; elle se hait de tenir ce rôle. Mais elle n'en souffre pas moins.

Elle pleure.

— Oh, Pen. Je devais être dans un état.

Penelope pose une main sur celle d'Eva ; de l'autre, elle prend un mouchoir dans son sac.

— Je suis sûre que non. Mais la question n'est pas là, hein ?

— Non.

Penelope lui tend le mouchoir, et Eva s'essuie les yeux. Dans l'entrée, on entend la sonnerie du téléphone.

— Je décroche ? Je dis que tu rappelles ?

— Non, ça va. (Eva roule le mouchoir en boule.) C'est sans doute Jennifer. Je ne veux pas qu'elle sache qu'il y a un problème. Pas encore.

C'est bien Jennifer, qui appelle pour parler de l'organisation de mardi soir : ils sont censés fêter l'anniversaire d'Eva dans les salles à l'étage du Gay Hussar. Au son de la voix de sa fille, la fragile contenance affichée par Eva se fissure ; elle étouffe un sanglot naissant, mais pas avant que Jennifer le remarque.

— Tout va bien, maman ? Tu as l'air contrariée.

Elle prend une profonde inspiration, regarde les photos encadrées sur le mur au-dessus de la console à l'entrée – eux quatre quelques années plus tôt, sur la plage de St Ives – et puise dans ses dernières réserves de force pour dire, d'une voix forte, déterminée :

— Ça va, ma chérie. C'est gentil de demander. Penelope est venue déjeuner. Je te rappelle.

Dans la cuisine, Eva s'effondre sur sa chaise, se prend la tête à deux mains.

— Bon sang, Pen. Les enfants. Je n'en peux plus. Qu'est-ce que je vais faire ?

De son sac à main, Penelope sort un paquet de cigarettes. Elle en allume une, la tend à Eva, puis s'en allume une autre.

— On a arrêté, dit Eva, mais Penelope balaie son objection.

— Merde, Eva, s'il y a un moment où on a besoin d'une cigarette, c'est bien celui-là.

Au bout de quelques instants, elle ajoute :

— Qu'est-ce que tu veux faire ?

— En dehors de lui mettre mon poing dans le bide ?

Eva lève les yeux, croise le regard de Penelope, et même maintenant, même là, elles arrivent à échanger un petit sourire.

— J'en sais rien. J'en sais vraiment rien. Enfin, il va falloir qu'on parle, bien sûr – pour voir s'il a vraiment l'intention de partir. Bella a l'air de croire que oui. Mais je veux qu'il me le dise lui-même.

— Évidemment.

De ses lèvres maquillées de rouge, Penelope laisse échapper un petit nuage de fumée. Eva sent qu'elle voudrait en dire plus, que Penelope se retient de révéler la profondeur de son sentiment de trahison – de la colère d'Eva qu'elle partage, mais de sa propre colère, aussi. Penelope a toujours adoré Jim ; s'est toujours efforcée de voir les choses de son point de vue à lui. Ils sont tous si bons amis, depuis si longtemps, mais là, il est temps de tirer un trait.

— Et s'il dit que c'est fini avec Bella ? Qu'il va mettre un terme à leur relation ?

— Ben… (Eva tire fort sur sa cigarette.) Alors il faudra que je sache ce qui a survécu entre nous. Je ne sais tout simplement pas si on pourra continuer.

Les mots d'Eva restent suspendus, sans réponse ; sans qu'il soit possible de répondre. Dans le jardin, derrière les baies vitrées, le faible soleil de printemps se couche sur l'abri de Jim, sur la pelouse en pente abrupte. L'arbre auquel continue de pendre la vieille corde à nœuds de Daniel commence à fleurir ; les murs d'enceinte foisonnent d'arbustes qu'Eva et Jim ont plantés ensemble il y a des années. Eva prend conscience avec effroi qu'il se pourrait qu'elle ne garde pas la maison s'ils divorcent ; pas pour des raisons financières – c'est elle qui gagne le mieux sa vie, depuis des années – mais parce qu'elle sera trop pleine de tout ce qui avait, jusqu'à aujourd'hui, défini les contours de sa vie. Les meubles, les photos, les enfants plus jeunes faisant leurs gammes sur le piano, remplissant chaque pièce de leurs cris, de leurs sourires, leurs exigences puériles venues du fond du cœur : à tout cela, il faudra qu'elle affecte une nouvelle place dans sa mémoire.

Une clé tourne dans la porte d'entrée. Eva se tourne vers Penelope, écrase vite sa cigarette.

— Daniel. Ne dis rien, Pen.

— Comme si j'en avais l'intention.

Penelope tire une dernière bouffée, puis éteint sa cigarette.

Voilà Daniel qui entre dans la pièce – du haut de ses seize ans, de son mètre quatre-vingts, les genoux noirs de boue sous son short de rugby. Il adore faire du sport, et Jim, que le rugby indiffère pourtant, l'emmène à des matchs à Twickenham ; passe des heures au bord du terrain aux matchs de l'école de Daniel, à l'encourager, à taper des mains dans d'épais gants de laine. *Est-ce que Jim continuera à le faire s'il nous quitte ?* se demande Eva. *Comment les choses pourraient-elles redevenir normales après ça ?*

— Tout va bien, tante Pen ? dit-il. Et toi, maman ?

— Ça va, mon chéri.

Eva esquisse un sourire. Elle tâche de garder la voix enjouée, assurée, quand elle se retourne et demande :

— Et ton match, c'était comment ?

## Version 2

*Un père*
*Cornouailles, novembre 1990*

Jim se réveille à six heures du matin, quand le train quitte Liskeard.

Il est immobile sur sa couchette, profite de la chaleur des couvertures. Il a bien dormi : bercé, sans aucun doute, par le whisky que lui et Stephen ont bu à la soirée de l'Arts Club, sans parler du champagne et du vin pendant le repas. Il était parti à Paddington en taxi à onze heures, avait rejoint, un peu titubant, son compartiment individuel de première classe ; s'était vaguement fait la remarque qu'il commençait à s'habituer à ce luxe. Il avait tout juste eu le temps d'enfiler son pyjama et d'accepter le chocolat chaud proposé par un employé en uniforme, avant que le sommeil ne le réclame.

Un coup sur la porte, feutré, courtois.

— Prendrez-vous le petit déjeuner, monsieur ?

— Oui. Merci. (Il balance les jambes au pied du lit.) Un instant.

C'est un triste repas – œufs brouillés secs et coagulés, toast froid, bacon baigné de gras – mais Jim finit son assiette et boit l'ersatz de café. Sa tête tambourine ; en s'habillant, il trouve la boîte d'aspirine dans sa trousse de toilette, avale trois comprimés avec ce qui reste dans le fond de la tasse. Puis il enfile son manteau, range ses quelques effets dans son petit sac de voyage et sort dans la lumière matinale.

C'est une journée d'hiver claire et tranquille, comme il les a toujours aimées : le ciel brumeux et distant, le soleil bas et aveuglant, les dernières feuilles rouges et jaunes encore accrochées aux arbres. Et l'air glacial des Cornouailles. Dans la voiture, Jim ouvre sa vitre malgré le froid et le respire à pleins poumons. C'est ce qu'il ne peut expliquer à Stephen, quand son ami lui demande, pour la quinzième fois et sans doute pas la dernière, pourquoi Jim s'acharne à vivre ici, à des centaines de kilomètres de Londres. (Stephen semble avoir opportunément effacé de sa mémoire les années qu'il a lui-même passées à la galerie de Bristol.) L'air, la lumière, les stries du paysage marin, les roches, l'herbe. L'impression d'être aux confins de la terre.

La maison est froide et silencieuse, la cuisine impeccable – hier Sandra est venue faire le ménage. Caitlin a rempli le frigo ; elle a laissé un message sur le plan de travail, de son écriture nette et penchée. *Encore félicitations ! Je passerai vers dix heures. Bises, C.*

Jim prépare du café, l'emporte au salon, où la lumière est si vive qu'elle lui fait mal aux yeux.

L'immense verrière encadre une vue de peintre : un jardin en affleurement rocailleux, qui descend jusqu'au bord de la falaise ; une mouette solitaire prise dans un courant d'air chaud ; la mer d'un noir d'encre, infinie. Il s'assied, boit son café. Sa migraine est réduite à une vague réminiscence de douleur, il est chez lui, les nouvelles sont bonnes, et tout est merveilleusement silencieux.

Il avait été surpris, dans les mois qui avaient suivi le départ de Helena, de constater à quelle vitesse il s'était habitué à vivre seul. Il avait déménagé dès qu'il avait pu – ne pouvait supporter de passer une nuit de plus au cottage de Fish Street, où le silence n'était pas chaleureux et bienvenu comme celui qu'il a appris à chérir, mais né d'une douloureuse absence : la penderie à moitié dégarnie, les placards vides et, pire que tout, la chambre inoccupée de son fils, entièrement vidée à l'exception d'un dessin écorné, scotché au-dessus du lit. Les pires jours – il y en eut plusieurs au cours de ces semaines-là, après le terrible après-midi où il était tombé, en rentrant de l'atelier, sur Helena qui faisait ses valises, Dylan qui pleurait, Iris qui serrait les lèvres d'un air résolu dans le couloir, lui disant qu'il ne fallait pas qu'il se mette « en travers du chemin de l'amour » –, il avait emporté sa couette dans la chambre de Dylan, où il avait dormi d'un sommeil agité sur le lit sans draps. Quand il s'était réveillé en pleine nuit dans ce silence pesant, Jim avait détaché du mur le dessin de son fils. C'était un vieux gribouillage – lui, Dylan et Helena sur la plage de St Ives, le soleil rond en apesanteur.

Jim savait qu'il était absurde de croire que cette feuille de papier froissé pouvait d'une certaine façon remplacer son fils, et pourtant il avait mieux dormi avec le dessin à ses côtés.

De Fish Street, Jim avait emménagé dans une maison en périphérie de la ville – de construction récente, quelconque ; une solution de dépannage, où il transforma le salon en atelier de fortune. Il gardait la chambre d'amis pour Dylan : Helena lui avait promis de le laisser venir depuis Édimbourg, aussi souvent que le souhaitait leur fils. (Il se trouva qu'Iris possédait une maison à New Town ; Jim avait, au plus fort de sa colère, fait remarquer à Helena qu'elle aurait pu déménager encore plus loin tant qu'elle y était – « À Tombouctou, bordel. ») Et Dylan voulait vraiment venir ; il l'avait dit à Jim par téléphone, leurs brèves conversations tronquées trahissant si clairement la confusion et le mal du pays de son fils qu'elles en étaient presque insupportables pour Jim. Mais Jim s'efforça de faire passer les besoins de son fils avant les siens et il tomba d'accord avec Helena sur le fait qu'il serait trop perturbant pour Dylan de revenir dans les Cornouailles avant qu'ils trouvent leurs repères et que Dylan soit bien installé dans sa nouvelle école.

Jim se demanda parfois s'il aurait pu se battre davantage pour son fils ; s'il aurait pu contester le fait qu'Helena, en tant que mère de Dylan, présume qu'elle avait le droit de le prendre avec elle, alors même que c'était elle qui quittait Jim. Mais il était déterminé à ne pas faire de Dylan le témoin de quelque horrible bataille judiciaire autour de sa garde ; et Helena, à sa décharge, partageait son avis. Elle lui avait écrit une lettre, après son départ. Elle était mesurée, réfléchie ; elle demandait à Jim de la pardonner, de comprendre qu'elle était subitement tombée amoureuse d'Iris, de tout son cœur, et sentait qu'elle n'avait d'autre choix que de le quitter, de suivre la route du bonheur. Elle lui demandait de ne pas oublier qu'ils avaient vécu de belles années ensemble et eu un merveilleux garçon. Jim, une fois éteinte la flamme de sa colère, finirait par trouver du réconfort dans cette lettre.

Mais pour le moment, la seule chose qu'il avait, c'était cette maison sans charme et ses pièces rose pâle vides. Y travailler lui fut difficile, mais c'était aussi tout ce qui lui restait. Il avait canalisé sa fureur (elle était encore à vif, à ce moment-là) dans une série de portraits : sombres, pleins d'ombres. Iris, joues rebondies et cheveux roux. Helena, représentée de dos, cheveux attachés par une queue-de-cheval peu flatteuse. Dylan à hauteur du coude de sa mère, son visage de petit garçon de neuf ans tourné vers son père (invisible, hors cadre). Et Vivian, s'échappant de son lit au plus profond de la nuit, Sinclair endormi sous un monticule de couvertures.

Il avait baptisé la série *Partir, en trois volets.* Après l'avoir terminée, Jim s'aperçut qu'il commençait à mieux dormir, et même à apprécier l'ordre et la paix qu'il y avait à vivre seul. Lors de son exposition suivante, en septembre 1980, Stephen avait vendu la série complète à un collectionneur anonyme, pour cent cinquante mille livres. Cette somme ainsi que les bénéfices sur la vente de *Quoi qu'il arrive* – ce chiffre avait fait parler et avait fait la réputation de Jim ; il avait voulu qu'ils changent de vie, qu'ils achètent une maison – avait fait de lui un homme riche. Et quand Sinclair mourut quelques mois plus tard – élégamment, sans faire de vagues, comme il avait toujours vécu –, le petit héritage de Lewis Taylor échut à Jim, avec le portefeuille d'investissement de Sinclair, prudemment géré, et légué à Jim puisqu'il n'avait pas d'enfants.

Tout cet argent se monta à une somme que Jim n'aurait jamais cru pouvoir posséder un jour. Cela s'accompagna de l'impression désagréable – héritée, comme tant d'autres choses, de son père – que l'art n'avait pas, par essence, le moindre lien avec l'argent. Jim mit la plus grande partie sur un compte épargne, pour Dylan ; avec le reste, il acheta cette maison. La Maison (le nom, au sens propre, l'amusait) : basse, compacte, construite en 1961 en bois, béton et verre par un architecte du coin obsédé par Frank Lloyd Wright ; curieusement perchée en haut d'une falaise comme un bateau échoué. Le village le plus proche était à plus de dix kilomètres et Jim, qui tenait à sa solitude, en était ravi.

Après avoir fini le café, il rapporte la cafetière et la tasse à la cuisine, monte son petit sac de voyage. Dans sa chambre, il se déshabille, va sous la douche. Qu'est-ce que le type de la Tate – David Jenson, mielleux et patelin – lui avait dit la veille ? « Une exposition qui fera date, réunira le père et le fils pour la première fois. L'art du portrait britannique sur deux générations. »

Jim ne l'avait pas vu venir – comme Stephen, il avait cru que le comité du musée envisageait simplement d'ajouter un nouveau tableau à sa collection. Sa surprise avait été si grande qu'il avait, pendant quelques secondes, été incapable de prononcer un mot ; Stephen avait donc pris le relais.

« Quelle idée merveilleuse, David. Nous fixerons une date pour que vous veniez dans les Cornouailles voir les œuvres. Lancer la machine. »

C'est là que Jenson avait commandé du champagne.

Sous la douche, Jim pense à son père. Il y a si peu de choses dont il se souvient clairement : son visage asymétrique de lutin ; son odeur de térébenthine et de tabac à pipe. Sa façon de se raidir quand Vivian criait ; il était rare que Lewis lui réponde en criant, mais quand il le faisait, sa voix était assourdissante, faisait détaler Jim dans sa chambre. Le jour où Mme Dawes était passée prendre Jim à l'école – Vivian était absente, rendait visite à ses parents – et qu'il était tombé sur une inconnue dans la cuisine, nue sous le peignoir bleu de sa mère, se faisant une tartine de beurre et de confiture. Lewis leur avait préparé du thé. Jim se souvient des cheveux noirs et du cou délicat de la femme, de sa peau onctueuse. Il ne sait plus comment elle s'appelait, mais il se souvient de Sonia : se souvient d'avoir regardé son père faire sa valise pendant qu'elle attendait dans la voiture, et des hurlements de Vivian, et de la porcelaine brisée sur le carrelage.

Les tableaux de son père avaient dessiné le paysage de l'enfance de Jim, leurs bleus et leurs gris voilés, leurs femmes au regard chaleureux, le doux lavis de leur ciel anglais. Mais depuis la mort de son père, il ne les a vus que dans des monographies et sur des cartes postales, Vivian les a tous vendus, jusqu'au dernier. À présent, ce David Jenson va les retrouver et les rassembler, comme des cousins brouillés qui se retrouvent lors d'une réunion de famille. Pour les accrocher à côté des tableaux de Jim. Pour demander aux visiteurs de bien les regarder, pour déterminer ce qui reste du père chez le fils.

En s'habillant, Jim se dit : *Je suis plus vieux que mon père quand il est mort.* Cinquante-deux ans. Il a fêté ses cinquante ans dans cette maison, avec du champagne, des margaritas et un groupe qui a joué des reprises des Rolling Stones jusqu'à quatre heures du matin. Célibataire (plus ou moins) depuis dix ans. Une ex-compagne lesbienne qui nage dans la félicité conjugale et la poterie d'art sur l'île de Skye. Un fils de vingt et un ans qui étudie la gravure à l'université d'Édimbourg, et déjà bien plus mature que ses parents au même âge, ou – Jim éclate de rire à cette idée – à n'importe quel âge.

Dylan était venu à l'anniversaire de Jim ; ils étaient allés dans le jardin, où ils avaient bu de la bière, et son fils lui avait dit : « Tu sais, papa, j'ai repensé à ce que tu as fait quand maman et moi sommes partis – à ta façon de ne jamais essayer de me monter contre elle. Tu aurais pu rendre les choses vraiment compliquées, et tu t'es abstenu. Je trouve ça incroyable. Et je me suis régalé chaque fois que je suis venu te voir pour les vacances. C'est toujours le cas. Te regarder à l'atelier, tout ça. C'était super. »

Jim avait regardé son fils, beau et adorable – il a la belle peau de Helena et les yeux bleus de Jim, et le mélange, dans l'esprit de Jim, rend Dylan bien plus beau que son père l'a jamais été –, et fut si fier, pris d'un tel amour, que l'espace d'un instant il avait été incapable de dire un mot. Il s'était donc contenté de passer le bras autour des épaules de Dylan, se disant qu'il n'aurait jamais espéré voir les choses prendre une tournure pareille ; mais il avait suffisamment vécu pour comprendre qu'il était futile d'espérer quoi que ce soit.

Quoi que ce soit, ou qui que ce soit. Dans les années qui suivirent le départ de Helena, Jim vit son imagination vagabonder dans une direction inattendue. Son cousin Toby était lui aussi venu à l'anniversaire de Jim ; il avait passé quelques jours à la Maison après la fête, avec son élégante épouse française, Marie. Jim eut l'idée, tard un soir, de s'enquérir d'Eva. Il avait vu Marie et Toby échanger un regard. « C'est pas facile pour elle, avait dit Toby. Ted Simpson ne va pas bien du tout – Parkinson, je crois. Ils sont rentrés de Rome. Il ne peut plus travailler. Elle s'occupe de lui plus ou moins à plein temps. »

Jim avait eu du mal à mettre des mots sur ses sentiments : du chagrin pour ce que vivait Eva, il faut croire, éclipsé par l'impression qu'il n'avait aucune raison d'en éprouver. Pouvait-il seulement dire qu'il la connaissait ? Il la voit souvent dans sa tête, elle et ses grands yeux calmes, son sourire intelligent, mais il n'a pas peint son portrait depuis des années – depuis son triptyque. Récemment, il s'est demandé si ce tableau n'avait pas été une sorte d'exorcisme : une conclusion à la possibilité d'une relation entre eux ; une relation qu'il avait pressentie, en la rencontrant, mais qui s'était étiolée avant même d'avoir la moindre chance de prendre racine. Eva Katz – Simpson – telle qu'elle existait dans son imagination aurait pu être la compagne à côté de qui aucune autre femme n'était vraiment à la hauteur. Helena l'avait senti, il en était sûr. Caitlin… eh bien, Caitlin, c'est différent.

Son assistante à l'atelier, sa secrétaire, parfois son modèle puis, sans crier gare, discrètement, un peu plus. Trente-huit ans ; une peintre plus que respectable ; un corps svelte et souple. (Elle commence chaque journée par un jogging à Carbis Bay.) Un mariage précoce qui n'a pas duré. Pas d'enfants, pas d'impératifs.

Jim entend Caitlin faire du bruit au rez-de-chaussée, elle refait du café, sans aucun doute. Elle avait la clé, mais ne venait qu'aux heures de travail – jusqu'à ce qu'ils décident d'un commun accord qu'elle pouvait rester un peu plus tard. Elle n'a jamais passé la nuit ici. C'est un arrangement tendre et délicat, soigneusement calibré pour répondre à leurs besoins respectifs.

— Café ? demande-t-elle pour la forme en bas de l'escalier : elle aura déjà préparé une cafetière.

— Oui, s'il te plaît, répond-il.

Puis il descend et suit la voix de Caitlin à la trace, là où elle l'attend, tandis que dehors, à l'atelier, il y a un chevalet, une toile vierge, une nouvelle journée de travail.

## Version 3

*Hamlet*
*Londres, septembre 1995*

David est debout au bar et discute avec Harry. Il porte une écharpe de coton à carreaux nouée sur un élégant manteau noir.

L'espace d'un instant, Eva a l'étrange impression que les années défilent à rebours – près de quarante ans – jusqu'à les voir tels qu'ils étaient au bar de l'ADC : jeunes, frimeurs, faisant des plans sur la comète. Puis, tout aussi vite, ces garçons disparaissent pour laisser place, sous les yeux d'Eva, à deux hommes mûrs : cheveux gris, sûrs d'eux, satisfaits. Eva est frappée qu'aucun des deux n'ait jamais douté une seule seconde que ses plans se réalisent exactement comme ils l'avaient prévu.

— Bonjour, Eva.

Le pouvoir de séduction de David n'a pas été entamé par le temps : il se penche pour l'embrasser comme si elle était la première responsable du bonheur de son ex-mari. Eva suppose l'avoir été un temps, mais prend désormais ce pouvoir pour ce qu'il est vraiment : un réflexe, le produit de son infatigable besoin d'être adoré. Bien des femmes ont craqué à cause de cela – y compris elle. Une pièce de théâtre à Cambridge ; un été ; ces après-midi étourdissants dans des draps froissés qui les avaient forcés à devenir l'un pour l'autre plus qu'ils n'auraient jamais dû être. Ils avaient été heureux ; et ils avaient tenté, trop longtemps, de retrouver ce bonheur. Que lui avait-il dit en voiture à Los Angeles, le soir où ils avaient arrêté d'essayer ? *On n'est simplement pas faits l'un pour l'autre, non ?* C'est grâce à Jim, évidemment – sa deuxième chance –, qu'Eva mesure la vérité de ces mots.

— Bonjour, David.

Elle lui tend la joue. À Harry, elle demande :

— Excité ?

Il hoche la tête.

— Tendu. La première, tout ça. Mais Rebecca a été un trésor, évidemment, du début à la fin.

— Évidemment.

Eva lui lance un regard appréciateur. Harry a grossi, et ses cheveux épars se dressent derrière ses oreilles, comme la houppe d'un hibou. Rebecca lui a dit qu'il s'était remarié avec une femme beaucoup plus jeune, d'à peine plus de vingt ans. Actrice, naturellement. Sa dernière Ophélie en date. « Jusqu'à ce qu'il se lasse d'elle, évidemment », avait dit Eva, et Rebecca avait froncé les sourcils. « Harry est un chic type, maman. Je ne sais pas pourquoi tu lui en veux. »

Harry s'agite, mal à l'aise, sous le regard d'Eva.

— Bon. Je ferais mieux d'y retourner, de rameuter les troupes. À tout à l'heure à la fête – et profitez-en bien.

David donne une bonne tape sur l'épaule de son ami.

— Fonce. Dis-leur merde à tous. Et serre ma fille dans tes bras de ma part.

Une fois Harry parti, il dit à Eva :

— Il n'est que la demie. Je t'ai commandé un gin tonic. On s'assoit ?

Ils se trouvent une table près de la fenêtre. Il commence tout juste à faire nuit : la bande de béton qui s'étend jusqu'à la Tamise est plongée dans l'ombre, et les bords du fleuve regorgent de couples, dont les silhouettes jumelles se meuvent dans la lumière déclinante. À l'intérieur, le foyer se remplit ; Eva est consciente des regards, des petits coups de coude peu discrets. Ils viennent tout juste de s'asseoir quand une femme portant une veste écarlate – qui doit avoir le même âge qu'Eva ; souriante, du rouge aux lèvres – s'approche de leur table, brandissant un programme.

— Pardon de vous interrompre.

La femme devient aussi rouge que sa veste.

— Cela vous dérangerait-il de… ?

De sa poche, elle sort un stylo. David lui fait un grand sourire, son sourire de pro.

— Pas du tout. À quel nom ?

Eva détourne les yeux. Cela fait longtemps qu'elle n'est pas sortie en tête à tête avec David ; elle a oublié les petits désagréments que sa présence entraîne si souvent. Un jour – c'était au milieu des années soixante, au pic de la célébrité de David, Rebecca ne devait pas avoir plus de six ou sept ans, et Eva n'était pas encore enceinte de Sam –, une femme les avait suivis tous les trois jusque chez eux depuis Regent's Park. Elle s'était plantée devant leur porte et avait sonné encore et encore, jusqu'à ce qu'ils n'aient plus d'autre choix que d'appeler la police. David avait tourné cet épisode en dérision – « Ça fait partie du boulot, Eva, n'en fais pas toute une histoire » – mais elle se souvenait encore de la peur et de l'incompréhension sur le visage de sa fille. En tout cas, cela ne semble pas avoir traumatisé Rebecca : elle a choisi le même genre de vie, après tout. Qu'avait dit Garth – le mari de Rebecca, dramaturge, et parfait pendant impassible de l'exubérance naturelle de sa femme – l'an dernier, quand l'agent de Rebecca avait appelé pour lui dire qu'elle avait désormais son fan-club officiel ? « Enfin… un tas de gens qui l'aiment presque autant qu'elle s'aime. » Garth l'avait dit en riant, bien sûr. Rebecca lui avait lancé un regard noir, avant de s'adoucir et de lui sourire.

— Ça fait plaisir de te voir, dit David une fois que la femme à la veste rouge les a laissés à contrecœur. Tu as l'air en forme.

— Vraiment ?

Eva traîne les restes d'un rhume estival : un nez rose, des yeux larmoyants, qui font sans aucun doute couler son maquillage ; il faudra qu'elle aille se rafraîchir avant la fête. Mais pour se garder de paraître ingrate, elle ajoute :

— Merci. Beau manteau.

— Oui, hein ? (Il passe la main sur l'impeccable revers.) Burberry. C'est Jacquetta qui l'a choisi.

— Comment va-t-elle ?

— Bien. (Il boit son gin tonic.) Très bien.

— Et les filles ?

Il sourit ; un vrai sourire, cette fois.

— À merveille.

C'était Rebecca, là encore, qui avait informé Eva que David et Juliet allaient divorcer. Le mariage avait été une affaire publique – cérémonie au bord de la piscine du Chateau Marmont ; exclusivité en couverture du magazine *People* – et le divorce ne le fut pas moins. Tous leurs coups bas et leurs ripostes furent étalés dans les journaux ; David était rentré d'Amérique en catimini, s'était réfugié chez ses parents à Hampstead. Eva avait eu tant de peine pour lui, malgré elle, qu'elle l'avait invité à passer un week-end avec eux dans le Sussex.

Ça n'avait pas été une réussite. David avait bu tous leurs bons vins ; avait répété à Jim qu'il n'aurait jamais dû laisser partir Eva (elle trouva cette partie de la performance particulièrement peu crédible) ; avant de renverser une tasse de café sur le nouveau tapis du salon. Depuis, Eva a limité leurs rencontres aux réunions de famille : au mariage des enfants ; au baptême des petits-enfants ; à l'occasion d'une première ou d'une projection. Au dernier baptême – de Miriam, la plus jeune des filles de Sam ; baptisée ainsi en hommage à la mère d'Eva, un geste qui l'avait profondément touchée –, David avait amené une femme qu'aucun d'eux n'avait encore jamais vue. Elle faisait un mètre quatre-vingts, avait une crinière de cheveux blonds digne d'un lion, un ventre légèrement arrondi qui étirait les lignes austères de son ossature.

« Je vous présente Jacquetta, avait dit David à la famille, non sans fierté. Elle attend des jumeaux. »

Là, il dit :

— Et Jim ? Tout va bien à la maison ?

Eva hoche la tête.

— Tout va bien.

Ce n'est pas tout à fait vrai, mais elle ne souhaite pas discuter avec David de la déception de Jim après sa dernière exposition de sculptures. (Aucune vente, et pas le moindre article dans la presse nationale). Ni de leur angoisse continue à propos de Sophie, qui a désormais vingt-cinq ans et mène une vie chaotique à Brighton, changeant de boulot et de petit ami avec la même incorrigible lassitude à laquelle ils tentent depuis si longtemps de remédier. Ni du chagrin discrètement prolongé d'Eva depuis la mort de Jakob, il y a deux ans, et qui lui manque encore, chaque heure de chaque jour.

Et de toute façon, comment Eva pourrait-elle parler à David du fait que, aussi pénibles soient-ils, de tels soucis n'ébranlent pas les fondations de ce qu'ils ont construit ensemble, elle et Jim ? Les petits déjeuners partagés dans une camaraderie silencieuse, le son étouffé des voix à la radio. Les matinées passées chacun de son côté – lui à l'atelier, elle dans son bureau, mais chacun néanmoins éminemment sensible à la présence de l'autre. Les soirées passées à cuisiner, manger, regarder la télévision, voir des amis : tous les petits ajustements de leur vie commune.

— Rebecca me dit que tu travailles sur quelque chose, dit David. Un livre ?

Elle hoche la tête.

— Peut-être. Ce sont des nouvelles, mais je crois qu'elles tiennent bien ensemble.

Elle est incapable de contenir l'excitation de sa voix : retrouver le chemin de l'écriture après tout ce temps et prendre du plaisir à écrire, voire espérer que cela soit bon, c'est presque plus qu'elle n'en pouvait espérer. Et c'était Jim, évidemment, qui avait rendu cela possible ; Jim et son intolérance absolue pour tout type de fausses excuses. « Tu es un auteur, Eva. Tu l'as toujours été. Alors monte écrire. »

David lui pose la main sur le bras.

— Eva, c'est merveilleux. Je t'ai toujours dit que tu avais eu tort d'abandonner l'écriture.

Elle sourit – David tout craché.

— Tu parles de moi dans ton livre ?

Elle éclate de rire.

— Oh, oui. À ta place, je contacterais mon avocat dès que possible.

— Très bien. (Il se radosse, les yeux brillants de plaisir.) Je l'ai mérité. Mais sérieusement… c'est quoi le sujet de ces nouvelles ?

— Oh…

Comment répondre à cela ; comment réduire des mois de travail, de réflexion, d'inquiétudes et d'affinage, à une phrase bien tournée ?

— L'amour, j'imagine. Une femme, et les hommes qu'elle a aimés. Chaque histoire parle d'un moment particulier, vécu auprès d'un homme particulier.

En le voyant lever le sourcil, elle ajoute :

— Ne me regarde pas comme ça. Il n'y a pas eu tant d'hommes que ça. La plupart des histoires parlent de l'homme qu'elle aime le plus profondément.

— Son Jim, alors.

Elle soutient le regard de David, puis la sonnerie retentit dans le foyer. Autour d'eux la foule commence à s'animer. Le charme entre eux se rompt, perd sa charge.

— On ferait mieux d'y aller, dit Eva.

— Oui.

Ils vont s'asseoir à leurs habituelles places réservées : rangée F de l'orchestre. À la rangée H, David s'arrête pour saluer un homme qu'Eva ne connaît pas. Elle sourit vaguement dans sa direction, puis s'installe, retire sa veste, pose son sac sous son siège. La scène est vivement éclairée : de hauts murs de fausse brique, de violentes éclaboussures d'horrible art conceptuel, une vieille kitchenette de métal. New York, vers 1974. Hamlet sous les traits d'une reine fumant comme un pompier, d'une artiste paresseuse, un temps protégée d'Andy Warhol. Gertrude – Rebecca ; un peu jeune pour le rôle, vraiment, à trente-six ans, mais le fidèle Harry n'avait pas tenu compte des scrupules de son directeur de casting – sous les traits d'une ivrogne.

Rebecca a décrit en détail à sa mère l'idée de Harry au sujet de cette mise en scène, et Eva ne sait pas du tout quoi en penser. Mais elle est sûre, quel que soit le degré d'incongruité de la mise en scène, que Rebecca sera bonne : sa fille a trois Laurence Olivier Awards alignés sur sa cheminée. Et pourtant, Eva ressent toujours la même vieille angoisse pour Rebecca – en costume, tendue, qui attend dans les coulisses –, exactement comme celle qu'elle ressentait pour David. Eva se revoit clairement avec Penelope, assises à l'orchestre de l'ADC, articulant en silence les répliques pendant que David et Gerald les prononçaient à haute voix ; leurs yeux parcourant l'orchestre, cherchant quiconque oserait émettre une critique.

David vient s'asseoir à côté d'elle, et elle lui dit :

— Tu te souviens de cette mise en scène d'*Œdipe roi* dans laquelle tu as joué à Cambridge ?

— Oui. Pourquoi ?

— Vous étiez tous grotesques, non ?

Il la regarde sans comprendre, et Eva craint un moment qu'il ne comprenne pas la blague : il n'a jamais été très doué pour rire de lui-même. Mais là, il rit.

— Ah, ça, tu peux le dire. De vrais blancs-becs, pas vrai ? On n'avait pas idée.

Et Eva est prise d'un fou rire. Ils ricanent encore quand les lumières s'éteignent, et que Francisco et Bernardo déboulent chaussés de bottes de motard, une grande crête punk sur le crâne. Puis David se penche et murmure :

— Mais quand même pas aussi grotesques qu'eux, non ?

Elle est obligée d'étouffer son rire dans sa manche. La vieille dame assise à côté leur lance un regard noir, Eva se tait, regarde et se demande comment la grande pièce qu'ils se sont jouée – un mariage de convention autant que d'amour ; un divorce trop long à venir – a pu se réduire à un fou rire et à un vague résidu de souvenir partagé.

## Version 1

*Boule de neige*
*Londres, janvier 1997*

— Tu regardes pas, papa.

Un mardi après-midi, quatre heures moins le quart ; Jim rentre de l'école avec sa fille. Cela fait plusieurs jours qu'il n'a pas neigé, mais la dernière couche reste amoncelée au bord du trottoir en congères noirâtres ; près de la chaussée, elle s'est transformée en une répugnante gadoue jaunie. Robyn a pris une poignée de neige plus fraîche et plus blanche sur le muret d'un jardin. Il baisse les yeux sur ses petites mains gantées de moufles, sur la boule difforme qui fond lentement dans la laine rose et violette.

— Mais si, ma chérie. C'est très bien. Mais repose-la, d'accord ?

Robyn fait non de la tête, et le pompon de son bonnet rose est violemment secoué de gauche à droite.

— Non, papa. Une boule de neige, ça ne se pose pas, ça se lance.

Elle lui lâche la main, vise ; il tend le bras pour l'en empêcher, mais trop tard. La boule de neige décrit un arc de cercle en rase-mottes, menaçant de s'écraser sur un chien qui passe.

— Robyn, dit Jim sur un ton autoritaire. Ne fais pas ça.

Heureusement, elle rate sa cible et la boule s'écrase au bord du trottoir, à quelques centimètres du chien. Jim croise tout de même le regard du maître du chien.

— Désolé.

L'homme sourit sous son chapeau, un Pork Pie, découvrant trois dents en or.

— Y a pas de mal. C'est ça les enfants.

— Eh oui, les enfants, acquiesce Jim.

Robyn se fige, suce la laine mouillée de sa moufle en regardant le maître du chien s'éloigner.

— Papa, dit-elle tout haut, alors que l'inconnu est encore à portée de voix, tu as vu les dents du monsieur ? Elles étaient en or.

— Viens, jeune fille. (Il tire sur son autre main.) Rentrons à la maison.

La maison, depuis sept ans, est une bâtisse de Hackney qui date des débuts de l'ère victorienne : un étage, une façade courte et plate, des moulures blanches et une haute grille latérale en fer forgé qui la sépare de la maison mitoyenne. La maison était vide depuis quelques années quand lui et Bella s'y installèrent – pas comme des squatteurs : Jim avait mis son veto ; il l'avait achetée avec une partie de l'héritage qui lui était revenu après la mort de Sinclair. Le papier peint de la chambre du fond cartographiait toute la gamme des moisissures, des fils dénudés pendouillaient dangeureusement au plafond, et le plancher était en pleine décomposition. Mais Bella en était tombée amoureuse, et comme c'était Jim qui avait insisté pour qu'ils quittent la maison de New Cross – le week-end, les murs effrités tremblaient dans les bruits de basse profonde pendant qu'il se réfugiait à l'étage avec des boules Quiès, pour tenter de lire –, il sentit qu'il ne fallait pas la contrarier.

Bella s'était immédiatement lancée dans la restauration de la maison : décapant le plâtre humide, arrachant le papier peint, peignant le plafond du salon sur la dernière marche d'une échelle alors même qu'elle était enceinte de huit mois, ignorant obstinément les appels à la prudence de Jim. Cela lui rappela, inévitablement, l'été 1962 (son esprit eut du mal à calculer le nombre d'années qui les en séparait), quand Eva et lui avaient emménagé dans leur nouvelle maison de Gipsy Hill, avec son stuc rose saumon, et la vieille remise d'artiste où Jim espérait accomplir de grandes choses. Il avait habité cette maison pendant près de trente ans ; il lui était impossible de bannir tous les souvenirs qu'il gardait de ce lieu. Eva et lui avaient travaillé si dur, ensemble, pour s'y sentir chez eux ; elle rentrait le soir du *Courier,* enfilait une des vieilles chemises de Jim, attachait un foulard sur ses cheveux et commençait à peindre.

Il avait commis l'erreur troublante, un jour, en descendant au rez-de-chaussée et en tombant sur Bella en haut de l'échelle – qui lui tournait le dos,

…s noires enveloppées dans un foulard –, …ppeler Eva. Bella ne lui avait plus adressé …a parole pendant quatre jours. Ce genre d'ostracisme – aujourd'hui, on appellerait plutôt ça faire la gueule – est une pratique qu'elle répète à une fréquence dérangeante. Il ne le savait pas quand il est tombé amoureux d'elle, mais maintenant le doute n'est plus permis.

Dans l'entrée, Jim retire à sa fille son sac à dos, son bonnet et ses moufles, et sa grosse doudoune. Elle tape des pieds dans ses petites bottes en caoutchouc à rayures, envoie valdinguer sur le plancher de la neige sale. Tant de choses chez Robyn – ses yeux bleu clair (elle n'a pas hérité des yeux vairons de sa mère), le pavillon aux contours roses de ses oreilles, son expression comique d'intense réflexion – lui rappellent Jennifer, voire Daniel. Et pourtant il se garde de faire trop de comparaisons car Bella lui avait aboyé dessus la première fois qu'il avait vu Robyn sourire et qu'il avait dit – étourdi de joie paternelle – qu'il avait l'impression de revoir Jennifer. « Ne me donne pas l'impression, avait-elle répondu, que tout ce qu'on fait ensemble doit être comparé à la vie que tu as menée avec elle. »

Après coup, Bella s'était excusée, avait mis sa réaction excessive sur le compte de l'épuisement post-partum. Mais cela l'avait troublé car ce n'était plus du tout la femme – la fille – qui était entrée dans la salle d'arts plastiques de l'école ce jour de septembre, qui avait discuté avec lui pendant des heures au pub, à l'atelier, voire au cours de ce malheureux dîner avec Eva, à propos d'art, de liberté, de vie insoumise aux conventions. Le temps que Jim avait passé avec Bella avait été aussi rafraîchissant qu'un verre d'eau glacée pour étancher une soif inextinguible : sa jeunesse, sa beauté, le pur bien-être qu'on éprouvait en sa présence, sans aucune des responsabilités, des attentes d'une longue vie de couple.

Il avait été, pendant plusieurs mois, incapable de croire que sa fascination pût être réciproque, et pourtant il semblait, ô joie, que ce fût le cas. Un samedi après-midi, pendant qu'ils travaillaient à l'atelier – c'était au début du printemps ; ils avaient ouvert les fenêtres en grand pour la première fois depuis des mois, mis un CD (quelque chose de bruyant et insupportable, le choix de Bella) –, elle était allée le voir dans son espace et était restée debout en silence à ses côtés, le regardant peindre. Il n'avait rien dit, instinctivement conscient de l'imminence d'un changement. Elle s'était approchée de lui jusqu'à ce qu'il sente son souffle dans son cou. Puis, à l'oreille droite, elle lui avait murmuré : « Je crois que je t'aime, Jim Taylor. Tu crois que tu pourrais m'aimer ? » Il s'était tourné, l'avait entourée de ses bras et lui avait donné sa réponse.

Ni à l'époque ni aux premiers mois extatiques de leur aventure, Jim n'aurait jamais cru Bella capable de jalousie mesquine. Et quand il était allé chez Bella – qu'il était arrivé à la maison de New Cross avec sa valise, après s'être séparé de sa femme, et avoir fait son choix – elle l'avait accueilli : l'avait pris dans ses bras, et lui avait dit le lendemain matin, devant un petit déjeuner d'œufs et de bacon dans une gargote du coin, qu'elle n'avait jamais été aussi heureuse qu'à cet instant.

Il ne comprend pas bien à quel moment les choses ont changé. Peut-être, se dit-il maintenant, n'a-t-il jamais vraiment connu Bella, ne l'a-t-il jamais clairement vue telle qu'elle est, mais plutôt telle qu'il aurait voulu qu'elle soit : la femme qui l'avait sauvé, lui avait rendu sa foi dans l'art et dans sa capacité de créer ; qui l'avait guéri de son besoin de boire – il avait cessé d'abuser de l'alcool dès qu'il l'avait rencontrée, comme par crainte de perdre ne serait-ce qu'une minute de sa compagnie. À moins qu'il se soit simplement produit un changement en elle, provoqué par la maternité, ou par la pression née de la rupture de Jim. Quelle qu'en soit la source, le résultat est le même.

Le soir où il était rentré de Rome et tombé sur Eva assise à la cuisine, le regard furieux, une carte postale de Man Ray posée sur la table devant elle, il avait été totalement pris au dépourvu. Il n'avait pas reconnu la carte, dans un premier temps, ce n'est que lorsque Eva l'avait retournée qu'il avait senti son ventre se nouer. Il n'avait tout simplement pas permis, au cours de ses soirées volées auprès de Bella (il allait généralement à la maison de New Cross après l'école, après avoir averti Eva qu'il était retenu par une réunion de l'équipe), à sa vision fantasmée de l'avenir d'entrer en collision avec le présent tel qu'il était. Il s'était imaginé produire de grandes œuvres d'art, avec Bella à ses côtés ; s'était imaginé annoncer à Alan Dunn qu'il pouvait se le mettre où il pensait, son boulot. Mais il ne s'était pas préparé à vivre ce moment-là – et avait donc dévisagé sa femme, son cœur battant aussi fort que le rugissement de la mer.

Eva n'avait pas voulu d'explication – elle avait apparemment foncé voir Bella en voiture pour la mettre devant le fait accompli. À cet instant, Jim avait eu une nausée si profonde qu'il était persuadé d'être sur le point de vomir. Eva, sur le moment, n'avait même pas semblé en colère, elle voulait seulement savoir ce qu'il comptait faire.

« Faire ? » avait-il sottement répété.

Eva l'avait dévisagé de ces yeux, les yeux qu'elle avait posés sur lui la première fois, sur le chemin, accroupie à côté de sa bicyclette esquintée. Les yeux qui l'avaient regardé trente et un ans – sages, interrogateurs, auxquels Jim était presque aussi habitué que ses propres yeux.

« Si tu me dois bien une seule chose, Jim, avait-elle dit vivement, d'une voix soigneusement pesée, comme si sa contenance dépendait du choix des bons mots, et de leur agencement dans le bon ordre, c'est de me dire si tu as prévu de partir. »

Il était parti sur-le-champ – cela lui avait semblé la meilleure chose à faire. Il avait fait demi-tour, avait dit à Eva qu'il regrettait et qu'il l'aimait – l'avait toujours aimée. Elle pleurait, et il avait tant voulu s'approcher d'elle, la consoler – mais il ne pouvait pas, évidemment, et il avait pris horriblement conscience qu'il ne la serrerait sans doute plus jamais dans ses bras. Il s'était donc forcé à faire demi-tour et à s'en aller ; avait pris son petit sac de voyage dans l'entrée. Ce n'est qu'après avoir refermé la porte derrière lui qu'il s'aperçut qu'il avait oublié les clés de la voiture – et que ce n'était sans doute pas à lui de la prendre. C'était Eva qui l'avait achetée. Elle avait acheté la majeure partie de ce qui leur appartenait.

Il avait fait rouler sa valise dehors sur le trottoir, à la recherche du lumineux orange d'un taxi, se sentant complètement vidé, épuisé, et pourtant conscient – il ne pouvait le nier – d'un sentiment diffus d'allégresse. Bella était à lui, il n'y avait pas de retour en arrière possible. Il tournait la page, ouvrait un nouveau chapitre de sa vie. À la maison de New Cross, l'un des colocataires de Bella lui avait ouvert la porte ; lui avait dit, avec dans les yeux une morne indifférence, qu'elle dormait à l'étage. Il avait monté sa valise, avait doucement poussé sa porte, recherché la chaleur de son petit corps menu.

À présent, dans la cuisine de Hackney, Jim prépare un sandwich à Robyn : du pain complet sans la croûte et de la confiture de fraises. Il s'attable avec elle pendant qu'elle mange et remue sur sa chaise, s'interrompant pour lui offrir des aperçus cryptiques de sa journée à l'école : « On a dessiné l'Australie, papa » ; « Harry a vomi à la récré » ; « Mademoiselle Smith a un trou dans son pull. Sous le bras. »

Jim n'a guère de souvenirs de ces moments-là – le flot de la vie quotidienne avec un enfant en bas âge –, de l'enfance de Jennifer et Daniel. Il se rend compte qu'il était rarement seul avec eux dans leurs jeunes années : Eva, puis la jeune fille au pair, Juliane, avaient pris en charge la majeure partie de leur éducation au jour le jour. Il se demande comment Eva s'est débrouillée – elle était aussi occupée que lui, entre son travail au *Courier* et l'écriture. Et pourtant elle l'a fait, et il ne se souvient pas de s'être fait enguirlander une seule fois pour son manque d'implication. Non, le ressentiment était entièrement de son côté à lui, et savoir cela lui fait honte aujourd'hui, s'ajoute à sa dette grandissante, celle que ses premiers enfants se chargeraient de lui rappeler. Jennifer, mise au courant de sa trahison, l'avait retiré de la liste des invités à son mariage ; au téléphone, d'une voix glaciale, distante, elle lui avait dit qu'elle ne voulait plus jamais le revoir. (Cela n'avait pas duré – ils se voient désormais quelques fois par an – mais elle s'y était fermement tenue pendant une bonne année.) Daniel avait été moins démonstratif, mais pas moins contrarié. « Maman est dévastée, papa, avait-il dit à Jim lors d'un déjeuner particulièrement sinistre dans un grill près de Gipsy Hill. Pourquoi tu ne reviens pas ? »

Impossible d'expliquer à son fils de seize ans pourquoi il ne pouvait revenir ; pourquoi – malgré ses remords d'avoir blessé Eva, d'avoir blessé ses enfants – il était heureux avec Bella comme il ne l'avait plus été depuis des années. Il avait déjà quitté son poste à l'école, à ce moment-là – avait donné son préavis avant la fin du deuxième trimestre, et on ne lui avait pas demandé de revenir au troisième. La réprobation d'Alan s'était gravée sur son visage en acceptant sa démission, et Jim n'avait pas trouvé le courage de dire quoi que ce soit de ce qu'il avait imaginé. Et puis ils avaient découvert que Bella était enceinte, et, tout à coup, leur avenir avait pris des contours beaucoup plus nets. À l'hôpital pour la première échographie, Bella lui avait serré la main très fort en voyant la minuscule image de leur enfant apparaître à l'écran. « Je le savais, Jim, lui avait-elle dit après. À la seconde où je t'ai vu, j'ai su que je voulais un enfant de toi. Elle – ou il – va être d'une telle beauté. Notre œuvre d'art rien qu'à nous. »

Après le thé, la récréation : Jim installe Robyn dans sa chambre, l'entoure de ses poupées. Sur le palier, il s'arrête devant la porte de la chambre d'amis. C'est là, au milieu des cartons, des parapluies cassés et des vieux jouets de Robyn, qu'il a installé son chevalet, sorti ses couleurs, ses pinceaux, ses chiffons imbibés de térébenthine.

Ce fut d'abord une disposition temporaire. Le nouvel atelier qu'ils avaient loué à Dalston était plus petit que celui de Peckham, et Bella avait commencé à travailler sur des œuvres à plus grande échelle – sa dernière pièce, reconstitution minutieuse de sa chambre d'enfant, avait occupé tout l'espace. Il n'y avait pas assez de place pour qu'ils travaillent côte à côte, et le fait qu'il travaille à la maison permettait à Bella de passer de plus longues heures à l'atelier.

Jim se sentit éclipsé par le travail de Bella : son ampleur, sa superbe menaçaient de submerger les efforts plus discrets et tâtonnants de Jim. Les sculptures qu'il avait tenté de faire à l'atelier de Peckham, dans le premier accès d'énergie que lui avaient transmis son amour pour Bella et tout ce qu'elle représentait, n'avaient pas pris forme, et il était, avec un sentiment d'échec muet, retourné à la peinture. Mais même là, à la maison, cette impression de rapetissement lui était restée – son travail lui semble trop petit, d'une certaine façon ; un murmure inaudible à côté du cri à pleins poumons de Bella. Il continue de peindre, consciencieusement, les jours où il ne fait pas de remplacements à l'école ou ne s'occupe pas de Robyn, mais pour lui ce n'est ni plus ni moins que ceci : un devoir. Envers sa vieille ambition ; envers Bella ; envers la version de sa personne qu'il a offerte à Bella : l'artiste contrarié par son père, la vie conjugale, la responsabilité, à la recherche d'un nouveau départ.

Sur le seuil, il se détourne de la chambre d'amis, descend au rez-de-chaussée. Il est quatre heures et quart, encore plusieurs heures jusqu'au dîner, qu'il a promis de préparer (si Bella rentre : elle s'est mise à passer plusieurs nuits par semaine à l'atelier). À la cuisine, Jim se prépare une tasse de thé, l'emporte au salon, s'assoit. Une grande sensation de fatigue le submerge, et il sent soudain qu'il lui est impossible de se lever. Ses yeux se ferment en papillonnant, et il ne pense à rien, jusqu'à ce qu'une petite main le tire par la manche et qu'une petite voix stridente crie :

— Papa, réveille-toi ! Pourquoi tu dors ?

Émergeant lentement de son rêve, il dit :

— J'arrive, Jennifer. Papa arrive.

Quand il ouvre les yeux, il est surpris de voir qu'il ne s'agit pas de Jennifer. Son regard clignote devant cette petite fille, dont les yeux sont d'un bleu clair et pur sous une masse de boucles noires, et l'espace d'un instant, il ignore totalement de qui il s'agit.

## Version 2

### *Conseil*
### *Londres, 1998*

Elle porte le déjeuner de Ted sur un plateau : velouté de poireaux et de pommes de terre ; une tranche de pain beurré qu'elle coupera en petits morceaux et trempera dans la soupe.

— Prêt pour le déjeuner, mon chéri ?

Eva pose le plateau à côté du lit de Ted, sur la tablette (à roulettes, comme à l'hôpital ; moche mais pratique). Elle ne s'attend pas à ce qu'il lui réponde, mais quand elle se retourne, elle s'aperçoit qu'il s'est endormi.

Elle attend un moment, observe la poitrine de son mari se soulever et retomber. Il a appuyé le côté droit de son visage sur l'oreiller, de sorte que seul le côté gauche – le bon côté – est visible. Les yeux fermés, la bouche entrouverte, il a son air de toujours ; elle se souvient du premier matin où elle se réveilla près de lui dans ce lit inconnu, et traça du doigt la surface plane et le contour de son visage tandis qu'il dormait. En se réveillant, il avait dit :

— S'il te plaît, dis-moi que tu es vraiment là, Eva. Que je ne rêve pas.

Elle avait souri, frôlé du doigt la courbe de sa joue.

— Je suis là, Ted. Je ne bouge pas.

À la cuisine, elle repose son plateau sur le plan de travail. Elle retournera le voir dans une demi-heure, réchauffera la soupe ; à moins qu'il la préfère froide. C'est une belle journée, chaude mais pas étouffante. Elle a ouvert les fenêtres de la cuisine, étendu le linge qui sèche dehors – les draps de Ted, qu'elle ne cesse de laver ; ses pyjamas rayés ; ses bas de contention. Elle emporte un bol de soupe dans le jardin, dresse la table du patio avec un set, une cuillère, une serviette soigneusement pliée.

Eva avait tenu à décrire cette routine dans le livre. *Vous mangerez le plus souvent seul, mais ne négligez pas ces petits rituels qui sont le sel d'un repas. Vous le faisiez quand votre mari, votre épouse ou votre parent allait bien, alors pourquoi ne plus le faire pour vous seul ?* Daphne craignait que ce soit trop directif.

— Est-ce que la plupart des aidants vont vraiment se préoccuper de plier leur serviette, Eva ? lui avait-elle dit au téléphone.

Elles travaillaient sur les corrections à apporter à la deuxième version.

— N'est-ce pas une façon de les mettre encore plus sous pression ?

Mais Eva avait tenu bon.

— C'est ce genre de petites choses, Daphne, qui empêchent de devenir fou. En tout cas, c'est comme cela que je l'ai vécu. Et c'est de cela que je parle, non ?

Eva avait semblé plus assurée qu'elle ne l'était vraiment ; sa grande inquiétude concernait le principe même de ce livre – titre provisoire, *Attention, fragile*. Elle avait été complètement prise au dépourvu quand Emma Harrison – la jeune femme qui avait repris la clientèle de Jasper, l'ancien agent et ami d'Eva – avait pris contact avec elle pour lui proposer cette idée. Cela ne faisait que six mois que Sarah avait acheté à Eva un ordinateur portable et lui avait installé quelque chose qui s'appelait Outlook Express. (Le nom avait fait rire Eva. « On dirait un film de Sergio Leone », avait-elle dit.) Seule une poignée de personnes avait l'adresse électronique d'Eva, mais l'entreprenante Emma Harrison avait réussi à retrouver sa trace. Elle avait, expliqua-t-elle avec tact, rejoint l'agence peu après la mort de Jasper. « J'espère que vous ne m'en voulez pas de vous contacter sans crier gare, avait-elle écrit. Mais je me demandais si vous accepteriez de déjeuner avec moi ? J'aimerais vous parler d'une idée qui m'est venue. »

Elles se rencontrèrent chez Vasco & Piero à Soho, le repaire préféré de Jasper. (Eva devait reconnaître à cette fille qu'elle avait fait des recherches.) Emma avait commandé un sancerre coûteux et dit que son idée était simple.

— Un livre sur les aidants. Moitié mémoires, moitié guide pratique. Cela doit être si difficile, de faire ce que vous faites, Eva – et il y a des milliers d'épouses, de maris et d'enfants aux quatre coins du pays qui font exactement la même chose. En silence, avec noblesse – à titre bénévole, le plus souvent. Ce serait l'occasion de s'adresser à eux. De leur offrir du soutien.

Eva s'était arrêtée à « avec noblesse » – elle ne s'appelait pas, avait-elle dit bien sagement, Florence Nightingale – mais elle avait promis d'y réfléchir. Ce soir-là, après avoir donné son bain à Ted – Carole, l'infirmière de nuit, était venue donner un coup de main pour le mettre dans la baignoire et l'en faire sortir, et maintenant Eva lui mettait de la crème dermatologique sur les jambes –, elle lui avait dit : « Chéri, on m'a proposé d'écrire un livre qui parle de toi. Qui explique en quoi cela consiste de s'occuper de toi. Je ne suis pas sûre que ce soit une bonne idée. Qu'est-ce que tu en penses ? »

Ted s'était beaucoup agité, le volume des sons aphones qui étaient devenus son seul moyen d'expression avait augmenté. (Ainsi débuterait son livre : par le terrible fait qu'un homme qui a construit sa carrière sur sa capacité à communiquer ait perdu l'usage de la parole.) Ses yeux avaient furtivement remué de part et d'autre, dans un clignement qu'elle associait désormais à son accord.

« Tu crois que je devrais ? » demanda-t-elle.

Le clignement continua.

« Bon. »

Elle remonta sa main le long de son corps, se mit à appliquer la crème sur son bras droit.

« On verra, alors. »

Dans le jardin, elle mange sa soupe. Elle a laissé la radio allumée, et le son étouffé des infos sort par la fenêtre de la cuisine : trois enfants tués dans une attaque au cocktail Molotov en Irlande du Nord ; la famine au Soudan ; la finale de la Coupe du monde entre la France et le Brésil. (*Continuez de vous intéresser aux affaires du monde,* avait-elle écrit dans le chapitre trois. *Écoutez la radio, regardez la télévision, abonnez-vous à un journal. Le plus important est de se rappeler que la personne dont vous vous occupez et vous n'êtes pas seuls au monde – et certainement pas les seuls à souffrir.*)

Elle pense à ces pauvres enfants en Irlande et au Soudan ; à Pierre, le petit de Sarah, qui est devenu un brillant petit garçon bilingue de sept ans ; à cette femme terrifiée qui lui a écrit il y a un mois, en disant que son mari était retourné au Pakistan avec leurs deux enfants, et qu'elle pensait ne plus jamais les revoir. Eva n'utilisa pas cette lettre dans sa chronique. En accord avec les principes développés auprès des avocats du *Daily Courier,* elle a répondu à la mère, la pressant d'aller voir la police. La réponse de la femme arriva le lendemain. *Merci de votre conseil, madame Simpson. Je ne saurais vous dire combien cela signifie pour moi. Mais ce n'est pas un bon conseil. Il dit qu'il les tuera si je le poursuis. Et je l'en crois vraiment capable.*

Conseil. Voilà le domaine d'expertise d'Eva, désormais, même si elle a l'impression, au fond, de ne pas en savoir plus que les autres ; d'en savoir même moins qu'à ses vingt ans, quand tout avait l'air si évident, clair et simple. Ce fut la conséquence d'*Attention, fragile*, bien sûr : le succès du livre avait même dépassé les attentes d'Emma Harrison. Les critiques l'avaient encensé (la plupart, en tout cas), les lecteurs l'adoraient. Eva fut invitée à la télévision et devint membre du comité de trois associations caritatives. La « question de l'aide à domicile » fut débattue au Parlement. Même Judith Katz – qui avait désormais quatre-vingt-dix ans et coulait ses vieux jours dans un quartier résidentiel protégé de Hampstead Garden Suburb – l'appela pour lui transmettre ses félicitations. Puis le *Daily Courier* prit contact avec elle, en la personne de Jessamy Cooper, la rédactrice en chef de trente-quatre ans du nouveau supplément week-end. (*Depuis quand,* n'avait pu s'empêcher de se demander Eva, *le monde entier est-il devenu si absurdement jeune ?*)

Au cours d'un autre déjeuner hors de prix, Jessamy lui avait demandé :

— Que diriez-vous de devenir notre nouvelle responsable du courrier des lectrices ?

Eva avait réfléchi un moment.

— La clinique des cœurs brisés, vous voulez dire ?

— Si vous préférez. (Jessamy avait souri.) Mais ça a un petit côté macabre, non ?

L'ironie, se dit Eva en finissant sa soupe, c'est que plus elle passe de temps à donner des conseils et à parler des soins, moins elle passe de temps à en prodiguer réellement. Ils emploient désormais Carole trois jours par semaine, et elle aide Eva à donner le bain à Ted. Quand il traverse une période particulièrement difficile – il a souffert d'une pneumonie juste après Noël –, ils l'engagent aussi pour la nuit, et elle dort dans la chambre d'amis.

C'est le livre qui a rendu cela possible – ça, et le dédommagement versé à Ted par le *Daily Courier*, qui s'est révélé plus que généreux. Eva avait été invitée à faire la connaissance du nouveau rédacteur en chef, récent transfuge du *Telegraph* qu'elle n'avait encore jamais eu l'occasion de rencontrer ; elle s'était assise à distance raisonnable de son bureau, observant ses petits yeux chassieux balayer la pièce avec timidité. « Un grand homme, Ted Simpson. Il nous manque beaucoup. » *Mais vous ne l'avez jamais rencontré,* s'était retenue de dire Eva. *Qu'est-ce que vous en savez, s'il vous manque ?*

Il semblerait néanmoins que Ted lui-même préfère voir Eva continuer à écrire. Il lui avait dit, quand il parlait encore, que sa plus grande peur ne le concernait pas lui, mais le fait qu'elle se sente obligée de s'occuper de lui. Il y avait eu un terrible incident – Eva l'avait raconté dans le livre – quelques semaines après leur retour de Rome : ils avaient pris le train pour King's Cross un matin, et il avait perdu ses facultés motrices pendant la traversée du quai. Elle avait su exactement quoi faire – le tenir fermement par le bras en l'aidant à retourner dans le hall, pour lui trouver un siège ; par-dessus tout, faire en sorte qu'il garde son calme. Une femme d'affaires – Eva la revoit dans son tailleur noir moulant avec ses talons aiguilles – avait fait *tss-tss* sur leur passage, ajoutant à haute voix : « Ivre à cette heure de la journée, quelle honte. »

Ted s'était recroquevillé en entendant la voix de la femme, comme s'il avait reçu un coup. Quand ils avaient fini par trouver un endroit où s'asseoir, il s'était pris la tête à deux mains et avait dit :

— Tu ferais mieux de me quitter, Eva. Je ne te sers plus à rien. Je détruis ta vie.

Eva lui avait retiré les mains du visage ; elles étaient froides, exsangues, elle les lui avait réchauffées.

— Ted. Je t'ai dit que je ne bougerais pas. Un point, c'est tout. Tu ne te débarrasseras pas de moi, c'est clair ?

Et pourtant Eva ne pouvait pas faire comme si, en son for intérieur, l'idée de le quitter ne l'avait jamais effleurée. Un après-midi, quelques semaines plus tard, elle s'était octroyé quelques heures, était lentement montée en haut de la colline jusqu'à Alexandra Palace. Elle s'était assise sur un banc derrière un large platane qui lui rappelait Paris et dominait la ville. *Je suis trop jeune pour ça,* s'était-elle dit. *Je n'ai jamais demandé ça. Ce n'est pas juste.* Ça ne l'était pas, bien sûr – et puis elle s'était dit que ça l'était encore moins pour Ted. Elle s'imagina le quitter, le confier aux soins d'une infirmière dont il ne fallait attendre rien de plus qu'une gentillesse aussi distante qu'anonyme ; le faire admettre dans quelque hôpital, se donner bonne conscience parce qu'il y trouverait « asile », terrible euphémisme. Ted était fils unique – ses parents étaient morts, il n'avait pas d'enfant –, elle et Sarah étaient tout ce qu'il avait ; elles ne l'abandonneraient pas. Eva l'aimait. Cela ne faisait aucun doute.

De la radio monte maintenant le thème du générique de *The Archers.* Eva écoute, ferme les yeux, profite de la chaleur du soleil sur son visage, des sons lointains de la ferme en été à Ambridge. En les rouvrant, elle voit Umberto – vieux monsieur vénérable, désormais, aussi rachitique et placide qu'un *nonno* italien – s'étirer et se tourner dans son coin ombragé préféré sous les clématites. Elle s'approche de lui, le chatouille sous le menton.

Qu'est-ce que tu en dis, *caro mio* ? Je vais voir si ton *papà* est réveillé ?

Il est bien réveillé. Elle repose son plateau-repas sur la tablette, touche le front de Ted.

— Mince alors, mon chéri, tu es brûlant. Tu veux que j'ouvre la fenêtre ?

Il cligne rapidement des yeux. Elle va à la fenêtre, qu'elle ouvre aux sons de la rue, à la vague promesse de la fraîcheur d'une brise. Elle se retourne vers lui, vers son côté paralysé où, depuis la dernière attaque, ses traits semblent s'être affaissés, recomposés. Ses yeux la regardent avec une ineffable tristesse. Elle dit :

— Mon chéri. Ne me regarde pas comme ça, s'il te plaît. Je ne le supporte pas.

Un nouveau clignement, puis il ferme les yeux.

## Version 3

*Portée disparue*
*Sussex, avril 2000*

Ils n'ont aucune nouvelle de Sophie depuis six semaines quand Jim revient de l'atelier et dit :

— Je crois qu'on devrait aller la chercher.

C'est un mardi, à onze heures passées. Eva est debout près de la fenêtre de la cuisine, une tasse de café à la main : sa pause matinale entre deux séances d'écriture. Elle touche bientôt à la fin de ce qui sera, elle l'espère après toutes ces années, la version définitive de son recueil de nouvelles.

— Tu es sûr que c'est une bonne idée, mon chéri ?

— Non. (Il pose la main sur l'encadrement de la porte pour garder l'équilibre.) Je ne suis pas sûr du tout que ce soit une bonne idée. Mais c'est la seule qui m'est venue.

Eva a pris le volant. C'est une matinée lumineuse, balayée par les vents ; les arbres qui longent les allées étroites se courbent et oscillent sur leur passage, et les fleurs tombent des haies. Jim repense à la dernière fois qu'il a vu Sophie, juste avant Noël. Elle avait résisté à toutes leurs tentatives de l'inviter le jour de Noël – son téléphone portable n'était jamais allumé, semblait-il – et il avait décidé de prendre les choses en main. Il était parti seul en voiture jusqu'à Brighton – Eva était à Londres pour le week-end avec Sam et leurs petits-enfants, et Jim était resté pour achever une commande censée être prête et livrée la semaine suivante.

Il avait pris la même route, glissante ce jour-là à cause d'une fine couche de givre.

L'adresse que sa fille lui avait donnée était une rue qui s'appelait Quebec Street : une minuscule maison mitoyenne, sa façade bleue fissurée et décatie. Pendant un long moment, personne n'avait répondu. Il se demandait si elle n'avait pas déménagé sans les avertir, cela n'aurait pas été la première fois. Et puis, elle était apparue – ou plutôt son ombre, squelettique et frissonnante dans un t-shirt à manches longues.

« Bonjour, papa, avait dit l'ombre. T'as pas eu mon message ? Je veux pas te voir. »

Et elle lui avait claqué la porte au nez.

Là, quand ils tournent dans London Road, Eva dit :

— Quebec Street, alors ?

— C'est le seul endroit où aller, non ?

Elle lui prend la main.

— Mon chéri. S'il te plaît, ne t'attends pas à un miracle.

Il la serre fort.

— Je sais.

Ils se garent tout au bout de la rue, devant une jolie maison blanchie à la chaux, deux maquettes de bateaux posées sur le rebord de la fenêtre. Après avoir parcouru quelques mètres sur le trottoir, Jim sent ses jambes s'alourdir ; à deux maisons de distance, il s'arrête, soudain effrayé qu'elles cèdent. Eva lui prend le bras.

— Tu veux t'asseoir ? Repasser plus tard ?

Jim secoue la tête. Ce n'est pas sa propre fille qui va lui faire peur.

— Non. Viens. Il faut que j'essaie.

Pour la deuxième fois, il sonne à la porte. Ils attendent sur le trottoir dans un silence angoissé. Une fille qui passe de l'autre côté de la rue – en blouson de cuir, un reflet vert dans les cheveux – les observe sans sourire.

Il appuie de nouveau sur la sonnette, attend. Puis, finalement, on entend des bruits de pas dans l'escalier, et une silhouette se profile dans l'entrée derrière le verre dépoli. Jim retient son souffle. La porte s'ouvre d'un coup. C'est un homme qu'il ne connaît pas – vêtu d'un t-shirt noir et d'un jean crasseux ; sa peau est d'une pâleur anormale.

— Quoi ? fait le type.

Jim regarde cet inconnu ; tente sans succès de le jauger.

— Je suis le père de Sophie. Est-ce qu'elle est là ?

— Vous vous trompez de maison.

L'homme parle avec un fort accent londonien et arbore un sourire en coin.

— Y a pas de Sophie, ici.

— Je ne vous crois pas.

Jim fait un pas en avant, mais l'homme lui barre le passage.

— Fais pas ça, vieux. Je vous l'ai dit – vous vous êtes trompés de maison.

Eva pose une main sur le bras de Jim, le tire en arrière.

— Si c'est le cas, dit-elle, nous sommes vraiment désolés de vous avoir dérangé. Mais nous sommes un peu étonnés, vous voyez. Ma belle-fille a habité ici. Mon mari l'a vue il y a quelques mois.

L'homme la regarde, souriant ouvertement cette fois. Jim lui mettrait bien son poing dans la figure, histoire de sentir le craquement d'os et de dents brisés. Mais la main conciliante d'Eva reste posée sur son bras.

— Bon. Je comprends que ça vous étonne. Mais elle n'habite plus ici.

— Vous croyez, dit Eva du même ton réfléchi, qu'on pourrait entrer vérifier par nous-mêmes ?

— Non. Je crois pas. Et maintenant, si vous retourniez tous les deux à votre petite vie bourgeoise bien confortable ?

Et la porte se referme.

C'est à peine si Jim entend ce que vient de leur dire le type. Il regarde Eva, si courageuse, si précieuse pour lui. Soudain, tout lui semble d'une clarté effroyable : il a choisi Eva – la certitude du bonheur à ses côtés – plutôt que sa fille. Il a provoqué cette situation terrible qu'ils subissent tous ; c'est la conclusion logique. Il n'aurait pas dû quitter

Helena. Il n'aurait jamais dû tenter de remonter le temps, jusqu'au moment où Eva et lui avaient la vie entière devant eux. Il est allé contre la loi naturelle des choses, cette loi qui affirme que l'occasion d'atteindre le bonheur ne se présente qu'une seule fois, avec une seule personne, et que si on la laisse passer, elle ne se représente jamais.

Il remonte les années mentalement, jusqu'à l'anniversaire d'Anton, et ce moment où il vit Eva dans la cuisine en robe longue, épaules nues, cheveux attachés sur la nuque. Il aurait dû lui tourner le dos à ce moment-là, aller retrouver Helena, leur petite fille, la vie qu'il avait faite sienne. Mais il sait qu'il n'aurait jamais pu faire cela. Il n'aurait jamais pu tourner le dos à Eva comme il l'avait fait à l'époque à Cambridge, devant la librairie Heffers : elle était enceinte de Rebecca, l'avait dévisagé, l'avait vu tourner la tête et s'éloigner. Jim avait dû rassembler toutes ses forces pour ne pas se retourner. Il ne serait jamais plus aussi fort.

— Jim ? Mon chéri. Tu vas bien ?

Il ne dit rien. Il titube, Eva le rattrape.

— Viens. On retourne à la voiture.

Elle conduit jusqu'à la promenade, se gare à Brunswick Square ; le prend par le coude, comme un invalide, et le soutient jusqu'au front de mer. Dans un café en bas d'une volée de marches : une chaise en fer, un fish & chips dans une barquette de polystyrène jaune. La plage est vide à l'exception d'un homme qui se promène avec son chien, lui jetant un bâton.

L'agilité du chien qui s'arc-boute ; la vaste mer, grise et courroucée.

— Où est-elle ? demande-t-il.

— Là où on n'a pas le droit d'aller.

— La drogue.

C'est la première fois que Jim prononce le mot tout haut, mais il flotte entre eux depuis des mois – voire des années. Le comportement erratique de Sophie. Sa perte de poids. Son teint cireux.

Eva hoche la tête.

— J'ai l'impression.

— C'est ma faute, dit-il.

— Non.

— Si. Tout. Sophie. Maman… Je les ai laissées tomber, Eva. Je n'étais pas là pour elles. Je n'ai pensé qu'à moi.

— Et à moi.

Il la regarde. Le vent fouette ses cheveux. Elle est tout pour lui : son monde, ou la version idéale de son monde. Il n'a jamais vraiment eu le choix.

— Et à toi.

Ils gardent le silence un moment. Eva récupère les barquettes vides, va les jeter dans une poubelle au bord du chemin. Il observe ses petits mouvements adroits. De dos, on lui donnerait vingt-six ans ; même quand elle se retourne, elle ne trahit pas vraiment ses soixante et un ans.

En se rasseyant, elle dit :

— Jim, tu ne peux pas tout te reprocher. C'est impossible.

— J'aurais dû faire passer Sophie avant le reste, dit-il calmement. J'aurais dû être un meilleur père.

— Mon chéri. (Eva se tourne vers lui, lui prend le menton dans le creux de la main.) Je ne crois pas qu'il existe un père ou une mère sur cette Terre qui n'éprouve pas la même chose. Tu as fait tout ton possible.

— J'aurais dû mieux faire.

Il se lève, et elle aussi. La main d'Eva glisse du visage de Jim, il la serre.

— Pardon. Je m'inquiète tellement pour elle.

— Évidemment. Et on va faire tout ce qu'on peut pour la retrouver. Quand on sera à la maison, on appellera tout le monde. Helena. The Ship, c'est là qu'elle travaillait, non ? Sam a peut-être une idée. On va mettre tout le monde à contribution, Jim, d'accord ? On va retrouver Sophie et on va la ramener à la maison.

Le soulagement le gagne : soulagement d'avoir Eva, de l'aimer, de partager sa vie. Il prend une grande inspiration.

— Descendons jusqu'à la mer, dit-il.

Et il la guide sur les galets de la plage, où ils avancent en trébuchant, aussi maladroits que des enfants qui font leurs premiers pas.

## Version 1

*Soixante ans*
*Londres, juillet 2001*

— Prête pour le grand discours ?

— Prête comme jamais.

Eva boit une gorgée de champagne.

— J'ai une antisèche dans mon sac.

— Y en a là-dedans.

Penelope lève son verre, trinque avec Eva.

— Tu as déjà eu des publics plus difficiles.

Elles sont sur le pont supérieur d'un bateau, à la proue. Autour d'elles circulent des hommes en smoking – des hommes de leur âge, pour la plupart, aux cheveux gris gominés (quand il y a encore matière à gominer), aux visages rougeauds et sereins – et des femmes en robe de soirée, le décolleté d'une courageuse générosité. En voyant une femme de l'autre côté du pont – ses cheveux blancs attachés en un chignon sophistiqué, l'échancrure de sa robe rouge plongeant profondément sur le fin papier crépon de la peau de ses seins – Eva éprouve un étrange mélange de pitié et d'admiration. Elle et Penelope ont fait preuve d'une prudente retenue : Pen, désormais résignée à une certaine corpulence, est joliment enveloppée d'une robe noire aux fins liserés d'or. Eva porte de la soie vert foncé. Hors de prix : un cadeau qu'elle s'est fait, sur un coup de tête.

— Jolie robe. Tu es si menue. Je te hais.

— Tu parles. Merci quand même, Pen.

Penelope sourit. Elle regarde Eva un moment, la tête très légèrement inclinée, pensive. Plus sérieusement, elle ajoute :

— Tu es magnifique, ma chérie. L'âge n'a pas prise sur toi. Il en a sur nous, mais toi, il te fiche la paix. N'oublie pas ça.

— D'accord, Pen. Je vais essayer.

Eva pose une main reconnaissante sur le bras de son amie. Elle a toujours été là quand Eva en a eu besoin ; et combien de fois, ces dernières années, Eva a-t-elle eu l'occasion de lui en être redevable ?

— Il vaut mieux que je fasse un saut au petit coin avant le dîner. On se retrouve en bas, d'accord ?

— D'accord. Bonne chance pour ton discours. Imagine-les tous à poil.

Elles se regardent ; Penelope est la première à éclater de rire.

— Tout bien réfléchi, non, vaut mieux pas.

Les toilettes sont au pont inférieur, à côté de la salle de bal, où des serveurs en livrée blanche virevoltent autour de tables qui croulent sous le cristal ; au centre de chacune d'elles s'élève un arum dans un grand vase blanc. Par les grandes baies vitrées, la cheminée de la Tate Modern se dresse dans le ciel qui s'assombrit ; sur l'autre rive du fleuve, le dôme de St Paul brille d'un pâle et majestueux éclat. Eva reste sur le seuil un moment, regarde sa ville ; s'en imprègne.

— Eva. Te voilà. Dieu merci.

Thea : cheveux grisonnants aux mèches discrètes, les fines bretelles de sa robe découvrant les contours musculeux du haut de son bras. Cinquante-huit ans, et elle continue de faire de l'exercice chaque matin dans la salle de gym au sous-sol de la maison, à Pimlico. Dans les semaines qui avaient suivi le départ de Jim – ces premières terribles journées, quand le temps avait semblé s'effondrer sur lui-même, et qu'Eva n'arrivait même pas à s'habiller –, Thea avait tenté d'instiller une discipline similaire chez sa belle-sœur. Trois matinées par semaine, elle était passée prendre Eva, l'avait poussée dans la MG et l'avait installée sur le rameur. « L'exercice guérit de tout », avait-elle assuré à Eva, à sa rude manière norvégienne. Mais ce n'était pas vrai, cela n'avait pas guéri Eva. Cela n'avait fait que redistribuer la douleur dans son corps.

— Tout a l'air merveilleux, dit Eva.

— Tu trouves ? Je suis ravie.

Thea s'approche, pose la tête sur l'épaule d'Eva. Elle a de soudains gestes d'affection ; au début, Eva les trouvait un peu déconcertants – pas très anglais et certainement pas très autrichiens – mais elle a appris à les apprécier énormément.

— Il y a quelqu'un à notre table qu'on voudrait te présenter.

Eva recule d'un pas, blessée.

— Oh, Thea, tu n'as quand même pas…

— Ne me regarde pas comme ça. Garde un peu l'esprit ouvert. (Thea lève la courbe nette de son sourcil.) Bon, c'est presque l'heure de passer à table. Tu viens m'aider à rameuter les troupes ?

La famille est assise ensemble à la table d'honneur, comme pour un mariage : Anton et Thea ; Jennifer et Henry ; Daniel et sa nouvelle petite amie, Hattie, une étudiante en stylisme coiffée d'un petit chapeau de dentelle qu'elle a conçu elle-même, élégamment posé sur ses tresses plaquées. La mère de Thea, Bente – ancienne neurochirurgienne de quatre-vingts ans, qui a la même excellente ossature que sa fille et sa formidable intelligence –, a réussi à faire le voyage depuis Oslo. Elle est assise à côté de la nièce d'Eva, Hanna, qui a maintenant vingt-six ans et est en dernière année de médecine. De l'autre côté de Bente sont assis l'ancien camarade de classe d'Anton, Ian Leibnitz, et sa femme Angela, qui commencent, comme tant de couples mariés de longue date, à vaguement se ressembler. Entre Angela et Eva, un siège vide, et un nom qu'Eva reconnaît, soigneusement écrit à la main. *Carl Friedlander.* Le nouvel associé d'Anton au cabinet, l'homme qui, si Eva se souvient bien, a perdu sa femme qui souffrait d'un cancer, il y a à peine plus d'un an.

De l'autre côté de la table, elle surprend Anton jeter un regard appuyé au siège inoccupé de Carl. « Attends un peu, articule-t-elle en silence, que je fasse mon discours. » Eva est plus en colère qu'elle ne veut bien le montrer : en colère de voir qu'au lieu de profiter simplement de la fête pour les soixante ans de son frère, elle est forcée d'endurer la torture d'un guet-apens tendu sous les yeux de son fils et de sa fille, et de tous ceux qu'Eva et son frère peuvent compter comme amis – hormis Jim, bien sûr ; Jim n'a pas été invité. Mais Anton lui sourit, hausse les épaules. Il ressemble soudain tellement au petit garçon qu'il a été – potelé, rougeaud, sans cesse à la recherche d'une nouvelle bêtise à faire – qu'Eva ne résiste pas à l'envie de lui sourire à son tour.

Carl Friedlander arrive au moment où les entrées sont servies. Il est extrêmement grand – plus d'un mètre quatre-vingts, présume Eva, tandis qu'il se répand en excuses essoufflées auprès de la tablée : il arrive de chez sa fille à Guilford, et le train s'est tout simplement arrêté à proximité de Waterloo. Un visage sec et émacié, presque décharné ; un panache d'épais cheveux blancs. En lui serrant la main, Eva se souvient d'une photo de Samuel Beckett qu'on pouvait apercevoir au *Daily Courier*, au-dessus du bureau de Bob Masters, une composition cubiste de plans monochromes, hachurée de blocs d'ombre. Mais l'expression de Carl Friedlander n'est pas, note-t-elle avec soulagement, aussi sévère.

En s'asseyant, il dit :

— Enchanté de faire votre connaissance.

Il s'installe confortablement, lisse un pli de sa veste.

— Je vous connais, bien sûr. Je veux dire, je vous connaissais avant de rencontrer Anton. Mon épouse a lu tous vos livres.

Il tressaille un peu au mot « épouse » et du coup, pour lui épargner toute gêne, Eva enchaîne en disant :

— Comme c'est aimable à vous de le dire. Et vous, en avez-vous lu ? Les hommes aussi ont le droit, vous savez.

Carl la regarde, évalue le ton employé. Il laisse échapper un bref éclat de rire.

— Vraiment ? Si j'avais su. J'ai lu *Pressées* en le dissimulant entre les pages d'un numéro de *Playboy* pour que personne ne me voie.

C'est au tour d'Eva de rire. Elle sent Jennifer, toujours très sensible aux nuances de l'humeur de sa mère, les observer de l'autre côté de la table.

— Désormais vous le saurez, vous pouvez le relire en public aussi souvent que vous voulez.

Entre l'entrée et le plat de résistance, Eva apprend que Carl Friedlander est né et a grandi à Whitechapel, de parents allemands (sans qu'il soit utile de préciser qu'ils étaient juifs). Qu'il s'est engagé dans la marine marchande en 1956, y a passé trente ans, jusqu'à ce qu'il la quitte pour créer sa propre société de courtage maritime. Que lorsque la société d'Anton a pris le contrôle de la sienne il y a deux ans, il a pensé prendre sa retraite, mais qu'Anton lui a forcé la main pour qu'il reste. Qu'il adore Wagner, tout en sachant qu'il ne devrait sans doute pas. Que sa petite-fille s'appelle Holly et qu'elle est la créature la plus lumineuse et précieuse dans sa vie. Et qu'il est profondément, indiciblement seul.

Cette dernière affirmation, bien sûr, est seulement perceptible pour quelqu'un qui sait lire entre les lignes, qui sait ce que c'est d'atteindre les derniers mois de la vie d'un être (c'est morbide de penser ça, mais c'est ainsi) et de soudain se retrouver seul, contre toute attente. Eva sait que c'est absurde, vraiment, que cela ne devrait pas être un tel choc : nous sommes seuls quand nous venons au monde et seuls quand nous le quittons. Mais la vie conjugale – quand elle est réussie, en tout cas – obscurcit cette vérité élémentaire. Et la vie conjugale d'Eva et Jim avait vraiment été une réussite : elle s'en aperçoit aujourd'hui, avec dix ans de recul sur sa conclusion abrupte.

Au cours des mois qui avaient suivi le départ de Jim, Eva avait souffert de ce qu'elle qualifie à contrecœur de dépression nerveuse, bien que ce terme lui semble trop vague. Ce fut moins une dépression qu'une cassure : elle avait eu l'impression irréelle que le chemin de sa vie avait bifurqué, et qu'elle s'était retrouvée coincée sur la mauvaise route, sans aucun moyen de faire demi-tour. Cela rappelle évidemment Dante – et elle avait, de la *via smarrita*, perdu la bonne route. Elle avait été incapable de travailler (son éditrice avait dû publier son essai sur les femmes écrivains sans organiser la moindre interview) ; tout à fait incapable de fonctionner. Il avait fallu les efforts conjugués de Penelope, Anton, Thea et d'un psychothérapeute hors de prix pour permettre à Eva de s'en sortir, pour lui rappeler qu'elle avait des choses à faire, des décisions à prendre. Ainsi que la nécessité impérieuse d'être là pour ses enfants ; sans parler de sa détermination à ne pas montrer à Jim que sans lui, elle s'écroulait.

Eva s'épargnerait, décida-t-elle, cette dernière indignité. Elle s'était reprise, avait mis en vente la maison rose qu'ils avaient tant aimée puis acheté une maison plus petite à Wimbledon, près du parc, avec une chambre pour Daniel, qui venait de partir à l'université de York. Elle avait même envoyé une carte, le moment venu, à Jim et Bella, pour les féliciter de la naissance de leur fille, Robyn.

Pendant près d'un an, Jim avait gardé ses distances. Jennifer avait même annulé son invitation à son mariage. Et puis, progressivement, il était réapparu dans leur existence ; à la remise des diplômes de Daniel (Bella était restée à la maison avec Robyn), Jim avait pris la main d'Eva pendant la cérémonie, s'était penché et lui avait glissé à l'oreille : « Merci, Eva. Merci de ne pas avoir rendu la situation plus compliquée qu'elle l'était déjà. »

Elle avait senti une bouffée de colère, si forte qu'elle aurait voulu hurler. *Tu es entré dans ma vie quand j'avais dix-neuf ans. Tu es le seul homme que j'aie jamais aimé – le seul homme que j'aie jamais espéré aimer. Tu as pris tout ce que nous avons accompli ensemble, tout ce que nous étions l'un pour l'autre, et tu l'as réduit en miettes : il n'en reste plus qu'un tas de cendres.* Mais elle n'avait rien dit de tout cela. Elle lui avait simplement serré la main, puis l'avait lâchée.

Une fois le plat principal desservi, Thea se lève, et le silence se fait dans la salle. Elle propose un toast en l'honneur d'Anton, entraînant le cliquetis de glockenspiel des verres qui s'entrechoquent, et un chœur d'acclamations spontanées. Puis Thea regarde Eva. Elle se lève à son tour, et toutes ses pensées liées à Jim, à la solitude, à cet inconnu assis à ses côtés – ce voyageur égaré sur la mauvaise route, comme elle – s'évaporent de son esprit quand elle parle de son frère : du garçon, de l'homme, du père et du fils. Et de leurs parents, qui leur manquent tant.

— Bravo, dit Carl quand Eva se rassoit.

Pendant le discours, il ne l'a pas quittée des yeux une seule seconde.

Plus tard, une fois le repas terminé, quand on retire les tables rondes pour libérer la piste de danse, et que tout le monde est un peu ivre, Carl invitera Eva à danser. Il la tiendra un peu maladroitement au début, puis plus près, bougeant avec fluidité, élégance, d'une façon qu'Eva trouvera complètement inattendue.

Elle coupera court, consciente des regards curieux de son fils et de sa fille, de sa nièce ; et Carl hochera la tête, disparaîtra dans la foule. Elle sentira son absence, alors, le cherchera du regard sur le pont supérieur, l'air de rien. Quand la fête touchera à sa fin – que les invités regagneront le quai en titubant ; que les lumières du bateau répandront des taches de couleur à la surface noire de l'eau –, Carl viendra lui dire au revoir, lui dira qu'il aimerait beaucoup la revoir.

Alors, Eva se surprendra à dire : « Oui. Avec grand plaisir. »

## Version 2

*Détour*
*Cornouailles, juillet 2001*

Tôt le matin du soixantième anniversaire d'Anton, quand Jim prépare son petit sac de voyage avant de partir pour Londres, il reçoit un coup de fil de son fils.

Après avoir raccroché, Jim reste un moment assis en silence, puis esquisse lentement un sourire. Et compose le numéro de son cousin Toby.

— Excuse-moi, dit-il. Elle a accouché. Oui, deux semaines avant le terme. Présente mes excuses à Anton et Thea, tu veux ? Amuse-toi bien.

À la gare, il tente d'échanger son billet pour Londres contre un pour Édimbourg, mais la guichetière fait la moue.

— C'est un aller-retour acheté d'avance, monsieur. Non remboursable, non échangeable. Il faut que vous achetiez un nouveau billet. Et il ne reste plus que des couchettes à bord du train au départ de Penzance.

— Très bien.

Dans son excitation, Jim oublie d'être agacé.

— Dans ce cas réservez-moi un aller-retour Londres-Édimbourg, s'il vous plaît. En première. Il faut que j'y aille aujourd'hui. Mon fils et ma belle-fille viennent d'avoir un enfant. Leur premier.

L'expression de la guichetière s'adoucit un peu.

— Votre premier petit-enfant ?

Jim hoche la tête.

— Bon.

Elle tapote sur son clavier, attend sous le vrombissement et le crépitement de l'imprimante à billets.

— Vous avez encore la vie devant vous, alors, hein ?

Le prochain train pour Londres part dans une demi-heure. Jim achète le journal dans un kiosque, commande un double cappuccino. C'est une belle matinée, lumineuse, la chaleur attendue allégée par la fraîche brise des Cornouailles ; sur le quai avec son petit sac de voyage, café à la main, Jim sent monter une pure bouffée de bonheur en lui. Sa petite-fille, Jessica. (Dylan et Maya ont choisi son prénom au sixième mois de grossesse, après avoir assisté à une représentation du *Marchand de Venise*.) Il ferme les yeux, sent le vent sur son visage, respire les odeurs d'huile de moteur, de bacon et de détergent de la gare. Il se dit : *Je vais m'accrocher à ce moment et m'en souvenir. Je vais l'attraper avant qu'il disparaisse.*

Il dispose d'un siège avec table à bord du train : spacieux, confortable. Il accepte le café que lui propose le serveur, bien qu'il n'ait pas encore terminé son cappuccino, et commande un petit déjeuner complet. Ce n'est qu'à ce moment-là, quand Jim s'assoit, ouvre son journal, regarde les ajoncs, les cottages au toit d'ardoise et la mer scintillante dans le lointain, qu'il s'aperçoit qu'il a oublié de prévenir Vanessa qu'il s'absentera plus longtemps qu'un jour. Il prend son nouveau portable dans son sac (c'est Vanessa qui l'a convaincu de l'acheter ; lui reste plutôt sceptique devant ses minuscules touches et ses petits bruits aussi soudains qu'inexplicables). Lentement, laborieusement, il tape un nouveau message. *Jessica est née avec deux semaines d'avance. Je suis en route pour Édimbourg. Ne sais pas trop quand je rentrerai. Tu tiendras le coup, non ? J.*

Bien sûr que oui. Vanessa est d'une efficacité déconcertante : elle a quitté son poste de secrétaire de direction d'une banque d'investissement de Londres pour s'installer dans les Cornouailles et « mener une vie plus créative ». Jim ne voit pas bien en quoi gérer les affaires de son atelier – commander le matériel, archiver tableaux et correspondances, empêcher le flot incessant d'e-mails et de paperasse de le submerger complètement – constitue une « vie créative », mais Vanessa semble s'en contenter. Elle n'est pas comme Caitlin, qui l'a brusquement quitté il y a deux ans, lui annonçant avoir rencontré quelqu'un qui lui serait « dévoué, entièrement dévoué ». Vanessa est mariée, d'une part – non que Jim eût tenté sa chance si elle ne l'avait pas été. Mais il apprécie sa compagnie et lui est reconnaissant de la façon mystérieuse avec laquelle elle parvient à anticiper ses moindres besoins.

Voilà qu'elle apparaît sur l'écran du téléphone, pour lui demander s'il veut qu'elle fasse envoyer un bouquet de fleurs à Anton Edelstein. *Bonne idée,* lui répond Jim. *Merci, V. À bientôt.*

Anton Edelstein : soixante ans aujourd'hui. Bizarre que Jim ait trouvé cela si dur à encaisser, quand il était passé par là deux ans plus tôt. (Caitlin venait de le quitter ; il pansait encore ses blessures et avait tristement fêté ça dans un restaurant indien avec Stephen Hargreaves.) Dans l'esprit de Jim, Anton reste ce jeune homme de trente ans en pantalon à pattes d'éléphant et chemise à motif cachemire qui servait des punchs à tout-va dans sa cuisine de Kennington.

Jim a peu vu Anton pendant plusieurs années – lors d'une ou deux soirées chez Toby ; au vernissage de la première exposition de Jim à la Tate. Là-bas, dans la pénombre du grand hall au sous-sol du musée, Jim s'était retrouvé à lui demander des nouvelles d'Eva.

La question avait pris Anton par surprise.

— Je ne savais pas que tu connaissais ma sœur.

— Pas très bien, avait vite répondu Jim. On s'est croisés quelquefois au fil des ans.

— Oui. J'imagine.

Anton avait baissé les yeux, mal à l'aise.

— Bah, dans ce cas, tu dois savoir qu'elle traverse une période très difficile. Vraiment très difficile.

Jim avait hoché la tête, même s'il n'avait pas vraiment idée de la chose. Il avait entendu Eva à la radio deux ans avant – il avait pris l'habitude d'écouter Radio 4 en peignant et avait reconnu sa voix claire, éloquente, et totalement inattendue, un matin en allumant son poste. Elle parlait d'un livre qu'elle avait écrit, un livre dont le sujet était l'aide qu'elle prodiguait à son mari, Ted Simpson, ancien correspondant à l'étranger, désormais sévèrement handicapé par les effets combinés de la maladie de Parkinson et de plusieurs attaques.

Jim était resté immobile, retenant son souffle, repensant à ce qu'avait dit Toby le jour de ses cinquante ans – « Ted Simpson ne va pas bien du tout. » Revoyant l'homme qui avait pris le bras d'Eva aux trente ans d'Anton, il y a si longtemps ; cheveux gris, un bel homme bien bâti, une fermeté, une solidité que même Jim avait trouvées séduisantes. Le pendentif en forme de cœur qui était à n'en pas douter un cadeau de Ted, posé sur la peau chaude d'Eva.

À bord du train, en prenant son petit déjeuner, Jim repense à Eva, reconnaît qu'il était impatient de la revoir lors de cette soirée. Il n'avait pas été directement invité par Anton – Jim ne le connaît pas assez bien – mais par Toby : Marie emmenait leur fille, Delphine, en France pour deux semaines, tandis que Toby restait pour terminer le montage de son dernier documentaire. « Viens avec moi, mon vieux, lui avait ordonné Toby au téléphone. On sera comme deux vieux de la vieille. On montrera à ces jeunes créatures de quel bois on est faits. »

En acceptant l'invitation, Jim avait pensé à Eva, dont il avait entendu la voix à la radio, dont il s'était mis à lire la chronique du *Daily Courier* avec fidélité chaque semaine. Il aimait la femme qu'il avait connue à travers ses textes : intelligents, autocritiques, empathiques. Il s'imagina qu'il la reverrait à l'anniversaire d'Anton sur ce bateau, fort de cette connaissance approfondie. Ted était mort un an avant, Jim avait lu sa nécrologie. Il voulait présenter ses condoléances à Eva. Il avait imaginé les yeux qu'elle poserait sur lui – marron foncé, pénétrants – en évoquant (et là, peut-être, son imagination l'avait complètement éloigné de la réalité, et pourtant il s'était permis cette petite douceur) la possibilité d'un avenir.

Mais voilà qu'il prend le train en direction du nord, de son fils, de sa petite-fille. Dylan avait insisté sur le fait qu'il n'était pas obligé de venir tout de suite – « On est un peu désorganisés. Tu peux attendre quelques jours, si tu veux » – mais son besoin d'aller les voir fut immédiat, instinctif. Il adore l'intelligence et la sensibilité de son fils, qui s'est déjà fait un nom en tant que graveur ; est terriblement fier de son talent, de sa vision ; de la précoce maturité avec laquelle Dylan s'était, si rapidement, adapté à la séparation de ses parents et à la relation de sa mère avec Iris, tout en faisant en sorte qu'ils restent tous proches les uns des autres. Jim adore également sa belle-fille, adore la chaleur de Maya, son intelligence, toutes ses petites attentions – un regard ; un mot d'encouragement ; la caresse de sa main dans le dos de Dylan – qui prouvent à Jim la profondeur de l'amour qu'elle porte à son fils. Jim veut voir sa petite-fille tout de suite : cette minuscule enfant, la fille de Dylan, qui pose les yeux sur cet étrange nouveau monde pour la première fois.

C'est donc à Jessica – qui a les yeux bleus de Dylan, la peau mate de Maya et sa propre tignasse de cheveux noirs (Dylan lui a envoyé par e-mail une photo d'elle, au creux du bras de Maya) – que Jim pense en ce moment, tandis que le train roule en direction du nord, passe devant les champs, sur les ponts, longeant fugacement les étendues urbaines ; filant comme une flèche d'argent à travers sa vie réelle, et non celle qui aurait pu advenir.

## Version 3

*Soixante ans*
*Londres, juillet 2001*

Elle aperçoit Jim seul sur le pont supérieur, à la proue.

— Mon chéri, tu viens ? Thea demande à tout le monde de passer à table.

Il se retourne, et elle reste stupéfaite de voir à quel point il a l'air fatigué, démoralisé. La situation avec Sophie lui a donné un coup de vieux. Dans les semaines qui ont suivi sa disparition, ce fut comme si Eva voyait soudain le poids des décennies se graver sur son visage, quand jusqu'alors elle voyait en lui l'homme qu'il avait toujours été : anguleux, ébouriffé, animé par une sorte d'énergie intérieure qui n'appartenait qu'à lui. Celui qui l'avait tirée par la brèche dans la haie devant Clare ; qui avait plissé les yeux pour la regarder dans la pénombre de sa chambre sous les combles, tout en faisant courir son crayon avec fluidité sur son carnet à dessins. Qui avait lentement tracé du doigt le contour de sa clavicule.

— Je prends un peu l'air, dit-il. J'arrive.

Ils descendent ensemble dans la salle de bal. La famille est assise à la place d'honneur, comme pour un mariage : Anton et Thea ; Rebecca et Garth ; Sam et sa femme, Kate, leurs deux filles, Alona et Miriam, assises entre eux, remuantes dans leurs élégantes robes d'été. La mère de Thea, Bente, qui est venue d'Oslo, est assise à côté de la nièce d'Eva, Hanna. De l'autre côté de Bente ont pris place Ian et Angela Liebnitz ; et à la droite d'Eva, un certain Carl Friedlander, le nouvel associé d'Anton au cabinet. (Eva s'étonne, dans un premier temps, de constater qu'il est assis à leur table – plus tard, elle se souviendra d'Anton disant que la femme de Carl était morte d'un cancer et admirera son geste.)

— Vous avez une famille adorable, lui dit Carl tandis qu'on leur sert le vin, et Eva, tout en le remerciant, regarde la tablée et se dit : *Oui, c'est vrai.*

Rebecca est splendide dans un fourreau rouge, ses cheveux noirs noués en chignon ; Garth se penche vers elle, lui glisse une plaisanterie. Sam est plus taciturne, plus réservé, comme toujours. (Eva a gardé de lui petit garçon un souvenir vivace : râblé, les genoux ronds, patient ; ne prenant jamais rien de force, ne piquant pas de crise, contrairement à sa sœur). Mais la réserve de Sam, Eva le sait, est le produit d'une certaine timidité innée – qu'il ne tient évidemment pas de David – dont il témoigne seulement en public. Avec Kate et ses filles, avec Sophie, aussi, il est décontracté, ouvert, affectueux. Comme en ce moment, quand il tend le bras vers Alona, pose une main ferme sur son épaule : « Sois sage, ma chérie. » Et elle, au lieu de froncer les sourcils ou de se plaindre, penche la tête vers la main de son père, la caresse de sa joue, en un petit geste d'amour qui touche profondément Eva.

Leur famille : la famille qu'elle partage avec Jim, qui glisse à présent une main dans celle d'Eva. Tous sont là, sauf Sophie. Elle n'a pas cédé, bien que Sam soit allé la voir à Hastings, lui ait dit à quel point c'était important pour lui – pour tout le monde – qu'elle soit là ; et qu'elle vienne aussi avec Alice.

C'est Sam qui avait retrouvé Sophie. Elle l'avait appelé, environ six semaines après le déplacement infructueux d'Eva et Jim à Brighton, et lui avait donné une adresse, en lui disant de ne la communiquer à personne. Il avait tenu sa promesse. « Est-ce que j'ai le choix ? avait-il dit à Jim, qui était entré dans une colère noire. Si je te la donne, elle risque de ne plus parler à aucun d'entre nous, ça nous avancerait à quoi ? »

Aussi douloureux que ce soit, Jim avait été contraint de reconnaître que Sam avait raison. Sam était donc allé la voir – avait emmené Kate, Alona et Miriam à Hastings, comme pour une ordinaire promenade en famille. Depuis le front de mer, il avait pris la voiture seul jusqu'à l'adresse que Sophie lui avait donnée. C'était un petit appartement au deuxième étage d'un immeuble assez intimidant : « Mais propre, avait raconté Sam après coup. Très propre. » Sophie, elle, était clean dans tous les sens du terme. Elle était aussi enceinte de six mois.

« Dis-leur que je suis clean », avait-elle dit à Sam, et il l'avait fait ; mais c'est tout ce qu'elle avait voulu leur faire savoir.

À la naissance de l'enfant, Sophie l'avait appelée Alice et avait envoyé par e-mail une photo à Sam. C'est tout ce que Jim possède de sa petite-fille : une petite photo, de qualité médiocre, d'une enfant de deux jours, toute fripée, qui louche vaguement. Sophie refuse aussi à Helena le droit de la voir – elle a coupé les ponts avec ses deux parents, comme la branche d'un arbre coupée net. Eva avait d'abord cru que le fait que Sophie ne veuille voir aucun d'eux – que sa haine ne soit pas exclusivement dirigée contre Jim – apporterait à Jim un maigre réconfort, mais pour lui cela ne faisait aucune différence.

C'est un excellent dîner : cocktail de homard, rumsteck, tarte au citron vert.

— Le repas qu'Anton se ferait servir dans le couloir de la mort, explique Thea en lui posant une main affectueuse sur la nuque.

Elle est restée mince, d'une élégance décontractée dans sa robe à bretelles de belle soie grise.

— Mon mari aurait dû naître américain.

Anton sourit, caresse le bras de sa femme. Il est la parfaite incarnation de l'homme d'affaires à succès entre deux âges : élégant, chevalière au doigt, développant de l'embonpoint en toute sérénité. Eva a du mal à se souvenir de l'enfant qu'il fut, dans le couloir de la maison de Highgate en tenue de cricket ; psalmodiant d'une voix peu mélodieuse les extraits de la Torah lors de sa bar-mitsvah. Et puis parfois, quand son frère la regarde, elle s'aperçoit que le petit garçon en lui est toujours là : agité, malicieux, prêt à tout.

— Elle me gave, dit Anton. On ne peut plus appeler ça des rondeurs d'adolescent.

Jim passe la majeure partie du repas à parler avec Angela de sa dernière exposition : une petite et strictement commerciale série de tableaux à la galerie de Stephen, devant laquelle il était impossible de prétendre que l'œuvre de Jim continuait à susciter le même intérêt qu'avant.

— Comment choisis-tu le sujet de tes tableaux ?

Une question d'Angela, qu'Eva entend en se tournant vers Carl, un grand type à l'air austère et à l'expression de tristesse perceptible. Il lui demande s'il ne se trompe pas en disant qu'elle a récemment publié un roman (un léger hochement de tête d'Eva, elle a dû mal à croire que c'est vrai) ; il lui demande timidement si elle fut autrefois l'épouse de l'acteur David Curtis. Rompue à cette question, Eva répond oui, en effet ; choisit quelques-unes des anecdotes habituelles à propos d'Oliver Reed (« Charmant »), Los Angeles (« Morne, d'une certaine façon »), David Lean (« Très intelligent »).

Eva lui demande ce qu'il pense des affaires, et il lui parle de son expérience dans la marine marchande ; de ses origines allemandes (ils échangent quelques plaisanteries puisées dans leurs enfances respectives, Carl ne parle pas allemand aussi couramment qu'Eva, mais elle rit quand même) ; de sa femme, Frances, dont il a partagé la vie pendant trente-sept ans.

— Elle doit beaucoup vous manquer, dit Eva une fois que le dessert est terminé.

— Oui.

Carl se tourne pour remercier le serveur qui hésite à sa droite.

— Mais la vie est faite pour les vivants, non ? Il faut trouver le moyen de continuer.

Après le café, les discours. Thea est la première à se lever, propose un toast. Puis c'est au tour d'Eva. Elle se lève, soudain tendue. À l'autre bout de la salle, elle croise le regard de Penelope ; son amie lui sourit pour l'encourager, et Jim, à côté d'Eva, tend le bras pour lui serrer la main. Il n'en faut pas plus, les mots lui reviennent. Après son discours, Eva lève son verre en direction de son frère, et toute la salle fait de même.

De retour sur le pont, Eva et Jim partagent une cigarette. Il se fait tard : le groupe joue des slows, et le quai est désert, furtivement éclairé par les phares de voitures qui passent. Derrière eux, à tribord, se dresse la tour de l'ancienne centrale électrique des quais, désormais un nouveau musée, la Tate Modern. Eva mourait d'envie de le regarder, ce grand symbole d'une Londres transformée, mais Jim a la tête résolument tournée de l'autre côté.

— Beau discours, dit-il.

— Merci.

Elle lui tend la cigarette.

— Je n'arrive pas à croire qu'Anton ait soixante ans. Ni que nous, on ait soixante ans.

— Je sais.

Elle regarde Jim de profil : les beaux cils qui lui encadrent les yeux, le contour assoupli du menton et du cou.

— Ça n'a pas l'air vrai, hein ?

Ils gardent le silence un moment. De la salle de bal, une chanson de Paul Weller – « You Do Something To Me » – monte vers le pont supérieur.

— Elle me manque, Eva, dit Jim. Elle me manque beaucoup.

Elle pense à Carl Friedlander, seul pour la première fois depuis près de trente ans. À Jakob et Miriam. À Vivian et Sinclair. Au père de Jim. À l'absence de tous ceux qu'on a arrachés à la trame de leur vie.

— Je sais.

Il lui tend la cigarette qui se consume.

— Tu crois que Sophie se ravisera un jour ?

Eva tire la dernière bouffée. Elle ne tient pas à lui donner de faux espoirs.

— Je crois. Un jour.

— Elle m'en veut tellement.

Jim la regarde, et son visage, sur lequel la lumière fugace des phares de voitures crée un effet irréel, semble affaissé, dénué d'ossature.

— Et avec Helena… On a tout fait à l'envers, non, Helena et moi ? On a vécu dans cette absurde communauté hippie, où tout le monde allait et venait, où Howard nous imposait toutes ces petites règles mesquines, où je passais mon temps dans l'atelier, jamais avec elle.

Eva écrase la cigarette dans le cendrier intégré au bastingage. Sur le quai, un jeune couple traîne. Le garçon porte un jean qui lui tombe sur les fesses et une casquette ; la fille trotte en talons aiguilles. La fille lève les yeux sur le bateau – leur lance, sur le pont supérieur, un regard effronté et appréciateur – et Eva se souvient de l'époque où Sophie était restée sur le seuil de leur chambre de la maison du Sussex pour regarder Eva se maquiller soigneusement avant une soirée. Eva s'était retournée, lui avait fait signe d'entrer, croyant qu'elle voulait essayer un peu de rouge à lèvres. Mais Sophie avait fait non de la tête.

« Maman trouve que le maquillage, ça fait garce, avait-elle dit de sa voix monotone et posée. Ce qui fait de toi une garce, j'imagine. »

Et elle avait tourné les talons pour rejoindre sa chambre, avant qu'Eva sache comment réagir ; de fait, Eva n'avait pas réagi et n'avait jamais raconté l'incident à Jim, d'ailleurs. C'était une des fois où Sophie avait ouvertement montré à Eva l'étendue de son hostilité – et même si Eva espère avoir fait tout son possible, au fil du temps, pour faire de sa belle-fille une alliée (et continue de croire qu'elle peut y arriver), ce souvenir ne l'a jamais vraiment quittée.

— Jim, c'était une enfant, à l'époque, dit Eva. Elle ne se souvient presque plus de rien. Et quoi qu'il en soit, tu as travaillé dur pour ce en quoi tu croyais. Elle devrait être fière de toi. Son père, l'artiste.

Ça aussi, c'est une maladresse : Eva voit qu'il grimace.

— Bah.

Sa voix est nouée par une émotion contenue.

— Nous savons tous les deux ce que ça a donné.

Elle lui tend la main. Il la serre fermement, dit avec une plus grande intensité :

— Parfois j'aimerais tellement, Eva, être de retour à Ely, le jour où nous avons pris le car de Cambridge : tu te souviens ?

Elle hoche la tête, bien sûr qu'elle s'en souvient.

— J'ai la terrible impression que tout ce qui s'est passé depuis a mal tourné, d'une certaine façon. Que rien de tout cela n'était écrit.

— Tu ne crois quand même pas que tout est écrit, non ?

Eva parle à voix basse, pour que personne d'autre n'entende.

— Non. Peut-être pas. Qui sait ?

Eva l'entoure de ses bras. Il sent la mousse à raser et le dentifrice et, vaguement, la rasade de whisky qu'il a bue après dîner.

— Pas de regrets, Jim, entendu ?

Dans les cheveux d'Eva, il dit :

— Pas de regrets, Eva. Ni maintenant. Ni jamais.

## Version 1

### *À la rescousse*
### *Londres, novembre 2005*

Il est réveillé par un coup de feu.

Jim reste figé, entend les pulsations assourdissantes de son cœur. Il était dans un parking souterrain, plongé dans la pénombre ; quelqu'un le pourchassait – une silhouette sans visage dans un sweat-shirt noir à capuche, les canons jumelés d'un fusil de chasse scintillant dans l'obscurité…

D'autres coups : deux, rapprochés. Une voix.

— Papa. Papa. C'est Daniel. Ouvre.

Il ouvre la bouche pour répondre, mais aucun son ne sort. Jim reste où il est, respire, attend que les battements de son cœur ralentissent. Les jalousies jettent de larges stries de lumière et d'ombre sur le sol du salon. Il se demande pourquoi il n'est pas dans sa chambre. Il se demande pourquoi son fils tape à la porte. S'il a perdu sa clé, pourquoi Eva ne lui ouvre pas ?

— Papa.

La voix est plus forte, Daniel a dû faire le tour jusqu'à la fenêtre du salon.

— Tu es là ? Ouvre-moi, s'il te plaît.

Jim reprend lentement conscience, par fragments, comme dans un dessin d'enfant maladroitement colorié. Il sent le tissu rêche du canapé, puis le petit filet de bave qui semble avoir séché sur son bras, à côté de sa bouche ouverte. Puis il aperçoit le régiment de bouteilles amassées autour du canapé, joliment ombragées dans la pénombre comme une nature morte au fusain. Puis il prend conscience qu'il n'est pas chez lui.

— Papa. Allez. Je m'inquiète pour toi.

Mais c'est forcément chez lui ; qu'est-ce qu'il ferait là, sinon ? Mais alors où est passée Eva ?

— Papa. Je suis sérieux. Ouvre.

C'est bien chez lui, mais pas chez Eva. C'est la maison qu'il partage avec Bella et Robyn. Mais où sont-elles ?

— Papa.

Un coup étouffé : on frappe au carreau de la fenêtre.

— S'il te plaît. Il faut que tu m'ouvres.

Bella n'est pas là. Ni Robyn. Jim est absolument seul.

— Je suis sérieux, papa. Si tu ne m'ouvres pas, je reviens avec les flics et je leur demande de forcer la porte.

— D'accord.

La voix de Jim émerge, sourde et rauque. La voix d'un vieil homme. La voix d'un homme qu'il ne connaît pas.

— J'arrive.

De l'autre côté de la fenêtre, il entend Daniel soupirer.

— Papa, tu es là. Bon sang.

En se levant du canapé, Jim prend conscience de la douleur, de son impact assourdissant. Il reste assis un moment, tâchant de rester droit. Sa respiration est caverneuse, hachée, et il semble être nu à l'exception de son caleçon et d'une robe de chambre, sur la manche droite de laquelle une grosse tache marron a fleuri. Quand il se lève, il est pris d'un vertige, et l'infernal élancement de sa douleur redouble.

Il traverse le salon en titubant jusqu'à l'entrée, ouvre la porte. Là, sur le perron, l'attend son fils : jean, veste de cuir marron, chevelure noire savamment coiffée. Derrière lui, une radieuse matinée d'hiver à Hackney. Les rayons obliques du soleil percent dans le ciel marbré de nuages. L'allée principale est recouverte d'une profonde couche de feuilles.

— Merde, papa.

Jim plisse les yeux, mais la lumière lui fait mal, et il s'aperçoit qu'il n'arrive pas à regarder son fils.

— Allez viens. Je vais te faire du café.

Il sent que Daniel dit cela à contrecœur. Il s'écarte pour le laisser entrer, le suit dans le couloir.

La cuisine n'est pas aussi dégoûtante que Jim le craignait. Des assiettes sales sont empilées près de l'évier, les restes du repas indien qu'il a commandé hier soir – ou était-ce avant-hier ? – durcissent dans des barquettes en plastique. Des bouteilles alignées sur le rebord de la fenêtre. Cela intrigue Jim, il se souvient clairement d'avoir jeté les bouteilles l'une après l'autre dans le conteneur à verre, avoir grimacé en les entendant s'écraser et voler en éclats. Étrange que les bouteilles finissent toujours par réapparaître.

Daniel tend à Jim une tasse de café noir – bien sûr, il n'y a pas de lait – et une boîte de Nurofen, puis s'assoit face à lui à la table. Jim avale deux comprimés avec le café. Le fracas sous son crâne s'amenuise un peu, et la journée reprend lentement quelques couleurs. Elles sont accompagnées de fragments de mémoire. Le regard vide sur le visage de Bella le matin où elle est partie, presque comme si l'homme qu'elle regardait était un inconnu. Robyn se triturant les cheveux (Jim l'a emmenée manger une pizza il y a quelques jours) pendant qu'il l'interrogeait sur l'école, ses amis, ses cours de danse, essayant de trouver les bons mots pour atteindre sa propre fille. Cela lui avait douloureusement rappelé cet horrible déjeuner avec Daniel il y a quelques années, après avoir quitté Eva, à son départ de Gipsy Hill : poulet rôti, rugby à la télé, et son adolescent de fils plongé dans une stupeur silencieuse. *Maman est dévastée, papa.* Mais Bella ne l'était pas, hein ? Pour elle, ça allait ; c'était lui qui était dévasté. Il avait raccompagné Robyn à la maison – « maison » : la demeure cossue d'Islington qu'elle et Bella partageaient avec ce type – avant de rentrer à Hackney. Là, Jim avait cédé au chant des sirènes des bouteilles soigneusement alignées du magasin du coin. Le doux redressement du monde, son rééquilibre, advenus avec la première gorgée.

— Papa, t'as une sale tête.

— Ah bon ?

Cela fait un moment que Jim ne s'est plus regardé dans le miroir. Il a du mal, ces derniers temps, avec son propre reflet : l'impression troublante de ne pas se reconnaître.

— Faut croire.

— Ça fait combien de temps que t'as pas pris de douche ?

*Tu parles d'une question à poser à son père.* Une boule se forme dans la gorge de Jim.

— Arrête, Daniel. Ça ne va pas si mal que ça.

Il sent son fils l'observer. Daniel a les yeux d'Eva, son regard direct et inflexible. Qu'a-t-il hérité de Jim ? Rien, espère Jim, pour son bien.

— Hattie et moi on aimerait bien que tu restes avec nous quelque temps. On pense que ce n'est pas très bon pour toi de rester seul.

Hattie, cette adorable fille au visage agréable, très souriant, le rire facile. Comment Jim, avec la sale gueule qu'il a, pourrait-il débarquer chez elle, répandre la noirceur qui l'entoure dans ce bel appartement lumineux, aux murs blancs, aux parquets cirés et aux fleurs séchées dans des pots ?

Il secoue la tête.

— Non. Je ne crois pas que ce soit une bonne idée. Je vais bien ici.

— Mais tu ne vas pas bien, papa. Tu ne vas pas bien du tout.

Jim ne dit rien. Par la fenêtre du fond, il regarde un moineau se poser sur une branche.

Bella et Robyn étaient parties un jour après le déjeuner, pendant qu'il était sorti acheter le journal. Elle avait dû préparer leurs valises dans la chambre d'amis ; comment, se demanda Jim pendant des semaines, avait-il fait pour ne rien remarquer ? Son message était sur la table de la cuisine, griffonné en toute hâte – d'une écriture presque illisible – au verso d'une enveloppe usagée ; il se dit qu'elle n'avait peut-être pas prévu de lui laisser de message. *Nous savons tous les deux que c'est fini. Je me dis que nous n'aurions jamais dû commencer. Mais c'est fait, et c'était bien tant que ça a duré. On s'installe chez Andrew. Tu peux voir Robyn autant que tu veux.*

« Andrew », c'était Andrew Sullivan, bien sûr. Jim le connaissait : il collectionnait les œuvres de Bella depuis des années, et elle n'avait jamais caché à Jim qu'ils couchaient ensemble. Quand elle le lui avait dit, elle s'était étirée, comme une chatte, sur leur lit ; Jim était debout, pliait le linge, en position d'infériorité. Elle couchait avec Andrew depuis des mois, disait-elle. Mais il s'en doutait bien, non ?

Non.

Bella avait semblé sincèrement déroutée. « Ah. Je suis sûre de ne jamais t'avoir fait de fausses promesses, Jim. On s'est promis de se rendre heureux, non ? Ben, ça, ça me rend heureuse. »

— Allez, papa, dit Daniel. C'est pas bon pour toi de rester coincé seul ici.

Inutile d'ajouter : *entouré de souvenirs de cette femme.* Lui et Jennifer lui avaient fait clairement savoir ce qu'ils pensaient de Bella ; Jennifer ouvertement (elle et Henry avaient soigneusement planifié leurs quelques visites, choisissant des moments où il était peu probable que Bella soit à la maison), Daniel avec un peu plus de tact. Ils avaient même passé une bonne soirée ensemble autour d'un dîner – lui, Bella, Robyn ; Daniel, Hattie – pour le dernier anniversaire de Jim. Mais c'était dans un restaurant italien de Soho ; en y repensant, Jim ne se souvient pas de la dernière fois que son fils est venu dans cette maison.

— Prends une douche. Je te mets quelques affaires dans une valise.

— Daniel.

Jim regarde son fils dans les yeux pour la première fois. Le visage ouvert, lisse, de Daniel – sa compassion, sa jeunesse, son foutu optimisme de chaque instant – donne envie à Jim de sangloter.

— Je sais ce que tu fais et je t'en suis reconnaissant. Mais franchement, je ne crois pas que je devrais venir. Regarde-moi. Je suis une épave. Je ne peux pas venir chez toi dans cet état. C'est pas juste pour Hattie.

— En fait, c'est elle qui l'a proposé. Elle et maman.

Peut-être est-ce l'évocation d'Eva qui le fait changer d'avis ; cela, ou le simple épuisement. Un lâcher-prise. En tout cas, il autorise Daniel à le faire monter dans la salle de bains, et à le laisser mettre quelques affaires dans un sac pendant qu'il se douche. Puis ils se retrouvent dans la vieille Fiat de Daniel, où le chauffage exhale une chaleur de biscuit rassis, tandis que les pubs aux devantures sombres et les gargotes de poulet frit laissent place au surgissement de verre et de béton de la City ; le grand fleuve d'argent vers l'entrelacs d'échangeurs et le visage neutre des gratte-ciel du sud de Londres.

Hattie et Daniel habitent au rez-de-chaussée d'une jolie maison mitoyenne de style édouardien, à Southfields. Les moulures de la façade ont été récemment repeintes, la haie du jardin taillée. Hattie, qui les attend dans l'entrée, sent la crème pour le visage et l'assouplissant, si propre et fraîche que Jim s'interdit de la toucher. Mais elle l'attire contre elle.

— Ravie que vous soyez venu. On se faisait du souci.

C'est là que Jim se met à pleurer, pendant que Daniel sort la valise de la voiture et que la compagne de son fils le serre dans ses bras.

— J'ai tout gâché, Hattie, dit Jim à voix basse. Absolument tout gâché. Elle me manque tellement.

— C'est normal, dit-elle. C'est normal que Bella vous manque.

*Non*, voudrait-il répondre, rétablissant la vérité qu'il commence tout juste à admettre. *Pas Bella. Eva.*

Mais ces mots-là, il ne les prononce pas. Il remercie Hattie, puis s'écarte, s'essuie les yeux avec la manche de son pull.

— Pardon, Hattie. Je ne sais pas ce qui m'a pris.

Daniel, qui revient de la cuisine, pose la main sur le bras de son père.

— Viens, papa. On va mettre la bouilloire à chauffer.

## Version 2

*Les pins*
*Rome et Lazio, juillet 2007*

— Tu as faim ? demande Eva qui a pris Sarah dans ses bras, avant de reculer sans lui lâcher les mains pour l'observer un moment, jauger sa silhouette et son teint. Sa fille a une nouvelle coupe – courte, assez élégante ; dans les années soixante, on aurait parlé de look « garçonne ». Elle a aussi perdu du poids : dans les bras d'Eva, elle semble moins robuste que d'habitude, et Eva se prend à repenser, non sans douleur, aux années de précarité de sa fille à Paris, quand elle l'avait vue devenir squelettique, se nourrir de café, de cigarettes et Dieu sait quoi d'autre. Elle et Ted avaient appelé de Rome aussi souvent que possible, lui demandant s'ils pouvaient lui envoyer de l'argent ; si Sarah – et plus tard Pierre – mangeaient bien. C'est cette vieille habitude qui la pousse à lui poser la question, maintenant. Sarah, sachant cela, fait un sourire en coin à sa mère.

— Tout va bien, maman. J'ai mangé dans l'avion. Mais je boirais bien un café. Pierre ?

Le petit-fils d'Eva se tient un peu à l'écart. Il a quinze ans, les jambes maigres et le corps anguleux, deux fils blancs qui lui pendent aux oreilles. Il retire un des fils pour répondre à la bouche en mouvement de sa mère.

— Quoi ?

— Retire-moi ces écouteurs, s'il te plaît, et dis bonjour à Oma comme il faut.

Pierre roule des yeux, fait tout un numéro pour fourrer les fils dans sa poche. Mais quand Eva le prend dans ses bras, il redevient le petit garçon aux yeux écarquillés et souriant qui courait après le chat roux dans le minuscule appartement du cinquième étage de Belleville où il est né.

— Bonjour, Oma, lui dit-il à l'oreille.

— Bonjour, mon chéri. Bienvenue à Rome.

Ils s'arrêtent boire un café au bar de l'aéroport : trois espressos dans de lourdes tasses de porcelaine blanche, le barman regardant Sarah avec un intérêt paresseux. Sarah admire la fluidité de l'italien d'Eva qui passe la commande et demande au serveur comment se passe sa journée.

— Pas trop rouillé, alors ?

— On dirait que c'est revenu. Comme ton français, non ? Quand on a habité quelque part, je ne crois pas qu'on puisse vraiment oublier la langue.

Eva avait eu peur du contraire, au début : qu'elle ait non seulement oublié son italien, qu'elle n'avait pas eu l'occasion de parler depuis des années, mais aussi son amour de l'Italie, la facilité avec laquelle elle et Ted avaient emprunté les chemins et les canaux complexes de la vie romaine. Mais plus encore, elle avait eu peur de ne pas être capable de les emprunter sans Ted.

Pour toutes ces raisons, Eva s'était forcée à ne pas regarder la devanture de l'*agenzia immobiliare* – elle et Penelope passaient une semaine de vacances à Rome, pour « exorciser les démons », comme l'avait dit Penelope. Elles avaient loué une voiture, fait une excursion d'un jour à Bracciano. Mais elle n'avait pu s'empêcher de regarder, elle y était entrée, avait demandé à voir la maison sur les collines du sud de la ville, avec la petite piscine, et les citronniers postés en sentinelle dans leur pot sur la terrasse. Plus tard ce jour-là, elles s'étaient retrouvées à côté des citronniers, dans l'odeur résineuse des pins qui cachaient la maison des voisins.

« Il faut que tu la prennes », avait dit Penelope. Quelques jours plus tard, Eva l'avait fait.

À présent, elle conduit en direction du nord, dans la banlieue moche de Rome : panneaux publicitaires sur lesquels des femmes en bikini prennent la pose la bouche en cœur ; *casali* délabrés ; vieux matériel agricole qui rouille devant les maisons ; murs plâtrés couverts d'obscurs graffitis politiques : *Berlusconi Boia ! Onore al Duce.* C'est le moment de la journée qu'Eva préfère, le seuil de la soirée, quand le soleil se dissout dans l'ombre, que la lumière est douce, et le ciel strié de rose et d'orange. Ils ont baissé toutes les vitres, et la brise est chaude sur leur visage, l'air porteur de chaleur, de vapeurs d'essence et de coups de klaxon.

Sarah s'étire sur le siège passager, courbe le dos comme un chat.

— Ah, que ça fait du bien d'être là.

— La semaine a été chargée ?

Elle ferme les yeux.

— C'est l'année qui a été chargée, maman.

— C'est toujours aussi dur au conseil ?

— T'as pas idée.

Au bout d'un moment, elle tend la main, effleure le bras d'Eva : une façon de s'excuser.

— Je ne voulais pas paraître cassante. Je t'en parlerai plus tard. Là, j'ai besoin de fermer les yeux une minute.

— Bien sûr. On a toute la semaine, non ?

Ils gardent le silence le reste du trajet. Sarah assoupie à l'avant, Pierre replongé dans sa musique, les minutes passant rythmées par sa bande-son personnelle. Quand ils arrivent à la maison, il fait presque nuit. Eva passe devant, allume les lumières, pendant que Sarah et Pierre attendent sur la terrasse, bâillant, s'imprégnant du lieu.

— Ouah, Oma.

Pierre a retiré ses écouteurs ; il écarquille les yeux devant la piscine, bouche bée.

— Tu m'avais pas dit que t'avais une piscine.

— Ah bon ? J'espère que tu as pris ton maillot.

— T'en fais pas.

Sarah tape malicieusement sur l'épaule de son fils.

— Ta vieille maman futée l'a pris pour toi.

Au dîner, Eva sert des assiettes de fromage, pain, tomates, et fines tranches de prosciutto. Elle a soigneusement fait ses courses le matin même au marché de Bracciano, appréciant les échanges bon enfant avec les marchands sur la qualité des produits et leur prix ; repensant au marché du Trastevere, et à l'aimable *signora* qu'elle avait rencontrée dans la salle d'attente du *pronto soccorso*, lui commandant d'aller faire son marché ailleurs.

La tristesse est permanente, bien sûr – la tristesse et la mémoire, l'écho de la voix de Ted dans sa tête, le souvenir de la pression de la main de Ted dans celle d'Eva. Mais il y a aussi de la joie : l'impression – même si Eva soupçonne ce genre de sensation d'être trop sentimentale – d'être plus proche de Ted ici en Italie, que dans la maison de Londres où il avait faibli, était tombé malade ; où elle l'avait lentement vu décliner. Ça lui aurait plu d'être là. Parfois – bien qu'elle ne l'ait jamais dit à personne – elle a même l'impression de le voir, furtivement, du coin de l'œil : sa silhouette floue et sombre, qui traverse la terrasse ; le bref éclat de sa chemise blanche. Eva interrompt alors son activité, reste figée, comme si le moindre mouvement allait le faire disparaître. Mais elle ne résiste jamais à la tentation de se tourner pour regarder ; et bien sûr, quand elle le fait, il n'y a jamais personne.

Ils boivent du vin pendant le repas – local et rustique, mêlé d'eau pour Pierre – et parlent du dernier dossier de Sarah. (Elle est assistante sociale à Tower Hamlets ; s'est installée à Londres pour suivre une formation après que tout fut tombé à l'eau avec le groupe et avec Julien.) Le vin délie la langue de

Pierre, il expose ses projets pour cet été – un cours de batterie, un week-end avec des amis dans un festival de musique. Sarah demande comment avance le nouveau livre, et Eva lui dit : « Lentement. »

Plus tard, quand il fait nuit noire, Pierre va se coucher, et Eva allume les bougies qu'elle a déposées tout autour de la terrasse dans des pots de terracotta.

— C'est magnifique, maman. Je comprends que tu sois tombée amoureuse de ce lieu.

— Oui, vraiment. Je sais que tu m'as prise pour une dingue.

Sarah regarde sa mère par-dessus le rebord de son verre de vin.

— Non. Pas dingue. Je me faisais du souci à l'idée que tu te sentes seule. Tu te sens seule ?

Eva prend le temps de répondre.

— Parfois. Mais pas plus qu'ailleurs. C'est dur, bien sûr. Sans lui.

— Bien sûr. Il me manque, à moi aussi.

Un autre court silence. Puis :

— Papa a appelé l'autre jour.

— Ah bon ?

En pensant à David, Eva se surprend à sourire. Après toutes ces années, les sentiments qu'elle a pour lui ont pris de l'ampleur ; elle voit David, désormais, tel qu'il a toujours été – égoïste, insupportablement vain, mais talentueux, aussi, et guidé par le besoin d'être fidèle à son talent. Il y eut de bons moments ; le fait que leur couple ne tienne pas avait sûrement été, Eva le reconnaît aujourd'hui, autant sa faute à elle que sa faute à lui. Ils avaient tout simplement rencontré puis épousé la mauvaise personne. Si les années ont appris quoi que ce soit à Eva, c'est qu'il n'y a là rien que de très banal.

— Il s'ennuie, dit Sarah. Plus personne ne lui envoie de scénarios. Il se lamente. « Je suis un vieil homme seul, Sarah. » Je lui ai dit que le jour où il vivrait avec dix livres par semaine, sans voir âme qui vive du matin au soir, il aurait le droit de me dire qu'il se sent seul. Ça lui a cloué le bec.

— Je n'en doute pas.

Eva boit son vin. Elle est habituée aux aimables chamailleries qui persistent entre Sarah et son père, beaucoup plus aimables aujourd'hui que pendant les dures années de Sarah à Paris, quand elle avait refusé de voir David, répétant que son seul vrai père était Ted.

— Il a parlé de Lear, la dernière fois qu'on a discuté. A dit que Harry tentait de persuader le National Theatre.

— Oui. Il espère qu'ils donneront le feu vert pour l'an prochain.

— Bon, ça l'occupera un moment, alors, non ? Il attendra encore un peu avant de réclamer la livraison de ses repas à domicile par une aide-soignante.

Sarah laisse échapper un ricanement.

— J'imagine.

Quelques minutes de silence : les mouvements et oscillations des bougies, le ronron et le clapotis des filtres de la piscine. De l'autre côté des pins leur parviennent les pleurs d'un enfant, et sa mère qui leur répond.

— Tu as autre chose à me dire, ma chérie ?

Sarah dévisage sa mère, d'abord sévèrement, puis avec douceur.

— Maman, je te vois venir.

— Vraiment ? (Eva écarquille les yeux.) Et moi qui croyais être la discrétion incarnée.

— Très bien. J'ai rencontré quelqu'un.

— J'en étais sûre.

— Pourquoi ?

— Ta nouvelle coupe.

Sarah sourit.

— Ça n'a rien à voir avec lui. Mais elle lui plaît.

— Il a rencontré Pierre ?

— Pas encore. C'est assez récent. Mais c'est bien. Il s'appelle Stuart. Il est originaire d'Édimbourg. Il habite à Stoke Newington. Travaille pour Age Concern.

Eva pique une tranche de prosciutto avec sa fourchette, gagne du temps. Sa bouchée avalée, elle demande :

— Marié ?

— Divorcé. Deux enfants, plus jeunes que Pierre. Alors il faut qu'on avance doucement.

— Très raisonnable.

Sarah hoche la tête.

— Je te promets de te le présenter dès qu'on sera prêts. Mais pour ça, il faudra que tu reviennes à Londres.

— Je vais revenir. En octobre, probablement. L'hiver ici peut être très déprimant.

— Certainement pas plus déprimant qu'à Londres.

Sarah prend la bouteille, remplit leurs verres. Puis, se radossant sur son siège, elle dit :

— Et toi ?

— Quoi, moi ?

— Aucun début d'histoire d'amour ? De longs regards énamourés sur la *piazza* ?

Eva rit.

— L'amour ? Tu vas me faire passer pour une de ces horribles femmes divorcées travaillées par leurs hormones.

Sarah ne rit pas. Elle a l'air sérieux, grave. En la voyant, Eva se souvient des soirées qu'elle et Ted ont passées au téléphone – de Rome à Paris ; à leur charge, bien sûr – pendant que Sarah n'arrêtait pas de pleurer à l'autre bout du fil. De la pire soirée de toutes, quand Sarah leur avait dit qu'elle quittait Julien, emmenait Pierre avec elle, et qu'Eva et Ted avaient pris la voiture en direction du nord dans la nuit. L'*autostrade* déserte, sans fin. La lueur blanche des Alpes dans la pâleur de l'aube.

— Arrête, maman. Tu as tout fait pour Ted. Il n'y a aucune raison que tu restes seule éternellement.

— Je sais.

Eva prend sa serviette, tapote une légère éclaboussure de vin qui s'est posée sur le col de son chemisier.

— Mais je ne cherche personne, Sarah. Je crois que cette partie de ma vie est terminée.

Eva sait que les yeux de sa fille restent posés sur elle un moment, mais Sarah ne dit plus rien. Elles se taisent à nouveau, conscientes de l'opacité grandissante de la nuit italienne, buvant leur vin jusqu'à ce que la bouteille soit vide et qu'il soit temps d'aller se coucher.

Plus tard, incapable de trouver le sommeil, Eva, allongée, observe les ombres au plafond, se demandant si ce qu'elle a dit à sa fille est vrai ; se demandant pourquoi ici, en Italie, elle voit un visage en particulier revenir si souvent dans ses pensées. Un visage étroit, pâle, semé de taches de rousseur. Les yeux d'un bleu-violet éclatant.

Ces derniers mois, elle a fait un rêve récurrent : une pièce haute de plafond, où la lumière pénètre par des fenêtres poussiéreuses. Un homme devant son chevalet, peignant. Il lui tourne le dos ; il ne se retourne pas quand elle l'appelle, ni même quand elle l'approche, attirée par le désir de voir ce qu'il peint. Chaque fois, elle est de plus en plus sûre que c'est son portrait à elle qu'il peint. Mais quand elle se retrouve derrière lui – si près qu'elle pourrait le toucher en tendant le bras, mais ne le fait pas – elle voit qu'il n'y a rien que du blanc sur la toile.

Dans le rêve, l'artiste ne se retourne jamais, ne montre jamais son visage. Mais chaque matin, quand Eva se réveille, elle sait exactement de qui il s'agit, ce qui éveille en elle une étrange et vague impression de désir : étrange parce qu'elle l'éprouve pour un homme et une vie qu'elle n'a jamais connus, et ne connaîtra sans doute jamais.

## Version 3

*La plage*
*Cornouailles, octobre 2008*

Pour les soixante-dix ans de Jim, Penelope et Gerald organisent un pique-nique sur la plage à côté de leur maison.

C'est plus qu'un pique-nique : un festin, commandé au deli de St Ives. Quatre paniers d'osier remplis de crabe en terrine, de tourtières, de pâtés en croûte ; d'olives grecques et de blocs de feta qui s'effritent ; de grands tortillons au fromage purulent que Gerald appelle « évêque qui pue », et qui font grimacer de dégoût les enfants. Du vin blanc dans des seaux à glace. Des coussins et des plaids entassés sur les galets ; une table et des chaises apportées de la maison. L'iPod de Gerald qui diffuse doucement de la musique sur une petite enceinte rechargeable : Muddy Waters, Bob Dylan, les Rolling Stones. Il fait une chaleur déraisonnable – c'est l'été indien ; le ciel est clair et sans nuages, d'un bleu transparent et dilué.

Il est trois heures, et Jim est assis sur une chaise pliante, discute avec Howard. Il approche un délicieux état d'ivresse et avait eu bien du mal à croire, à l'apparition de Howard, fantomatique, à hauteur d'épaule, que là, devant lui, se tenait son vieil ami et ennemi juré. Il était beaucoup plus mince et marchait en s'aidant d'une canne ; mais il avait toujours les mêmes grands traits relâchés, les mêmes yeux noirs sous des sourcils blancs.

Jim s'était d'abord montré incapable de dire quoi que ce soit. Après quelques secondes, il avait seulement articulé :

— Comment ?

— Eva, avait dit Howard.

Par-dessus son épaule, Jim avait vu Eva les observer. Il lui avait souri, pour lui montrer qu'elle avait fait le bon choix – un choix inattendu, magnifique. Puis il avait serré Howard contre lui, senti la masse de son corps, toujours robuste, musclé ; respiré l'odeur de tabac à rouler et de vieille laine. Là-dessus lui revinrent cent autres odeurs : la douceur écœurante de la marijuana, la saveur piquante de l'air marin froid, la profonde senteur boisée de l'atelier partagé, rempli d'une pile de morceaux de bois fraîchement sciés.

Tenant son vieil ami à distance, Jim demande :

— Cath ?

Howard secoue la tête.

— Je l'ai perdue il y a cinq ans. Un cancer.

Ils esquissent les contours des trente dernières années. La fin progressive de Trelawney House (Jim et Helena en avaient entendu parler par Josie), la dispersion de ses habitants. La retraite de Howard et Cath dans une maison mitoyenne de St Agnes. Jim quittant Helena pour Eva, pour la grande sensation de liberté qu'il a trouvée auprès d'elle. Ses années vigoureuses et productives – les expositions, la presse, l'argent – s'amenuisant, un feu réduit à l'état de cendres.

— J'ai fait de la sculpture, à une époque, dit Jim. Je me suis surpris à penser à toi, Howard. Qu'est-ce que tu disais, déjà ? Que tu ne créais pas quelque chose de nouveau, tu faisais surgir ce qui était déjà là.

Howard rit.

— J'ai vraiment dit ça ? Je parie que je n'ai jamais avoué que Michel-Ange l'a dit le premier.

— Non.

Jim sourit. Par-dessus l'épaule de Howard, il voit sa petite-fille, Alice, barboter dans l'eau. Elle s'approche prudemment des vagues, en marchant de côté comme un crabe ; ses cousines plus agées, Alona et Miriam, la prennent par la main, la guident, jouent aux adultes.

— Il fallait que tu diriges les opérations, pas vrai, Howard ? Il fallait toujours que tu nous montres que c'était toi qui avais raison.

Les épais sourcils du vieil homme se contractent.

— Je n'ai jamais vu les choses comme ça. Je voulais seulement qu'on fasse du bon travail. Auquel on puisse tous croire.

Au bout d'un moment, il ajoute :

— Cette interview. Faire croire qu'on était des bons à rien et des clodos. Lui faire visiter les chambres, merde. À quoi tu pouvais bien penser ?

— À rien, probablement.

La tête de Howard, le matin de la publication de l'article. Le journal étalé sur la table de la cuisine ; Cath, pleurant doucement dans un coin de la cuisine. Sophie, gémissant, inconsolable. Helena, sombre et muette dans la voiture.

— Elle a déformé tout ce que j'ai dit. Tu sais comment ils sont. Tu dois bien le savoir, maintenant.

Howard, les yeux sur la ligne d'horizon, hoche la tête lentement.

— Oui, je sais. C'était il y a très longtemps.

Jim voudrait lui dire qu'il l'a toujours admiré ; qu'il a toujours senti, en son for intérieur, que Howard était un meilleur artiste que lui. Mais il semble ne pas arriver à donner forme à ses mots.

— Tu travailles encore ?

— Oh, non. Plus depuis des années. (Un sourire fissure les lèvres de Howard.) J'ai tout brûlé. Je me suis énervé contre Cath un soir, j'ai sifflé une bouteille de whisky et j'ai foutu le feu. Cath a appelé les pompiers. J'ai failli faire flamber toute la rue.

— Merde, Howard.

Jim éclate de rire, même si l'image qui lui vient à l'esprit – tirée de l'article de journal qu'il a lu à ce sujet, rendu plus sensationnel encore par le souvenir – est terrible. La fumée s'élevant au-dessus d'une rangée de maisons. Howard pieds nus dans le patio, regardant l'œuvre de sa vie détruite par les flammes.

— Je l'ai lu dans le journal. J'aurais dû t'écrire. J'aurais dû te demander comment ça allait.

— Oh, c'était une broutille, vraiment. Pas de quoi déranger un vrai représentant du monde de l'art comme toi.

— Howard…

Jim se lance, mais Alice l'empêche d'en dire plus, elle se tourne au bord de l'eau, l'appelle, les vagues lui léchant les orteils.

— Vas-y, dit Howard. Je vais voir Eva. La remercier de m'avoir traîné hors de ma tanière.

Jim se lève, prend la main de Howard.

— Je suis content que tu sois venu. Ça fait plaisir de te voir. Et j'ai beaucoup de peine. Pour Cath. Je l'aimais, tu sais. On l'aimait tous.

— Je sais. (Howard hoche la tête.) Bon anniversaire, Jim. Tu as une famille adorable. Malgré tous les obstacles rencontrés.

Les pieds dans l'eau, Jim pose deux mains solides sur les épaules d'Alice. C'est une petite créature frissonnante, à qui le choc soudain de l'eau froide sur la peau fait pousser des cris. Alice lui est plus précieuse – même s'il ne l'admettra jamais devant personne – qu'Alona et Miriam, non seulement par les liens de sang (étrange que cela fasse la moindre différence, puisque la femme qu'il aime le plus au monde n'est pas de son sang), mais parce qu'il l'a perdue pendant longtemps.

Alice avait deux ans quand Jim l'avait connue : Sophie était simplement apparue sur le seuil de la maison un après-midi, pâle et tremblante. Un homme qu'ils ne connaissaient pas l'attendait au volant d'une voiture ; plus tard, ils se souviendraient qu'il n'avait même pas coupé le moteur. « Prends-la quelque temps, tu veux ? » avait dit Sophie. Puis elle était partie, en courant, claquant la portière côté passager avant qu'ils aient le temps de lui répondre.

La petite enfant n'avait pas pleuré quand sa mère était partie. Elle avait regardé la voiture faire demi-tour dans un crissement de pneus sur le gravier et disparaître. Puis Alice avait pris la main de Jim et lui avait dit, très calmement : « J'ai faim. »

Au cours des années suivantes, Alice resta chez eux plusieurs fois, leur désespoir pour Sophie pesant toujours sur chacune de leurs journées. Et puis, juste avant qu'Alice commence l'école – ils lui avaient trouvé une place en primaire au village, après avoir supposé que Sophie n'avait pas pris les dispositions nécessaires à Hastings –, elle était réapparue avec la même soudaineté pour récupérer sa fille. « C'est fini, papa, avait dit Sophie. Pour de bon. C'est promis. »

Et Sophie, pour autant que Jim et Eva le sachent, a tenu parole, elle a trouvé un poste d'assistante pédagogique à l'école d'Alice, assiste à des réunions des Narcotiques Anonymes quatre fois par semaine. C'est là qu'elle a rencontré Pete. Il est là, aujourd'hui. Un homme doux au physique ordinaire, dont on n'imagine pas qu'il soit un ancien junkie, mais s'il y a bien une chose que Jim a apprise, c'est qu'il ne faut jamais se fier aux apparences. Il a toujours senti en lui un penchant pour l'accoutumance : un vague désir de lâcher prise. Si les choses avaient tourné autrement, se dit Jim, il aurait très bien pu laisser ce désir le submerger.

Il est aussi reconnaissant à Pete pour l'influence apaisante qu'il semble avoir sur la vie de Sophie. Et Alice l'adore ; elle tente de se libérer de l'étreinte de Jim, remontant la plage au pas de course, criant son nom.

— Pete ! Grand-père et moi, on est allés dans la mer ! Elle nous a mordus…

Jim suit Alice à un pas plus modéré, les galets durs et glissants sous ses chaussures bateau. Il rejoint le groupe autour de la table – Penelope et Gerald, Anton et Thea, Toby ; Eva, qui ravitaille tout le monde en vin. En le voyant s'approcher, Eva sourit, lui tend un verre propre.

— Tu t'amuses bien ?

— Je me régale.

Il s'assoit sur une chaise, à côté de Penelope.

— Merci mille fois pour tout ça, Pen. Je n'aurais jamais pu rêver plus bel anniversaire.

Penelope – enveloppée d'un caftan bleu, un carré de soie blanche noué autour du cou – secoue la tête.

— C'est Eva qui a tout fait, promis. Tout ce qu'on a fait, c'est s'asseoir et attendre que ça se passe.

— Depuis quand, ma chère Pen, dit Gerald avec douceur, attends-tu que ça se passe ?

Eva se poste derrière Jim, lui pose une main sur la nuque.

— Et avec Howard, comment ça s'est passé ?

— Bien. Très bien. (Il se tourne pour la regarder.) Comment as-tu fait pour le retrouver ?

Elle sourit.

— Grâce à Helena ; tu imagines ? Je lui ai envoyé un e-mail. Elle m'a dit que lui et Cath s'étaient installés à St Agnes – après quoi j'ai fait une simple recherche sur Google. Howard est le président de l'association des habitants de St Agnes.

— Ah bon ? Ben dis donc, il s'est vraiment assagi avec le grand âge…

— Eh, dit Toby. Parle pour toi. On n'a pas tous encore soixante-dix ans.

— Très bien. Je parle pour moi.

Soixante-dix ans : un âge qui paraissait autrefois inconcevable pour Jim, celui d'un vieillard voûté qui traîne des pieds, attendant son heure pour s'en aller sans bruit. Mais Jim n'est pas plus voûté qu'il ne traîne des pieds ; un peu bedonnant, peut-être, les traits affaissés et le visage ridé – mais encore alerte et vigoureux, réceptif à l'inconcevable préciosité de chaque moment qui passe.

Il tend le bras par-dessus son épaule vers la main d'Eva ; il s'en saisit, comme si la pression de sa main sur celle d'Eva pouvait lui transmettre sa reconnaissance. Et c'est peut-être bien le cas : elle lui serre la main, la tient dans la sienne ; tous deux regardent l'horizon, où les grandes vagues se brisent, charriant avec elles la profonde et mystérieuse solitude de la haute mer.

## Version 1

### *Kaddish*
### *Londres, janvier 2012*

Une fade journée d'hiver à Londres : humide, venteuse, le trottoir rendu glissant par une succession d'averses. À l'entrée du crématorium, les gens se rassemblent, les vieilles dames agrippant leur jupon qui se soulève. Un groupe de fumeurs se tient un peu à l'écart, protégeant la flamme de leur briquet au creux de la main.

Eva regarde par la fenêtre de la portière côté passager de la familiale. Elle serre fort la main de Thea, pense à d'autres enterrements – celui de Vivian à Bristol, le givre recouvrant l'herbe à côté de la tombe ; celui de Miriam, par un froid jeudi de printemps, des jonquilles dans des bols de verre à la synagogue ; celui de Jakob, sobre et simple, selon ses souhaits. Tout pour ne pas penser au corbillard qui vient de s'arrêter devant elles ; aux fleurs – des arums et des iris, les préférées d'Anton, avait dit Thea, avec une certitude qu'Eva n'avait pas osé remettre en question – disposées autour du cercueil.

Du chêne sans fioritures et des poignées de cuivre. Ils étaient tombés d'accord pour dire qu'Anton n'aurait rien voulu de plus élaboré.

Son frère n'avait pris aucune disposition pour son enterrement. Fait un testament, oui – il l'avait rédigé peu de temps après leur mariage, avait dit Thea, pendant une de ces nuits de veille trouble que les belles-sœurs avaient passées assises à la table de la cuisine les jours suivant sa mort, à attendre que l'aube se mue en une nouvelle interminable journée. Mais il était superstitieux à propos des enterrements et n'avait pas voulu penser au sien, de peur de tenter le sort. Eva – à vif, épuisée, finissant sa sixième tasse de café – avait eu du mal à faire coïncider cette information avec l'homme qu'était devenu Anton : un grand-père, un courtier maritime, un homme riche. Il était assez réconfortant, se dit-elle, que le petit garçon qu'il avait été – turbulent, plein de malice – ait vécu avec cette réticence enfantine envers les démarches administratives liées à la mort.

Sans instructions, alors, Thea et Eva avaient établi le déroulé. Une incinération non confessionnelle, avait insisté Thea, et Eva – bien que pensant en son for intérieur aux gestes rituels de réconfort des cérémonies de leurs parents juifs – ne fut pas contre. Thea, consciente des sentiments d'Eva, proposa que quelqu'un (Ian Liebnitz, par exemple ?) récite le kaddish. Dans les heures qui suivirent la crise cardiaque d'Anton – Thea et lui avaient participé à une fête du nouvel an à New York ; aux urgences, la famille s'était retrouvée encerclée par des fêtards débraillés en tenue de soirée – les belles-sœurs avaient vu la vieille affection qui les liait s'approfondir au-delà des mots, dans la terrible intimité du deuil. Elles décidèrent d'écrire l'éloge funèbre ensemble, qui serait lu par l'officiante : ni l'une ni l'autre ne se sentait assez forte pour se lever et prendre la parole. Hanna lirait du Dylan Thomas. Un enregistrement de la *Sonate à Kreutzer* par Jakob retentirait quand les rideaux de velours se refermeraient.

Elles retirèrent une certaine satisfaction à prendre ces dispositions : une liste efficacement complétée. Mais rien de tout cela n'avait réellement préparé Eva à se retrouver assise dans la voiture qui suivait le corps de son frère, ni à sentir, sous l'entrée couverte du crématorium, Thea flancher et se recroqueviller à ses côtés.

Hanna émerge de la banquette arrière avec son mari, Jeremy, et s'avance pour prendre Thea par le bras. Eva pose la main sur l'épaule de sa nièce en signe de reconnaissance, puis s'avance parmi les personnes rassemblées, pour les remercier ; acceptant les étreintes, les condoléances, les larmes. Jennifer marche à ses côtés ; Susannah (enfant conçue tardivement après plusieurs tentatives infructueuses de fécondation in vitro, qui est désormais une petite fille silencieuse et attentive de quatre ans) est aux côtés de son père, Henry. Non loin d'eux, Daniel et Hattie, cette dernière portant un cache-nez vintage en fourrure, une robe bleu foncé moulant son ventre rond de femme enceinte. À côté de Hattie, Jim : frêle silhouette aux cheveux blancs dans un manteau noir. Il a perdu du poids depuis qu'il a arrêté de boire ; semble comme diminué, même si personne n'y voit matière à s'inquiéter.

— Bonjour, Eva.

Jim s'avance, pose une main gantée sur chacun de ses bras.

— Toutes mes condoléances.

Elle hoche la tête.

— Merci d'être venu.

L'officiante les conduit poliment à l'intérieur ; à la porte, Eva sent une main se glisser dans la sienne. Carl. Il est venu seul au crématorium ; s'est tenu en retrait pendant qu'Eva saluait l'assemblée, lui donnant l'espace dont elle avait besoin, comme il sait le faire. Mais elle lui est reconnaissante, pour la pression rassurante de sa main, pour sa grande silhouette, aussi mince et solide que celle d'un trois-mâts.

— Je suis contente que tu sois là, murmure-t-elle.

— Moi aussi.

C'est une belle cérémonie, tout le monde en conviendra plus tard. Le fleuriste a placé trois grands bouquets de lys et d'iris autour du piédestal central. Ian Liebnitz récite le kaddish de sa belle voix de baryton. L'éloge funèbre est à la fois simple et digne, avec quelques plaisanteries, et l'officiante le lit sans se tromper. Hanna craque un peu pendant la lecture du poème, mais arrive, au bout de quelques secondes, à se reprendre et à finir. Le son du violon de Jakob – ondoyant, plaintif, comme puisant dans un profond gisement atavique de tristesse – résonne dans la salle quand les rideaux se referment lentement.

La veillée a lieu dans la maison de Pimlico, où les traiteurs ont disposé le poulet rôti et la salade de pommes de terre, des boulettes de viande norvégiennes, du saumon cuit au four. Les serveurs vont en silence d'une pièce à l'autre, proposent à boire. Eva, acceptant un verre de vin blanc, pense aux innombrables fois où elle a levé son verre à la santé de son frère ; à son soixantième anniversaire, il y a plus de dix ans, quand lui et Thea l'avaient si astucieusement placée à côté de Carl Friedlander.

Carl s'était – silencieusement, discrètement – immiscé dans la vie d'Eva avec une rapidité et une aisance qui les avaient tous deux pris de court. Ils avaient commencé par un café, puis un concert, puis un samedi après-midi à la Tate Modern qui s'était transformé en apéritif et dîner ; quelques jours après, un souper chez Eva à Wimbledon s'était changé en invitation à passer la nuit. Il l'avait emmenée faire du bateau pour le week-end, au large de Cowes. Elle lui avait proposé de venir à Noël ; il l'avait invitée à fêter son anniversaire à Guilford avec sa fille, Diana – aimable et franche du collier, qu'Eva avait immédiatement aimée – et sa petite-fille, Holly. L'année suivante, Carl lui avait fait, début décembre, un cadeau inattendu : un voyage à Vienne, trois nuits dans un bel hôtel. Ils se protégèrent du froid dans des cafés aux belles boiseries, mangèrent des *Sachertorte* (délicieuses, mais qui ne soutenaient pas la comparaison avec celles de Miriam) et burent des cafés au lait. Ils virent *Die Fledermaus.* Ils retrouvèrent l'appartement où était née Miriam – un grand immeuble ordinaire, dont le rez-de-chaussée était désormais occupé par un magasin de chaussures –, étaient allés dans le hall de gare où elle avait fait ses adieux à sa mère et son frère, sans se douter qu'elle ne les reverrait jamais. Eva avait pleuré, et Carl l'avait prise dans ses bras, sans gêne, jusqu'à ce qu'elle ait versé toutes les larmes de son corps.

C'est un homme profondément intelligent et attentionné, et d'humeur essentiellement enjouée. Le chagrin perçu par Eva à leur première rencontre s'est apaisé avec le temps et avec la possibilité de ce nouvel amour. Eva ne peut s'empêcher de comparer Carl à Jim, à l'agitation qui a toujours existé en Jim. Cela l'avait séduite, autrefois, comme chaque part de lui l'avait séduite ; elle y avait vu le revers naturel de son besoin de dessiner, de peindre, de donner au monde une forme qu'il puisse comprendre. Et c'était peut-être le cas ; peut-être que, si la vie ne leur avait fait emprunter le chemin qui fut le leur, ce malaise l'aurait simplement conduit à devenir un meilleur artiste, comme cela avait été le cas de son père.

Elle n'avait éprouvé aucune satisfaction quand elle vit que l'avoir quittée pour Bella avait fini par se retourner contre lui, que cela ne lui avait pas donné ce regain d'énergie (pour l'art, pour l'amour, pour la vie) qu'il avait espéré. La colère d'Eva était retombée depuis longtemps. Jim faisait partie d'elle : il en serait toujours ainsi. Elle s'était souvenu, en pensant à cela, d'une chanson de Paul Simon qu'elle avait écoutée encore et encore pendant des mois au début des années quatre-vingt, comme si elle était une réponse à la question qu'elle ne se posait pas encore. *You take two bodies and you twirl them into one. Their hearts and their bones. And they won't come undone*[1].

Eva avait éprouvé la vérité de ces paroles sur le moment, et encore aujourd'hui, bien qu'elle et Jim ne soient désormais rien de plus que d'anciens amants, des parents, des grands-parents ; des survivants amarrés dans les eaux plus tranquilles de la vieillesse. Même si le garçon qu'il était il y a tant d'années à Cambridge, qui s'était arrêté pour lui proposer son aide sur le chemin, était devenu un homme pâle et dégarni, presque un vieil homme. Même si la jeune fille que fut Eva était désormais profondément enfouie en elle, sous une peau plissée, des cheveux grisonnants ; sous tous les débris accumulés du temps.

Dans l'après-midi, Eva sort dans le jardin fumer une cigarette. (Son incapacité à arrêter est le seul sujet de discorde entre elle et Carl.) C'est là que la trouve Jim.

— Tu n'as pas encore arrêté, alors ?

Elle secoue la tête, lui tend le paquet.

— Toi non plus, je le sais.

---

1. « On prend deux corps et on les entrelace pour qu'ils n'en forment plus qu'un. Leurs cœurs et leurs os. Et il sera impossible de les démêler. »

— Il faut bien s'autoriser quelques vices. (Jim prend la cigarette, accepte le briquet qu'elle lui propose.) Mais je fume moins. Cinq par jour.

— Je croyais que ce n'était valable que pour les fruits et légumes.

Il sourit. Son sourire n'a pas changé, même si la peau autour de sa bouche s'est affaissée et plissée, comme celle d'Eva. Combien de fois se sont-ils retrouvés côte à côte, à fumer, discuter, faire des projets ? Trop souvent pour s'en souvenir. Trop souvent pour ne pas perdre le compte.

— Oui, bah… je fais mon possible de ce côté-là aussi.

Ils gardent le silence un moment, contemplent l'herbe fraîche et humide, les arbres nus. Au-dessus d'eux, les nuages s'amassent, sombres ; la journée ne s'est presque pas donné la peine d'apporter un peu de lumière, et le soir va bientôt tomber.

— Cela ne semble pas juste, un monde sans Anton, dit Jim. Il a toujours été si vivant, en quelque sorte. Plus grand que nature. Tu te souviens de ses trente ans ? Ce punch dégoûtant qu'il avait préparé, et tout le monde qui tombait dans les pommes d'avoir fumé trop d'herbe.

Elle ferme les yeux. Elle revoit la vieille maison de Kennington : le mobilier blanc, le jardin et ses murs d'enceinte, les guirlandes suspendues aux arbres. Avec la clarté donnée aux choses par le temps qui a passé, Eva s'aperçoit que tout avait déjà commencé à s'effondrer ; elle se souvient de Jim la prenant dans ses bras pour danser ; se souvient d'avoir souhaité que les choses changent pour le meilleur. Et cela avait été le cas, un temps. Vraiment.

— Bien sûr que je m'en souviens. Pff, trente ans nous paraissait si vieux, à l'époque, pas vrai ? On n'avait pas idée.

— Eva...

Elle ouvre les yeux, voit Jim la regarder avec une intensité nouvelle. Elle déglutit.

— Non, Jim, s'il te plaît. Pas maintenant.

Il cligne des yeux.

— Non. Je ne... je ne comptais pas te demander pardon. Pas aujourd'hui. Pas de nouveau. Je sais que tu es heureuse avec Carl. C'est un chic type.

— Oui.

Elle tire une grande bouffée sur sa cigarette. À côté d'elle, Jim fait inconfortablement passer son poids d'un pied sur l'autre. Une boule de peur se forme au plus profond d'elle.

— Jim ? Qu'est-ce qu'il y a ?

Il prend un moment, souffle un petit nuage de fumée qui sort de sa bouche en volute. Puis il dit :

— Je ne peux pas te le dire aujourd'hui. Pas le jour d'Anton. Passe me voir, tu veux ? La semaine prochaine, peut-être ? On discutera.

Eva a fini sa cigarette. Elle jette le mégot, l'écrase sous son pied.

— Ça a l'air grave.

Il la regarde de nouveau, soutient son regard cette fois.

— Ça l'est, Eva. Mais pas aujourd'hui. Passe me voir, s'il te plaît.

La boule de peur est montée dans son corps ; s'est déployée, faufilée dans sa poitrine, sa gorge. Jim n'a pas besoin d'en dire plus. Elle ira le voir, elle apprendra ce que lui ont dit les médecins, le temps qu'il lui reste. Elle l'aidera à prendre ses dispositions ; l'apaisera, si elle peut. *Hearts and bones*. Une jeune femme à la bicyclette cassée. L'homme qu'elle aurait pu, si facilement, rater : passant à vélo, sans s'arrêter, emportant avec lui toute une vie, une vie qu'elle aurait pu ne jamais partager.

— Bien sûr que je passerai, dit-elle.

## Version 2

*Kaddish*
*Londres, janvier 2012*

— Cigarette ? demande Toby. Je pense qu'on a le temps.

Jim secoue la tête.

— J'ai arrêté.

— J'y crois pas. (Toby le regarde, impressionné.) Ça alors, mon vieux, ça me la coupe.

Il attend avec Toby pendant que son cousin allume une cigarette, savoure sa première bouffée. Il y a quelques autres fumeurs, un peu à l'écart, qui échangent un coup d'œil avec un demi-sourire. Ce n'est pas le moment de sourire, même si c'est de celui d'Anton Edelstein que se souvient Jim, qu'il se souviendra toujours : vigoureux, expansif, rigolard.

Cela faisait des années que Jim n'avait pas vu Anton, mais il avait vu, ces derniers mois, des photos de lui sur Facebook : Toby, Anton et leur ami Ian Liebnitz lors d'une excursion de dégustation de whisky dans le Speyside ; Anton en vacances en Grèce avec sa femme, Thea. Dylan avait créé le compte Facebook de Jim lors de sa dernière visite à Édimbourg. « C'est pas mal pour garder le contact avec les vieux amis, non ? » avait-il dit, et Jim avait acquiescé, refusant de trahir sa réticence : le fait que la plus grande part de son être n'arrivait pas à comprendre comment et depuis quand le monde a décidé de casser les murs qui mettaient jadis discrètement la vie privée à l'abri des regards.

Les seuls « amis » en ligne de Jim restent Dylan, Maya, Toby et Helena. (Elle a pris l'habitude de poster des pseudo-mantras de développement personnel sur son mur, sachant qu'ils l'irritent plus que tout. *Trouver matière à rire dans une situation difficile est toujours une victoire. Ne permets pas aux déceptions de la veille d'éclipser les rêves du lendemain.*) Il avait refusé de demander à Anton Edelstein de l'ajouter à sa liste d'amis, toujours guidé par l'impression sans aucun doute anachronique qu'une amitié virtuelle doit naître de bien plus qu'une vague connaissance, aussi cordiale fût-elle. Il s'était néanmoins attardé sur les albums photos d'Anton, cherchant plus particulièrement un visage.

Il ne lui avait pas fallu longtemps pour tomber sur Eva. Elle était attablée à une terrasse ensoleillée ; dans son dos se dressait le lointain panache des pins, et un ruban d'eau scintillante – une piscine – était visible juste derrière son bras gauche. Les stigmates du temps sur elle avaient, l'espace d'un instant, abasourdi Jim. (Il éprouvait souvent la même sensation en apercevant son propre reflet dans le miroir.) Mais au fond, elle n'avait pas changé : toujours mince, les traits délicats ; toujours pleinement, foncièrement vivante. Il vit que son chagrin ne l'avait pas détruite, et Jim en ressentit une forme de reconnaissance.

Le cortège funèbre approche ; le corbillard noir s'arrête respectueusement. Les fumeurs s'activent, remuent, comme pris la main dans le sac. Jim, en se tournant, voit les portes de la familiale s'ouvrir, Eva en descendre, serrant fort la main de sa belle-sœur. Elle semble plus petite que sur la photo, que sur les nombreuses images d'elle qu'il a gardée à l'esprit. Ses pieds, dans leurs élégantes chaussures noires, ont l'air minuscules ; son corps, soigneusement ceinturé dans un manteau fermé de laine gris foncé, est aussi menu que celui d'un oiseau. Elle ne le remarque pas : elle porte son attention sur l'entrée couverte, où tout le monde est rassemblé. À côté d'elle, Thea Edelstein est un pâle fantôme de femme, aux yeux rougis ; le simple fait de la regarder paraît impudique. Sa fille, Hanna, émerge de la banquette arrière accompagnée d'un beau blond dont Jim présume qu'il s'agit de son mari.

Il a soudain la certitude qu'il n'aurait pas dû venir. Il a du mal à respirer. À Toby, il dit, entre deux halètements, qu'il attendra dehors quelques minutes et le rejoindra à l'intérieur. Toby le dévisage.

— Ça ne va pas ?

— Si. J'ai besoin de prendre l'air, c'est tout.

Jim attend seul que tous les autres soient entrés, la brique rouge rugueuse du mur sous sa main. C'est une de ces horribles journées d'hiver londonien – monochrome, sinistre, le crachin porté par un vent glacial – mais il ne sent pas le froid. Il pense au bureau du médecin à l'hôpital. Même pas un bureau, à proprement parler, une simple pièce sans fenêtre. Une table, un ordinateur, un lit couvert d'une fine couche de papier. Pendant que le médecin lui parlait, Jim lisait un avertissement sur le mur. *Vous êtes-vous lavé les mains ? Chacun peut contribuer à la lutte contre la propagation du staphylocoque doré.*

Les jours suivants, c'est cet avertissement que Jim garda en tête, pas ce que lui avait dit le médecin, même si ses mots étaient là, eux aussi, bien sûr. Attendant leur heure. Menaçant, comme des mines, de faire exploser la certitude routinière que sa vie allait se poursuivre comme elle l'avait toujours fait jusque-là.

— Vous entrez, monsieur ?

L'employé des pompes funèbres, d'une extravagante morosité avec sa casquette et son costume trois-pièces.

— Je m'apprête à réunir les porteurs de cercueil.

Jim fait oui de la tête.

— J'entre.

À l'intérieur, trois grands arrangements floraux, des fleurs bleues et blanches, sont disposés autour du piédestal central. Ian Liebnitz récite le kaddish, que Jim ne connaît que par procuration, grâce au poème d'Allen Ginsberg : il n'est pas préparé à sa tristesse nue et sans fard. L'officiante fait l'éloge funèbre – écrit, dit-elle, par la veuve et la sœur d'Anton. (Au premier rang, Jim voit Eva incliner la tête.) Hanna Edelstein lit le poème de Dylan Thomas, connu pour être lu à nombre d'enterrements, qu'elle rend mémorable grâce à la force et la détermination de sa voix qui ne tremble que dans les derniers vers. Les rideaux se ferment lentement au son d'un solo de violon. Plus tard, Jim se rappellera qu'il s'agit du premier mouvement de la *Sonate à Kreutzer* de Beethoven.

Il pense, évidemment, à l'enterrement de sa mère, au sol gelé de Bristol, aux hauts chevrons de bois de l'église ; à sa colère, encore vive sur le moment. Il était en colère depuis si longtemps : en colère contre Vivian, pour lui avoir fait porter le fardeau de sa maladie, et pour l'avoir laissée la submerger. En colère contre son père, pour ne pas lui avoir montré comment aimer une femme, et une seule – et pour avoir été, Jim le sait, le meilleur artiste des deux. En colère contre lui-même pour n'avoir autorisé personne – pas Helena, et certainement pas Caitlin – à vraiment le connaître. Il fut capable, de nombreuses années, de canaliser cette colère dans son travail – mais la colère, Jim le sait aujourd'hui, c'est bon quand on est jeune. Lui n'est plus en colère ; ne l'est même pas contre son médecin, ni contre la dureté des faits qu'il a soumis au jugement de Jim. Des faits contre lesquels il est impossible de se révolter.

Après le service, l'assemblée s'attarde dans la cour, marche lentement parmi les couronnes de fleurs. Jim lit la carte attachée à un bouquet de roses blanches. *À mon cher collègue et ami. Tu me manques beaucoup. Carl Friedlander.*

— Jim Taylor.

Il lève les yeux. Elle a le regard humide, esquisse un sourire.

— Bonjour, Eva. Toutes mes condoléances.

— Merci.

Elle s'approche, pose la main sur son bras. Elle sent la poudre et un doux parfum. Pourquoi a-t-il si souvent rêvé d'elle, cette femme qu'il connaît à peine, a-t-il fait son portrait au fusain, mélangé des peintures à l'huile pour obtenir la couleur précise de sa peau, de ses cheveux, de ses yeux ? Il n'a jamais vraiment été capable de répondre à ces questions. Là, il voit que le fait même de sa présence est la seule réponse.

— C'est gentil à vous d'être venu.

Il a pleinement conscience de la légère pression de la main d'Eva sur son bras.

— J'ai suivi votre carrière au fil des ans. Elle est d'une telle richesse.

— Vous trouvez ? ne peut s'empêcher de dire Jim – la méfiance est l'arme à laquelle il fait le plus souvent appel, ces derniers temps.

Mais elle semble déstabilisée, du coup il fait marche arrière.

— Merci. C'est gentil. Quant à vous… eh bien, j'ai lu tous vos livres.

— Vraiment ? (Elle arbore de nouveau ce sourire en coin.) Vous devez être avide de châtiment.

Il aimerait lui répondre, mais Eva regarde par-dessus l'épaule de Jim.

— David, dit-elle à l'homme derrière lui : David Katz, comme le voit Jim en se retournant.

Un vieil homme désormais, aux cheveux blancs, dans un élégant manteau.

Eva s'écarte de Jim.

— Vous venez à la maison, n'est-ce pas ? 25, Lupus Street. Venez.

Il n'avait pas prévu d'assister à la veillée, mais il y assiste, un peu gêné aux côtés de Toby, prenant un verre de vin rouge sur le plateau d'un serveur. C'est une belle maison ; de style géorgien, à colonnes, l'intérieur est un paysage marin feutré dans les tons blanc, gris et bleu. Jim pense, avec un désir soudain et profond qui le surprend, à la Maison : sa maison bien-aimée de Cornish, toute de béton et de verre, et sa grande baie vitrée qui encadrait les rochers, la mer, le ciel.

La maison, bien sûr, reviendra à Dylan, ainsi que tout le reste. Jim en a déjà informé son notaire, lui a déjà demandé de vérifier son testament. Il dîne avec Stephen ce soir. Il mettra son vieil ami au courant, commencera à prendre ses dispositions pour l'héritage (un mot qui confère à l'œuvre de sa vie plus d'importance qu'elle n'en mérite vraiment, soupçonne Jim). Puis, demain, il se rendra dans le nord, chez Dylan, Maya et Jessica. Penser au visage de Dylan quand il lui annoncera la nouvelle jette un voile sur la vision de Jim, comme un rideau de neige.

Une heure plus tard, environ – c'est le milieu de l'après-midi, et il commence à faire nuit –, Eva s'approche de lui. Elle a retiré son manteau : sa robe en laine noire est simple, d'une belle coupe. Jim l'a observée circuler parmi les invités, les remerciant d'être venus, d'un ton léger, plein de sollicitude ; sans la tension autour de ses yeux, elle aurait pu être une hôtesse comme les autres organisant une soirée ordinaire. Il éprouve une bouffée d'admiration pour elle – pour les sacrifices qu'elle a faits, pour les années sans doute perdues qu'elle a passées à s'occuper de Ted. Mais peut-être Eva ne le voit-elle pas comme cela ; peut-être est-elle de ces gens chez qui l'altruisme est une qualité naturelle. Il se connaît assez bien pour savoir que ça n'a jamais été le cas pour lui.

— Pardon de ne pas avoir eu plus de temps pour discuter avec vous, dit-elle.

Ils sont seuls, près de la fenêtre qui donne sur le jardin. Au-delà du patio qui plonge dans la pénombre, on devine la silhouette effacée des arbres.

— C'est étrange de voir à quel point un enterrement réclame d'être sociable, alors que c'est évidemment la dernière chose qu'on a envie de faire.

Il baisse les yeux sur ses pieds, se faisant la réflexion qu'elle pense peut-être à lui en disant cela : que la présence de quelqu'un comme lui – une vague connaissance – est exactement le genre de fardeau qu'il craignait d'être.

— Oh, je ne disais pas ça de vous, s'empresse-t-elle d'ajouter, comme s'il avait parlé tout haut. Je suis ravie que vous soyez là. J'ai toujours…

Eva hésite, et il regarde le contour de son menton. En dessous, sur le galbe délicat de sa clavicule, repose un cœur d'argent.

— … eu l'impression de vous connaître, j'imagine. C'est drôle. J'ai reçu votre carte postale, vous savez. Je l'ai gardée pendant des années. Le Hepworth.

— *Ovale n° 2.*

Jim s'était maudit après l'avoir envoyée : il avait attendu une réponse pendant des semaines, tout en sachant parfaitement qu'il l'avait précisément écrite pour qu'elle n'appelle aucune réponse.

— C'est ça. *Ovale n° 2*. Je n'arrêtais pas de la regarder, de tenter de savoir si elle contenait une sorte de message codé.

Elle en contenait bien un. *Quitte-le. Rentre en Angleterre. Aime-moi.* Il l'avait trop bien caché.

— Pas d'autre message que de vous souhaiter le meilleur.

Il croise son regard, dans l'espoir qu'elle comprenne sa véritable signification.

— Oui. Je me suis décidée pour ça, finalement.

Un bref silence lourd de sens. Puis :

— En fait, je vous ai écrit une carte, moi aussi.

— Ah bon ?

— Oui, quand j'ai appris la mort de votre mère. Mais je ne l'ai pas envoyée. Je me suis dit qu'il n'y avait rien que je puisse dire que vous n'ayez déjà entendu.

Il ne peut s'empêcher de sourire légèrement.

— Vous savez… j'ai fait exactement la même chose.

Elle le regarde. Ses yeux nuit sombre, interrogateurs.

— Vraiment ?

— Oui. Je vous ai réécrit, après la mort de votre mari. Ted. J'avais lu votre livre et je vous avais entendue à la radio. J'ai eu l'impression de très bien vous connaître tous les deux… Mais après avoir écrit la lettre, je me suis aperçu que ce n'était pas vraiment le cas. Du coup je l'ai déchirée.

— Ça alors.

Une femme que Jim ne connaît pas arrive à hauteur d'Eva : grande, un visage aimable et robuste. Eva se tourne vers elle.

— Daphne. Merci d'être venue.

La femme la prend dans ses bras, puis s'éloigne. Eva porte de nouveau son attention à Jim, et il est frappé, avec une violence à laquelle il ne s'attendait pas, de constater qu'il désire profondément capter son attention.

— Les occasions perdues, j'imagine, dit-elle.

— Oui. Les occasions perdues.

Eva détourne le regard vers le jardin. Il sent la lente maturation d'une décision.

— Ce n'est pas le bon moment ni le bon endroit pour une discussion, dit-elle. Une véritable discussion, j'entends. Mais on pourrait peut-être faire ça ? Se voir un autre jour ? (Puis, avec un soupçon d'angoisse) Si vous voulez, bien sûr. Je sais que vous habitez toujours dans les Cornouailles. Et je suis souvent en Italie. Mais je serai à Londres dans les mois qui viennent. Peut-être, si vous repassez…

C'est au tour de Jim de détourner le regard. Il a une étrange vision du passage de leur vie comme deux voies parallèles, qui se rapprochent soudain, de façon inattendue. Il devrait dire non. Elle propose simplement de prendre un café – ou un thé, dans un lieu sûr, inoffensif : la Wallace Collection, peut-être, ou le café de la Royal Academy. Et pourtant, il s'agit sans doute aussi d'un peu plus que cela. Il le sait. Il le savait quand ils se sont rencontrés à l'Algonquin ; il le savait à l'anniversaire d'Anton et quand elle était à côté de lui sur les marches de la galerie de Stephen. À l'époque, comme maintenant, elle avait hésité à prendre une décision et ne l'avait pas prise en faveur de Jim. Maintenant, peut-être l'a-t-elle fait.

Il ne devrait pas dire oui. Eva a perdu Ted, elle ne supporterait pas de perdre quelqu'un d'autre. Et pourtant il ne peut la rejeter. Il n'est tout simplement pas assez fort. Ou peut-être est-il trop égoïste : plus tard, il sera incapable de savoir si c'était l'un ou l'autre. Mais il éprouvera aussi une certaine excitation – la perspective de leur prochaine rencontre adoucissant les contours de sa peur quand il va voir Dylan dans le Nord, pour avoir cette conversation qu'il a répétée tant de fois, sans vraiment pouvoir se préparer à la violence de l'impact qu'elle aura sur lui.

— Cela me ferait très plaisir, dit-il.

## Version 3

*Kaddish*
*Londres, janvier 2012*

— Entendu ? demande-t-elle.

Il se tourne et la regarde. Elle le sent se figer, retenir son souffle.

— Oui. Entendu.

Elle s'approche, lui prend la main. Devant eux, les fleurs : des chrysanthèmes blancs, des soucis orange vif, une cascade de lys et d'iris.

— Elles sont belles, non ?

Jim ne dit rien. À l'autre bout de la cour, les gens commencent à se disperser, rejoignent leur voiture.

— On peut rentrer tout de suite à la maison, dit Eva. On n'est pas obligés d'aller à la réception.

— Non. (Il serre sa main plus fort.) Non, il faut qu'on y aille. Aujourd'hui, il s'agit d'Anton. Et de Thea et Hanna. Il ne faut pas penser à moi.

Dans la familiale, Eva s'assoit sur la banquette arrière, à côté de Hanna, comme lors du trajet vers le crématorium. Jim est devant, à côté du conducteur, la raideur de son dos ne laissant rien transparaître.

Cela fait une semaine qu'il est comme ça – silencieux, détaché ; depuis le jour où il s'est assis dans le bureau du médecin à l'hôpital.

Eva avait compris dès l'instant où le médecin avait demandé – non, exigé – une biopsie que les résultats ne seraient pas bons. Mais elle avait tout de même eu du mal à absorber ses mots ; s'était imaginé qu'elle écoutait non depuis une chaise en plastique disposée face au bureau du médecin, mais de très loin. *Pitié*, avait-elle dit en silence, sans savoir à qui elle s'adressait. Sa mère, peut-être, ou Jakob, son visage affable et plein de sagesse. *Je viens de perdre mon frère. Faites que je ne perde pas aussi mon mari.*

La voix du médecin s'était estompée pour n'être plus qu'une lointaine réverbération. Mais Jim avait écouté attentivement, penché en avant, prenant soigneusement des notes dans le carnet qu'Eva lui avait suggéré d'emporter. Plus tard, elle relut ces notes, remplissant les vides de sa propre compréhension. *Avec chimiothérapie,* avait-il écrit, *de 12 à 18 mois. Sans, de 6 à 8 mois.* Il avait souligné *6 à 8* trois fois.

Ils avaient décidé de ne pas annoncer la nouvelle à la famille avant l'enterrement d'Anton. « On ne peut pas leur imposer ça maintenant, avait dit Jim. Et j'ai besoin d'un peu de temps pour l'encaisser. » Eva fut d'accord : elle n'arrivait pas, en tout cas, à imaginer les mots qu'elle pouvait utiliser pour divulguer une information pareille. Du coup, pour le moment, cela restait entre eux, et la gentille infirmière du centre pour la lutte contre le cancer qui les avait raccompagnés chez eux en voiture depuis Brighton il y a deux jours, qui s'était assise sur le canapé, avait bu le thé qu'ils avaient préparé, leur avait montré une brochure tout en couleurs vives. « La chimio, avait dit l'infirmière, vous fera gagner du temps, monsieur Taylor. Ça vaut le coup, non ? »

Eva avait attendu que Jim réponde oui, mais il n'avait pas répondu.

Il n'avait pas encore pleuré ; avait gardé l'œil sec, y compris pendant la cérémonie d'Anton, qui se déroula exactement comme elle et Thea l'avaient planifiée. Ian Liebnitz a récité le kaddish. L'officiante a prononcé l'éloge funèbre qu'Eva avait aidé Thea à écrire. Hanna – la courageuse Hanna – a lu le poème de Dylan Thomas. L'enregistrement de la *Sonate à Kreutzer* de Jakob a résonné dans la salle quand les rideaux de velours se sont refermés. Eva a pleuré à ce moment-là ; ses épaules secouées, la respiration haletante. Thea a passé le bras dans le dos d'Eva, et Eva a eu honte : c'est elle qui aurait dû réconforter sa belle-sœur, car elle savait déjà ce que c'était de perdre son mari. En se faisant violence, Eva a pensé à Anton comme il ne faisait aucun doute qu'il aurait voulu qu'elle se souvienne de lui – heureux, bien dans sa peau, souriant – et à Jim tel qu'il est en ce moment, assis à ses côtés, et non comme il sera bientôt.

Thea a engagé des traiteurs pour la réception. Ils ont installé un buffet dans la salle à manger – poulet rôti et salade de pommes de terre, boulettes de viande norvégiennes, saumon cuit au four. Des serveurs vont en silence de pièce en pièce, proposant des verres de vin sur des plateaux d'argent.

En sortant de la salle de bains du rez-de-chaussée, Eva reste seule un moment sur le seuil du salon, pour faire le point. Dans un coin, Penelope et Gerald discutent avec David et Jacquetta, grande et spectaculaire dans un long manteau de velours noir. Rebecca et Garth sont aux côtés de Ian et Angela Liebnitz, Toby, le cousin de Jim, et l'associé d'Anton, Carl Friedlander. Sophie et Pete sont près des baies vitrées. Dehors, dans la lumière tombante de l'après-midi – la journée a été froide, humide, inlassablement grise –, Alice joue dans le jardin avec Alona et Miriam ; Hanna est à l'étage avec Thea, se repose un peu. Derrière elle, Sam et Kate sortent de la cuisine. Elle ne sait pas où est Jim.

— Maman.

Sam pose une main sur son bras.

— Ça va ?

Elle se tourne, lui sourit faiblement.

— Oui, mon chéri. J'essaie. Et toi ?

— Je m'accroche. Viens manger quelque chose.

Eva se remplit une assiette en sachant qu'elle n'aura pas la force de la terminer. Elle n'a pas beaucoup mangé depuis le nouvel an, quand elle a reçu l'appel de Thea. Ils étaient à une fête quand Anton avait fait sa crise cardiaque ; Eva, Jim, Hanna et Jeremy avaient passé le reste de la nuit aux urgences. Eva a encore moins mangé ces quatre derniers jours depuis le rendez-vous de Jim à l'hôpital.

— Mamie Eva.

C'est Alice, le visage grave, comme si elle avait une nouvelle importante à communiquer.

— Papi veut que tu sortes lui parler.

Eva lève la tête. Là, dans le patio, elle voit Jim, dos tourné, une volute de fumée s'élevant au-dessus de sa tête.

— Merci, ma petite Alice. Tiens, tu veux bien rapporter cette assiette à la cuisine pour moi ?

Le froid est saisissant après la chaleur confinée de la maison. Elle aurait dû enfiler son manteau ; elle tire sur les revers de son gilet en s'approchant.

— Te voilà.

Il hoche la tête. Il a presque fini sa cigarette. (Il avait arrêté ; a repris pendant leur longue nuit blanche à l'hôpital.) Il l'écrase sous son talon.

— Je vais suivre la chimio, dit-il.

— Oui.

Sa voix est ferme, ne trahit pas son soulagement. Il tourne ses yeux bleus vers elle.

— Cela semblait inutile. Dix-huit mois au lieu de huit, qu'est-ce que ça change ?

Elle s'avance, se tient tout près, leurs bras se frôlent. Il y a un bruissement dans les buissons au fond du jardin : le vieux chat d'Anton et Thea, Mephistopheles, est parti à la chasse.

— Ça change beaucoup, dit-elle.

— Oui. Je le sais, maintenant.

Jim l'entoure de son bras, l'attire contre lui.

— On leur annoncera ça ensemble, hein ? Pas cette semaine. Dimanche prochain, peut-être. On pourrait organiser une espèce de soirée. Enfin, une soirée, pas exactement. Tu vois ce que je veux dire.

— Oui, mon chéri, je vois.

Dans le silence, ils entendent la porte de la cuisine s'ouvrir : un jeune homme et une femme qu'Eva ne connaît pas – des collègues de Hanna à l'hôpital, elle suppose – sortent, paquets de cigarettes à la main, parlant d'une voix forte, enjouée, confiante.

En voyant un couple de personnes âgées ensemble dans le patio, enlacées, la jeune femme hésite.

— Oh. Pardon de vous déranger.

Eva secoue la tête.

— Vous ne nous dérangez pas.

Le jeune couple va vers le fond du jardin, où Mephistopheles hume l'air, la queue soigneusement enroulée autour de ses pattes de devant.

— Tu m'as rendu, dit Jim dans un murmure, son souffle chaud à l'oreille d'Eva, plus heureux que j'aurais jamais cru pouvoir l'être.

— Espèce d'incorrigible vieux romantique, dit-elle de façon légère, parce que l'alternative serait de s'écrouler, se perdre. (Puis, à voix basse, au bout d'un moment :) Qu'aurais-je fait de ma vie sans toi ?

Il ne répond pas, parce qu'il n'y a aucune réponse à donner. Aucune sinon rester côte à côte, chacun sentant la chaleur de l'autre ; regarder les ombres qui s'allongent, et la nuit qui approche.

## 2014

Cela finit ainsi.

Une femme dans la chambre du premier étage d'une maison de Hackney ; triant des vêtements dans des sacs plastique noirs. Elle entend sa fille au rez-de-chaussée ; de temps à autre, la voix de Jennifer monte dans les pièces vides. « Maman, je sais pas trop quoi faire de ça. Viens voir et dis-moi. » Ou : « On fait une pause thé ? »

Ce n'est pas la maison d'Eva, et pourtant elle s'y déplace avec aisance et familiarité ; sait où trouver les petites cuillères, les tasses. Elle et Jennifer ont acheté du lait ce matin, avec un petit paquet de biscuits sablés. Vider la maison aurait sans doute échu à Bella, ou Robyn, si elles n'habitaient pas si loin désormais, à New York. Et de toute façon, Eva n'aurait permis à personne d'autre d'accomplir cette tâche.

Chemises, costumes, jeans : tout va dans les sacs plastique. Des chaussettes dépareillées, un pull marron mangé par les mites, un bleu de travail maculé de peinture. En le prenant, Eva s'arrête. Revoit la maison de

Gipsy Hill : le stuc rose, le plancher, la verrière crasseuse de l'atelier d'artiste. Revoit Jim, pinceau à la main, se tournant vers elle, à peine rentrée du bureau, qui pénètre dans un salon repeint de frais. « Qu'est-ce que tu en dis, Eva ? Ça te plaît ? » Le revoit l'entourer de ses bras, des éclats de peinture dans les cheveux. Entend ce qu'elle lui répond, en se penchant vers lui pour l'embrasser. « Ça me plaît, Jim. Ça me plaît beaucoup. »

Eva plie le bleu lentement, soigneusement, passe la main sur les plis profonds du sergé marine et le met de côté. Elle a si peu d'objets en souvenir de Jim : quelques meubles (le fauteuil ancien qu'il lui avait offert pour ses quarante ans, recapitonné de velours gris colombe ; la table de la cuisine en pin décapé qu'ils avaient trouvée au marché de Greenwich). Une boîte de photos de famille. Son vieil exemplaire du *Meilleur des mondes*, aux pages jaunissantes, dont certaines se détachaient du dos.

Jim lui offrit le livre la dernière fois qu'elle vint le voir ici, chez lui. C'était au mois de juillet, et il faisait chaud. Ils étaient assis dans le jardin – désormais en proie aux mauvaises herbes – ; Eva appela Daniel pour lui demander de passer l'après-midi à s'atteler à la tâche – et partager le déjeuner qu'elle avait préparé. Poulet froid, tomates, salade de pâtes. Jim mangea peu ce jour-là : il était déjà faible, flottait dans ses vêtements, et quand elle l'aida à sortir, l'installa délicatement sur une chaise de jardin, il garda les yeux bien fermés, comme s'il avait peur de la regarder et de voir de la pitié dans son expression.

Ils mangèrent ; ils discutèrent. Elle prépara du café, puis Jim lui demanda d'aller chercher le livre à l'intérieur, qu'elle trouva sur la table, à côté de son fauteuil.

— Tu vas peut-être le reconnaître, cria-t-il de l'autre côté de la baie vitrée.

Et en effet : une édition de poche Penguin, bordée par deux épaisses bandes rouges. *Le Meilleur des mondes : Roman.*

Elle le rapporta dans le jardin.

— Je l'ai trouvé en faisant du rangement, dit-il. Tu sais, les préparatifs.

Il n'eut pas besoin d'en dire plus. Elle regarda son cher et familier visage, et se sentit si pleine d'amour pour lui qu'elle n'arriva plus, pendant quelques instants, à prononcer le moindre mot. Puis, se reprenant, elle dit :

— Ça m'avait tellement impressionnée que tu lises Huxley.

— Vraiment ?

Il sourit, et Eva regarda le livre posé sur ses genoux ; quand il souriait, Jim ressemblait tant au jeune homme qu'il avait été – au garçon dont elle était tombée amoureuse ; au mari avec qui elle avait construit sa vie. Pas une vie parfaite, mais une vie qui leur avait appartenu, à eux et eux seuls, aussi longtemps que cela fut possible.

— Je devais me dire que le trimballer avec moi me donnerait l'air profond. Une façon de montrer au monde qu'il y avait plus important pour moi qu'un diplôme de droit.

— Oh, n'importe quelle idiote pouvait voir qu'il y avait plus important que ça pour toi.

Eva le dit d'un ton enjoué, mais il tendit le bras par-dessus la table pour lui prendre la main.

— Non, pas n'importe quelle idiote, Eva. Toi et toi seule.

La main de Jim était légère, froide ; la peau fine et parcheminée, presque translucide par endroits. Dans cette main, il y avait tout ce qu'elle avait aimé autrefois, tout ce en quoi elle avait cru. Eva la tint, et il n'y eut ni colère, ni douleur, ni pardon : seulement une femme tenant la main d'un homme, offrant le réconfort qu'il lui revenait de donner.

— J'ai peur, Eva.

Il le dit d'un ton détaché ; il avait les yeux baissés sur sa tasse de café.

— J'ai vraiment peur.

— Je sais. (Elle lui serra la main plus fort.) On sera tous là à tes côtés, Jim. Nous tous.

Il croisa son regard.

— Je ne sais pas quoi dire pour te remercier.

— Il n'y a pas besoin de dire quoi que ce soit.

Et elle resta assise en silence, lui tenant la main, jusqu'à ce qu'il sommeille, et que ses yeux se ferment en papillonnant ; puis, délicatement, tendrement, elle l'aida à remonter se coucher.

Trois jours après, Jim fut admis à l'hôpital. Éclairage au néon, linoléum ; Jim endormi la plupart du temps, son visage fermé et gris posé sur l'oreiller. Son oncologue les rassembla dans la salle réservée à la famille – Eva, Carl, Jennifer, Daniel ; Robyn et

Bella se tenaient prêtes à rentrer des États-Unis – pour leur annoncer la nouvelle avec une compassion, une tendresse, même, pour laquelle ils lui furent tous, à leur modeste façon, reconnaissants.

L'unité de soins palliatifs. Brique rouge, fontaines ; un immense marronnier d'où tombent des marrons sur la pelouse devant la chambre de Jim. Son corps qui semblait chaque jour plus léger, jusqu'à ce qu'à la fin il soit presque en apesanteur, imprimant à peine sa marque sur le matelas où il reposait.

Le crématorium. Une belle journée d'octobre – un soleil pâle, les feuilles en tas au bord du chemin de gravier, les vitraux projetant des carreaux de lumière colorée sur le sol poli. Bella, ses boucles noires brillantes, apprivoisées ; son manteau violine, de marque. Robyn, grande, les yeux bleus : le portrait craché de son père. Dans la chapelle, Bella s'était arrêtée à hauteur du banc de devant. Eva s'était tournée, l'avait saluée d'un petit hochement de tête, et Bella avait fait de même et s'était glissée sur le banc. Elles étaient restées comme ça – Robyn assise entre elles ; Daniel, Hattie et Carl à la gauche d'Eva ; Jennifer, Henry et Susannah au deuxième rang. Quand l'officiant avait pris place derrière le lutrin, Eva s'était sentie submergée par une sensation de paix, née de la tristesse, oui, mais aussi de la gratitude, de la joie, du souvenir. *Je t'ai aimé,* dit-elle à Jim en silence. *Et regarde ce que nous avons fait de cet amour.*

Ceci maintenant : la chambre de Jim. La maison de Jim. Le déménagement de ses affaires, de tous les vieux papiers qui lui avaient permis, un temps, d'asseoir sa position dans cette vie.

Eva a gardé le tiroir du haut de la commode pour la fin. Là, sous des tas de sous-vêtements et de maillots de corps, elle trouve un rouleau de beau papier à dessin bien épais, soigneusement roulé. Dessus figure une note, tenue par un élastique. *Pour Eva. Avec amour, toujours. Baisers, Jim.*

Elle déplie le rouleau sur le dessus de la commode et se voit. Des traits délicats au fusain. Un livre sur les genoux. Ses cheveux lui couvrant la moitié du visage ; derrière elle, les meneaux de la fenêtre du collège. C'est elle, et ce n'est pas elle. Une version d'elle. Sa version à lui, ou la version qu'elle lui a jadis proposée.

Eva reste immobile et silencieuse, regarde le dessin, jusqu'à ce qu'elle entende la voix de Jennifer qui l'appelle une fois de plus ; elle descend la rejoindre.

*

Cela finit également ici.

Une femme se tient devant la grande baie vitrée d'une maison des Cornouailles, regarde dehors. Une vaste étendue de mer agitée. Le ciel immense, sans limites, où sont suspendus de pâles nuages gris.

— Donc, vous vous êtes connus à New York en 1963, dit la journaliste.

Elle s'appelle Amy Stanhope (elle avait tendu sa carte à Eva en arrivant) et elle est jeune – pas plus de trente ans ; assise sur le canapé, tenant dans le creux de ses mains la tasse de thé qu'Eva vient de préparer.

— Vous aviez… (Elle consulte ses notes.)… vingt-quatre ans, alors, mais vous n'êtes sortis ensemble qu'une fois septuagénaires.

Eva reporte son attention, à contrecœur, sur la pièce.

— S'il vous plaît, n'écrivez pas « sortir ensemble ». Cela donne l'impression que vous parlez de deux adolescents.

— Pardon.

Amy est un peu intimidée devant cette femme menue et assez guindée, aux cheveux blancs tirés en arrière avec austérité, aux yeux marron acérés, inquisiteurs. Elle n'a lu qu'un livre d'Eva Edelstein – *Attention, fragile*, ses mémoires consacrés aux années passées à s'occuper de son second mari, Ted Simpson. Sur la foi de cet ouvrage – et du fait qu'Eva Edelstein a choisi de tenir le rôle d'aidante une deuxième fois, auprès d'un homme dont elle est tombée amoureuse si tard dans la vie –, Amy avait imaginé une personne plus douce. Une gentille vieille dame, effacée, à la limite du martyre.

— Mais c'est à ce moment-là que vous… êtes devenus proches, n'est-ce pas ? Il y a dix-huit mois, juste après le diagnostic ?

Eva hoche la tête. Elle avait compris, en quelque sorte, dès l'instant où elle avait revu Jim à l'enterrement d'Anton. Elle l'avait vu lutter contre lui-même ; elle avait voulu dire : *Ne faites pas ce que l'on attend de vous. Vous voyez bien que nous devons agir vite, avant de laisser passer cette dernière occasion, non ?* Au lieu de quoi, elle lui avait seulement demandé s'il voulait bien la revoir. Et ils s'étaient revus, quelques jours après. Jim était de passage à Londres en provenance d'Édimbourg et rentrait chez lui. Il avait proposé qu'ils prennent le thé au café de la Wallace Collection. Eva était tendue – avait passé un certain temps à se demander ce qu'elle allait porter ; s'était décidée pour une robe vert foncé achetée à Rome l'hiver précédent. Mais quand elle avait vu Jim Taylor, assis dans la cour du musée vêtu de son long manteau noir, la tension s'était relâchée. Il avait levé les yeux à son approche, et elle avait senti son cœur bondir dans sa gorge.

Ils avaient passé le reste de l'après-midi ensemble ; s'étaient retrouvés le lendemain à l'heure du déjeuner, avant que Jim ne prenne le train pour St Ives. Eva avait accompagné Jim à Paddington ; là, dans le hall, il lui avait dit ce qu'il avait dit à son fils. Il comprendrait qu'elle ne veuille plus le revoir, dit-il – si c'était trop dur à encaisser. Au milieu du vacarme, de l'agitation des banlieusards, des cris stridents d'enfants en bas âge, Eva lui avait posé la main sur la joue. « Ça ne l'est pas, Jim. Ça ne l'est pas. »

Dans le salon de la maison des Cornouailles, Amy prend la parole.

— Et vous avez emménagé ici quelque temps plus tard ?

— Oui. Six semaines après nos retrouvailles.

Amy sourit.

— C'est si romantique.

— D'aucuns trouveraient cela inconsidéré. Mais pas nous.

Sa première visite à St Ives. En le revoyant l'attendre au bout du quai, l'excitation d'Eva était si pure, si revitalisante, qu'elle eut l'impression de retrouver ses vingt ans. Ils étaient passés en voiture devant des cottages en bois, les perce-neige inclinant la tête au bord de la route ; c'était le mois de février, et le paysage était un tableau impressionniste de blancs et de bleus chatoyants. Jim avait baissé les vitres à la demande d'Eva, et la brise froide sur son visage avait eu le goût de la mer. En approchant de la maison, il avait dit : « Tu ne peux pas savoir à quel point je suis heureux que tu sois là. Tu vas rester quelque temps, non ? Tu vas rester aussi longtemps que tu veux ? »

Elle était restée ; avait insisté pour que Sarah et Stuart s'installent dans la maison de Londres et avait mis en location la villa en Italie. (Elle aurait aimé y aller avec Jim, pour se reposer quelque temps sous le soleil, mais il déclinait, ne voulait rien d'autre que rester à la maison dans ses Cornouailles bien-aimées.) Eva avait passé des heures à écrire, ou au jardin ; les bons jours, Jim allait peindre à l'atelier. « Si Matisse pouvait découper du papier pour en faire des chefs-d'œuvre tout en restant allongé dans son lit, dit-il, alors la moindre des choses est que j'arrive à tenir un pinceau. »

Les mauvais jours, elle était restée assise à ses côtés sur le canapé du salon, à écouter la radio, à regarder des classiques. Souvent, il se laissait gagner par le sommeil – Jim était si souvent fatigué – et sa tête glissait contre l'épaule d'Eva. Une fois, il s'était réveillé au beau milieu d'un film avec David – cela faisait des années qu'Eva ne l'avait pas vu, et elle avait regardé son ex-mari avec fascination, comme si elle revoyait un film de son propre passé – et il avait dit : « C'est David Katz, non ? » Eva avait répondu oui, et Jim avait émis un son à mi-chemin entre la toux et le soupir. « Je l'ai détesté, tu sais, quand on s'est connus. Je l'ai détesté qu'il t'ait trouvée le premier. Mais cette fois, notre moment est venu, non ? J'aurais simplement voulu qu'il soit plus long. »

La journaliste, Amy Stanhope, est assise sur le même canapé. *Nous avons eu si peu de temps,* se dit Eva, et une boule se forme dans sa gorge. Pour faire diversion, elle propose à Amy une nouvelle tasse de thé, et Amy répond volontiers, alors que sa tasse est encore à moitié pleine.

Dans la cuisine, Eva voit Jim partout : touillant la bolognaise sur le feu ; versant du café ; l'entourant de ses bras quand elle était devant le plan de travail et coupait des légumes pour la soupe. *C'était bon, notre amour*, lui dit Eva dans sa tête. Pas un amour frivole entre adolescents, ni celui d'un couple de quadragénaires mariés, épuisés par le travail, la maison, les enfants, par le tumulte du quotidien ; mais une création unique et pure, fidèle à elle-même, qui n'était redevable à personne, à rien. Les enfants s'étaient posé des questions à leur sujet (ça, ils ne s'en étaient pas privés), mais il avait fallu qu'ils l'acceptent tel quel. Jim et Eva s'accordèrent sur le fait

que ce nouvel amour n'effacerait pas ceu
avaient précédés ; et que ni elle ni lui n'a
faiblesse d'imaginer ce qui aurait pu advenir.

À Pâques, Sarah était venue leur rendre visite, avec Stuart et Pierre, et ils s'étaient tous installés sur la terrasse côté cuisine, partageant un repas, regardant le soleil se coucher sur la baie de St Ives. Jim sortait de sa dernière séance de chimiothérapie ; il était maigre et malade, mais avait l'air heureux, à l'aise, interrogeant Stuart et Sarah sur leur travail à Londres, Pierre sur la musique qu'il écoutait. En faisant la vaisselle là où se tient Eva en ce moment, remplissant la bouilloire pour préparer du thé, Sarah avait glissé le bras autour de sa mère, l'avait attirée contre elle, et lui avait dit à voix basse : « Je comprends, maman. Je comprends pourquoi tu l'aimes. Je regrette d'avoir fait tant d'histoires. » Et Eva, s'abandonnant avec reconnaissance dans les bras de sa fille, avait répondu : « Chérie, tu n'as pas à t'excuser. »

Quelques mois plus tard – en juillet, il faisait chaud, la mer était turquoise, les caille-lait recouvraient les falaises dans une explosion de jaune –, Jim avait été admis à l'hôpital de Truro, et Eva avait appelé Dylan à Édimbourg, lui conseillant de venir au plus vite. En septembre, Jim avait glissé dans une contrée inatteignable pour Eva. L'unité de soins palliatifs ressemblait tellement à l'endroit où elle avait passé les dernières semaines aux côtés de Ted qu'Eva, immobile sur le seuil le jour de l'admission de Jim, avait senti ses jambes se dérober ; une infirmière avait dû 'aider à se relever. « Je crains que ce soit trop dur pour toi », lui avait dit Jim ce jour-là à Paddington. Et il avait dit vrai : ce fut trop dur. Elle savait que ça le serait, et pourtant elle avait fait son choix ; et au crématorium, quelques semaines plus tard, en se remémorant la vie de Jim, en se remémorant tout ce qu'il représentait pour sa famille, et pour elle, Eva avait su que si l'occasion se représentait, elle referait le même choix.

*Et je le referais, Jim,* se dit-elle maintenant, en versant du lait dans le thé d'Amy.

Eva emporte la tasse au salon.

— Voulez-vous finir notre discussion à l'atelier ?

— Ce serait merveilleux, répond Amy, et elles sortent dans le jardin – l'air est glacial, les plantes en bordure, ramassées et ratatinées, attendent le printemps.

À la porte de l'atelier, Eva s'arrête.

— Vous connaissez bien l'œuvre de Jim ?

— Je crois. Comme la plupart des gens, *Quoi qu'il arrive* est probablement l'œuvre de lui que je connais le mieux. Elle est si puissante, si évocatrice. Et j'ai lu des choses sur son exposition à la Tate, celle qui réunissait Lewis et Jim Taylor. C'était incroyable de voir tout ce qui les lie – et tout ce qui les sépare, bien sûr.

Eva sourit : peut-être a-t-elle sous-estimé Amy.

— Alors vous savez sans doute que *Quoi qu'il arrive* est ici, maintenant. Il faisait partie d'une collection privée, mais Jim l'a racheté l'an dernier.

Les tableaux sont accrochés au mur du fond de l'atelier : trois panneaux articulés, légèrement fermés. Eva ouvre les deux panneaux extérieurs, et Amy se tient devant, les observe chacun à tour de rôle. Une femme aux cheveux bruns, détournant les yeux, pour se tourner vers l'homme assis derrière elle, sans expression, insondable. C'est le troisième panneau du triptyque. Les deux autres sont presque identiques, à quelques petites variantes près : sur le premier, la femme est assise, et l'homme debout ; sur le deuxième, ils sont tous deux assis. De menus détails dans la pièce changent également : la position de l'horloge au mur ; les cartes et photographies sur la cheminée ; la couleur du chat qui s'étire sur le fauteuil.

— C'est beau, dit Amy. Ces couleurs… Il l'a peint au milieu des années 1970, c'est ça ?

Eva hoche la tête.

— Oui, en 1977, quand il habitait à St Ives avec Helena Robins. Sa compagne à l'époque.

Le triptyque fut un cadeau, une surprise. Jim avait tout arrangé avec Stephen Hargreaves ; il avait emmené Eva à l'atelier le matin de son anniversaire – il arrivait encore à marcher, sans sa canne, et avait insisté pour qu'elle garde les yeux fermés jusqu'à ce qu'ils soient à l'intérieur. En les ouvrant, elle avait regardé et s'était vue. Les avait vus tous les deux. « Maintenant, comprends-tu, lui avait-il dit, que tout ce temps, tu étais à mes côtés ? » Et il l'avait embrassée, et elle avait pensé à toutes les années qui avaient mené à ce moment-là – ces secondes, ces minutes et ces heures, passées ailleurs, avec d'autres, à faire autre chose ; aucune qui ne fût gaspillée, ou qu'elle regrettât, mais aucune plus précieuse que le moment qu'elle était en train de vivre.

— Oui, elle comprend.

Eva parle si doucement que la journaliste doit tendre l'oreille.

Puis elles se taisent. Devant elles, le triptyque. Des couches de peinture à l'huile sur une toile. Trois couples. Trois vies. Trois versions possibles.

*

Cela finit aussi là.

Une femme sur les berges de la Cam. Une large bande de terre parsemée de touffes d'herbes, que le passage fréquent de bicyclettes a creusée d'ornières. Derrière elle, le crescendo continu de la circulation. Devant, une rangée d'arbres, à travers lesquels elle discerne la flèche de la chapelle de King's College.

— C'était là, je crois, dit Eva. Difficile de savoir avec exactitude, mais ça y ressemble.

Penelope, à côté d'elle, a passé le bras sous celui d'Eva.

— Ça n'a pas changé, n'est-ce pas ? Je veux dire, quand je vois King's, c'est comme si on y était, au beau milieu. La vie devant nous.

Eva hoche la tête. Une fille approche à bicyclette – cheveux noirs au vent, cartable noir en bandoulière –, fait sonner son timbre, elles s'écartent pour la laisser passer. Eva entend la fille vitupérer en s'éloignant, et se demande un moment quelle impression elles ont bien pu lui donner : deux petites vieilles, égarées sur le sentier. Spectatrices du flot, de l'impétuosité de vies plus jeunes.

— Notre place n'est plus là, hein ?

Penelope serre le bras d'Eva.

— Ta place sera toujours là, Eva. La tienne et celle de Jim.

Ils avaient prévu de venir ensemble. Elle avait organisé un week-end – réservé une chambre dans un bon hôtel, une table au restaurant. Mais le matin du départ, Jim s'était réveillé pâle et épuisé. Il avait mal dormi, comme souvent. Eva l'avait entendu pendant la nuit, tourner et retourner dans leur lit, trébucher sur le pas-de-porte en allant à la salle de bains. Elle l'avait regardé et lui avait dit : « Oublions Cambridge pour l'instant, d'accord, mon chéri ? Restons nous reposer à la maison. Ça n'a pas de sens d'y aller, non ? »

Ils avaient ravalé leur déception ; ils savaient tous deux qu'il était désormais peu probable qu'ils y retournent. La chimiothérapie faisait effet – Jim était encore là, après tout ; encore aux côtés d'Eva –, mais à quel prix : en dehors de l'épuisement et du manque de sommeil, il y avait les nausées, la perte d'appétence pour la nourriture, le vin, tout ce à quoi il avait autrefois pris tant de plaisir. Ses cheveux s'étaient clairsemés, il avait perdu du poids. Eva avait l'impression qu'il déclinait à vue d'œil. « Le look junkie chic », avait dit Jim : il avait gardé son sens de l'humour jusqu'au bout.

À la maison dans le Sussex. Des journées passées à lire, à écouter la radio, et les bons jours, à prendre la voiture pour Brighton. La mer d'acier, implacable ; la plage désormais impraticable, les galets trop durs pour l'équilibre précaire de Jim, ils marchaient donc lentement jusqu'à la jetée, s'asseyaient dans un café où ils buvaient du thé, regardaient les passants flirter, s'embrasser ou se disputer. Ils parlaient de moins en moins, non parce qu'ils n'avaient rien à se dire, mais parce qu'ils appréciaient la compagnie du silence ; et parce que tant de choses entre eux étaient tues, indicibles. Il y eut de la douleur, de la peur et de la tristesse ; et pourtant ces après-midi-là, à Brighton, ils ne furent pas malheureux. Ils furent ensemble. Il y eut leurs enfants respectifs, leurs petits-enfants, et le motif infiniment changeant de leur vie. Ils eurent la joie de voir Sophie revenir vers eux. Ils furent soulagés d'avoir réussi à se retrouver.

À la fin, l'unité de soins palliatifs. Il y avait un immense marronnier dans le jardin, encadré par la fenêtre de la chambre de Jim ; il aimait rester au lit, regarder le soleil briller sur les marrons qui tombaient. Il les cueillait en allant à l'école, dit-il ; les oubliait dans ses poches et les retrouvait des mois plus tard, leur éclat terni. Alice – assise près de son lit, regardant son grand-père, les machines, le cadre métallique du lit – fut tout excitée et lui dit : « Moi aussi je fais ça, grand-père, moi aussi. »

Eva y passa toutes ses journées et la plupart de ses nuits ; elle connaissait chaque infirmière par son prénom. La plupart furent d'une gentillesse qui dépassait de loin le cadre strictement professionnel. L'une d'elles, une Nigériane enjouée qui s'appelait Adeola, s'enticha particulièrement de Jim, qui se mit, pour rire, à l'appeler sa « deuxième femme ».

« Monsieur Taylor, disait Adeola avec un clin d'œil quand apparaissait Eva à la porte, votre première femme est là. Je lui demande de repasser plus tard ? »

Et Jim, quand il en avait la force, souriait (comme cette vision serra le cœur d'Eva) et disait à Adeola qu'elle devrait peut-être laisser Eva entrer, sans quoi cette dernière risquait d'avoir des soupçons.

Ces quatre murs. Le fauteuil sur lequel Eva était assise des heures entières ; le lit sur lequel elle passa ses nuits, sous une couverture de l'hôpital, son sommeil ponctué par les faibles bips et murmures de l'appareillage de Jim. Quand le moment fatidique arriva, ce fut en pleine nuit, mais elle était déjà réveillée, elle s'était réveillée quelques minutes avant, sûre que son heure était venue. Il avait les yeux fermés, la bouche ouverte ; elle mit la main devant les lèvres de Jim, vérifia le souffle de sa respiration. Il poussait des râles, faisait un bruit étrange et effrayant ; mais elle ne s'autoriserait pas à avoir peur. Elle lui prit la main. Il mourut en peu de temps ; puis elle resta assise à ses côtés, lui caressant la main, jusqu'à l'arrivée d'Adeola.

À présent, sur les berges, Penelope dit :

— Regardons le dessin encore une fois.

Eva tend le bras vers son sac ; là, coincé contre la page de garde de son journal, se trouve une feuille de papier. Elle l'avait trouvée à peine une semaine plus tôt, en fouillant un tas de lettres dans l'atelier de Jim. C'était une feuille de format A5 arrachée à un carnet et pliée : un croquis au crayon, la silhouette nue d'une femme, dormant sur le flanc, les mains jointes, comme en un geste de prière. Un mot au verso, gribouillé de la main de Jim, disait, *E, dormant – Broadway, Cotswolds, 1976.* Il ne le lui avait jamais montré, l'avait rangé dans un dossier plein de factures. Elle se demanda s'il se souvenait même de l'y avoir mis.

Eva observe le dessin, puis le tend à Penelope. Après quelques instants de silence, Penelope le lui rend.

— Tu as fini, ma chérie ?

— Oui, Pen, dit Eva. Je crois.

## REMERCIEMENTS

Tant de personnes m'ont aidée à donner vie à ce livre, ou m'ont permis de rester saine d'esprit quand je m'efforçais de lui donner vie.

Un immense merci à mon équipe de premiers lecteurs aux yeux de lynx, pour leurs encouragements et leurs conseils : Jonathan Barnes ; Fiona Mountford ; Doreen Green ; Simon Armson ; Matthew Ross (je suis encore impressionnée par sa connaissance de la cathédrale d'Ely) ; et Sofia Buttarazzi (pardon pour les soirées tardives !). Merci aussi à David Race, Ellie et Irene Bard, et Conrad Feather.

Les équipes de recherche et d'archives du *Guardian* et de l'*Observer*, et Anne Thomson, archiviste à Newnham College à Cambridge, m'ont offert une plongée fascinante dans l'histoire de leurs institutions respectives. Katharine Whitehorn m'a gentiment fait part de réflexions sur son expérience de Cambridge et sur Fleet Street. Un grand merci à tous.

Je suis très reconnaissante à Judith Murray pour son inestimable sagesse, son soutien et plus généralement sa personnalité extraordinaire ; et à Kate Rizzo, Eleanor Teasdale, Jamie Coleman et tout le monde chez Greene & Heaton. Merci aussi à Sally Wofford-Girand et à tout le monde chez Union Literary, et à l'adorable Toby Moorcroft.

Je dois beaucoup à Kirsty Dunseath et Andrea Schulz pour leur foi, leur considération, et leur travail d'édition ingénieux, soigneux et sensible. Merci à Rebecca Gray, Jessica Htay et à toute l'équipe de Weidenfeld & Nicolson et Orion ; et à Lauren Wein et tout le monde chez Houghton Mifflin Harcourt.

Merci à Jan Bild, Peter Bild et Ian Barnett pour leur soutien et leur foi incalculables au fil des ans. Et merci, par-dessus tout, à mon mari, Andrew Glen, pour m'avoir supportée – et, comme il l'a fait remarquer, pour avoir toléré le fait qu'un bon nombre de ses *bons mots** se soient retrouvés à son insu dans ces pages…

Enfin, ce roman est imprégné du souvenir de la mère de Peter, ma regrettée grand-mère par alliance, Anita Bild. La vie de Miriam Edelstein est en grande partie inspirée de celle d'Anita : comme Miriam, elle est arrivée à Londres en provenance de Vienne dans les années 1930 ; et la maison des Edelstein à Highgate est conçue sur le modèle de celle d'Anita, où nous avons souvent parlé musique et littérature. Je regrette de n'avoir pu montrer ce livre à Anita ; je me plais à croire qu'elle serait revenue me voir après l'avoir lu, pour me dire (j'espère !) qu'il lui avait plu, avant, gentiment mais fermement, de corriger mon allemand.

L. B.